Sylvia Day

Geliebte Sünde

Eves zweiter Fall

Roman

WILHELM HEYNE VERLAG
MÜNCHEN

Titel der amerikanischen Originalausgabe
EVE OF DESTRUCTION
Deutsche Übersetzung von Sabine Schilasky

Verlagsgruppe Random House FSC® N001967
Das für dieses Buch verwendete FSC®-zertifizierte
Papier *Holmen Book Cream* liefert
Holmen Paper, Hallstavik, Schweden.

Deutsche Erstausgabe 07/2015
Redaktion: Catherine Beck
Copyright © 2009 by Sylvia Day
Copyright © 2015 der deutschsprachigen Ausgabe by
Wilhelm Heyne Verlag, München,
in der Verlagsgruppe Random House GmbH
Printed in Germany 2015
Umschlaggestaltung: Nele Schütz Design, München
Satz: KompetenzCenter, Mönchengladbach
Druck und Bindung: GGP Media GmbH, Pößneck

ISBN: 978-3-453-31668-3

www.twitter.com/HeyneFantasySF
@HeyneFantasySF

www.heyne-fantastisch.de

An alle unsere Soldaten im US-Militär: Danke! Ihr werdet geachtet und sehr geschätzt.

An jene von euch, die im Ausland dienen: Kehrt wohlbehalten zurück! Wir lieben und vermissen euch.

Meine Zeit beim Militär wurde enorm bereichert von den Soldaten, die meine Wege kreuzten. Von der Foxtrot Company, 229th Military Intelligence Battalion: Oglesby, Frye, Antonian, Doughty, Anderson, Edmonds, Calderon, McCain, Slovanick und Pat.

Christine: Du wirst immer meine Wahlschwester bleiben.
Ich liebe euch, Leute. Weiter so!

»Darum soll jeder, der Kain erschlägt,
siebenfacher Rache verfallen.
Darauf machte der Herr Kain ein Zeichen,
damit ihn keiner erschlage, der ihn finde.«

GENESIS, 4, 15

Anno Domini 2008
Kurs R4Ad08

Schüler/Herkunftsland
Callaghan, Kenneth; Schottland
Dubois, Claire; Frankreich
Edwards, Robert; England
Garza, Antonio; Italien
Hogan, Laurel; Neuseeland
Hollis, Evangeline; USA
Molenaar, Jan; Holland
Richens, Chad; England
Seiler, Iselda; Deutschland

Anzahl der Teilnehmer mit bestandener Abschlussprüfung:
UNTERLIEGT DER GEHEIMHALTUNG
Anzahl der Unfallverluste:
UNTERLIEGT DER GEHEIMHALTUNG
Status:
LAUFENDE INTERNE ERMITTLUNG

1

Evangeline Hollis erwachte inmitten des Gestanks von Höllenfeuer, Schwefel, Rauch und Asche.

Ihre Nasenlöcher brannten. Sie lag regungslos auf dem Rücken und zwang ihren Verstand, die Lage zu erfassen. Als sie sich die Lippen leckte, schmeckte sie den Tod im dicken Belag auf ihrer Zunge und ihrem Gaumen. Ihre Muskeln spannten sich an, um sich zu strecken, und ihr entfuhr ein Stöhnen.

Was war los? Das Letzte, woran sie sich erinnerte, war …

… wie ein Drache sie gegrillt hatte.

Mit der Erinnerung überkam sie Panik, und sie war mit einem Schlag voll da. Eve setzte sich ruckartig auf und holte so tief Luft, dass es deutlich zu hören war. Sie blinzelte, doch um sie herum war nichts als tintenschwarze Dunkelheit. Mit einer Hand griff sie nach ihrem Arm und fühlte das erhabene Mal. Das Kainsmal – eine Triquetra, umgeben von einem Kreis aus drei Schlangen, die sich gegenseitig in den Schwanz bissen. Und das Auge Gottes in der Mitte.

Das Mal brannte, wann immer sie den Namen des Herrn missbräuchlich aussprach – was oft vorkam – oder log, was weniger oft vorkam, aber bisweilen ganz praktisch war. Hatte man es mit den Handlangern Satans zu tun, machte ein wenig Verschlagenheit das Kräfteverhältnis schlicht ausgewogener.

Wo zur Hölle bin ich? In ihrer aufrechten Position war der rauchige Gestank noch deutlich schlimmer. Eve rümpfte die Nase.

Bin ich vielleicht in der Hölle? Als eingefleischte Agnostikerin kämpfte sie nach wie vor damit, die reale Existenz Gottes zu akzeptieren. Himmel, Hölle, Seelen ... das waren Phänomene, die sich nicht logisch erklären ließen.

Und wenn es einen gnädigen Gott und einen Himmel gab, wäre sie ja wohl da gelandet. Sie war erst seit sechs Wochen mit dem Kainsmal gezeichnet und noch nicht richtig ausgebildet im Töten von Höllenwesen; trotzdem hatte sie in dieser kurzen Zeit eine Tengu-Plage beseitigt, einen Nix getötet und es geschafft, einen Drachen zu besiegen. Sie hatte auch geholfen, eine neue große Bedrohung für die Guten abzuwenden – ein Spezialgebräu, mit dem sich Höllenwesen zeitweise vollständig als Normalsterbliche tarnten. *Und* es war ihr gelungen, Cain und Abel zum ersten Mal seit ihren Teenagerjahren zur Zusammenarbeit zu bewegen.

Sollte das alles noch nicht reichen, um ihre Seele zu retten, probierte sie ihr Glück eben beim Teufel. Vielleicht hatte der mehr Sinn für Fairplay.

Während sich Eves Verstand abmühte, die Situation einzuschätzen, drang Gesang durch den Nebel in ihrem Kopf. Sie konnte kein Wort verstehen, und dennoch klang es vertraut. Es war Japanisch – und die Stimme war die ihrer Mutter.

Die Vorstellung, gemeinsam mit ihrer Mutter in der

Hölle zu sein, war seltsam tröstlich und beängstigend zugleich.

Vorsichtig tastete sie den Grund unter sich ab, um herauszufinden, wo sie war. Sie fühlte Satin, so wie die Laken auf ihrem Bett. Eine kühle Brise strich über ihre Stirn, und vor Eve explodierte alles zu lebendiger Farbe. Vor Schreck zuckte sie heftig zusammen.

Sie *war* in ihrem Schlafzimmer und saß in ihrem großen Bett. Als wären ihre Sinne stumm geschaltet gewesen, hörte sie nun auch das stete Krachen der Wellen gegen das Ufer von Huntington Beach, laut und deutlich. Das beruhigende Geräusch übertrug sich durch die offene Balkontür im Wohnzimmer bis hierher ins Schlafzimmer.

Zu Hause. Ihre Anspannung ließ nach, und ihre Schultern lockerten sich. Dann brachte sie etwas am Rand ihres Blickfelds dazu, den Kopf zu drehen.

Sie musste die Arme heben, um die Augen gegen das grelle Licht abzuschirmen, und trotzdem erkannte sie kaum die Silhouette des geflügelten Mannes, der in der Ecke zwischen ihrem Schrank und der Kommode aus gebleichter Kiefer stand. Eve blinzelte gegen die Tränen an, die ihr in die Augen schossen. Sie riskierte noch einen Blick auf den Engel und stellte wieder einmal fest, dass ihre neuen Fähigkeiten ihr eingaben, was zu tun war, bevor sie es selbst wusste. Sie nahm die Arme herunter, denn jetzt konnte sie ihn ansehen, ohne dass es sie schmerzhaft blendete.

Der Engel war groß, hatte muskulöse Arme und Beine und trug ein knielanges, ärmelloses Gewand. Es war weiß und in der Mitte mit einem braunen Flechtband zusammengehalten. Die schwarzen Kampfstiefel mit den fiesen

Spikes in der Außenseite waren ebenso verblüffend wie die unglaubliche Vollkommenheit seiner Züge. Sein Kinn war kantig, das Haar dunkel und zu einem Zopf gebunden. Seine Iris schimmerte wie blaue Flammen, und er strahlte etwas aus, das Eve ermahnte, sich lieber nicht mit ihm anzulegen.

Sein Blick fiel auf ihre Brust. Eves folgte ihm. Sie war nackt!

»Mist!« Eve riss sich die Bettdecke bis zum Kinn hoch.

Miyoko Hollis erschien mit einer Armladung Wäsche in der Tür.

»Ah, du bist wach«, rief sie. In ihrer Stimme klang nach wie vor ein japanischer Akzent mit.

»Scheint so.« Eve war so froh, ihre Mom zu sehen, dass sie heulen wollte. »Schön, dich zu sehen.«

»Na, das sagst du jetzt.« Mit den energischen Schritten der ehemaligen Krankenschwester kam Miyoko auf das Bett zu. Sie war ein zierliches Energiebündel, ein Tornado, der Eve häufig erschöpft zurückließ. »Du hast dich eine ganze Weile nicht bewegt. Ich dachte schon fast, du bist tot.«

Eve *war* tot gewesen. Das war das Problem. »Welcher Tag ist heute?«

»Dienstag.«

Noch eine Brise Schwefelgestank wehte Eve entgegen, und sie wedelte mit einer Hand vor ihrem Gesicht herum. Jetzt entdeckte sie auch die Quelle auf ihrer Kommode – ein Räucherstäbchen.

»Was immer das für ein Duft sein soll«, murmelte Eve, die ein wenig erschrocken war, dass sie zwei Tage verloren hatte, »er stinkt.«

Miyoko warf die noch warme Wäsche auf die Bettdecke. Sie trug einen Hello-Kitty-Pyjama – rosa Flanellhose und ein T-Shirt mit einem gigantischen Hello-Kitty-Gesicht vorne drauf. Mit ihren Zöpfen und dem faltenfreien Gesicht sah sie eher wie Eves Schwester als wie ihre Mutter aus. Und sie benahm sich, als wäre dies ihre Wohnung – was sie nicht war. Darrel und Miyoko Hollis lebten in Anaheim – dem Zuhause von Disneyland, California Adventure und Eves Kindheit. Doch wann immer ihre Mutter zu Besuch kam, musste Eve wie ein Alpha-Weibchen um ihren Platz in ihrem eigenen Heim kämpfen.

Eve beobachtete, wie ihre Mutter geradewegs an dem Engel vorbeiging, ohne mit der Wimper zu zucken. So wie er dastand, die Arme verschränkt, die Beine leicht ausgestellt und die Flügel auf dem Rücken zusammengefaltet, konnte man ihn unmöglich übersehen ...

Es sei denn, man konnte ihn nicht sehen.

»Aromatherapie unterstützt den Heilungsprozess«, erklärte Miyoko.

»Nicht wenn sie wie Scheiße stinkt. Und warum machst du schon wieder meine Wäsche? Kannst du nicht mal vorbeikommen und einfach entspannen?«

»Das ist keine Scheiße, sondern Jasmin-Kamille. Und ich mache deine Wäsche, weil sie sich schon wieder stapelte. In einem chaotischen Haushalt kann ich mich nicht entspannen.«

»Mein Haushalt ist nie chaotisch!« Ihre Mom machte jedes Mal die Wäsche, wenn sie zu Besuch kam, ungeachtet der Tatsache, dass Eve mit achtundzwanzig Jahren durchaus imstande war, sie selbst zu waschen und zu trocknen. Egal, wie blitzsauber ihre Wohnung sein mochte, ihre

Mutter putzte sie – und räumte bei der Gelegenheit gleich alles so um, wie es ihr gefiel.

»War er wohl«, erwiderte ihre Mutter. »Dein Wäschekorb quoll über, und in deiner Spüle hat sich schmutziges Geschirr getürmt.«

Eve zeigte auf die Boxershorts, Herrenhemden und Handtücher in dem Stapel. »Das sind nicht meine Sachen. Und das Geschirr war auch nicht von mir.«

Wie würde ihre Mutter reagieren, wenn sie erfuhr, dass sie Cains und Abels Sachen wusch? Die Brüder nannten sich heute Alec Cain und Reed Abel, doch sie waren immer noch die legendären Zwillinge aus der Bibel.

»Alec hat alle Handtücher benutzt und seine Sachen auf dem Badezimmerfußboden liegen gelassen.« Miyokos Ton war eindeutig tadelnd. Natürlich. Kein Mann war gut genug für Eve. In den Augen ihrer Mutter hatten sie alle irgendeinen Makel, und sei er noch so klein. »Und er und dein Chef nehmen sich jedes Mal ein neues Glas, wenn sie etwas trinken.«

»Alec wohnt nebenan. Warum verwüstet er nicht seine eigene Wohnung?«

»Das fragst du mich?« Ihre Mutter schnaubte. »Ich weiß immer noch nicht, warum Reed so viel hier ist. Das ist doch nicht normal. Und warum ist dein Freund der CEO einer Firma wie Meggido Industries, trägt aber nie einen Anzug?«

Bei dem Gedanken an Alec im Anzug musste Eve grinsen. »Wenn man eine Firma leitet und es gut macht, kann man anziehen, was man will.«

Eve streckte sich vorsichtig und verzog das Gesicht, weil ihr Rücken immer noch empfindlich war. Dann rief sie laut: »Alec!«

»Brüll nicht so.«

»Ich bin hier zu Hause, Mom.«

»Männer mögen es nicht, angebrüllt zu werden.«

»Mom!« Sie atmete frustriert aus. »Was kümmert dich das überhaupt? Er lässt Handtücher auf dem Badezimmerboden liegen.«

Das war auch einer der Lieblingsaufreger von Eve, nur wurde ein Mann für sie deshalb nicht zwangsläufig als unheiratbar abqualifiziert.

»Es ist rücksichtslos«, meckerte Miyoko. »Und unhygienisch.«

Eve sah zu dem Engel. Es war ihr peinlich, dass er ihre Kabbelei mitbekam. Sein Flammenblick begegnete ihrem, dann rümpfte er die Nase.

»Mom!« Eve wurde etwas energischer. »Mach das Räucherstäbchen aus, *bitte*! Ich meine es ernst. Das stinkt.«

Miyoko stieß einen verärgerten Laut aus, ging jedoch auf das Räucherstäbchen zu, um es auszumachen. »Du bist schwierig.«

»Und du bist stur, aber ich liebe dich trotzdem.«

»Du bist wach«, unterbrach Alec sie, der ins Schlafzimmer kam. Er scannte sie mit diesen unergründlichen Augen auf irgendwelche besorgniserregenden Zeichen. »Du hast mir einen Schrecken eingejagt, Angel.«

Angel. Diesen Kosenamen benutzte ausschließlich er, und jedes Mal, wenn sie ihn hörte, krümmten sich ihre Zehen zusammen. Alecs Stimme war samtweich und konnte eine Lesung von Hawking's *Eine kurze Geschichte der Zeit* zu einem orgiastischen Erlebnis machen.

In den langen Shorts und dem ärmellosen weißen T-Shirt sah er heißer aus, als die meisten Männer es in einem Smoking schaffen würden. Sein schwarzes Haar war einen Tick zu lang, und beim Gehen wiegte er sich ein bisschen, doch egal, was er trug oder wie lässig er sich bewegte – er wirkte immer wie jemand, mit dem man sich tunlichst nicht anlegen sollte. Es war der Jäger in ihm, das Raubtier. Alec tötete von Berufs wegen, und er war sehr gut darin.

Seinetwegen hatte Eve das Mal. Und er war ihr Mentor.

Hinter ihm betrat sein Bruder Reed das Zimmer. Ihre äußerliche Ähnlichkeit war groß genug, um sie als Zwillinge auszuweisen, doch ansonsten waren sie so unterschiedlich wie Tag und Nacht. Reed mochte Armani-Anzüge und tadellose Haarschnitte. Er hatte die Organisation der Gezeichneten mal mit dem Justizsystem verglichen. Die Erzengel waren die Kautionsbürgen, Reed der Einsatzleiter und Eve eine Kautionsjägerin. Und keine besonders gute... noch nicht. Aber sie lernte und bemühte sich.

Reed war dafür zuständig, ihr die Aufträge zuzuteilen und oberflächlich für ihre Sicherheit zu sorgen. Als ihr Mentor bestand Alecs einzige Aufgabe darin, sie am Leben zu erhalten – unter normalen Umständen. Aber Gott war nicht gewillt gewesen, auf die Talente seines erfahrensten und stärksten Vollstreckers zu verzichten. Alec musste einen Deal machen, um bei ihr zu sein, und das Resultat war, dass Reed meistens mehr zu sagen hatte, wenn es um Eve ging. Angesichts der himmelschreienden Feindseligkeit zwischen den beiden Brüdern war die Ausgangslage daher denkbar verkorkst.

»Willkommen im Land der Lebenden, Miss Hollis«, begrüßte Reed sie. Er lächelte so arrogant wie eh und je, doch in seinen dunklen Augen war ein Anflug von Unsicherheit zu erkennen, den Eve regelrecht entzückend fand. Er hatte keine Ahnung, was er mit seinen Gefühlen für sie anfangen sollte. Und da sie eine Beziehung mit seinem Bruder hatte, konnte sie ihm dabei nicht helfen. Über ihre Gefühle für ihn dachte sie lieber gar nicht erst nach. Das war viel zu kompliziert, und ihr Leben war bereits eine Katastrophe biblischen Ausmaßes.

Beide Männer bemerkten den Engel in der Ecke, der vollkommen regungslos dastand. Sie verneigten sich ehrfürchtig.

Miyoko, die zu sehr damit beschäftigt war, Eve verärgert anzufunkeln, bekam die Geste nicht mit. Eve schob ihren Job als Innenarchitektin vor, um Reeds häufige Anwesenheit zu erklären. Soweit ihre Familie wusste, arbeitete sie meistens von zu Hause aus, und wenn Reed sehen wollte, was sie machte, kam er eben hier vorbei.

Miyoko glaubte ihr natürlich nicht. Sie ging davon aus, dass alle männlichen Innenarchitekten schwul waren, und das war Reed ganz offensichtlich nicht. Eve hatte keine Ahnung, was ihre Mutter wirklich glaubte, aber ihr war klar, dass die offensichtliche Disharmonie zwischen den beiden Männern Miyokos Misstrauen noch befeuerte.

Bei Alecs Lächeln wurde Eve wunderbar warm. »Wie fühlst du dich?«

»Durstig.«

»Ich hole dir Eiswasser«, bot Reed an.

Sie lächelte. »Danke.«

Alec bückte sich und presste die Lippen auf ihre Stirn. »Hast du Hunger?«

»Eine Banane wäre gut.« Sie fing sein Handgelenk ein, bevor er sich wieder zurückziehen konnte. »Ich hatte einen

Traum. Einen Albtraum, in dem ich von einem Drachen umgebracht wurde.«

»Dein Unterbewusstsein versucht, dir etwas zu sagen«, sagte ihre Mutter. »Aber du kannst nicht geträumt haben, dass du stirbst. Ich habe gehört, wenn man in seinen Träumen stirbt, stirbt man auch tatsächlich.«

»Das halte ich für einen Mythos.«

»Kann man nie wissen«, widersprach Miyoko, während sie die Wäsche zusammenlegte. »Wenn dir das passiert wäre, wärst du tot und könntest es uns nicht erzählen.«

Alec saß auf der Bettkante und beobachtete Eve aufmerksam. Ihm war klar, dass sie nicht sagen konnte, was sie eigentlich sagen wollte, solange ihre Mutter im Zimmer war.

»Jetzt ist es vorbei«, beruhigte er sie. »Du bist in Sicherheit.«

»Es war so echt... Ich begreife nicht, wie ich jetzt hier sitzen kann.«

»Darüber reden wir später, nachdem du etwas gegessen hast.« Er drückte ihre Hand, und in seinem Ausdruck lag eine Sanftheit, die er nur bei ihr zeigte. »Ich hole dir eine Banane.«

Er ging, und ihre Mom kam wieder zur Seite des Betts. Sie beugte sich vor und flüsterte laut: »Er zankt sich mit deinem Chef. Wegen *allem!* Wie ein altes Ehepaar. Die beiden haben zu viel Testosteron und zu wenig Verstand.«

Der Engel stieß einen erstickten Laut aus.

»Mom!« Eve blickte in die Ecke. Der Engel wirkte gequält, und diesen Gesichtsausdruck kannte Eve sehr gut von ihrem Vater.

Miyoko richtete sich wieder auf und nahm die zusammengefaltete Wäsche. »Ein *umsichtiger* Mann hätte Sonnencreme mit an den Strand genommen. Er hätte nicht zugelassen, dass du dich so verbrennst.«

Ein Sonnenbrand also. Eve fasste nicht, dass das die Ausrede war. Schön wär's! »Ich könnte die Männer, die ich jemals mit Sonnencreme gesehen habe, an einer Hand abzählen.«

»Ein guter Mann hätte sie trotzdem dabei gehabt«, beharrte ihre Mutter.

»Wie Dad?«

»Ja.«

»Ich habe Dad noch nie mit Sonnencreme gesehen.«

»Darum geht es nicht.«

»Ja, dachte ich mir.«

Eve liebte ihren Vater heiß und innig. Darrel Hollis war ein sanftmütiger Mann aus Alabama mit einem ausgeglichenen Temperament und einem sanften Lächeln. Außerdem war er vollkommen harmlos und berechenbar. Seit er im Ruhestand war, stand er bei Sonnenaufgang auf, sah fern oder las und ging nach dem Abendessen wieder ins Bett. Das Spektakulärste, was er in seinem Leben getan hatte, war, eine Austauschstudentin zu heiraten. (Und Eve vermutete, dass ihre Mutter ihm keine große Wahl gelassen hatte.)

»Hör auf, mit hübschen Männern auszugehen«, schalt Miyoko, »und such dir jemand Zuverlässigen.«

Eve warf dem Engel in der Ecke einen flehenden Blick zu, worauf er seufzend näher kam. Seine Stimme hatte eine beruhigende Resonanz, die kein Sterblicher zustande brächte.

»Du willst die Blumen in den Töpfen vor der Haustür austauschen«, flüsterte er Miyoko ins Ohr. »Du fährst zum Gärtner und von dort nach Hause, wo du den Rest des Nachmittags ganz in deiner Gartenarbeit aufgehst. Evangeline geht es gut. Sie braucht dich nicht mehr.«

Ihre Mutter hielt inne und neigte nachdenklich den Kopf zur Seite. Ach, die Gabe der Überzeugungskraft! Die beherrschte Eve bis heute nicht.

»Und gönn dir auch eine Pediküre«, ergänzte Eve. »Die hast du verdient.«

Miyoko schüttelte den Kopf. »Ich brauche keine ...«

»Geh zur Pediküre«, befahl der Engel.

»Ich denke, ich gehe mal wieder zur Pediküre«, sagte Miyoko.

»Lass dir Blumen auf die großen Zehen lackieren«, fuhr Eve fort.

Der Engel bedachte sie mit einem vernichtenden Blick.

Sofort zog sie den Kopf ein. »Wenn du willst«, sagte sie schnell.

Alec kam mit der Banane. Neben ihrem Bett schälte er sie, und Eve starrte gebannt auf sein Muskelspiel.

»Ich fahre nach Hause«, sagte ihre Mom plötzlich. »Die Wäsche und der Abwasch sind erledigt, und dir geht es besser. Du brauchst mich nicht mehr.«

»Danke für alles.« Eve wollte aufstehen und ihre Mutter umarmen, doch ihr fiel rechtzeitig wieder ein, dass sie unter den Laken nackt war.

Miyoko winkte schon ab und ging zur Tür. »Ich zieh mich um und packe meine Sachen, dann komme ich mich verabschieden.«

Reeds raspelnde Stimme aus dem Flur war wie ein warmer Sonnenstrahl auf Eves Haut. »Ich helfe Ihnen, Mrs. Hollis.«

Eve sah Alec an, der sich wieder auf die Bettkante setzte, sah dann zu dem Engel. »Hi.«

»Hallo Evangeline.« Er trat vor, wobei seine schweren Stiefel auf dem Holzboden keinerlei Geräusch machten. Seine Flügel bestanden aus Unmengen Federn, und vor allem schienen es gleich drei Paare zu ein. Diese Erscheinung war mehr als eindrucksvoll, ja, es war die absolut umwerfendste Gestalt, die Eve je gesehen hatte.

»Wer bist du?«, fragte sie, bevor sie einen Bissen von der Banane nahm. Sie schluckte schnell und biss gleich noch mal ab. Ihr knurrender Magen erinnerte sie wieder daran, dass das Mal eine Tonne Kalorien verschlang, weshalb sie oft und viel essen sollte.

»Sabrael.«

Kauend sah sie wieder zu Alec.

»Er ist ein Seraph«, erklärte er.

Eve machte große Augen und kaute schneller, weil es ihr peinlich war, in solcher Gesellschaft nackt zu sein. Die Seraphim waren die höchsten Engel und rangierten weit über den Erzengeln, die das System der Gezeichneten auf der Erde steuerten. Alec war ein *Mal'akh* – der niederste Engelsrang –, genau wie sein Bruder. Und Eve war bloß eine schlichte Gezeichnete, einer von Tausenden armen Wichten, die wegen vermeintlicher Sünden in den göttlichen Dienst beordert wurden. Sie erarbeiteten sich ihre Absolution, indem sie Höllenwesen jagten und töteten, die einmal zu oft ihre Grenze überschritten hatten. Für jede erfolgreiche Auslöschung gab es ein Kopfgeld, einen Ablasspunkt für die Rettung der Gezeichnetenseelen.

»Darf ich mich anziehen?«, fragte sie und wischte sich mit den Fingerspitzen über den Mund.

Alec stand auf und nahm ihr die leere Bananenschale ab. »Sabrael wird nicht gehen, ehe er mit dir geredet hat. Die Himmelswesen haben eine andere Haltung zur Nacktheit als Sterbliche. Sag mir, was du brauchst, dann hole ich es dir.«

Eve dirigierte ihn zu einem Strandkleid in ihrem Wandschrank. Es war aus hellblauem Frottee und hatte eine Kapuze, kurze Ärmel und eine Tasche vorn. Alec brachte es ihr und zog es ihr über den Kopf, und Eve fädelte ihre diversen Körperteile durch die dazugehörigen Öffnungen.

»Okay, Sabrael«, begann sie, während sie sich das Haar aus dem Gesicht strich. »Warum bist du hier?«

»Die angemessenere Frage wäre: Warum bist *du* hier, Evangeline? Du solltest tot sein.«

Sie verkniff sich ein Stöhnen. Wieder mal ein Rätsel. Alle Engel schienen in Rätseln zu sprechen, ausgenommen Alec und Reed. Die beiden waren so direkt, dass Eve permanent rot würde, wäre das Kainsmal nicht, das derlei Energieverschwendung verhinderte. »Ich dachte, das wäre ich.«

»Warst du. Aber Cain behauptet, dass du etwas weißt, das wir brauchen.«

Eve sah wieder zu Alec. »Du hast mich von den Toten zurückgeholt, um mich ins Kreuzverhör zu nehmen?«

Sabrael verschränkte die Arme vor seiner breiten Brust. »Du warst auf dem Weg an einen Ort, an dem wir dich nicht fragen könnten. Es gab keine andere Möglichkeit.«

Sie blickte gen Himmel. »Du verstehst es echt, mein Herz zu erobern, was?«

»Es kommt dir nicht zu, von Jehovah zu verlangen, dass er sich dir beweist«, sagte Sabrael in furchteinflößendem Ton.

»Du hast gesagt, dass wir in Upland etwas übersehen haben«, half Alec ihrem Gedächtnis nach und verwob seine Finger mit ihren.

Eve dachte an ihren letzten Auftrag: ein Höllenwesen in einer der Herrentoiletten des Qualcomm-Stadions auszuschalten. Alec hatte sie auf ihr erstes »Date« dorthin mitgenommen – ein Footballspiel der Chargers gegen die Seahawks. Dann war Reed aufgekreuzt und hatte gesagt, es wäre Zeit, dass sie den Stoff aus ihrem Kurs in der Praxis anwandte.

»Einen Wolf«, murmelte sie.

»Was?«

»Ich hatte sie auf einen Werwolf angesetzt«, sagte Reed von der offenen Tür aus. Er kam zur anderen Seite des Betts und reichte Eve eine gekühlte Wasserflasche. »Einen Jugendlichen, also ein leichtes Spiel.«

»Nur dass es kein Wolf war«, konterte Alec. »Und beschissen leicht war es erst recht nicht.«

»Da war aber einer«, erklärte Eve. »Einer von den Jugendlichen, die wir im Laden in Upland gesehen hatten.«

Upland. Nie wieder würde sie so über die Stadt denken wie früher. Sie waren im Rahmen einer Ermittlung dorthin geschickt worden. So wie Gezeichnete das Kainsmal trugen, hatten die Höllenwesen ihre »Kennzeichen«, die ihre Art und ihren Rang in der Höllenhierarchie verrieten, ähnlich wie Militärabzeichen. Außerdem stanken sie nach verrottenden Seelen, was es einfach machte, sie zu erkennen. Als Eve über ein Höllenwesen ohne Kennzeichen oder Gestank stolperte, sollte sie mit Alec zusammen herausfinden, wie das möglich war. Sie hatten entdeckt, dass die Wesen über ein Tarngemisch verfügten. Somit bestand die Gefahr, dass das Gleichgewicht zwischen Gut und Böse hinreichend gestört wurde, um Armageddon herbeizuführen.

Die Operation wurde von einem Steinmetzbetrieb in Upland aus geleitet. Den Laden gab es inzwischen nicht mehr, denn er war komplett in die Luft geflogen, nachdem Eve einen Wasserdämon in einen Brennofen geschubst hatte. Doch das eigentliche Problem war offenbar noch nicht aus der Welt. Der Drache hatte keinen Geruch gehabt, und das konnte nur auf die Tarnmixtur zurückzuführen sein.

»Er hat gesagt, dass ihn der Alpha schickte«, fuhr Eve fort. »Sie wollten meinen Tod als Rache für den Tod seines Sohns.«

Alecs Züge verhärteten sich, und Eve fröstelte. »Charles.«

»Viel problematischer ist aber, dass der Drache, den er bei sich hatte, weder stank noch Kennzeichen hatte«, sagte Eve sofort.

»Irgendwo muss es noch mehr von dem Tarngemisch geben«, stellte Reed fest. »Entweder einen Vorrat oder eine neue Produktion.«

»Könnte die Tarnung dauerhaft sein?«, fragte Sabrael.

»Nein, die nutzt sich ab. Das habe ich selbst gesehen.«

Der Seraph sah Alec an. »Hast du das Höllenwesen auch nicht gerochen?«

»Ich sagte doch schon, dass ich nicht darauf geachtet habe.« Alecs Blick blieb auf Eve fixiert. Der Muskel unter dem Mal an seinem Arm zuckte, als würde es wehtun, und

Eve begriff, was los war. Er log. Das Mal brannte, wenn man sündigte.

Dann wandte sich Alec Sabrael zu und sagte: »Ich bin nicht zum Mentor ausgebildet und weiß nicht, wie ich mich gleichzeitig auf das Ziel und auf Eve konzentriere. Ich kann mich nur ganz auf sie einstimmen.«

Um sie von den Höllenpforten zurückzuholen, hatte er jemand Mächtigen belogen. Einen Seraphen. Oder womöglich Gott selbst. Dafür würde Alec bezahlen ... auf die eine oder andere Art. Und jetzt log er schon wieder. Für sie.

Sie drückte seine Hand so fest, dass ihre Fingerknöchel weiß wurden, doch Alec beschwerte sich nicht.

Miyoko kam wieder herein und beäugte die beiden Männer neben Eves Bett misstrauisch. »Okay, ich bin so weit.«

Alec trat beiseite, damit Eve aufstehen konnte, hielt sie jedoch zurück, als klar wurde, dass ihr Kreislauf dem nicht gewachsen war. Stattdessen streckte sie beide Arme zu ihrer Mutter aus.

»Wann hast du dir die Narbe entfernen lassen?«, fragte ihre Mutter.

Ihre Finger streiften das Kainsmal. Mit ihm waren sämtliche Narben aus Eves Kindheit verschwunden. Ihr Körper war jetzt ein Tempel. Er funktionierte wie eine gut geölte Maschine – präzise und ohne Ablenkungen wie Schwitzen, Herzklopfen oder beschleunigte Atmung. Außer wenn Sex im Spiel war – dann lief alles wie bei anderen Sterblichen. Es führte dazu, dass man süchtig nach Orgasmen wurde, denn sie waren die einzige Möglichkeit für Gezeichnete, »high« zu werden.

Als ihre Mutter nichts zu dem Mal auf ihrem Deltamuskel sagte, runzelte Eve die Stirn. Eves jüngere Schwester Sophia hatte sich nach ihrem ersten Tattoo anhören müssen: »Du warst mal so ein hübsches Baby!«

»Ich habe ein Tattoo«, antwortete Eve trocken, »und du sorgst dich wegen eines Leberflecks?«

»Du hast ein Tattoo?«, kreischte ihre Mutter. »Wo?«

Blinzelnd sah Eve auf ihren Arm, dann zu Alec, der den Kopf schüttelte.

Ihre Mutter konnte es nicht sehen.

Eine schwere Beklommenheit überkam Eve. Die Kluft zwischen ihr und ihrem alten Leben war keine symbolische.

»War nur ein Scherz«, hauchte Eve heiser.

»Und ein furchtbarer!«, beschwerte sich ihre Mutter. »Ich hätte beinahe geweint.«

Sie umarmten sich, und Miyoko wich wieder zurück. »Ich habe etwas *Onigri* gemacht. Es ist in einer Plastikdose neben der Kaffeemaschine.«

»Danke, Mom.«

Reed ging zur Tür. »Ich helfe Ihnen, Ihre Sachen nach unten zu bringen, Mrs. Hollis.«

Miyoko strahlte. Eves Wohnung war im Obergeschoss, und die Garage war ganz unten.

»Schleimer«, murmelte Alec, als sie gingen.

Eve gab ihm einen Klaps. »Sie braucht Hilfe!«

»Ich hätte ihr geholfen, wäre er nicht so aufdringlich.«

Sabrael räusperte sich. »Du wirst den Alpha-Wolf jagen, Cain.«

Einen Moment lang herrschte bleierne Stille, dann sagte Alec: »Eve ist noch in der Ausbildung.«

»Und das wird sie auch bleiben«, bestätigte der Seraph. »Der Klassenraum ist für sie der sicherste Ort, aber du musst weg.«

Alec schüttelte den Kopf. »Kommt nicht infrage. Du kannst kein Mentor/Gezeichnete-Paar trennen.«

»Charles Grimshaw hat mit der Höllenwesentarnung zu tun. Sein Sohn war in der Steinmetzwerkstatt, wo die Tarnmasse hergestellt wurde, und der getarnte Drache, der Evangeline tötete, wurde von ihm geschickt. Uns rennt die Zeit davon. Er muss zur Strecke gebracht werden, bevor er noch mehr Schaden anrichtet. Die Abmachung war, dass du weiterhin Einzeljagden übernimmst, genauso wie deine Zöglinge.«

Alec fuhr sich mit beiden Händen durch sein dunkles Haar. »Sobald bekannt wird, dass sie noch lebt, werden sie nach ihr jagen. Sie braucht mich in ihrer Nähe, um sie zu beschützen.«

»Raguel verfügt derzeit über seine vollen Kräfte. Ich bezweifle, dass du ihr besseren Schutz bieten kannst als ein Erzengel in voller Montur. Und vergiss nicht, dass du für jeden Ausgelöschten den doppelten Ablass bekommst. Ein Höllenwesen von Grimshaws Rang zu töten bringt dich um Jahre voran.«

Alecs Züge verhärteten sich. »Und ich soll einfach sagen, ›Tut mir leid, Angel. Ich muss meinen eigenen Arsch retten, also bist du auf dich gestellt‹?«

Eve zuckte zusammen.

»Ich komme schon klar«, versicherte sie ihm und strich mit dem Daumen über seine Handfläche. »Das dürfte kein Problem sein. Du und Reed kümmert euch um euren Kram und macht euch keine Sorgen. Wir alle wissen, dass

Gadara schon auf mich aufpasst, weil er mich braucht, um euch zu erpressen.«

»Was nicht bedeutet, dass wir uns keine Sorgen machen«, entgegnete Reed, der wieder zurück war. »Du verstehst es ziemlich gut, dich in Schwierigkeiten zu bringen.«

Fast hätte sie erwidert, dass Gadara sie mit Vorliebe in brenzlige Situationen scheuchte, um Alec zu ärgern, doch das hätte die beiden nicht unbedingt beruhigt.

»Mir gefällt vor allem nicht, dass in dieser Woche das Außentraining stattfindet«, sagte Alec und blickte zu Reed. »Es ist eine Sache, im Gadara Tower zu sein, aber im Freien ...«

»Fort McCroskey ist ein Militärstützpunkt«, wandte Sabrael ein.

»Ein *stillgelegter*.«

»Trotzdem sind noch Soldaten dort, und Raguel reist mit seiner Wächter-Entourage an.«

Eve runzelte die Stirn. »Wovon redet ihr?«

Reed erklärte es ihr. »Raguel fährt mit deinem Kurs nach Nordkalifornien. Da gibt es eine frühere Army Base, die er gern für praktische Übungen nutzt.«

Eve stöhnte innerlich. Eine Woche lang mit einem Kurs voller frisch Gezeichneter, die Eve nicht ausstehen konnten, weil der berüchtigte Cain ihr Mentor und der nicht minder berühmte Abel ihr Einsatzleiter war! Das dürfte ungefähr so vergnüglich werden wie eine Runde Brazilian Waxing.

»Lebt der Alpha nicht da oben?«, fragte sie.

Alec nickte. »Ein paar Stunden nördlich vom Stützpunkt. Fort McCroskey ist bei Monterey, das Grimshaw-Rudel wohnt in der Nähe von Oakland.«

»Ein paar Fahrtstunden Entfernung sind recht günstig«, sagte Sabrael. »Du könntest auch zu einem Auftrag auf der anderen Erdhalbkugel geschickt werden.«

»Trotzdem gefällt es mir nicht«, konterte Alec. »Und ich bringe Eve nach Monterey und reise von dort weiter.«

Reed grinste. »Ich werde sie im Auge behalten, solange Cain beschäftigt ist.«

»Du hast ein Höllenwesen zu klassifizieren«, erinnerte Sabrael ihn. »Ihr beide müsst darauf vertrauen, dass Raguel für Evangelines Sicherheit sorgt.«

Eve seufzte. »Möchte jemand mit mir tauschen?«

»Bedaure, Babe«, sagte Reed. »Beim Training wird nicht geschwänzt.«

»Sie ist nicht dein Babe«, fuhr Alec ihn an.

Reed hob beide Hände, allerdings verriet das Blitzen in seinen Augen, dass die Geste keineswegs ernst gemeint war.

Der Zwist zwischen den beiden wurde noch dadurch verschärft, dass Eve bereits mit Reed intim gewesen war. Das war, bevor Alec wieder in ihr Leben getreten war, deshalb konnte er es ihr nicht vorhalten. Wollte man allerdings behaupten, dass er seinen Bruder nicht mal in einer Meile Entfernung von Eve wissen wollte, wäre das noch glatt untertrieben.

Alec sah Eve an, und sein Gesichtsausdruck wurde wieder weicher. »Würdest du lieber echte Dämonen jagen, als so zu tun?«

»Vielleicht wurde ich mit einer anderen Persönlichkeit wiedergeboren«, mutmaßte sie. »Wie in *Die Invasion der Körperfresser.*«

»Oder du bist so sauer, weil du getötet wurdest, dass du es denen heimzahlen willst.«

Ihre Mundwinkel bogen sich nach oben. Wie gut er sie doch kannte!

»Falls du doch einer von diesen Aliens bist, ist dein Körpergeschmack ganz exzellent«, fügte er an.

Ein Kribbeln durchfuhr Eve, und Alecs Zwinkern verriet ihr, dass er es wusste.

»Noch vier Wochen, Angel. Dann reißen wir sie in Stücke.«

Vier Wochen Kurs, eine davon eine Campingtour der besonderen Art. Eve seufzte wieder. Sie war eindeutig zurück unter den Lebenden.

Die Hölle dürfte kaum so subtil foltern.

2

»Tut mir leid wegen Takeo.«

Reed sah zu dem Gezeichneten, der mit ihm in den Gadara Tower ging. »Danke, Kobe.«

Kobe Denner wischte sich mit der Hand übers Gesicht und fluchte in seiner Muttersprache Zulu. »Er hat mir mal das Leben gerettet. Ich war ihm etwas schuldig, und er war ein guter Gezeichneter.«

»Mein bester.« Den Tod von Takeo zu rächen stand ganz oben auf Reeds To-do-Liste. Aber zuerst musste er das Höllenwesen bestimmen, das für die Tat verantwortlich war, und dann herausbekommen, wie er es am besten ausschaltete.

»Ich habe gehört, dass es ein unbekannter Dämonentyp war.«

»Ja, das stimmt.«

»Muss ein richtig übler gewesen sein, wenn er Takeo überwältigen konnte.«

»So etwas habe ich noch nie zuvor gesehen.« Reeds Ton hörte man an, wie ernst die Lage war.

»Scheiße.« Kobes dunkle Augen wirkten traurig. Das Kainsmal hielt seine Züge jung, konnte jedoch nicht die Last der Erfahrung verbergen, die den einen Meter fünfundneunzig großen Mann niederdrückte. Dämonen zu töten kam die Seele teuer zu stehen. »Es ist so schon schlimm genug da draußen.«

»Wir finden ihn und schalten ihn aus. Das tun wir immer.« Reed war froh, dass er zuversichtlicher klang, als er war.

Kobe blieb neben einer der riesigen Topfpflanzen in der Eingangshalle stehen. »Glaubst du, Takeo ist reingekommen?«

Reed holte tief Luft und überlegte, wie er darauf antworten sollte. Es war eine gängige Frage unter den Gezeichneten. Immerhin arbeiteten sie für ihre Absolution – da wollten sie natürlich wissen, ob man ihnen Einzug in den Himmel gewährte, falls sie ihr Leben verloren, bevor sie hinreichend Ablässe angesammelt hatten.

»Er verdiente es«, antwortete Reed.

Mehr konnte er nicht sagen, ohne gegen die zehn Gebote zu verstoßen, dennoch war es nicht das, was Kobe hören wollte.

Der Gezeichnete nickte ernst. »Falls du mich brauchst, sag Bescheid.«

»Mach ich.« Reed schüttelte ihm die Hand, dann gingen sie getrennter Wege. Kobe schritt auf die versteckten Aufzüge in die unterirdischen Geschosse zu, die einzig für Gezeichnete, Höllenwesen-Verbündete und Gefangene zugänglich waren. Reed durchquerte die belebte Eingangshalle in Richtung des Fahrstuhls, der ihn direkt in Raguel Gadaras Büro brachte.

Mindestens einhundert geschäftige Leute bevölkerten die große Halle. Fünfzig Etagen über ihnen gab es eine gigantische Glaskuppel, die das Atrium erhellte und als architektonische Einladung göttlichen Segens diente. Das stete Raunen unzähliger Gespräche und das elektrische Summen der gläsernen Fahrstühle zeugten nicht bloß von effektivem Design, sondern auch von Raguels allseits bekannter Geschäftstüchtigkeit. Äußerlich war in der Zentrale der nordamerikanischen Firma alles bestens. Die Sterblichen gingen ihren Geschäften nach, ohne etwas von Gadaras eigentlichem Job zu ahnen – der Aufsicht und Kontrolle über Tausende Gezeichnete.

Die sieben Erzengel mussten ihre jeweiligen Firmen auf weltliche Art finanzieren. Raguel hatte ein Händchen für Immobilien und sich neben einem Multimilliarden-Imperium einen Ruf erworben, der Donald Trump und Steve Wynn Konkurrenz machte. Gadara Enterprises hatte Immobilien auf der ganzen Welt, angefangen von Luxus-Resorts in Las Vegas und Atlantic City bis hin zu Bürogebäuden in Mailand und New York. Da Reed seiner Firma zugeteilt war, hatte er die diversen Eingangshallen schon so oft durchquert, dass er sich mit geschlossenen Augen zurechtfinden würde. Doch seitdem er hier Eve gezeichnet hatte, war es anders.

Unwillkürlich wanderte sein Blick zur Treppenhaustür, hinter der sich jener Treppenabsatz befand, auf dem er Eve genommen hatte. Die äußerst bildhaften Erinnerungen prasselten auf ihn ein und waren so lebendig, dass er ihre Kurven unter seinen Händen zu spüren und ihr Parfüm zu riechen glaubte. Sein Schwanz wurde hart, und er musste ihn zur Seite rücken, um gehen zu können.

»Verdammt«, knurrte er, was gleichermaßen Cain und Eve wie ihm selbst galt. Er brauchte Eve, um seine Pläne voranzutreiben; was er nicht gebrauchen konnte, war, sie anzuhimmeln. Oder zu begehren.

Im Aufzug hämmerte Reed auf den einzigen Knopf an der Tafel. Es trat eine längere Pause ein, als sich die Kamera auf ihn ausrichtete. Dann erst setzte der Sicherheitsmann am anderen Ende den Lift in Bewegung. Innerhalb von Sekunden sauste die Kabine dreißig Stockwerke in die Höhe zum Penthouse. Reed hätte die Distanz schneller überwinden können. Teleportation war ein Segen, der allen *Mal'akhs* gegeben war – mit Ausnahme von Cain, dem die Gabe genommen wurde. Reed hatte heute die langsamere, säkulare Route gewählt, um Zeit zu haben, sich wieder in den Griff zu bekommen. Als die Türen oben aufglitten, fühlte er sich bereit für Raguel.

Er betrat das große, elegante Büro, als gehörte es ihm. Ein edler Mahagonischreibtisch stand schräg in der hinteren Ecke, sodass man von ihm aus freien Blick auf die Panoramafenster gegenüber hatte. Zwei braune Ledersessel umrahmten ein ewiges Licht in dem Kamin an der seitlichen Wand. Über dem Kamin brachte ein Bild vom Letzten Abendmahl, wie da Vinci es sich vorgestellt hatte, ebenso göttliche Gegenwart in den Raum wie das Kreuz an der Wand hinter Gadaras Stuhl.

Der Erzengel selbst stand mit dem Rücken zu Reed am Fenster. Majestätisch und lässig zugleich, hatte er die Hände in den Hosentaschen vergraben. Seine Ausstrahlung wurde durch den Kontrast zwischen seiner cremeweißen Kleidung und der dunklen Haut noch verstärkt.

»Wie geht es Miss Hollis?«, fragte er, ohne sich umzudrehen.

Reed setzte sich auf den Stuhl vor dem Schreibtisch. »Sie erholt sich und gibt sich tapfer.«

»Cain kann ihre Auferstehung nicht allein arrangiert

haben.« Raguel kehrte der Aussicht auf Orange County den Rücken zu. »Du musst ihm geholfen haben.«

»Cain geholfen? *Ich*?« Reed lächelte verhalten. Ob er geholfen hatte oder nicht, war allein seine Sache. Der ehrgeizige Erzengel brauchte nicht noch mehr Munition gegen ihn.

Das Gezeichnetensystem war einst auf enge Kooperation zwischen den einzelnen Firmen angelegt gewesen. Doch längst hatte das Wetteifern darum, Gott besser und häufiger zu gefallen, für Unstimmigkeiten und Täuschungen unter den Erzengeln gesorgt.

»Nicht dass es mich stören würde«, versicherte Raguel. »Es wäre ein Jammer, sie zu verlieren.«

»Es ist ein Wunder, dass es nicht früher passiert ist, wenn man bedenkt, welchen Protokollabweichungen sie ausgesetzt war.«

»Sie wurde lediglich etwas schneller in ihr neues Leben eingeführt, weil sie besser als die anderen in der Gruppe sein muss ... härter und schneller. Furchtlos. Ihre Arbeit mit Cain wird sie immer zum Ziel von Höllenwesen wie Grimshaw machen.«

Reeds Finger krümmten sich um die Armlehne des Stuhls. Raguel benutzte Eve für seine eigenen Zwecke ... und um Cain zu ärgern. »Sie wurde zum Ziel, weil wir sie wie ein rotes Tuch geschwenkt haben.«

Für den Erzengel war es ein gelungener Streich, Cain in sein Team bekommen zu haben, und das war nur möglich gewesen, weil Eve der nordamerikanischen Firma zugeteilt wurde. Sollte Eve durch irgendwelche Umstände Raguels Dunstkreis entzogen werden, wäre auch Cain weg – und mit ihm das ganze Prestige, das Raguel durch ihn gewonnen hatte. Deshalb zog er Reed in diesen Mist mit hinein. Allerdings hatte er nicht damit gerechnet, dass Eve seine schönen Pläne torpedieren könnte.

»Was sie nicht umbringt, macht sie nur härter.«

Reeds Magen krampfte sich zusammen, als er an das Bild dachte, wie sie verbrannt und gebrochen auf dem Toilettenboden lag. »Sie ist bereits einmal getötet worden. Ich schätze, viel schlimmer kann es nicht mehr werden.«

»Dein Sarkasmus ist unangebracht.«

»Was erwartest du denn, Raguel? Du fragst mich, ob es ihr gut geht, nachdem du der Grund dafür warst, dass sie überhaupt umgebracht werden konnte!«

Der Erzengel atmete hörbar aus. Es war leise, aber nichtsdestotrotz eine Warnung. Solange der Kurs lief, war er ganz in seinem Element, war es doch die einzige Zeit, in der es einem Erzengel gestattet war, frei über seine himmlischen Gaben zu verfügen. Die Luft um Raguel flirrte förmlich vor Macht, und das göttliche Strahlen verlieh ihm einen goldenen Schimmer. Wenn er wollte, könnte er seine Flügel mit den goldenen Spitzen auf zehn Meter Spannweite ausbreiten. Aber ihm blieben nur noch vier Wochen, ehe seine Schüler ihren Abschluss machten und er wieder in seiner weltlichen Tarnung gefangen wäre.

Das Training der neuen Gezeichneten dauerte sieben Wochen, und die Erzengel wechselten sich als Lehrer ab, sodass sie reihum in den Genuss ihrer gottgegebenen Macht kamen. Für den Rest des Jahres legte der Herr ihnen nahe, dass sie wie Sterbliche lebten. Er glaubte, sie hätten mehr Mitgefühl für seine geliebten Sterblichen, wenn sie dieselben Unannehmlichkeiten hinnehmen mussten.

Natürlich stand es den Erzengeln frei, seinen Vorschlag zu missachten. Jehova war ein großer Befürworter des freien Willens. Doch jeder Verstoß hatte seinen Preis, und angesichts des harten Wettbewerbs zwischen den Erzengeln hüteten sie sich, auch nur die kleinste Zurücksetzung zu riskieren.

Raguel wechselte das Thema. »Wir müssen das Höllenwesen finden, das deinen Gezeichneten umgebracht hat.«

»Ja, müssen wir. Gab es schon Berichte über weitere Sichtungen?«

»Möglicherweise eine. In Australien.«

Raguel ging zu seinem Schreibtisch. Sein krauses schwarzes Haar war absichtlich grau gefärbt, denn der Erzengel alterte nicht, also musste er es vortäuschen, um nicht aufzufallen. Irgendwann müsste diese Rolle von Raguel sterben und er als jemand anders wiedergeboren werden. Manchmal war es möglich, in die Rolle eines Nachfahren zu schlüpfen, aber bisweilen war eine komplette Neuerfindung der einzig gangbare Weg.

»Ist noch ein Gezeichneter gestorben?«

»Ja.«

Reed lief ein kalter Schauer über den Rücken. Er würde nie vergessen, wo Takeo gestorben war. Von dem Gezeichneten waren nur noch Hautfetzen übrig gewesen, die an Ästen geklebt und im Nachtwind geflattert hatten. »Die Handschrift dieses Höllenwesens ist unverwechselbar. Falls es derselbe Dämon ist, ist es offensichtlich. Gab es Zeugen?«

»Ja, die anleitende Person war dabei.«

Mariel, eine andere Einsatzleiterin unter Raguels Kommando, war bisher die Einzige, die einen flüchtigen Blick auf den Dämon erhascht hatte.

Er ist in meine Gezeichnete hineingekrochen, hatte sie erzählt. *Ist in ihr verschwunden. Sie k-konnte ihn nicht f-fassen.*

Was blieb, war eine Explosion von Gewebe und Haut, die nicht ausreichten, um einen Körper zu bilden. Wo waren die Knochen und das Blut?

Reed atmete scharf aus.

Raguel lehnte eine Hüfte an seinen Schreibtisch. »Vielleicht solltest du mit Mariel nach Australien reisen und selbst Uriels Einsatzleiter befragen.«

»Ich will das Höllenwesen, keine Berichte.«

»Es dauert auch nicht lange. Höchstens ein paar Stunden.«

»Wenn du darauf bestehst, gehe ich. Doch ich halte es für sinnlos.« Reeds äußere Kapitulation ging mit inneren Zweifeln einher. Abgesehen davon, dass er einen Gezeichneten verloren hatte, konnte er keine Hilfe anbieten. Die echten Nachforschungen waren Sache der Gezeichneten. Reeds Job war einfach nur, die Stärken und Schwächen der ihm Unterstellten zu kennen und ihnen die Jagden zuzuteilen, bei denen sie die größten Erfolgsaussichten hatten.

»Du scheinst unzufrieden zu sein«, bemerkte Raguel. »Ich dachte, es würde dich freuen.«

»Warum? Weil ich Wiedergutmachung für Takeos Tod will? Die bringt mir meinen besten Gezeichneten nicht zurück. Ich kann nur beten, dass mein Zeugnis genügte und er jetzt bei Gott ist.«

»Dann bereitet dir etwas anderes Sorge. Was?«

»Diese ganze Geschichte. Die Gewalt eskaliert. Jetzt gibt es eine Maskierung, hinter der sich Höllenwesen verstecken können, und eine neue Dämonenklasse stört das Gleichgewicht.«

»Wir wissen nicht, ob es mehr als einen gibt.«

»Er hat drei Gezeichnete in drei Wochen getötet«, sagte Reed verbissen. »Einer ist genug. Wie lange wird es wohl dauern, bis Sammael den Probelauf für erfolgreich erklärt und mehr von ihnen macht?«

Der Gefallene war stets darauf bedacht, jeden Vorteil zu nutzen.

»Jehova gibt uns nie mehr, als wir verkraften. Die Höllenwesen sind nicht die Einzigen, die besser werden.«

Reed stand auf. »Das hilft mir im Moment nicht.«

Raguel klappte den Humidor auf seinem Schreibtisch auf, nahm eine Zigarre heraus und steckte sie sich zwischen die Lippen, ohne sie zu kappen oder anzuzünden. Er rauchte nicht, aber aus Gründen, die Reed noch nie kapiert hatte, hatte er gern eine Zigarre im Mund.

»Hast du eine Glaubenskrise?«, fragte der Erzengel um die Zigarre herum.

»Falls dieses Höllenwesen weiter einen Gezeichneten pro Woche ermordet, müssen wir mehr neue rekrutieren, ausbilden und anleiten – nur um unsere Zahlen zu halten. Und schaltet er weiterhin unsere Besten und Klügsten aus, haben wir bald nur noch Novizen.«

»Du malst ein sehr düsteres Bild, Abel, als würde der Dämon ungehindert unsere Reihen sprengen.«

»Es ist mein Job, Entwicklungen vorauszusehen und aufzuhalten.«

»Deshalb denke ich ja, dass du Mariel begleiten solltest.«

»Na gut, ich rufe sie und reise mit ihr hin.«

Raguels Auftrag war keine reine Präventionsmaßnahme. Der Erzengel wollte, dass seine Firma diesen neuen Dämon identifizierte und auslöschte. Die Ehre dafür gönnte er weder Uriel noch einem der anderen Erzengel.

»Ich versammle den Kurs heute Abend und bringe ihn nach Fort McCroskey. Berichte mir dort, was ihr herausgefunden habt.«

»Gut. Pass auf Eve auf.«

Raguel nahm die Zigarre aus dem Mund und lächelte. »Selbstverständlich. Sie ist meine Glanzschülerin.«

»Weil sie schon gut ist oder du es so willst?«

»Sie ist recht tüchtig«, antwortete Raguel achselzuckend. »Allerdings könnte sie brillant sein, wäre sie mit dem Herzen dabei. So treibt sie nur ihre Entschlossenheit an, und die genügt nicht, um so herausragend zu werden, wie sie sein könnte.«

»Wie viele neue Gezeichnete sind schon mit dem Herzen bei der Sache? Sie alle werden in den Dienst genötigt.« Reed fuhr sich mit der Hand durch sein kurzes Haar und dachte abermals daran, dass Eve ganz und gar nicht die Sorte Sterbliche war, die normalerweise zu einer Gezeichneten wurde. Sie war Agnostikerin und hatte vor allem nie etwas verbrochen, das eine solche Wandlung rechtfertigte. Ihr einziges Vergehen war, dass sie für Cain eine Versuchung darstellte – der glänzende, köstliche Apfel in seinem Garten voller Dämonen und Tod.

»Miss Hollis ist anders«, sagte Raguel, dessen sonore Stimme sanft durch die Luft schwebte. »Wenn sie zu uns kommen, sind die Gezeichneten mal mehr, mal weniger gläubig. Sie glaubt gar nicht, und das behindert sie. Andere Gezeichnete schöpfen Kraft aus der Furcht um ihre Seele; sie hat keine, und das könnte ihr Tod sein.«

Falls Raguel nicht schon vorher dafür sorgte. »Sind die

anderen Gezeichneten ihr gegenüber immer noch feindselig? Sie könnte sich willentlich zurückhalten, um nicht noch mehr Gegenwind zu ernten.«

»Ich habe nie Anfeindungen bemerkt.«

Reed grinste spöttisch. »Was nicht bedeutet, dass es keine gab.«

Da Cain zu Eves Mentor gemacht wurde, dessen hundertprozentige Erfolgsrate genauso legendär war wie seine Autonomie, triezten sie die anderen aus Neid auf ihr »Glück«. Sie unterstellten ihr kurzerhand, dass Cain den Großteil der Arbeit erledigte, während Eve hübsch in der Gegend herumstand. Wie sehr sie irrten, interessierte sie nicht.

Cain hatte auch einige Fäden gezogen, damit Eve nahe bei ihrer Familie bleiben konnte, und dabei galt grundsätzlich, dass Gezeichnete einer ausländischen Firma zugeteilt werden. Zumeist waren sie schon vorher Einzelgänger gewesen, die sich entweder von ihrer Familie und ihren Freunden distanziert oder aus unterschiedlichen Gründen nie welche gehabt hatten. Ihr Mangel an emotionalen Bindungen war der Anpassung an das Leben als Gezeichnete durchaus dienlich. Und er vertiefte die Kluft zwischen ihnen und Eve.

Raguel bekam nicht mit, wie die anderen sie behandelten – oder er übersah es bewusst.

»Sorg einfach dafür, dass sie am Leben bleibt, solange ich weg bin«, sagte Reed. »Das ist wohl nicht zu viel verlangt.«

»Pass lieber auf, dass *du* am Leben bleibst, Abel«, konterte Raguel. »Wir haben einen Haufen Arbeit vor uns.«

Als könnte Reed das vergessen!

Armageddon.
Es kam, und zwar eher früher als später.

Alec parkte Eves Chrysler 300 auf ihrem Tiefgaragenplatz im Gadara Tower. Nachdem er den Motor ausgeschaltet hatte, sah er zu ihr und bemerkte, dass sie angespannt war. Ihr langes schwarzes Haar war zu einem Zopf gebunden, und sie trug ein schwarzes Trägertop zu Khaki-Shorts. Sanft massierte Alec ihre harten Schultermuskeln. »Alles okay?«

Sie nickte.

»Lügnerin«, murmelte er.

»Sagen wir einfach, ich würde lieber mit anderen Leuten zelten fahren, wenn ich es mir aussuchen dürfte.«

Er legte eine Hand in ihren Nacken und zog sie zu sich, bis er seine Nasenspitze gegen ihre stupsen konnte. »Du wirst mir fehlen.«

Ein kräftiger Schlag auf Eves Kofferraumhaube rüttelte den Wagen durch und lenkte Cains Blick zum Rückfenster.

»Hier wird nicht rumgeknutscht!«, brüllte eine Männerstimme.

Alec schob seine Sonnenbrille nach oben und stellte fest, dass es sich bei dem Störenfried um einen sonnengebräunten, blonden Mann aus einer Dreiergruppe handelte. Er sah aus, als wäre er Anfang dreißig.

»Das ist Ken«, sagte Eve beinahe lachend.

Kens Blick wanderte zwischen ihnen beiden hin und her, und er riss entsetzt die Augen auf, als er sie erkannte. Eilig zog er sich zurück und reckte beide Hände in die Höhe. Er hatte eine Reisetasche über die Schulter gehängt und so weiße Zähne, dass sie fast blendeten. »Sorry, Cain. Ich hatte nicht gesehen, dass du das bist.«

»Toll gemacht, Arschgesicht«, murmelte einer seiner Begleiter und schubste ihn weiter.

»Ken, hmm?« Alec grinste. »Ich dachte auch gerade, dass er wie eine Barbiepuppe aussieht.«

»Lass dich nicht von seinem Aussehen täuschen. Er ist der Beste in unserem Kurs.«

Alec stieg aus und ging um den Wagen herum zur Beifahrertür. Als er Eve hinaushalf, fragte er: »Wie ist sein Spitzname?«

Eve hatte allen Gezeichneten in ihrem Kurs Spitznamen verpasst, und Cain ahnte, warum. Ein Spitzname konnte den Gemeinten entmenschlichen oder individualisieren. Bei Eve vermutete Alec, dass sie solche Namen aus beiden Gründen benutzte.

»Nur Ken«, antwortete sie. »Weil er wie ein Ken aussieht.«

Alec umfasste ihren Ellbogen und führte sie zu den Aufzügen.

Sie warf ihm einen unsicheren Blick zu. »Übrigens wird es Gadara nicht gefallen, dass ich mit dir nach Monterey fahre statt mit den anderen.«

»Gadara hätte leicht eines seiner Flugzeuge nehmen können, um euch alle da raufzubringen. Wenn er dir das Leben nicht leichter machen will, werden wir uns auch nicht anstrengen, es ihm leicht zu machen.«

»Du brichst immer wieder Regeln für mich.«

Das tat er mit einem Schulterzucken ab.

So wie sie ihn ansah, wollte er sie direkt zurück ins Bett verfrachten. »Der Wolf in der Herrentoilette hat mir erzählt, dass du einen Deal für mein Leben eingegangen bist und ihn dann gebrochen hast.«

»Glaubst du alles, was dir Höllenwesen erzählen?« Er wollte ihre Dankbarkeit nicht. Nicht, nachdem er der Grund war, weshalb sie überhaupt erst zur Gezeichneten geworden war, und ganz sicher nicht, solange er hoffte, dass sie dieses Leben zu mögen lernte.

»Danke«, sagte sie leise.

Es brachte ihn um!

Sie fuhren mit dem Aufzug bis in die Eingangshalle.

Eve rümpfte die Nase. »An diesen Geruch von so vielen Gezeichneten in einem Raum werde ich mich nie gewöhnen.«

»Du musst aber zugeben, dass er angenehmer ist als der Gestank von verrottenden Höllenseelen.«

»Schon, aber er ist zu stark. Da fällt mir das Atmen schwer.«

Die üppige Begrünung in der Eingangshalle intensivierte den süßlichen Geruch von mehr als hundert Gezeichneten gleichzeitig. Für Alec war die Wirkung angenehm, genauso wie die Welle von Macht, die er jedes Mal empfand, wenn er von Gezeichneten umgeben war. Eine Firma zu betreten war immer schwindelerregend, egal welche er besuchte oder wo sie war. Sein Blut pochte vor Energie, und sein Herzschlag wurde schneller, als würden die anderen Gezeichneten ihre Energie mit ihm teilen. Eves Sinne hingegen waren noch sehr empfindlich. Cain fragte sich, wie lange es so bliebe. Da er noch nie zuvor Mentor gewesen war und auch nicht dazu ausgebildet wurde, hatte er keinerlei Vergleichswerte.

Sie gingen quer durch die Marmorhalle zu einem Korridor etwas abseits, von dem aus Privatfahrstühle ins Innere des Gebäudes fuhren.

»Was weißt du über dieses Fort, in das wir fahren?«, fragte Eve. »Irgendwas?«

»Fort McCroskey wurde 1991 stillgelegt. Einige Einrichtungen dort sind noch in Betrieb. Es gibt noch einen Supermarkt von der Army und einige Familienunterkünfte für Studenten an der Militärschule in der Nähe. Aber ansonsten ist es eine Geisterstadt.«

»Warum fahren wir da hin?«

»Weil die Infrastruktur noch fürs Training geeignet ist. Die Army selbst benutzt das Gelände gelegentlich noch für diesen Zweck, und wir tun letztlich dasselbe – gewaltsame Niederschlagung eines Feinds.«

»Wie spaßig.«

Alec nahm Eves Hand. Die nächste Woche würde hart für sie. »Ich bin zurück, ehe du eine Chance hattest, mich zu vermissen.«

Ihre Miene wechselte von Verdruss zu Sorge. »Ich bin blöd, hier herumzujammern, weil ich lernen soll, mich selbst zu verteidigen, während du einen Auftrag erledigen musst.«

»Mach dir keine Gedanken um mich. Pass du lieber auf dich selbst auf.«

Eve sah ihn an. »Aber es wird nicht leicht, oder? Er hat untergeordnete Wölfe, die ihn schützen, und du bist allein.«

»Wenn es leicht ist, macht es keinen Spaß.«

»Ach, könnte ich doch auch so denken!« Sie lehnte sich gegen den Handlauf in der Fahrstuhlkabine und verschränkte die Arme. Das war ihre *Mir-machst-du-nichts-*

vor-Pose. »Hast du das schon mal gemacht? Einen Alpha bei ihm zu Hause, inmitten seines Rudels gejagt?«

»Eine Kaffeefahrt.«

»Und du bezeichnest mich als Lügnerin?«

Alec grinste und musterte sie von oben bis unten. Eve war eine exotische Schönheit, bei der jeder öfter als zweimal hinsah: cremeweiße Haut, pechschwarzes Haar, rote Lippen. Cains ganz privates Paradies und seine Zuflucht in einem erbarmungslosen Leben.

Vor zehn Jahren war es Lust auf den ersten Blick gewesen, und seither hatte sich nichts geändert, obwohl sie dazwischen getrennt gewesen waren. Sie war sein Paradiesapfel, seine Versuchung. Er war ihr Ruin. So viel zu erbärmlichen Grundlagen für eine Beziehung. Beide schleppten sie Ballast, verletzte Gefühle und Reue mit sich herum. Eve war eine Frau, die ein Mann heiraten wollte, um mit ihr im Häuschen am Stadtrand zu leben, mitsamt Kindern und einem Hund. Alec wollte zum Erzengel aufsteigen und seine eigene Firma leiten.

Die Aufzugtüren öffneten sich, und sie betraten das Trainingszentrum. Das gesamte Stockwerk war der Ausbildung von Gezeichneten zur bestmöglichen Streitmacht gewidmet. Hier gab es Unterrichtsräume mit Tischen und Stühlen, Dojos, Schießstände, Kraft- und Fechträume. Manchmal blieb Alec, um sich den Unterricht anzusehen, und er war jedes Mal beeindruckt, wie gut die Ausbildung hier war. Als der Urgezeichnete musste er seinerzeit allein sehen, wie er überlebte. Manche sagten, er wäre zum Töten geboren, wie gemacht dafür, und dem stimmte er zu.

Eve ging voraus in das von Glaswänden abgetrennte

Konferenzzimmer. Als sie hereinkamen, verstummten alle und starrten sie an. Es waren gut eine Handvoll Leute in dem Raum, zwischen knapp zwanzig und um die vierzig, männlich und weiblich. Einige saßen an dem langen Tisch in der Raummitte, andere auf ihm. Ken schenkte sich ein Glas Wasser aus einem Silberkrug auf einem Beistelltisch in der Nähe ein. Sie alle sahen erst Eve an, dann verstohlen zu Alec, ausgenommen eine Blondine, die ihn unverhohlen von Kopf bis Fuß musterte.

»Wie geht's dir, Hollis?«, fragte ein dunkelhaariger Latino in Jeans und einem Button-down-Flanellhemd.

»Gut, danke.«

Während sich Alec zu Eve in die Ecke stellte, erwiderte er jeden der Blicke. Eve hüpfte auf die Fensterbank, ließ ihre Beine baumeln und stützte die Hände auf. Sie umklammerte die Kante der Fensterbank sehr fest, was ihre Anspannung verriet. Insgesamt war die Atmosphäre aufgeladen, und das ärgerte Cain mächtig.

Er lehnte sich zurück, verschränkte die Arme und blickte die anderen direkt an. Es folgte unruhiges Fußgescharre, bevor sie wieder ihr Gespräch aufnahmen.

Ken räusperte sich. »Ich bin schon richtig gespannt, wie's wird.«

»Du hast sie doch nicht alle«, sagte eine zierliche Rothaarige und warf sich das Haar über die Schulter.

»Also die Mädchen erkenne ich an ihren Spitznamen«, raunte Alec leise Eve zu. »Glaube ich jedenfalls. Vor allem ›Goth Girl‹. Die Rothaarige ist ›Princess‹, stimmt's, wegen dem ganzen Glitzerzeug?«

Eve schmunzelte. »Ich bin furchtbar Highschool, oder?«

»Es ist nicht deine Schuld, dass sie solchen Klischees entsprechen. Außerdem mochte ich dich, als du noch auf der Highschool warst.« Damit spielte er auf die Begegnung an, die sie erst in die Lage gebracht hatte, in der sie heute waren. Alec konnte es unmöglich bereuen, und er nutzte jede sich bietende Gelegenheit, sie daran zu erinnern, warum sie es auch nicht sollte.

Eve knuffte ihn mit der Schulter. »Rätst du, wer ›Mastermind‹ ist? Der ist nämlich schwieriger.«

Alec blickte sich um. Außer ihnen waren sieben Leute in dem Raum, und da er vier der Gezeichneten bereits ausgeschlossen hatte – Ken, die rothaarige Princess mit der Glitzermascara und dem Lipgloss, das Goth-Girl mit dem blassblonden Haar und den Manga-Zügen, und die »Fashionista«, deren Größe und spindeldürre Figur den Stoff für Supermodel-Träume lieferten. Die übrigen Anwesenden waren der Mann, der Eve begrüßt hatte, ein bleicher und leicht untersetzter Junge in einem Nylon-Jogginganzug, und ein grauhaariger Mann in Stoffhose und Polohemd.

»Der alte Typ?«, riet Alec. »Er hat irgendwie diese Blitzmerker-Ausstrahlung.«

»Du bist älter als er«, erinnerte Eve ihn. »Und, nein, das ist ›Gopher‹, das Erdhörnchen. Sein richtiger Name ist Robert Edwards.«

»Okay, dann ist es der Typ in der Jeans.«

»Nein.«

Alec machte große Augen. »Der Junge? Du verarschst mich.«

Lachend antwortete sie: »Nein, tue ich nicht. Er ist älter, als er aussieht. Anfang zwanzig. Chad Richens. Er und

Edwards sind aus England, also nehme ich an, dass sie deshalb zusammen rumhängen. Ein anderer Grund wäre, dass Richens sich gern Sachen ausdenkt, aber ungern die Drecksarbeit erledigt.«

»Zum Beispiel?«

»Zum Beispiel, als Edwards alle Bajonette gegen stumpfe vom Vortag austauschte. Wir alle mussten uns doppelt so sehr anstrengen wie er, weil er und Edwards die Einzigen waren, die frisch gewetzte Klingen hatten. Die Idee war von Richens, aber Edwards hat die Bajonette getauscht. Claire ist ausgeflippt, als Ken es herausbekam. Ich dachte schon, die kriegt einen Hirnschlag.«

»Die Fashionista?«

»Ja, Claire Dubois, aus Frankreich. Sieht sie nicht sagenhaft aus? Sie sagt, dass es vor dem Kainsmal nicht so war. Anscheinend war sie eine Meth-Süchtige, die ihre Wohnung mitsamt ihrem Freund drinnen abgefackelt hat. Deshalb wurde sie zur Gezeichneten. Sie ist immer noch ziemlich reizbar und zappelig.«

Alec sah sich den Teenager an. »Wie hält sich Richens bei den körperlichen Teilen des Kurses?«

»Nicht gut. Selbst mithilfe des Mals hat er Mühe mit dem Kampftraining, und ich denke, dass er darum versucht, mit irgendwelchen Schlichen durchzukommen. Er ist ein Videogame-Junkie, und Strategie ist seine Stärke, nicht seine Fäuste. Obendrein dreht er schnell durch.« Sie senkte ihre Stimme noch weiter. »Edwards hat mir erzählt, dass Richens' Vater ihn misshandelt hat. Ich vermute, dass er noch einiges davon mit sich herumschleppt.«

Alec entging nicht, dass sich Eve die anderen Leute in ihrem Kurs sehr aufmerksam angesehen hatte. Das war ein

Markenzeichen für einen guten Jäger. Töten war kein rein körperlicher Vorgang, sondern erforderte eine Menge Verstand. »Da muss Potenzial in ihm stecken, sonst wäre er direkt einer Innendienststelle zugeteilt worden.«

»Er hat jemanden umgebracht. Einzelheiten weiß ich nicht. Er redet nicht darüber.«

»Mörder enden normalerweise automatisch im Außendienst.«

»Schön blöd«, murmelte sie. »Wenn du mich fragst, hat irgendwer richtig verkackt, ihn hierher zu packen.«

»Vorsicht!« Alec warf ihr einen tadelnden Blick zu. Eves Überzeugungen waren ihre Sache, und er respektierte ihr Recht, sie zu wahren, aber manchmal gab sie ihre Meinung auf eine Art von sich, die schlicht zu gefährlich war. »Damit bleibt nur noch der Dunkelhaarige. Und das ist ›Romeo‹, nehme ich an?«

Eve nickte. »Antonio Garza aus Rom. Aber deshalb nenne ich ihn nicht Romeo. Er hat was mit Laurel ... und Diskretion ist nicht so sein Ding.«

»Wer ist Laurel? Die Princess?«

»Genau die. Laurel Hogan. Romeo hat zuerst das Goth-Girl angebaggert, aber sie meinte, er wäre zu sehr Gigolo für ihren Geschmack. Und zu Laurel passt er sowieso besser. Wenn du mich fragst, fehlen Izzie ein paar Nadeln an der Tanne.«

Alec sah zu der zierlichen Blonden. Sie war schmal und blass, ihre blauen Augen waren dick mit Kajalstift umrahmt, und ihr Mund war in einem tiefen Violett geschminkt. Alec würde sie als »zart« beschreiben, trotz ihres Nietenhalsbands und der passenden Armbänder. »Warum sagst du das?«

»Izzie hat schon so ziemlich jeden hier mal mit ihrem Bowie-Messer bedroht. Sie mag uns alle nicht.«

»Was für ein komischer Name.«

»Ist die Kurzform von Iselda. Iselda Seiler. ›Izzie‹ passt eigentlich besser zu ihr als ›Goth‹, finde ich. Na, ihr Spitzname ist ja auch eher eine Beschreibung, wie bei den anderen Mädchen.«

Alec fiel auf, wie misstrauisch Eve die andere Frau ansah. Was man ihr nicht verübeln konnte, denn die Blonde zog ihn schon mit den Augen aus, seit er den Raum betreten hatte. »Du magst sie nicht.«

»Sie ist mir egal«, korrigierte Eve. »Aber sie hat eindeutig ein Problem mit mir, ein noch größeres als der Rest des Kurses, und das will einiges heißen.«

»Gibt es hier jemanden, mit dem du klarkommst?«

»Na ja…« Eve zuckte mit den Schultern. »Ich komme nicht *nicht* mit ihnen klar, aber ich habe mich auch mit keinem angefreundet. Also versuche ich, möglichst nicht aufzufallen.«

Alec sah sie an. Jeden Tag fragte er sie, wie der Kurs war, und jeden Tag wechselte sie sofort das Thema. Nun erzählte sie zum ersten Mal überhaupt etwas.

»Was sagt Raguel dazu?«, fragte er. »Ich wette, er will dich dauernd im Mittelpunkt sehen.«

Sie rümpfte die Nase. »Ja, damit er an mir herummäkeln kann und zeigen, was ich alles falsch mache.«

Alec biss die Zähne zusammen. Wenn er mit Charles fertig war, würde er sich um Raguel kümmern. Eve war ein Naturtalent, und es war absurd, dass sie es nicht wusste, weil der Erzengel sie nie lobte.

Als hätte er ihn mit seinem Gedanken herbeigezaubert,

kam Raguel durch die geschlossene Glastür geschwebt. Er musste natürlich demonstrieren, wozu er fähig war. Seine blaue Leinenhose und die Tunika wirkten lässig, was jedoch gleich von seiner strengen Ausstrahlung zunichtegemacht wurde.

Er nickte Alec kurz zu, bevor er sich in dem Konferenzraum umblickte. Seine lyrische Stimme ertönte: »Guten Tag.«

»Guten Tag, *Moreh*«, begrüßte ihn der Kurs. *Moreh* war das hebräische Wort für »Lehrer«.

Raguel runzelte die Stirn. »Wo ist Molenaar?«

»Noch nicht aufgekreuzt«, antwortete Ken.

Alec sah zu Eve und überlegte, wer gemeint war.

Der Stoner, sagte sie stumm.

Die Zusammensetzung des Kurses war seltsam: zwei Ex-Junkies, ein Teenager mit schwacher Feinmotorik und ein offenbar gesetzter älterer Mann. Gezeichnete kamen in allen erdenklichen Typen und mit den unterschiedlichsten Vorgeschichten vor, doch nur wenige wurden für die Ausbildung zum Jäger ausgesucht, während das Gros für Hintergrundarbeiten als Sekretäre oder Reisekoordinatoren eingeteilt wurde.

Vor allem Dubois und der abwesende Stoner bereiteten Alec Sorge. Süchtige hatten die größten Schwierigkeiten, sich dem Leben als Gezeichnete anzupassen. Neben dem Verlust ihres Zuhauses, ihrer Familie und ihrer Freunde büßten sie auch noch ihre Krücke ein. Das Mal war wie ein Sofort-Entzug, indem es den Körper so veränderte, dass bewusstseinsverändernde Drogen nicht mehr wirkten. Manche neuen Gezeichneten wurden verrückt, wenn sie sich der Realität stellen mussten, konnten sie doch schon in ihrem Leben vorher nicht ohne Drogen funktionieren. Und noch viel weniger schafften sie es, nüchtern mit einer Welt voller Dämonen zurechtzukommen, die sie tot sehen wollten.

»Wir brechen in einer Stunde auf«, sagte Raguel, »mit oder ohne Molenaar.«

Eve hob die Hand. »Was ist der Zweck dieser Exkursion?«

Raguel verschränkte die Arme und stellte die Beine etwas auseinander, während er den Blick durch den Raum schweifen ließ. »Sie alle tragen Ängste mit sich herum, denen Sie sich stellen und lernen müssen, sie zu überwinden. Ihre Aufgabe wird sein, die schlimmsten der Höllenbewohner auszuschalten. Die Horrorfilme, die Sie früher gern gesehen haben, sind nichts verglichen mit dem, was Sie in Zukunft täglich erwartet. Ich bringe Sie an einen Ort, an dem die Angst Ihr ständiger Begleiter sein wird. Und Sie werden lernen, bestmöglich zu funktionieren, wenn Sie mit dem Schlimmsten konfrontiert sind.«

Alec merkte, wie Eve erschauderte.

Er griff nach ihrer Hand und löste sie von der Fensterbrettkante. Dann verwob er seine Finger mit ihren, um sie wortlos zu beruhigen. Es wäre maßlos untertrieben, würde er sagen, dass er sich beschissen fühlte, was seine Rolle bei ihrer Zeichnung betraf. Und das war nicht das Übelste. Was geschehen war, konnte er nicht mehr ändern; allerdings konnte er die Zukunft beeinflussen. Nur arbeitete er daran nicht so hart, wie er sollte.

Eve wollte, dass er ihr half, das Kainsmal loszuwerden, und er hatte es ihr versprochen. Doch ihr Wunsch nach Freiheit konkurrierte mit seinem Verlangen, sie lange genug in seiner Nähe zu behalten, um das Gezeichnetensystem von Grund auf kennenzulernen. Für ihn war es die beste Methode, sich als offensichtliche Wahl für eine Firmenleitung zu positionieren. Die Bedrohung durch die Höllenwesen wuchs, und es wurden mehr Gezeichnete benötigt. Alec wollte sich in Stellung bringen, sobald die Expansion beschlossen wurde. Das konnte er nicht als der Außenseiter, der er von je her gewesen war; der Wanderer, der zum ewigen Nomadendasein verdammt war. Durch Eve war er endlich fest an einem Ort und beobachtete die Gezeichneten von Anfang an. Hatte er erst sein Mentorentraining abgeschlossen, könnte er praktische Erfahrungen in sämtlichen Bereichen des Systems vorweisen. Keiner wäre dann besser zur Leitung geeignet als er.

»Sie werden lernen zusammenzuarbeiten«, fuhr Raguel fort. »Sie stehen nicht im Wettbewerb miteinander, auch wenn sich manche von Ihnen so benehmen. Sie sind ein Team mit einem gemeinsamen Ziel. Der Verlust eines Einzelnen schwächt Sie alle. Nach dieser Exkursion werden Sie sowohl gelernt haben, wie Sie überleben, als auch, wie Sie Ihren Brüdern helfen zu überleben.«

»Klingt ja super«, sagte Princess – Miss Hogan.

»*Sí.*« Romeo zwinkerte ihr zu.

Richens rutschte nervös auf seinem Stuhl hin und her, und Izzie gähnte.

Edwards jedoch trommelte mit den Fingern auf der Tischplatte herum. »Ich war schon in Fort McCroskey. Das ist eine Müllkippe, unkrautüberwuchert und wimmelnd vor Ungeziefer.«

»Iih!« Laurel verzog das Gesicht. »Ich hab's mir anders überlegt.«

»Ich werde dich beschützen, *Bella*«, säuselte Romeo.

»Sie werden sich alle gegenseitig beschützen«, verbesserte Raguel ihn.

Ken rieb sich die Hände. »Wir schaffen das.«

»Gibt es da WLAN?«, fragte Richens.

»Natürlich.« Raguel lächelte nachsichtig. »Alle modernen Annehmlichkeiten. Ich will Sie ja nicht völlig isolieren. Der Sinn dieser Übung ist, Situationen zu simulieren, wie Sie sie im Außendienst antreffen werden.«

»Simulieren?« Eves Finger schlangen sich fester um Alecs. »Sind die Höllenwesen, die wir jagen, auch simuliert?«

»In gewisser Weise. Ihre Beute werden echte Höllenwesen sein. Nichts auf der Erde kann deren Geruch imitieren, deshalb müssen wir echte Dämonen benutzen.«

Lachen ging durch den Raum.

»Aber sie arbeiten für mich«, ergänzte Raguel.

»Schade«, murmelte Ken. »Ich hatte gehofft, endlich mal einen Dämon zu vertrimmen.«

»Alles zu seiner Zeit, Mr. Callaghan. Versammeln Sie sich bitte am Tisch. Beten wir für den Erfolg unseres Unternehmens, bevor wir aufbrechen.«

Die Schüler standen auf und bildeten eine bunt gewürfelte Gruppe, die Alec ins Grübeln brachte, was die Zukunft des Systems anging. Eve zog ihre Hand aus seiner und rutschte von der Fensterbank.

Er sah sie fragend an.

»Ich gehe raus«, flüsterte sie.

Izzie kam zu ihr. »Ich komme mit.«

»Mir wäre es lieber, wenn Sie beide bleiben«, rief Raguel, dessen himmlisches Gehör den Wortwechsel selbstverständlich aufgeschnappt hatte. »Ob Sie mit uns beten oder nicht, ist irrelevant. Wir müssen in allem gemeinsam handeln.«

Alec fing Eve ein, indem er einen Arm um ihre Taille legte und sie an sich zog. Dann betete er für sie beide. Angesichts ihres Glücks in letzter Zeit brauchten sie jede Hilfe, die sie bekommen konnten.

3

Als sich ihr Wagen dem unbewachten Tor von Fort McCroskey näherte, blickte sich Eve um. Im Schein der untergehenden Sonne schimmerte das Schild, auf dem das Ende der öffentlichen Straße angezeigt wurde. Es war eindeutig frisch gestrichen. Die Straßen hinter der Grenze waren dank einer neuen Asphaltschicht dunkler als die draußen. Weiter vorn beleuchteten Lichter den Supermarkt, auf dessen Parkplatz reichlich Wagen standen.

»Es sieht gar nicht so verlassen aus«, sagte Eve. »Vielleicht habe ich eine zu lebhafte Fantasie, aber ich hatte es mir völlig anders vorgestellt. Spinnweben, Steppenläufer und so.«

Alec sah sie vom Beifahrersitz aus an. »Das Beste kommt noch.«

»Ah, klasse. Da habe ich doch etwas, worauf ich mich freuen kann.«

»Freu dich auf meine Rückkehr«, raunte er und bedachte sie mit einem seiner Blicke. Er war unglaublich, gefährlich sexy. Und Alec wusste es, was ihn umso gefährlicher machte.

Eve sah wieder auf die Straße. »Du schaffst es noch, dass

wir einen Unfall bauen. Es ist schwierig zu fahren, wenn sich einem die Zehen zusammenkrümmen.«

Eve wurde langsamer, um den Abstand zu dem weißen Van vor ihr zu halten, in dem die anderen Gezeichneten saßen. Im weißen Chevy Suburban hinter ihr waren vier von Gadaras Leibwächtern nebst Proviant für eine Woche und ihrer gesamten Ausrüstung.

Gelegentlich blickte sich einer von den Kursteilnehmern zu Eve um, jedoch nie auch nur einen Hauch freundlich. Wahrscheinlich hätte sie mit ihnen fahren sollen, um Solidarität zu beweisen, aber dazu fehlte ihr die Kraft. Sie wusste nicht, ob sich eine Wiederkehr von den Toten wie ein mörderisches PMS anfühlen sollte oder nicht; auf jeden Fall war sie ernsthaft mies gelaunt und schlapp.

Die Straße, durch die sie fuhren, war von Häusern gesäumt, deren Architektur von Zweifamilienhäusern aus den 1950ern bis hin zu Einfamilienhäusern aus den 1980ern reichte. In allen brannte Licht, Autos standen in den Carports, und die Rasenflächen in den Vorgärten waren getrimmt. Eve hatte ein bisschen über das Fort recherchiert und herausgefunden, dass es 1917 errichtet worden war, 1940 offiziell zum Fort und 1994 stillgelegt wurde. Heute diente es diversen zivilen wie militärischen Zwecken. In den Häusern links und rechts wohnten verheiratete Soldaten, die auf die nahe gelegene Defense Language Institute and Naval Postgraduate School gingen.

Eve ließ das Fenster herunter, worauf frische, salzgewürzte Luft ins Auto wehte. Obwohl der Stützpunkt an derselben Pazifikküste lag wie ihre Wohnung, war das nördliche Klima vollkommen anders. Die Temperaturen waren niedriger, der Himmel bewölkt, und die Bäume waren Kiefern statt Palmen. Eve wünschte, sie würden auf Alecs Harley fahren, aber eine siebenstündige Tour wäre selbst für einen vom Kainsmal verstärkten Körper ziemlich anstrengend.

»Ich wette, die hier stationierten Soldaten mochten den Stützpunkt«, sagte Alec.

»Es ist eine Schande, dass sie den geschlossen haben. Der Bruder einer Freundin von mir war in Fort Leonard Wood in Missouri stationiert. Er nannte es ›Fort Lost in the Woods, Misery‹. Sicher hätte es ihm hier weit besser gefallen.«

»Ohne Frage.«

Sie folgten dem Van um eine Kurve. Eve erblickte ein Gebäude mit vernagelten Fenstern und bekam ein unruhiges Gefühl im Bauch. Sie sagte sich, dass es eine rein mentale Geschichte war, denn eigentlich sollte ihr Körper nicht auf Stress reagieren. Leider nützte es nichts. Sie war nervös und hatte Angst. »Also ... Weißt du irgendwas über das Training hier?«

Alec drückte sanft ihr Knie. »Ich habe rumgefragt, als sie den Suburban beluden. Raguel hat McCroskey erst ein paar Mal benutzt, deshalb war es schwierig, jemanden zu finden, der dabei war. Die beiden Gezeichneten, mit denen ich gesprochen habe, haben gesagt, dass es ihre Wahrnehmung komplett verändert hat.«

»Zum Besseren?«

»Das haben sie gesagt.«

»Nur zwei Gezeichnete?« Sie schluckte. »Was ist mit dem Rest von ihnen passiert?«

Alec warf ihr einen schiefen Blick zu. »Die sind im Außendienst und machen ihren Job. Sie sind nicht tot.«

Eve atmete auf. »Gut zu wissen.«

»Ich hole dich aus der Sache raus, bevor sie dich umbringt«, versprach er entschlossen. »Du wirst deine Tage nicht als Gezeichnete beenden.«

Ihre Reaktion auf seinen Schwur war so gemischt, dass Eve sich nicht entscheiden konnte, was sie empfand. Vor drei Wochen hätte sie noch erwidert: »Worauf du wetten kannst!« Heute war sie zwiegespalten. Noch nie hatte sie etwas aufgegeben, weil es ihr nicht gefiel. Sie brachte Dinge zu Ende, damit keiner sagen konnte, sie hätte nicht alles gegeben.

»Weißt du«, begann sie, »dieses Training bin ich nach dem Motto ›einen Tag nach dem anderen‹ angegangen.«

»Keine schlechte Einstellung, Angel. Manchmal ist es die einzige, mit der man durchhält.«

»Ja, aber in diesem Fall muss ich das große Ganze sehen.«

Alec drehte sich auf seinem Sitz zu ihr. Trotz seiner enormen Größe war es eine geschmeidige Bewegung. Mit einem Meter dreiundneunzig Größe und knapp hundert Kilo reiner Muskelmasse hatte Alec einen Körper, der Männer genauso ansprach wie Frauen. Obwohl ihn sein Kainsmal übernatürlich stark machte, trieb er regelmäßig Sport, um in Topform zu bleiben. Er nahm seine Arbeit sehr ernst, und das bewunderte Eve an ihm, auch wenn sie sich selbst oft schalt, mit weit weniger Verve dabei zu sein.

»Und was würdest du mit dem großen Ganzen anfangen?«, fragte er.

»Tja, wenn ich das wüsste!« Sie zuckte mit den Schultern. »Ich werde nur das Gefühl nicht los, als würde ich es Gott leichter machen, mich noch länger hier zu behalten, wenn ich mich kopfüber in diese Gezeichnetengeschichte stürze.«

Seine Fingerspitzen strichen über ihren Unterarm. »Jehova kennt weder leicht noch schwer, einfach oder schwierig. Er tut, was er für das Beste hält.«

»Na, *ich* kenne den Unterschied«, konterte sie. »Und was früher schwer war, wird einfacher, was manchmal gar nicht so schlecht ist. Und manchmal ist es beschissen schrecklich, zum Beispiel, wenn man in einem dreckigen Herrenklo stirbt.«

»Probier es diese Woche mal aus«, schlug er vor. »Gib sieben Tage lang dein Bestes, und warte ab, was passiert.«

Eves umfasste das Lenkrad fester. »Ich will das nicht mögen, Alec. Ich will mich so nicht wohlfühlen.«

Der Van bog wieder um eine Ecke und führte sie in einen weniger belebten Bereich. Die Häuser in dieser Straße waren dunkel, die Vorgärten ausgeblichen, und die untergehende Sonne fügte noch reichlich Schatten hinzu. Was eben noch wie eine Stadtrandsiedlung angemutet hatte, wich Trostlosigkeit. Eve fröstelte.

»Was willst du, Angel?«

»Ich will Normalität. Ich will heiraten, Kinder kriegen, alt werden.« Eve blickte zu ihm. »Und ich will dich. Meistens.«

Als der Van auf einen von zwei Parkplätzen vor einem dunklen Doppelhaus einbog, hielt Eve an der Straße und sah zu dem Haus. Der Suburban fuhr an ihr vorbei und parkte auf dem zweiten Platz.

Alec wandte das Gesicht ab. »Normalität kann ich nicht bieten«, murmelte er.

»Ich weiß.«

Die Hintertür vom Van ging auf, und Ken sprang heraus. Er streckte sich, lehnte die Hände gegen den Türrahmen und beugte sich hinein. Anscheinend lauschte er den Anweisungen von jemandem im Wagen, sah zu Eve und bedeutete ihr, am Straßenrand zu parken.

Sie seufzte. »Los geht's.«

Nachdem sie geparkt hatte, stieg Eve aus und ging zu den anderen. Der Rest der Gruppe strömte aus dem Van. Gadara stand zwischen den beiden Fahrzeugen und schwenkte den Arm, worauf die Außenbeleuchtung des Hauses aufschien.

»Genial«, sagte Laurel und ließ eine Kaugummiblase platzen.

Das Licht änderte nichts an Eves Unbehagen. Vielmehr betonte es noch, wie schäbig ihre Unterkunft war. An der Fassade blätterte die Farbe ab, der betonierte Fußweg war rissig und der Asphalt in der Einfahrt zerbröselt. Eine Kakerlake lief zwischen die beiden Wagen, und Laurel schrie auf.

Izzie verdrehte die Augen und zertrat das Insekt mit einem ihrer Doc Martens. »Die ist tot«, sagte sie, und ihr ohnehin schon schroffer Ton wurde durch den deutschen Akzent noch barscher. »Du kannst jetzt bitte aufhören zu kreischen.«

»Ich wohne nicht in einem ungezieferverseuchten Haus!«, schrie Laurel.

»Ich hab doch gesagt, dass hier alles total runtergekommen ist«, sagte Edwards. »Ich habe Insektengift mitgebracht.«

»Wir töten Gottes Kreaturen nicht«, bemerkte Gadara streng.

Claire schnaubte. »Sind Sie sicher, dass das keine Höllenkreaturen sind? Ich glaube, Kakerlaken und Moskitos sind Dämonenbrut.«

»Sie verschwinden wieder, Miss Dubois. Geben Sie ihnen ein paar Minuten, dann suchen sie sich ein anderes Haus in der Gegend.«

Richens schob die Hände in die Vordertasche seines Kapuzenpullis. »Pennen wir echt hier?«

»Ja, tun wir. Die Herren in der linken Haushälfte, die Damen in der rechten.«

»Ich hoffe, von euch schnarcht keine«, murmelte Izzie.

»Warum können wir nicht in einer hübscheren Gegend wohnen?«, fragte Laurel.

»Ja, um der Damen willen«, ergänzte Romeo.

»Und was dann? Ahnungslose Familie erschrecken?«, entgegnete Ken.

»Mr. Callaghan hat recht.« Gadara ging um den Van herum und öffnete die Hecktüren. »Wir werden zu allen möglichen Zeiten aktiv sein, oft bewaffnet, und wir sind eine auffällige Gruppe. Vor allem wollen wir nicht die Neugier der Sterblichen wecken, sondern die Höllenwesen auf uns aufmerksam machen.«

»Schade, dass ich nicht bleiben kann«, sagte Alec. »Klingt lustig.«

Eve sah ihn an. Als er ihr aufmunternd zulächelte, bemühte sie sich, sein Lächeln zu erwidern. Obwohl sie sich nicht im Traum vorgestellt hätte, dass es so wie hier sein würde, war es zwecklos, sich aufzuregen. So war es nun mal, und sie müsste eben das Beste daraus machen.

»Ja, klar«, brummelte Richens, nahm seinen Rucksack auf und schwang ihn sich über die Schulter. Dabei schlug er ihn einem der Leibwächter an den Rücken, der Ausrüstung aus dem Suburban lud. »Sorry, Alter. War keine Absicht.«

Ken nahm sich seine Reisetasche. »Ihr seid doch ein Haufen Angsthasen. Ich freue mich schon auf die Ferien.«

»Sicher doch«, sagte Claire. »Du bist ja auch bekloppt. Gib mir mal die rote Tasche, *s'il te plaît*.«

Eve kehrte zu ihrem Wagen zurück, drückte die Kofferraumtaste auf der Fernbedienung und wollte ihre Tasche herausholen. Alec überholte sie blitzschnell und hatte schon den Taschenhenkel gegriffen, ehe sie es konnte.

Ihre Blicke begegneten sich. »Ich habe immer mein Handy dabei. Ruf mich an, egal, um welche Zeit.«

Das Letzte, was Alec auf der Jagd brauchte, war, von einem Anruf abgelenkt zu werden. Eve schüttelte den Kopf. »Mach dir keine Sorgen um mich. Kümmere du dich um deinen Auftrag, und komm bitte heil zurück.«

»Wirst du mich vermissen, Angel?«

Sie lächelte. Mit Alec ging es ihr wie mit ihrem Training: Sie hatte Angst, sich zu sehr darauf einzulassen. Versagte sie bei einem, waren beide verloren. Alec blieb nur so lange eine feste Größe in ihrem Leben, wie sie das Kainsmal trug, und es für immer zu behalten kam nicht infrage. Gezeichnete lebten außerhalb der normalen Gesellschaft. Sie konnten nicht auf natürliche Weise sterben, und sie konnten kein Leben schenken. Das zu akzeptieren war Eve nicht bereit.

Doch darüber würde sie ein anderes Mal nachdenken. Jetzt war ein Mann, der ihr etwas bedeutete, im Begriff, sich in Gefahr zu begeben.

»Natürlich werde ich«, sagte sie. »Sei vorsichtig.«

»Hör zu.« Er legte seine freie Hand auf ihre Schulter. Seine Augen glühten, und er wirkte sehr ernst. »Du bist ein Naturtalent. Ich weiß, dass Raguel es dir bisher nicht gesagt hat, aber es stimmt. Du hast ein angeborenes Talent.«

»Ich wurde umgebracht!«

»Aber erst nachdem du den Drachen in die Hölle zurückgejagt hattest«, erinnerte er sie. »Ist dir bewusst, wie wenige Gezeichnete das von sich behaupten können? Ich sollte es dir wahrscheinlich nicht sagen, und beim Mentorentraining werden sie mir sicher einbläuen, mich an die Regeln zu halten. Aber ich rate dir dennoch, auf dein Gefühl zu hören, okay?«

Eve starrte ihn wie gebannt an. »Auf mein Gefühl?«

»Ja.« Alec tippte an ihre Schläfe. »Und deinen Verstand. Du bist ein kluges Köpfchen, Angel. Pfeif auf die Regeln, und folge deinem Instinkt.«

Sie nickte, und er küsste sie auf die Nasenspitze. »Und vermisse mich. Schmerzlich!«

Einen Moment später fuhr er weg, und sie blieb mit ihren Mitschülern allein zurück. Als sie die Einfahrt hinauftrottete, wappnete sich Eve für eine Woche emotionaler Isolation.

Ken schloss die Hecktüren des Vans, als sich Eve zum Rest der Gruppe am Ende der Einfahrt gesellte.

»Trennung nach Geschlechtern«, sagte Gadara, »und fangen Sie an, die Häuser wohnlich zu machen.«

»Wo wollen Sie hin?«, fragte Laurel ihn misstrauisch.

Angesichts ihres scharfen Tons zog Gadara die Brauen hoch, antwortete aber seelenruhig: »Zum Supermarkt.«

»Da darf man nur einkaufen, wenn man zum Militär gehört«, sagte Edwards.

»Ich habe eine Genehmigung, Mr. Edwards.«

»Er ist ein Erzengel, kein Idiot«, murmelte Izzie.

»Halt die Fresse!«

Eve musste schmunzeln, was ihr jedoch gleich wieder verging, als sie Gadaras Blick bemerkte.

»Miss Hollis, kümmern Sie sich bitte darum, dass die Frauenunterkunft hergerichtet wird und es keine Reibereien gibt. Dort drüben sind Luftmatratzen.« Er zeigte auf den Stapel Ausrüstung vor der Garage.

Laurel runzelte die Stirn. »Wieso hat sie das Sagen?«

»Weil sie die Einzige von Ihnen ist, die schon Außendiensterfahrung hat.«

»Ja, und sie hat sich mächtig den Arsch vertrimmen lassen.«

Der Kurs wusste nicht, dass sie gestorben war, wurde Eve klar, und sie fragte sich, warum es geheim gehalten wurde.

Gadara sah Laurel warnend an. »Beherzigen Sie bitte meine Entscheidung, Miss Hogan.«

Laurel blickte spöttisch zu Eve. Romeo legte einen Arm um ihre Taille und flüsterte ihr etwas ins Ohr.

Eve reckte das Kinn. Natürlich befeuerte Gadara noch die Feindseligkeiten ihr gegenüber. Er machte ihr diese Geschichte mit dem Kainsmal schon von Anfang an so schwer wie möglich. Auf die Art hielt er Alec in Schach.

»Mr. Edwards.« Der Erzengel wandte sich ab. »Sie übernehmen die Leitung der Herrenunterkunft, vor allem der Küche. Wir fangen mit den Vorbereitungen fürs Abendessen an, wenn ich zurück bin.«

»Jagen wir heute Nacht?«, fragte Ken.

Gadara schüttelte den Kopf. »Nein, erst mal richten wir uns ein, und dann bereiten wir uns für morgen vor.«

»Na, dann legen wir lieber los«, sagte Eve und marschierte in Richtung der linken Haushälfte. Die anderen Frauen folgten ihr.

Die Sonne stand bereits tief am Horizont und tauchte den Himmel in Aquarelltöne. Der Anblick war atemberaubend, und Eve blieb auf der kleinen Veranda stehen, um es sich anzusehen.

»Vielleicht wird es doch nicht so schlimm«, sagte Laurel.

»Vielleicht«, stimmte Eve ihr zu und hoffte es inständig.

Die friedliche Stille wurde von einem Wolfsheulen in der Ferne zerrissen, und Eve lief es eiskalt über den Rücken.

»Gibt es Wölfe an der Küste?«, fragte Claire flüsternd.

»*Werwölfe*«, korrigierte Izzie finster.

Während der Himmel einen blutroten Ton annahm, schwand Eves Freude an seiner Schönheit. Die Abendluft nahm eine bedrückende, unheimliche Note an.

Sie waren dort draußen, die Höllenwesen, und warteten genau wie die Gezeichneten auf ihre Tötungsbefehle. Und sie vertrieben sich die Zeit damit, mit Sterblichen zu spielen, sie an den Rand der Hölle zu führen und hinüber zu schubsen.

Eve öffnete die unverschlossene Tür und bedeutete den anderen, sich vor ihr in Sicherheit zu begeben. »Gehen wir rein.«

»Tag, Leute.«

Reed grinste über die australische Begrüßung. »Es ist nach Mitternacht.«

»Tut mir leid, dass ihr warten musstet«, sagte Les Goodman und winkte sie in sein kleines, aber gepflegtes Haus in Victoria Park. Er war der australische Einsatzleiter, der den jüngsten Angriff des mysteriösen Höllenwesens bezeugt hatte, und der Grund, weshalb Reed und Mariel in Down Under waren. Den Tag über war er mit den Formalitäten beschäftigt gewesen, die ein Gezeichnetentod nach sich zog, sodass er erst vor einer halben Stunde endlich angerufen und Reed gebeten hatte, zu ihm zu kommen.

»Ich wollte meinen Bericht machen, solange mir noch alles frisch im Gedächtnis war«, erklärte Les, als sie in das gemütliche Wohnzimmer gingen. Es war mit einer braunen Ledergarnitur und wuchtigen Holzmöbeln eingerichtet. »Nicht dass ich es jemals vergessen könnte. Ich werde sicher für immer Albträume von dem haben, was meiner Gezeichneten passiert ist.«

»Danke, dass Sie uns empfangen, Mr. Goodman«, sagte Mariel. »Wir wären auch lieber unter erfreulicheren Umständen hier. Ihr Verlust tut uns sehr leid.«

»Danke. Nennen Sie mich bitte Les.«

Mariel trug ein weites Blümchenkleid mit passendem blauem Pullover, sodass sie locker und zugänglich wirkte. Ihr krauses, feuerrotes Haar war allerdings die Versuchung pur, auch wenn es auf Les weit weniger zu wirken schien als auf die meisten anderen Männer.

»Abel kennst du ja schon«, sagte sie.

Les reichte Reed die Hand. »Ja, natürlich. Willkommen, Abel. Es ist mir eine Ehre, dich hier zu haben.«

Reed schüttelte ihm die Hand und bemerkte, dass der *Mal'akh* einen festen, selbstbewussten Händedruck hatte. Les war blond, seine Haut sonnengegerbt, und sein Äußeres war offenbar in den Mittvierzigern eingefroren. Trauer lastete schwer auf seinen Schultern und hatte Falten in seine Mund- und Augenwinkel gegraben. Eine solch starke physische Manifestation von Gefühlen war selten bei *Mal'akhs* und konnte lediglich vom Verlust eines geliebten Menschen herrühren. Les' Gezeichnete musste ihm viel bedeutet haben.

Manchmal kam es zu Affären zwischen Gezeichneten und ihren Einsatzleitern, da sie eine Verbindung hatten, die über das rein Körperliche hinausging. Ein Gezeichneter konnte Angst und Triumph mit seinem Anleiter teilen, und ein Anleiter konnte ihn aus vielen Meilen Entfernung aufmuntern oder trösten. Zudem förderte die Isolation, in der Gezeichnete lebten, und die Verlockung ihres Noviums, das mit dem Kitzel der ersten Jagden eintrat, eine enge Beziehung zwischen beiden. Nicht mal *Mal'akhs* waren gegen einen Gezeichneten immun, der zur vollen Reife erwachte.

»Danke, dass du dir Zeit für uns nimmst«, murmelte Reed, der an Eve und seine eigene Verbindung zu ihr dachte. Gott stehe ihm bei, wenn ihr Novium zuschlug, was kurz nach dem Ende des Trainings sein würde.

Er sah auf seine Rolex. In Kalifornien war es früher Abend, also müsste sie inzwischen in Monterey sein. Nach der Woche dort blieben ihr noch drei bis zum Abschluss.

Les' Züge verhärteten sich. »Ich tue alles, um diesen Dämon zu schnappen. Noch nie habe ich etwas Derartiges gesehen wie das, was Kimberly passiert ist. Und ich bete, dass ich es auch nie wieder muss.«

»Hast du das Höllenwesen gesehen?«, fragte Mariel sehr ruhig.

»Ja.« Furcht schimmerte in seinen blauen Augen auf.

»Das war gebaut wie ein zu großes Scheißhaus, fast sechs Meter hoch und an den Schultern zwei Meter breit.«

Reed sah Mariel verwundert an. Sie hatte den Dämon völlig anders beschrieben.

Aus dem hinteren Teil des Hauses ertönte das schrille Pfeifen eines Teekessels. Les winkte ihnen, ihm zu folgen.

»Kommt mit.« Seine Stiefel wummerten auf dem Holzboden. »Wir reden in der Küche.«

Sie setzten sich an einen Tisch mit einer zerkratzten Kunststoffplatte. Les stellte den Gasherd aus und goss kochendes Wasser in eine Teekanne. Seine Häuslichkeit stand im krassen Widerspruch zu seinem Äußeren – abgetragenes Flanellhemd, ausgeblichene Jeans und riesige Gürtelschnalle.

»Das Höllenwesen, das ich gesehen habe«, begann Mariel, »war gut zwei Meter zehn groß ... nicht annähernd so groß wie das, das du beschreibst.«

Les stellte die Kanne auf den Tisch und kehrte zur Arbeitsfläche zurück, um eine Papiertüte zu holen. Deren Inhalt – Scones – schüttete er auf einen Teller.

»Das war das Komische.« Les blickte über seine Schulter zu ihnen. »Es war erst so groß, nachdem es meine Gezeichnete getötet hatte.«

Reeds Handy vibrierte in seiner Tasche, und er zog es eilig hervor. Normalerweise hielt er es ausgeschaltet, aber er wollte erreichbar sein, solange Eve im Training war. Als er die Anruferkennung sah, fluchte er leise. *Sara.* Er drückte die Taste, mit der das Gespräch auf die Mailbox lief.

Sarakiel war ein Erzengel und seine Exgeliebte. Sie leitete die europäische Firma, und ihr engelsgleiches Gesicht trieb den Umsatz ihres Multimillionen-Dollar-Kosmetikimperiums in die Höhe. Außerdem stand sie auf Reeds Abschussliste, weshalb er ihre Anrufe seit Wochen mied.

»Das Höllenwesen ist gewachsen?«, fragte Reed und konzentrierte sich wieder ganz auf das Gespräch.

»Ja.« Les stellte drei Tassen hin und zog sich einen Stuhl vor.

»Hast du den Angriff gesehen?«, fragte Mariel.

»Nur sehr flüchtig. Hätte ich auch bloß geblinzelt, wäre er mir entgangen. Das verfluchte Ding war schnell, unvorstellbar schnell. Es raste wie der Blitz auf Kim zu – auf allen vieren, die Fäuste und Füße am Boden. Fast wie ein Affe, aber elegant wie ein Hund. Kim schrie, und das Höllenwesen sprang in ihren offenen Mund, verschwand einfach in ihr. Ich konnte es nicht glauben. Und ehe ich auch nur halbwegs begriffen hatte, was los war, war es vorbei.«

»Was war passiert?«, fragte Reed, auch wenn er die Antwort schon kannte.

»Sie...« Les schluckte. »Sie ist *explodiert*. Aber das war falsch, völlig falsch. Was zurückgeblieben ist... reichte nicht. Da war nicht mehr genug *von ihr*. Keine Knochen, kein Blut...«

»Nur Muskeln und Haut«, beendete Reed den Satz für ihn und verneinte stumm, als Les ihm Tee einschenken wollte.

»Ja, das kommt hin. Aber wo bleibt der Rest?« Les schenkte zwei Tassen Tee ein, wobei seine Hände zitterten. Nachdem er die Kanne abgestellt hatte, blickte er abwechselnd Mariel und Reed an. »Ich glaube, das Höllenwesen hat alles Übrige absorbiert. Und so ist es gewachsen.«

Mariel nahm die Tasse, die Les ihr reichte. »Hattest du auf einen Herold reagiert?«

Ein Herold war der instinktive Hilferuf eines Gezeichneten an seinen Anleiter, der bisweilen so stark war, dass ihn sogar Sterbliche spürten. Manche sprachen von einem sechsten Sinn, jenem Gefühl, dass etwas »falsch« war, ohne dass sie es benennen konnten.

Les schüttelte den Kopf. »Auf den hatte ich gar nicht erst gewartet. Ich hatte sie auf einige *Patupairehe*-Elfen angesetzt, die den Touristen zusetzten. Sie waren ihr Spezialgebiet, doch sobald ich ihre Angst fühlte, wusste ich, dass etwas nicht stimmte.«

Reed lehnte sich auf seinem Stuhl zurück. »Raguel hat nichts davon erwähnt, dass das Höllenwesen wächst.«

»Er weiß es nicht.« Les brach sich ein Stück von einem Scone ab. »Uriel wollte diese Info für sich behalten, bis er sich überlegt hat, was er damit anfängt.«

»Dies ist wohl kaum der geeignete Anlass für Revierkämpfe unter Erzengeln«, sagte Mariel.

»Ganz meine Meinung. Deshalb erzähle ich es euch. Und da ist noch mehr.« Er rückte seinen Stuhl zurück und drehte sich halb, um etwas von der Arbeitsfläche hinter sich zu holen, das er vor Mariel auf den Tisch legte.

Sie hob den Brotbeutel mit dem Zip-Verschluss hoch und betrachtete den Inhalt. »Es sieht aus, als wäre Blut an diesem Stein.«

»Ist es. Mach die Tüte auf.«

Mariel tat es, und prompt füllte der honigsüße Duft von Gezeichnetenblut die kleine Küche. Er war ungewöhnlich intensiv, und Reed atmete unwillkürlich durch den Mund, um die Wirkung des Dufts zu dämpfen.

»Das Blut deiner Gezeichneten«, sagte Mariel. »Warum hebst du es auf?«

Les' Lippen wurden zu zwei schmalen Linien. »Das ist das Blut des Höllenwesens. Ich habe dem Ding ein Loch verpasst, als es auf mich losging.«

»Falls dein Schauplatz ähnlich dem war, den ich gesehen habe«, murmelte Reed, »könnte es Gezeichnetengewebe sein. Dort war nichts im Umkreis von dreihundert Metern, was nicht von Gewebefetzen bedeckt war.«

»Ich war schon ein gutes Stück weg, bevor ich meine Pistole abgefeuert habe«, entgegnete Les. »Dieses Blut ist nicht von meiner Gezeichneten, denn wir waren mindestens einen Kilometer von der Stelle entfernt, an der sie getötet wurde.«

»Wie konnte das Höllenwesen wissen, wohin du verschwunden warst?«

»Ja, das ist die Frage, nicht? Meine Theorie ist, dass das Höllenwesen nicht nur das Blut und die Knochen der Gezeichneten absorbiert, die es tötet, sondern auch deren Verbindung zu ihrem Einsatzleiter. Ich vermute, die hält nur vorübergehend. Allerdings wurde es völlig unempfindlich gegen Kugeln, noch ehe ich mein Magazin leer gefeuert hatte. Das kann eine Art Schutzschild gewesen sein, oder die übernommene Verwundbarkeit meiner Gezeichneten, die zusammen mit der Verbindung schwand. Das Höllenwesen hatte eindeutig keine Ahnung, dass ich auf es schießen würde.«

»Auch vorübergehend ist zu lange.« Reed klopfte mit dem Fuß auf dem Boden. »Wie viele Informationen kann es absorbieren? Wie lange behält es, was es erfährt? Wir müssen wissen, ob deine Theorie zutrifft.«

Mariel schloss den Beutel sorgfältig wieder. »Können wir zum Tatort gehen? Ich würde mich dort gern selbst umsehen. Ich bin die Einzige, die alle Schauplätze gesehen hat, und ich möchte nachsehen, ob ich ein brauchbares Muster erkenne.«

»Natürlich.« Les leerte seine Teetasse in einem Zug. »Es ist ziemlich abgelegen, also haltet euch nahe bei mir.«

Mit diesen Worten verschwand er.

Reed stand auf. »Gehen wir«, sagte er zu Mariel.

4

Eve griff um Izzie herum – die sich nicht rührte – und stellte eine große Salatschüssel auf den improvisierten Esstisch. Sie hatten im Esszimmer der Männer drei Klapptische zu einem großen Tisch zusammengerückt. Es war reichlich eng, aber Gadara bestand darauf, dass sie alle zusammen aßen. Eve verstand zwar, dass er versuchte, eine familiäre Atmosphäre zwischen den Gezeichneten zu schaffen, aber nach drei Wochen gemeinsamer Mittagessen im Gadara Tower war ihr schleierhaft, warum es hier auf einmal besser klappen sollte.

»Ich hasse Tomaten«, maulte Laurel beim Blick in die Schale. »Hättest du die nicht einzeln servieren können?«

»Dir steht es jederzeit frei zu helfen«, konterte Eve.

Gadara kam aus der Küche nebenan. Er trug eine Auflaufform mit Lasagne – frisch aus dem Ofen und in bloßen Händen.

Laurel bedachte Eve mit einem vernichtenden Blick und warf sich das rotblonde Haar über die Schulter. Sie war in den frühen Zwanzigern, hatte hübsche Sommersprossen und kornblumenblaue Augen. Laurel war einige Zentimeter größer als Eve, etwas schmaler und weniger sportlich, und vor allem besaß sie die Fähigkeit, sich über so gut wie alles zu beschweren. Eve hatte keine Ahnung, wie sie damit in ihrer Heimat Neuseeland angekommen war; hier in Amerika milderte Laurels niedlicher Akzent diese nervige Eigenart wenigstens ein bisschen ab. Auf jeden Fall gehörte Laurel zu den Kursteilnehmern, die Eve Rätsel aufgaben. Was könnte Laurel getan haben, um zur Gezeichneten zu werden? Ihre Egozentrik nervte, aber ansonsten kam sie Eve harmlos vor. Und sie schien der Typ zu sein, der eine Menge Freunde brauchte.

Gadara warf Eve einen fragenden Blick zu, doch sie bedeutete ihm mit einem Kopfschütteln, sich keine Gedanken zu machen. Es fiel ihr nach wie vor schwer, sich mit dem neuen Image des Erzengels zu arrangieren. Bevor sie gezeichnet wurde, hatte sie Gadara für seine säkularen Talente über die Maßen geschätzt. Donald Trump wollte mal Raguel Gadara werden, wenn er groß war. Eve hatte sich als Innenarchitektin um einen Job bei Gadara Enterprises beworben und gehofft, sein Mondego Hotel und Kasino in Las Vegas mit umgestalten zu dürfen. Jetzt arbeitete sie tatsächlich für ihn – nur nicht so, wie sie es sich mal vorgestellt hätte.

Natürlich war das kein Zufall. Alec schwor, dass nichts Zufall sei und alles einem göttlichen Plan folge. Falls das stimmte, waren der Verlust ihrer Unschuld an Cain und ihre spätere Zeichnung mit dem Kainsmal jeweils nur eine Frage der Zeit gewesen. Genauso wie ihre Arbeit für Gadara unvermeidlich gewesen war.

Eve kam das alles verrückt vor.

Richens erschien aus der Küche. Er ging um Gadara herum und stellte einen Teller mit fertig gekauftem Knoblauchbrot auf den Tisch. »Ich bin am Verhungern. Lasst uns essen.«

»Wer spricht das Tischgebet?«, fragte Gadara und sah Eve an.

Sie zog die Brauen hoch.

»Ich.« Claire stand auf.

Das braune Haar der Französin war sehr kurz und sah aus, als hätte sie es selbst geschnitten. Ihre Haut war wie makelloses Porzellan, und ihre Wimpern hinter den Brillengläsern waren dicht und dunkel. Die niedliche, schwarz gerahmte Brille trug sie aus rein ästhetischen Gründen, denn das Kainsmal heilte Kurzsichtigkeit genauso wie alle anderen körperlichen Unzulänglichkeiten. Sie war so schön, dass es anstrengte, sie anzusehen, und dabei machte sie sonst gar nicht viel aus ihrem Aussehen. Sie schminkte sich nicht, benutzte keine pflegenden Haarprodukte, nichts. Allerdings hatte sie eine Schwäche für Mode. Zu dieser Exkursion war sie mit einem Gepäckstück angereist, das sie fast überragte.

In dem Moment, als das kurze Gebet zu Ende war, setzte sich die Gruppe dicht an dicht an den Tisch und begann, Essen herumzureichen. Es war keine Gourmet-Küche, aber doch ziemlich gut. Für eine Weile waren alle zu sehr mit Essen beschäftigt, um zu reden. Schließlich mussten sie alle oft und große Mengen essen. Kaum war der erste Hunger gestillt, hob eine lebhafte Diskussion darüber an, was sie in dieser Woche erwartete.

Eve aß mechanisch. Sie fühlte sich durch das dumpfe Gefühl – ihre »Hirnwolke« nannte sie es – von der munteren Atmosphäre ausgeschlossen. Ihr war, als bekäme sie eine dicke Erkältung: Sie war groggy und vermutete, dass sie leichtes Fieber hatte. Da das Kainsmal jede Krankheit verhinderte, fand sie es etwas besorgniserregend. Sowie sie allein war, würde sie Alec anrufen und ihn danach fragen. Auf keinen Fall wollte sie irgendwelche Schwächen vor den anderen besprechen.

»Also, was ist für morgen geplant?«, fragte Ken, allzeit bereit, sich ins Getümmel zu stürzen.

»Meine Trainingspläne sind ein streng gehütetes Geheimnis, Mr. Callaghan«, antwortete Gadara lächelnd. »Immerhin müssen Sie später im Außendienst schnell reagieren können.«

»Wie sollen wir uns vorbereiten?«, fragte Eve.

»Ziehen Sie sich mehrere Schichten an. Hier ist es morgens kühl, und je nach Ihren Fortschritten könnten wir bis abends unterwegs sein.«

»Bis die Geister zum Spielen rauskommen«, sagte Izzie übertrieben dramatisch und fügte noch ein bellendes *Uah-ha-ha*-Lachen an, das mit einem deutschen Akzent sogar witziger klang. »Vielleicht besuchen sie uns heute Nacht schon.«

»Lass die Witze«, murmelte Claire. »Echte Höllenwesen sind auch so schlimm genug.«

»Wer sagt, dass ich Witze mache? Ich habe letzte Woche eine Sendung über diese Anlage gelesen. Es war eine dieser Geisterjägerserien.«

Richens nickte. »Die haben wir in England auch.«

»Wovon redet ihr?«, fragte Claire.

»Es gibt Menschen«, erklärte Edwards, »die an Orte gehen, an denen es angeblich spukt. Dort versuchen sie, Beweise für übernatürliche Aktivitäten zu finden. Und die filmen sie dann fürs Fernsehen.«

»*Vraiment?*« Claire staunte. »Mit was für einer Ausrüstung suchen sie denn?«

Ken lachte. »Mit einem Camcorder und einer Handlampe. Was dabei rauskommt, ist größtenteils nur Gekreische im Dunkeln.«

»Ja«, pflichtete Izzie ihm bei. »Das habe ich auch gesehen. Schräg war, dass sie ungefähr bis Mitternacht gewartet haben, ehe sie ›nachforschten‹. Und sie haben absichtlich das Licht ausgeschaltet. Was soll das denn? Falls es da Höllenwesen gibt, ist denen doch scheißegal, ob das Licht an ist oder nicht.«

»Handlampe?«, fragte Eve.

»Taschenlampe«, übersetzte Gadara.

Claire runzelte die Stirn. »Wozu machen sie das?«

»Zur Unterhaltung«, murmelte Richens.

»Für wen? Die Leute, die im Dunkeln kreischen? Oder die Zuschauer?«

»Ich verstehe das auch nicht«, sagte Eve, die sich dachte, dass sie wenigstens so viel zum Gespräch beisteuern könnte.

Alle glotzten sie an, dann redeten sie weiter.

»Gibt es hier nun echte Höllenwesen?«, fragte Claire. »Oder haben die Leute bloß zu viel Fantasie?«

»Es gibt überall Höllenwesen«, erinnerte Gadara sie. »Solche Sendungen speisen sich ansonsten aus Gerüchten und Mutmaßungen. Es kommt allerdings vor, dass tatsächlich Höllenwesen in der Nähe sind, wenn solche Filmer kommen, und sie zum Spaß mitspielen.«

Eve rückte ihren Stuhl zurück, stand auf und nahm ihren Teller. »Ich muss noch telefonieren, ehe es zu spät ist.«

»Mit Cain?« Laurels Grinsen war blanker Hohn.

»Wen ich anrufe, geht dich nichts an.«

»Du hast Glück, dass du jemanden zum Telefonieren hast«, säuselte Romeo und strich mit den Fingerspitzen über Laurels Rücken.

Eve wusste, dass ihre Situation außergewöhnlich war. Sie konnte sich nur nicht entscheiden, ob es Segen oder Fluch war. Hieß die Nähe zu ihrer Familie, dass sie sich nicht allzu viele Punkte verdienen musste, um ihre Freiheit zurückzubekommen? Oder war ihre Verbindung zu Cain so wertvoll, dass man ihre familiären Bindungen deshalb übersah?

Nachdem sie ihren Teller neben die Spüle gestellt hatte, ging sie durch die Küchentür hinaus und hockte sich auf den Estrichboden der Veranda. Der Nachthimmel über ihr war von einem herrlichen Mitternachtsblau, und Unmengen Sterne funkelten zwischen den rasch dahinfliegenden Wolken. In Eves Heimatstadt sorgten Abgase und zu viele Lichter für eine grauschwarze Kuppel, die die Sicht auf den Nachthimmel versperrte. Trotzdem würde Eve sofort diesen Anblick gegen ihr Zuhause tauschen.

Sie tippte Alecs Nummer ein. Während es am anderen Ende klingelte, strich sie sich das Haar aus der schweißklammen Stirn. Wenn sie sich zu schnell bewegte, wurde ihr schwindlig, und ihr Atem war zu flach. Eigentlich ließ das Mal solche Reaktionen nur zu, wenn man erregt oder auf der Jagd war. Stress oder Krankheit kamen nicht vor.

Was ist dann verdammt noch mal mit mir los?

Die Anpassung an das Kainsmal war von Anfang an ein einziges Auf und Ab gewesen, mal mehr, mal weniger heftig, ähnlich einem Radio, bei dem die Lautstärke laufend rauf- und wieder runtergedreht wird.

»Hier ist der Anschluss von Alec Cain. Hinterlassen Sie eine Nachricht, oder rufen Sie direkt bei Meggido Industries an unter 800-555-7777.«

Beim Klang seiner Stimme wurde Eves Kehle eng. »Komm bitte heil zurück«, sprach sie ihm auf die Mailbox. »Und ruf mich an, wenn du kannst.«

Da sie dringend ein bisschen Zuspruch brauchte, wählte sie die Kurzwahl ihrer Eltern und wartete ungeduldig, dass sie rangingen. Zuerst sahen sie auf die Anruferkennung, denn sie nahmen nie Gespräche von unbekannten Nummern an ...

»Hi, Schatz.«

Eve lächelte, als sie ihren Vater hörte. »Hi, Dad. Was machst du gerade?«

»Ich sitze vor dem Fernseher und sage mir, dass ich ins Bett sollte. Und du?«

»Ich bin in Monterey.«

»Ja, richtig, stimmt ja.« Sein Lächeln war ihm deutlich anzuhören. »Deine Mutter hatte mir erzählt, dass du beruflich da oben bist.«

»Genau.«

»Na, nimm dir trotzdem die Zeit, das Aquarium anzusehen.«

»Ich versuch's.«

Für einen Moment trat Stille ein, was Eve gewohnt war. Ihr Vater war der Meister des Schweigens – des vertrauten, des linkischen wie des tadelnden. Eve wurde problemlos mit kreischenden Zimtziegen und kläffenden Idioten fertig, aber wenn Darrel Hollis sie stumm tadelte, fühlte sie sich winziger als eine Ameise.

Normalerweise bemühte sie sich, die Leere mit Belanglosem zu füllen, doch heute Abend war sie einfach nur froh, mit jemandem verbunden zu sein, der sie liebte.

Ihr Vater räusperte sich. »Deine Mom ist nicht zu Hause. Sie ist bei ihrer Tanka-Gruppe.«

»Schon okay, ich rede auch gern mit dir.«

»Bedrückt dich etwas? Gibt es Probleme mit Alec?«

»Nein, alles bestens.«

»Ihr zwei solltet mal zum Essen kommen, wenn du wieder zurück bist.«

»Ja, das wäre schön.«

Noch mehr Stille. »Hast du Ärger bei der Arbeit?«

Keinen, von dem sie erzählen könnte. »Nein, es ist wirklich nichts, Dad. Ich wollte nur mal Hallo sagen. Du fehlst mir.«

»Du mir auch. Ich freue mich schon auf das Essen mit euch.« Er gähnte. »Jetzt mache ich lieber Schluss, Schatz. Arbeite nicht zu viel.«

Eve seufzte, denn sie bedauerte, dass sie beide sich stets auf Smalltalk beschränkten. »Grüß Mom von mir.«

»Ja, sicher. Und du solltest unbedingt das Aquarium ansehen. Man fährt nicht nach Monterey, ohne wenigstens einmal hinzugehen.«

»Ich sehe mal, was ich tun kann.«

»Gute Nacht, Evie.«

Sie klappte gerade das Telefon zu, als die Küchentür hinter ihr aufging. Eve wollte sich aufrichten, da drückte eine Hand ihre Schulter nach unten.

Eve sah auf. »Was ist los, Richens?«

»Bleib hier«, sagte er und hockte sich zu ihr. »Ich könnte ein bisschen Gesellschaft gebrauchen. Hier bekomme ich das heulende Fracksausen.«

»Heißt das, du gruselst dich?«

»Ja.«

Es war das erste Mal, dass einer der anderen richtig mit ihr reden wollte, deshalb blieb Eve.

Sie rutschte ein Stück zur Seite, um ihm mehr Platz auf der obersten Verandastufe zu machen. »Ich auch.«

»Hast du darum zu Hause angerufen?«

»Irgendwie ja.« Ihre Gesundheit behielt sie für sich.

»Dein alter Herr ist nicht besonders quatschig, was?«

»Hat dir noch keiner gesagt, dass man andere nicht belauscht?«

»Nein. Und was ist deine Sünde?«

Eve sah ihn verwundert an, und wieder einmal staunte sie, wie jung er war. Als sie ihn vor knapp drei Wochen kennengelernt hatte, war er ein pickliger Teenager gewesen. Dieses Jugendliche würde er behalten, bis er das Kainsmal wieder los war, aber der Babyspeck war verschwunden. Auch seine Akne war mitsamt den Narben abgeklungen. Was von der Wandlung blieb, war ein junger Mann durchschnittlicher Größe mit ernsten Zügen und verschlagenen grauen Augen.

»Ist das so was wie ›welches Sternzeichen bist du‹?«

Richens schüttelte den Kopf. »Ich handle mir doch keinen Ärger mit Cain ein und baggere seine Tussi an. Außerdem bist du mir ein bisschen zu alt.«

»Autsch.«

Er zuckte mit den Schultern. »Also, was hast du ausgefressen, dass du hier gelandet bist?«

»Cain.«

»Das ist alles?«, fragte er ungläubig. »Du bist hier, weil du gevögelt hast?«

»So wurde es mir gesagt.«

Er murmelte etwas Unverständliches vor sich hin.

»Tut mir leid, dass ich dich enttäusche.«

»Schon okay«, sagte er großmütig. »Kann trotzdem noch klappen.«

»Was kann noch klappen?«

»Mein Plan. Ich habe Leute abgemurkst. Zwei. Deshalb bin ich hier.«

Eve blinzelte. »Du?«

Sie hatte ihn eher für die Sorte Teenager gehalten, die zu viel Cola trank, zu viel Junk-Food aß und zu viel vor der Spielekonsole saß. Mord passte nicht zu ihm.

»Jetzt tu nicht so verdutzt.« Er schob die Hände in die Tasche seines Kapuzenshirts. »Der Typ in dem Laden, in dem ich gearbeitet habe, war ein Arschloch. Ich habe seinen Job mitgemacht, aber dafür wurde ich natürlich nicht bezahlt.«

»Dann hättest du kündigen sollen, statt ihn umzubringen.«

»Ich habe *ihn* doch nicht umgebracht.«

»Oh, entschuldige.«

»Es sollte ein simpler Raubüberfall sein. Ich wusste ja, wie viel Geld reinkam und wann es zur Bank gebracht wurde. Und ich hatte das Sicherheitssystem mit ausgesucht, also kannte ich alle Codes. Der Plan war wasserdicht. Ich sollte an der Kasse stehen und das Opfer spielen, und der Cousin meiner Freundin sollte den Überfall durchziehen.«

Nach ihrer anfänglichen Überraschung fand Eve die Geschichte jetzt nicht mehr allzu unglaubwürdig. Richens wirkte immer so unbeteiligt an allem und hatte es sicher wie ein Spiel betrachtet. »Ich nehme an, dass irgendwas schiefging.«

»Ich wurde beschissen, das ging schief«, sagte er verbittert. »Der Typ war gar nicht ihr Cousin. Sie hat's mit dem getrieben! Die dachten, dass sie sich mit meinem Anteil aus dem Staub machen können. Aber da hatten sie sich geschnitten.«

Eve wusste nicht, was sie sagen sollte, also schwieg sie.

»Dann hat der Drecksack ein Kind erschossen«, fuhr Richens fort und wurde vor Wut lauter. »Das war nicht älter als zehn, glaube ich, und wollte sich bloß Schokolade kaufen. Und da habe ich die Waffe unterm Tresen rausgeholt und sie *beide* abgeknallt.«

»Warum erzählst du mir das?«

»Weil ich denke, dass wir nur im Team weiterkommen.« Er sah sie an. »So wie in dieser Reality-Show, *Survivor*, wo sie auch kleine Gruppen bilden, damit sie gewinnen.«

»Nur dass wir hier keinen Preis gewinnen wollen, indem wir uns gegenseitig ausschalten.«

Richens' Augen verengten sich. »Na und? Wir können uns trotzdem noch untereinander helfen. Du bringst die Muskelmasse mit, ich den Verstand. Lieber im Vorteil sein als im Nachteil, meinst du nicht auch?«

»Warum ich? Was ist mit Edwards?«

»Edwards macht bei uns mit. Er hat noch Bedenken, klar, weil er keinen Stress mit Cain will, aber der kriegt sich noch ein. Mit Mädchen zu arbeiten ist leichter. Weniger Mackergehabe. Das wird er auch noch einsehen.«

Eve lachte. »Du hättest Izzie ansprechen können. Sie bringt mehr Muskelmasse mit als ich.«

»Und einen mächtigen Schatten dazu«, höhnte er.

»Tun wir das nicht alle?«

Er stand auf. »Wenn du kein Interesse hast, sag es doch gleich.«

Für die Zukunft merkte sie sich, dass er leicht reizbar war.

»Ich bin unbedingt für Zusammenarbeit«, sagte Eve. »Und ich könnte hier ein paar Freunde gebrauchen.«

Sein Lächeln war wahrlich charmant. Es verwandelte sein Gesicht vollständig und brachte seine Augen zum Leuchten. »Dann haben wir einen Deal?«

»Sicher.«

Die kommende Woche dürfte spannend werden.

Richens öffnete die Küchentür, die nach innen aufging, und trat hindurch. Von der »Ladies first«-Regel hatte er anscheinend noch nie gehört. Kopfschüttelnd wollte Eve hinter ihm hergehen, als ein tiefes Knurren durch die Nachtluft wehte. Ein Schauer lief Eve über den Rücken.

Sie drehte sich auf der schmalen Veranda um und aktivierte ihre Nickhäute, die ihr erlaubten, im Dunkeln zu sehen. Dann suchte sie den Bereich um das Haus herum ab. Ihre bereits fiebrige Haut wurde noch heißer.

Aber sie sah nichts. Keine Reflexion von Mondlicht in bösartigen Augen, keine verräterische Bewegung. Eve schnupperte und roch nur das Meer.

Dennoch wusste sie, dass etwas hier draußen war.

Die Sträucher zwischen ihrem und dem Nachbarsgarten raschelten. Eve sprang hinunter in das vergilbte Gras und duckte sich. Ein winziges Wollknäuel kam auf sie zugeflitzt. Eve fing es im Nacken und holte mit der freien Faust aus.

Halt, Süße!, rief der Toy-Pudel wild zappelnd.

Sie erstarrte, und ihre Gezeichneten-Reflexe zogen sich ebenso schnell zurück, wie sie aktiv geworden waren. Der überwältigende Drang zu töten verpuffte. Das Kainsmal sorgte für enorme Kraft und Aggressivität. Es waren primitive, animalische Empfindungen, nicht die elegante Form von Gewalt, wie Eve sie vom Allmächtigen erwartet hätte. Vielmehr war dieser Drang brutal ... und machte süchtig.

Schlag nicht den Boten.

»Herrgo... Autsch!« Eve verzog das Gesicht vor Schmerz, als ihr Mal brannte. Da sie keine Haustiere besaß, konnten Tage vergehen, ohne dass Tiere zu ihr sprachen. Folglich vergaß sie zwischendurch immer wieder, dass zu ihren neuen Sinnen auch die Fähigkeit zählte, mit Gottes Kreaturen zu kommunizieren. »Was fällt dir ein, so auf mich loszustürmen?«

Ich hab's eilig. Lass mich runter, das ist entwürdigend.

Eve setzte das kleine Tier ab und beobachtete, wie sich die kleine Streunerin schüttelte. Obwohl ihr cremefarbenes Fell vor Dreck eher einen Café-au-lait-Ton angenommen hatte, war die Hündin absolut bezaubernd. »Wieso hast du mich angeknurrt?«

Doch nicht dich, Püppchengesicht. Der winzige Pudel tänzelte anmutig und sah mit ernstem Welpenblick zu Eve auf. *Ich habe die um dich herum angeknurrt. Du fühlst das doch auch, schließlich steckst du genau mittendrin...*

Eine Explosion krachte. Eve zuckte vor Schreck zusammen, und im nächsten Moment war sie vollgespritzt mit Blut und Fell.

»Was soll das?«, schrie sie und sprang auf.

Izzie stand mit einer Waffe in der Tür. Eine Sekunde

später wurde das Licht aus der Küche von einer Schar Menschen hinter ihr verdunkelt.

Eve sah zu dem toten Hund am Boden, und eine unvorstellbare Wut packte sie. »Du bescheuerte Kuh! Warum hast du das getan?«

»Es hat dich angegriffen«, antwortete Izzie achselzuckend.

»Die Hündin war so groß wie mein Schuh!«

Gadara erschien auf der Veranda und streckte die Hand nach der Waffe aus. Izzie gab sie ihm.

Dann sah der Erzengel zu Eve. »Sind Sie okay, Miss Hollis?«

»Nein!« Sie blickte hinunter zu dem Blut an ihrer Kleidung. »Ich bin alles andere als okay!«

»Was ist passiert?«

»Eine Streunerin wollte sich ein paar Essensreste erbetteln.« Sie funkelte Izzie böse an. »Und wurde dafür in Fetzen geschossen. Was für ein Kaliber ist das überhaupt?«

Gadara betrachtete erst die Waffe, dann Izzie. »Gehört die Ihnen?«

»Ja.«

»Ihnen wurde gesagt, dass Sie unbewaffnet kommen sollen. Ich gebe Ihnen alles, was Sie brauchen.«

Trotzig schürzte Izzie die tiefrot geschminkten Lippen. »Wie gesagt, ich habe diese Geistersendung im Fernsehen gesehen. Danach konnte ich ja wohl schlecht schutzlos hierherfahren.«

»Sie haben keinen Glauben«, sagte er und beäugte sie misstrauisch. »Sie vertrauen mir nicht. Ich bin hier, um Ihnen zu helfen, Ihr Leben neu zu gestalten und sich die

Fertigkeiten anzueignen, um es in vollen Zügen auszukosten.«

»Und Millionen Dämonen stehen bereit, um es mir zu nehmen«, erwiderte sie.

Der Erzengel schwebte über der Veranda, und sein Schweigen war übler als jeder gebrüllte Vorwurf. Sogar Eve scharrte nervös mit den Füßen, dabei hatte sie gar nichts verbrochen.

»Was ist passiert?«, rief Ken aus der Küche.

»Seiler hat was erschossen.«

»Was? Lasst mich mal durch.«

»Das war nur ein Hund«, murmelte Izzie eindeutig verlegen.

»Ein Hund?«, höhnte Ken.

»Alle zurück ins Haus«, befahl Gadara, dessen Stimme einen einschüchternden Hall erzeugte.

Sein himmlisches Kommando war von einer beinahe greifbaren Kraft, und unweigerlich machte Eve einen Schritt vorwärts. Dann zwang sie sich, stehen zu bleiben.

»Warum hattest du eigentlich jetzt eine Waffe bei dir?«, fragte sie Izzie. »Und wo hattest du die versteckt?«

Izzie machte auf dem Stiefelabsatz kehrt und drängelte sich zurück ins Haus.

Eve eilte ihr nach. Sie fühlte sich nicht mehr krank, jedenfalls nicht körperlich. Allerdings blutete ihr das Herz, und sie war so wütend auf Izzie, dass sie die Frau erwürgen wollte.

Gadara fing sie ab, als sie an ihm vorbeilief. »Lassen Sie sie.«

»Die hat ein Problem mit mir!«

»Und jetzt hat sie eines mit mir.« Seine dunklen Augen

bekamen einen Goldschimmer. »Auch Sie leiden an mangelndem Glauben, Miss Hollis. Deshalb geraten Sie so oft in Situationen wie diese.«

Sie öffnete den Mund, um zu widersprechen, klappte ihn jedoch gleich wieder zu. Sie beide wussten, was wirklich vor sich ging, also erübrigte sich jeder Streit. »Ich möchte wissen, was sie Ihnen antwortet.«

Bei seinem nachsichtigen Lächeln blitzten seine weißen Zähne auf. »Sie gehen davon aus, dass ich sie befragen will.«

Diese kryptische Antwort war typisch für ihn. Im Grunde für alle Engel.

Gadara wies zur Einfahrt. »Nehmen Sie Dubois und zwei Leibwachen mit nach drüben. Da können Sie sich umziehen und bereit fürs Bett machen.«

»Ich fühle mich nicht ... gut«, sagte sie zu ihrer eigenen Überraschung. Sie war nicht ganz sicher, warum sie es Gadara erzählte, dem sie nicht traute.

Er musterte sie. »Inwiefern?«

»Mir ist heiß.«

Nun zog er die Brauen hoch.

»Hitzewallungen, leichtes Fieber, solche Sachen.«

»Das ist ausgeschlossen.«

»Sagen Sie das meinem Körper.«

»Sie stehen unter Stress, Miss Hollis, und durchleben schnelle, große Veränderungen. Es ist nicht ungewöhnlich, dass Ihr Verstand von Ihrem Körper erwartet, auf solch extremen Druck zu reagieren ... auch bis hin zu Phantombeschwerden.«

»Was eine elegante Umschreibung dafür sein soll, dass ich mir das alles einbilde.« Sie winkte ab. Der *überzeugende*

Unterton in seiner Stimme ging nicht an ihr vorbei, wirkte aber auch nicht. »Mein durchgeknalltes Gehirn und ich verziehen uns jetzt.«

Er tat sie nicht minder leicht ab, indem er sich umdrehte und zu den Überresten der kleinen Streunerin schwebte. Während er leise in einer Fremdsprache redete, breitete er die Arme über dem toten Hund aus und verwandelte ihn in Asche, die in der Erde versank.

Eve war deprimiert und beunruhigt von dem winzigen Informationsbrocken, den der Pudel ihr zukommen ließ, bevor er starb.

... die um dich herum. Du fühlst es doch auch. Immerhin steckst du genau mittendrin ...

Genau mittendrin in was? Und was hatten die Leute um sie herum damit zu tun?

5

Alec hatte es bis Santa Cruz geschafft, bevor er vom Highway 1 abfuhr und sich ein Motelzimmer nahm. Weiter wollte er in Eves Wagen nicht fahren. Der Alpha hatte offensichtlich Hunde losgeschickt, um sie aufzuspüren; anders war der Angriff im Qualcomm-Stadion nicht zu erklären. Alec müsste auf einen Mietwagen umsteigen, um nicht erkannt zu werden, ehe er in Brentwood war – dem Revier des Black-Diamond-Rudels.

Während er seine Schlüsselkarte in das Türschloss steckte, dachte Alec an Eve in Fort McCroskey. Verärgert über Umstände, auf die er schon lange keinen Einfluss mehr hatte, stieß er die Tür unnötig kraftvoll auf. Am Ende der Woche wäre Eve nicht mehr dieselbe. Die Erfahrungen, die mit dem Kainsmal einhergingen, veränderten Menschen ebenso drastisch wie subtil. Cain liebte Eve, wie sie war, und daran würde sich nichts ändern, aber er vermisste auch die Achtzehnjährige, die ihm ihre Unschuld schenkte. Das war eine der Strafen für seine Sünden, so wie die Strafe, die seine Eltern zahlen mussten, als sie der Versuchung erlagen – ihr könnt euch nehmen, was ihr nicht dürft, doch am Ende werdet ihr immer noch nicht bekommen, was ihr euch wünscht.

Ich komme dich holen, Charles, dachte er und blickte sich angewidert in dem Motelzimmer um. *Du hättest es gut sein lassen sollen, dann müsste ich nicht hier sein.*

Leider würde der Tod des Alpha eine Kettenreaktion auslösen, die sich nach außen übertragen könnte, auf andere Rudel auswirken und so weitere – möglicherweise gefährlichere – Alphas auf den Plan rufen.

»Konzentrier dich lieber auf den Dämon, den du kennst«, murmelte Alec.

Nach Charles würde sein Beta aufsteigen. Einzelne Rudelmitglieder würden fortgehen, andere Rudel verstärken oder neue gründen. Bei allen Fehlern war Charles ihm vertraut und früher auch recht kooperativ gewesen. Sein Tod würde wahrscheinlich größere Bedrohungen hervorbringen, denn Machtwechsel gingen gemeinhin mit anfänglichen Kraftdemonstrationen einher, nicht mit zur Schau gestelltem Wohlwollen gegenüber dem Feind.

Alec ging weiter ins Zimmer, und die Tür fiel hinter ihm zu. Seit Jahren lebte er so, immer unterwegs, alle paar Tage in einer anderen Stadt, in einem anderen Motelzimmer, mit einem anderen Mädchen, das er vergaß, nachdem der Drang, sich kurz zu zerstreuen, gestillt war. Die Jagd war alles gewesen. Es hatte niemanden gegeben, der sich um ihn sorgte, niemanden, zu dem er gern zurückkehren wollte. Tausende Nächte hatte er im Dunkeln wach gelegen und den Lichtern von Scheinwerfern zugesehen, die über fremde Zimmerdecken huschten. Heute hatte er eine wunderbare Wohnung am Pacific Coast Highway, gleich neben seiner Traumfrau, und er hasste es, sich mit weniger zufriedengeben zu müssen.

Eve war ein fester Bestandteil seines Lebens, und er

verbrachte viele Nächte in ihrem Bett. Manchmal schickte sie ihn nach Hause, obwohl er wusste, dass sie ihn lieber bei sich behalten wollte. Sie hoffte, dass es einfacher würde, ihm irgendwann Lebwohl zu sagen, wenn sie jetzt gleich übte. Jehovas Absicht aber war, die Wahl schwierig zu machen, und nichts, was sie tat, würde daran etwas ändern.

Rastlos verließ Alec das Zimmer und machte sich zu Fuß auf, durch die Straßen zu streifen. Er brauchte ein Höllenwesen. Oder, besser gesagt, er brauchte das Blut von einem. Er musste ein blödes, arrogantes Monster finden, das sich wider alle Vernunft mit ihm anlegte. Von der Sorte gab es verlässlich mindestens eines in jeder Stadt. Alec musste es nur finden. Manchmal dauerte die Suche Stunden, dann wieder hatte er Glück und stolperte ziemlich schnell über eins. Heute Abend war ihm egal, wie lange er herumlaufen müsste. Er würde nicht vor morgen früh nach Brentwood weiterfahren, und seine Sorge an Eve dürfte ihn ohnehin die Nacht wachhalten.

Auf dem Weg in die Innenstadt von Santa Cruz mit der belebten Pacific Avenue pfiff er vor sich hin. Boutiquen und Straßencafés reihten sich zwischen Musik- und Buchläden sowie zahlreichen Restaurants aneinander. Fußgänger in einem bunten Stilmix von Geschäftsanzügen bis hin zu zerrissenen Netzhemden, kombiniert mit Doc Martens, bevölkerten die Gehwege.

Perfekt! Alec lächelte. Höllenwesen liebten Menschenmengen. Mehr Sterbliche zum Spielen.

Alecs erster Halt war ein Coffee-Shop, wo er sich eine kirschenbeladene Kreation kaufte, weil sie ihn an Eve erinnerte. Das Mädchen hinter dem Tresen war eine hübsche

Sterbliche und zum Flirten aufgelegt. Vor einem Monat noch hätte sich Alec mit ihr verabredet. Keine Versprechungen, keine Verpflichtungen, und er könnte hinterher gut schlafen. Das war vorbei. Heute Abend würde er sich mit einer anderen körperlichen Betätigung müde machen. Seine Muskeln zuckten bei dem Gedanken.

Der stete Adrenalinstrom, wie er eine abgesegnete Jagd begleitete, war bisher nicht zu spüren, würde sich aber noch einstellen. Die Gezeichneten waren keine Bürgerwehr und durften nicht wahllos Höllenwesen attackieren. Aber sie durften sich verteidigen, wenn sie angegriffen wurden. Es gab immer eine Hintertür, man musste nur wissen, wo man sie suchen sollte.

Alec mischte sich unter die Passanten und wirkte nur äußerlich gelassen. Überall um ihn herum waren Höllenwesen, deren fauliger Gestank sich mit den Gerüchen nach Essen, Heißgetränken und menschlichem Parfüm vermengte. Er war auf der Suche nach irgendeinem Dämon, den er zu einem Kampf provozieren konnte, einem, dessen Blut ihm seine Stammnote – *Eau d'Infernal* – bescherte, denn die würde Alec tarnen, wenn er sich unter die Wölfe begab.

Schon bald hatte er gefunden, was er suchte.

Sie kam aus einem irischen Pub ein Stück vor ihm. Wie es zu ihrer norwegischen Herkunft passte, hatte der weibliche Mahr helle Haut und blondes Haar. Ihr dämonisches Blut machte sie gertenschlank, umwerfend schön und für die meisten Männer unwiderstehlich. Allerdings musste sie bei jemandem abgeblitzt sein, denn sie sah eindeutig gereizt und angespannt aus. Alles an ihr schrie förmlich »Mir reicht's!«, was bedeutete, dass der Moment günstig war, sie dazu zu bringen, sowohl über die Regeln als auch über Alecs Identität hinwegzusehen.

Mahre waren Gestaltwandler, die sich von nächtlichen Qualen nährten. Brustschmerzen, schreckliche Träume, angespannte Atmung... Die blonde Schönheit vor ihm ernährte sich von der Verzweiflung, die sie in ihrer schlafenden Beute weckte. Ihrer Dämonenart entsprang der Ausdruck »Nachtmahr«, und sie waren leicht zu reizen, wenn man ihnen ihr ausgesuchtes Zielobjekt verweigerte. Nein, falsch – sie waren insgesamt leicht reizbar. Jede Form von Streit schuf das negative Umfeld, nach dem sie lechzten.

Als er näher bei ihr war, grinste Alec. »Schlagen oder brennen?«

Sie war merklich aufgebracht. »Verschwinde, Cain!«

»Was hat ihn abgeschreckt? Warst du zu aufdringlich?« Er musterte die dunklen Ringe unter ihren Augen, die sie sorgsam unter Make-up verbarg, und wurde neugierig. »Du hast dich schon zu lange nicht mehr genährt.«

Sie wollte an ihm vorbeigehen, doch er stellte sich ihr in den Weg. »Ein schöner Mahr wie du sollte sich doch vor lauter Futter kaum retten können. Warum bist du leer ausgegangen?«

»Ich schreie gleich«, warnte sie ihn.

»Nur zu«, forderte er sie heraus und wurde ernst. »Warten wir ab, was passiert.«

Angst verlieh ihrem Geruch eine säuerliche Note. Die Wangenknochen, die er aus der Ferne bewundert hatte, waren aus der Nähe eher eine Begleiterscheinung ihrer stark eingefallenen Züge. Sie wirkte ausgehungert, und das passte überhaupt nicht zur Natur der Mahre. Sie quälten Schlafende, um sich zu nähren, aber ebenso sehr zu ihrem Vergnügen. Also selbst wenn sie Ersteres nicht brauchte, würde sie auf Letzteres nicht verzichten.

Ihr dunkelrotes Etuikleid war ärmellos, und ganz nah über ihrem einen Ellbogen gab es ein sich bewegendes Band aus verschlungenen Ranken und adrigen Blättern – ihr Kennzeichen, das sie als Dienerin von Baal auswies, dem Dämonenkönig der Völlerei. Noch ein Grund, weshalb sie gut genährt sein sollte.

»Was willst du?«, fragte sie genervt.

»Eigentlich wollte ich mich prügeln. Aber jetzt will ich lieber wissen, warum du nichts gegessen hast.« Alec wies auf die Menge um sie herum. »Futtermangel herrscht hier ja nicht gerade.«

»Was interessiert dich das? Hau ab, und leg dich mit jemand anderem an.«

Er trat zur Seite. »Meinetwegen. Du siehst sowieso nicht aus, als könntest du mir den Stressabbau bieten, den ich will.«

Der weibliche Mahr blieb einen Moment lang unschlüssig stehen, weil ihr seine allzu bereitwillige Kapitulation nicht geheuer war.

»Geh schon«, befahl er. »Du langweilst mich.«

Sie entfernte sich auf klackernden Stilettos. Männer beobachteten sie und versuchten einzuschätzen, ob sie ansprechbar war. Doch ihre gesamte Haltung signalisierte, dass sie in Ruhe gelassen werden wollte, und die aggressive Anspannung ihrer schmalen Schultern sorgte dafür, dass ihr die anderen Fußgänger auswichen.

An der Ecke Locus Street blickte sie sich um. Inzwischen

hatte sich Alec auf den niedrigen Schmiedeeisenzaun gehockt, der den äußeren Sitzbereich des Pubs abgrenzte. Er prostete ihr mit seinem Smoothie zu.

Sobald die Ampel auf Grün sprang, stürmte der Mahr über die Straße.

Alec setzte sich ebenfalls in Bewegung. Mit übernatürlicher Geschwindigkeit rannte er zwischen den fahrenden Autos hindurch, ohne dass die Fahrer ihn überhaupt wahrnahmen. Drüben folgte er dem Mahr, getarnt von der Menge. Musik dröhnte aus einem vollen Coffee-Shop, und eine Gruppe leicht beschwipster Frauen wollte Alec aufhalten, doch er ging weiter. Er sah, wie der Mahr ein Handy aus der Tasche holte. Immer mal wieder blieb sie stehen und sah sich um. Sie spürte, dass er ihr folgte, konnte ihn jedoch nicht sehen.

Verfluchte Komplikationen!

Konnte denn nichts je einfach sein? Er brauchte lediglich ein bis zwei Pints Höllenwesenblut, und nun jagte er einen verzweifelten Mahr und musste sich darauf gefasst machen, es mit einer Überzahl aufzunehmen. Falls sie jemanden in der Nähe hatte, würde sie Verstärkung rufen.

Als hätte er mit Charles nicht schon genug am Hals!

Geh weg.

Sein Mal brannte nicht, also war sie kein Ziel. Und sie hatte seinen Köder nicht geschluckt, weshalb er sie nicht jagen durfte.

Alec knurrte, woraufhin das Paar vor ihm erschrocken beiseitesprang und sich aneinanderklammerte.

Er konnte sich genauso wenig zurückziehen, wie er Eve widerstehen konnte. War seine Aufmerksamkeit einmal geweckt, blieb er hartnäckig, bis er wusste, warum sich ein

Mahr aushungerte, obwohl sie von einem üppigen Büfett umgeben war. Jemand oder etwas übte hinreichend Druck auf sie aus, um ihr das Essen zu vergällen. Ihr Überlebensinstinkt hatte sie in die Clubs gelockt, doch ihre Angst verhinderte, dass sie ein Opfer mit nach Hause nahm.

Es war unlogisch, dass ein höhergestelltes Höllenwesen einem Untergebenen befahl, Selbstmord zu begehen, daher stellte sich die Frage, warum ihr Vorgesetzter es ihr antat. Höllenwesen wollten die Welt regieren, und je zahlenstärker sie waren, desto besser. Wollten sie töten, taten sie es, aber sie überließen nichts dem Schicksal, warteten nicht ab, bis der Hunger seinen letzten Zoll forderte.

Der weibliche Mahr hatte die Stelle erreicht, an der die Pacific Avenue aus dem Zentrum in eine ruhigere Gegend führte, und bog um eine Ecke. Hier dünnte sich der Fußgängerstrom aus, und die teuren, trendigen Geschäfte wichen kleineren Läden. Zugleich wechselte die Atmosphäre und umwirbelte Alec feucht und kühl wie ein Abendnebel. Auf der anderen Seite der Stadt hatte er es nicht gefühlt, aber hier war es sehr deutlich.

Etwas Böses kommt daher ...

Alec warf einen vorwurfsvollen Blick gen Himmel. Es war kein Zufall, dass er den Highway ausgerechnet hier verlassen hatte.

Er beobachtete, wie der Mahr in die Lieferzufahrt eines Hotels einbog. Im Gegensatz zu seiner schäbigen Unterkunft bot diese jeden Service und Dutzende Etagen voller Zimmer. Als er die Gargoyles oben an der Dachkante bemerkte, grinste er verdrossen. Seit Eve und er eine Gruppe von Tengu-Dämonen aufgespürt hatten, die sich als groteske Wasserspeier maskierten, war er auf der Hut. Solange die Höllenwesen ihren Geruch und ihre Kennzeichen tarnen konnten, war alles verdächtig.

Alec wurde schneller und erreichte die Gasse. In den Geruch von Motoröl und vergammelndem Müll in den Containern mischte sich der Gestank von Höllenwesen. Mehr als eins. Alec lockerte die Schultern und wappnete sich für den Kampf. Die Dämonen waren ängstlich und verzweifelt, das konnte er riechen. Und es machte sie gefährlicher. Wer nichts mehr zu verlieren hatte, ging nicht auf Nummer sicher. Das hatten Alec Jahrhunderte Erfahrung gelehrt.

Er begab sich geradewegs in die Gefahr. Sich anzuschleichen wäre sinnlos, denn sie rochen, dass er kam.

Es war ein halbes Dutzend von ihnen, vier Männer und zwei Frauen, von denen eine der Mahr war. Sie waren ein ziemlich zusammengewürfelter Haufen, ihre Kleidung und ihr Styling so unterschiedlich wie bei der Menge im Stadtzentrum. Nun standen sie ihm geschlossen in einer Halbmondformation gegenüber. Und alle sahen ausgehungert aus.

Ihre Schwäche sorgte für ein ausgewogeneres Kräfteverhältnis, machte die Sache jedoch erst recht rätselhaft.

»Jagst du Giselle?«, fragte die zweite Frau.

Eine berechtigte Frage. Wäre der Mahr ein ausgewiesenes Ziel, konnte nichts sie retten. Folgte er ihr hingegen aus einem anderen Grund, könnten sie vielleicht verhandeln und ihr aus ihren Schwierigkeiten helfen.

»Nein.« Alec trat vor. »Ich wollte nur nicht die Party verpassen.«

»Lass sie in Ruhe«, grummelte einer der Männer. Er hielt eine dicke Zigarre zwischen den Lippen, die in dem ungepflegten Vollbart kaum auszumachen waren. Ein Kapre, allerdings sehr weit weg von seiner philippinischen Heimat. Er stellte sich schützend vor die zweite Frau. Deren Baphomet-Amulett verriet, dass sie eine Hexe war – und möglicherweise der Grund, weshalb sich der Baumgeist hier aufhielt. Kapres folgten ihr Leben lang ihrer Liebe.

»Und wenn nicht?«, fragte Alec.

»Wir sind keine Bedrohung für dich«, sagte der Kapre, was wenig überzeugend klang, zumal seine Augen nervös hin und her huschten.

Keines der Höllenwesen wollte Alec direkt ins Gesicht sehen.

Ein warnender Schauer lief ihm über den Rücken, und seine übernatürlichen Sinne wurden schlagartig aktiv. Giselle blickte zu einer Stelle oberhalb seiner linken Schulter.

Der Hinterhalt wurde durch das Pfeifen einer Klinge bestätigt. Alec duckte sich, und als das Katana dort durch die Luft schnitt, wo eben noch sein Hals gewesen war, sagte ihm der zarte Hauch, dass er um ein Haar geköpft worden wäre.

Mit einer halben Drehung stürzte er sich auf seinen Angreifer und rammte dem Höllenwesen seine Schulter ins Zwerchfell. Sie krachten zu Boden, und der konsternierte Dämon lag unter Alec.

Blitzschnell registrierte Alec die Maskierung und vollständig schwarze Kleidung des Dämons, ebenso wie die zierliche Gestalt. Dann bemerkte er die weichen Brüste.

Eine Frau.

Alec waren tödliche Schlachten so vertraut wie Sex. Er war eine instinktgesteuerte Kreatur von tödlicher Präzision, plante nicht, wurde nicht panisch und zögerte nie. Wenn sein Leben in Gefahr war, überlegte er nicht zweimal. Und er liebte die Jagd. Er liebte jede Sekunde, denn sie verschaffte ihm einen Rausch wie nichts sonst. Diesen besonderen Hunger, dieses dunkle Verlangen, das so wild wie verführerisch war, konnte nur ein anderer Jäger verstehen.

Alec holte mit der Faust aus und schlug zweimal kurz hintereinander in ihr maskiertes Gesicht. Das Knacken von Knochen hallte durch die halb umbaute Lieferzufahrt, gefolgt vom Klappern ihres herunterfallenden Schwerts.

Das Höllenwesen versuchte, sich die Waffe zurückzuholen. Ihre Fingernägel bohrten sich durch ihre Handschuhe und zerkratzten Alec die Handrücken. Sie wollte ihm ihr Knie in den Schritt rammen, doch er verlagerte seine Position, sodass sie ihn nur am Oberschenkel erwischte. Dabei büßte die Angreiferin an Schwung ein, und das nutzte er.

Er entwand ihr das Schwert. »Hat Spaß gemacht«, raunte er.

Dann zielte er auf die empfindliche Stelle zwischen Hals und Arm und hieb die über einen halben Meter lange Klinge diagonal in den Dämonenkörper, wo sie sich von der linken Schulter bis zur rechten Hüfte bohrte. Ein tadelloser Schnitt, der das Herz perforierte. Sofort explodierte sie zu einem Haufen Schwefelstaub, und Alec sackte bäuchlings zu Boden. Er rollte sich herum, sprang auf und schwenkte seine neue Waffe mit übertriebener Gleichgültigkeit. Dass sich keiner der anderen eingemischt hatte, solange Alec abgelenkt gewesen war, wunderte ihn. Dämonen spielten grundsätzlich und ausnahmslos unfair.

Die Hexe neben Giselle sackte in sich zusammen, weil ihr Vielfältigkeitszauber mit dem Tod ihrer Kriegerinnenhälfte gebrochen wurde. Einen Moment später zerfiel sie zu Asche, denn ohne den Teil ihrer selbst, den Alec getötet hatte, konnte sie nicht überleben.

Der Kapre heulte auf vor Kummer, drehte sich um und stürzte sich gegen die Mauer am Ende der Laderampe. Er boxte und trat auf die Steine ein, als er an dem Gebäude nach oben kletterte. Dann warf er sich vom sechsten Stock herunter und landete in einer Aschenexplosion auf dem ölbefleckten Beton unten.

»Wie bitte?« Alec war sprachlos.

In den vergangenen Jahrhunderten hatte er nur eine Handvoll Suizide miterlebt. Höllenwesen gingen lieber im Kampf unter, denn so gingen sie sicher, dass Sammael ihnen ihr Ableben nicht übel nahm ... jedenfalls nicht allzu sehr.

Aber Alec schüttelte sein Erstaunen ab, denn er musste seinen Arsch retten und sich das, was er brauchte, von den verbliebenen Dämonen beschaffen – Blut und Informationen.

»Also ...« Er zog das Wort in die Länge, wobei sein Mal Atmung und Herzschlag regulierte, damit beides so gleichmäßig wie ein Uhrwerk blieb. Mit der freien Hand klopfte er sich Asche von seinem Hemd und seiner Jeans. »Habt ihr gezogen, oder soll ich mir aussuchen, wer von euch der Nächste ist?«

Jemand würde ihm seine Fragen beantworten und ihm ein bisschen Blut geben. Fragte sich nur, wer.

Der Mann ganz rechts meldete sich freiwillig. Mit einem Brüllen, das sämtlichen Lärm der Stadt übertönte, sprang er vorwärts und bleckte die Zähne. Ein Vampir.

»Ich hatte gerade einen Smoothie«, sagte Alec. »Da

sollte ich besonders süß sein ... falls du einen Biss landen kannst.«

Der Dämon zog einen Pflock hinten aus seinem Hosenbund. Alec krümmte zwei Finger und grinste, um ihn näher zu locken.

»*Servo vestri ex ruina!*«, fauchte das Höllenwesen.

Alec erhob sein Schwert. »*Dei gratia.*«

Der Vampir rammte seine Waffe tief in seine eigene Brust und löste sich in Staub auf.

Noch ein Höllenwesen tauchte aus dem Aschennebel auf. Der dritte Mann. Er warf seinen löwenartigen Kopf in den Nacken und heulte den Mond an. Ein Werwolf.

»Das ist ja heute mein Glückstag«, murmelte Alec. »Ich habe hier gleich ein Potpourri.«

Der Wolf war klein und untersetzt. Seine gewölbte Brust und die dicken Unterarme und Beine ließen erahnen, dass dieser Kampf ein wenig Anstrengung verlangen würde.

Oder hätte, wäre der Wolf nicht auf die Idee gekommen, sich seine Waffe an seine Schläfe zu halten und sich das Gehirn wegzupusten.

»Ach du heiliger Bimbam!«

Hätte Alec es nicht mit eigenen Augen gesehen, er würde es nicht glauben. Während der Knall noch nachhallte, fragte er sich, ob in dem Smoothie etwas drin gewesen war. Von Massensuizid unter Höllenwesen hatte er noch nie gehört.

Die dritte Aschenwolke in Folge hing länger in der Luft, daher wappnete sich Alec für einen plötzlichen Angriff. Aber nichts rauschte aus der Wolke auf ihn zu. Sie wurde bloß größer und noch undurchsichtiger, als würde sie mit mehr Asche gespeist.

Checkten die anderen auch aus?

Alec wurde mulmig. Die Ordnung seiner Existenz, die so repetitiv war, dass er schon zu denken begann, er würde in einer Endlosschleife leben, geriet vollends aus den Fugen, seit Eve gezeichnet wurde.

Die Wolke in der Gasse löste sich schließlich auf, und Alecs Verdacht wurde bestätigt. Von den Höllenwesen war nichts mehr übrig. Und niemand war geblieben, um ihm zu erklären, was zur Hölle hier los war.

Verstört und angewidert von dieser Verschwendung, warf Alec das Katana in einen der Müllcontainer und ging zurück auf die Straße. Schweren Schrittes entfernte er sich vom Schauplatz des rätselhaften Geschehens. Mit leeren Händen zu gehen widersprach seiner Natur, aber was hatte er für eine Wahl? Ohne ein Höllenwesen hatte er auch keine Spuren, denen er folgen konnte.

Raguel, rief er.

Ja? Die Stimme des Erzengels dröhnte durch Alecs Kopf, als wäre sie echt.

Du musst ein Team Gezeichneter nach Santa Cruz schicken. Zur Erklärung rief Alec seine jüngsten Erinnerungen auf, damit Raguel sie sah.

Zunächst war der Erzengel still, dann kam: *Ruf mich an.*

Was? Warum?

Ein Rucken brachte Alec ins Stolpern, gefolgt von der Stille eines abgebrochenen Gesprächs.

Raguel?

Er griff in seine hintere Hosentasche, um sein Handy hervorzuholen, und fluchte, als ihm klar wurde, dass es noch in seinem Rucksack im Kofferraum von Eves Wagen war. Da hatte er es reingeworfen, bevor sie den Gadara

Tower verließen, weil er dachte, dass die einzige Person, mit der er sich unterhalten wollte, neben ihm sitzen würde. Nun könnte er Raguel erst anrufen, wenn er wieder im Motel war, und das war eine zu große Verzögerung. Was für ein Spiel veranstaltete der Erzengel? Raguel musste sofort ein Team hierherschicken, denn jemand sollte ergründen, was vor sich ging, und das konnte nicht Alec sein. Er musste einen Wolf töten.

Zwei Blocks von seinem Motel entfernt wurde Alec endgültig klar, dass er beschattet wurde. Er betrat einen kleinen, durchgehend geöffneten Laden. Drinnen ging er an den Kundentoiletten vorbei und schlüpfte in den Personalraum. Von dort lief er nach hinten aus dem Gebäude und durch eine Seitengasse zur Straße, um seinen Verfolger zu überraschen.

Stattdessen blühte ihm eine Überraschung.

Sie versteckte sich an einer dunklen Gebäudeecke, die Schultern nach vorn gebeugt und das nordische Aussehen unter der Maske einer dunkelhaarigen Latina verborgen. Das rote Kleid war allerdings unverkennbar.

Alec schlich an der niedrigen Betonmauer entlang, die den Parkplatz abgrenzte, und näherte sich ihr von hinten. Der weibliche Mahr war schon so geschwächt, dass sie ihn erst roch, als ihn nur noch wenige Schritte von ihr trennten.

»Cain.« Sie drehte sich zu ihm um. Ihr Gesicht war tränenüberströmt, und tiefe Kummerfalten hatten sich in ihre Mundwinkel gegraben.

»Giselle.« Er verschränkte die Arme. »Hast du es dir anders überlegt, was die Prügelei angeht?«

»Es ging nicht anders«, flüsterte sie. »Sie müssen glauben,

dass ich tot bin, sonst suchen sie nach mir und bringen mich um.«

»Wer?«

Ihre vorhin noch so harten, misstrauischen blauen Augen blickten nun sanft und flehend. »Nimm mich mit, wenn du Santa Cruz verlässt. Dann erzähle ich dir alles.«

Eve war es leid, die Wasserflecken an der Decke anzustarren. Es machte sie wahnsinnig, ruhig im Bett zu liegen, denn sie fühlte sich rastlos und klebrig vor Hitze. Aus dem Bett gegenüber konnte sie Claires rhythmisches Atmen hören. Die Gezeichnete schlummerte süß und selig.

Die Glückliche, dachte Eve verdrossen.

Seufzend schloss sie die Augen und wartete ab, ob sie so vielleicht einschlief. Die letzten zwei Stunden hatte sie in Gedanken immer wieder dieselben Fragen gewälzt.

Warum hatte Alec sie nicht zurückgerufen?

Was wollte Richens wirklich?

Was hatte die Hündin ihr zu sagen versucht?

Was zur Hölle stimmte mit Izzie nicht?

Irgendwas war hier faul; so viel stand fest. Und ihre Grübelei, was es sein könnte, hielt Eve wach.

Die Hündin roch etwas, das ich nicht mitbekomme. Und auch sonst schien es keiner zu bemerken. Wie konnte das sein? Sie verstand zwar, dass die anderen Kursteilnehmer noch hinterherhinkten, denn sie gewöhnten sich gerade erst an ihre neuen »Gaben«. Aber was war mit Gadara und seinen Wachen?

Eve schwang die Beine aus dem Bett und schob die Füße in ihre Flipflops. Ihre Flanellpyjamahose mit dem passenden Oberteil war ihr morgens wie eine gute Wahl vorgekommen, doch mit dem leichten Fieber verfluchte sie sich nun, sie eingepackt zu haben. Wie sollte sie einschlafen, wenn ihr viel zu heiß war?

Als sie im Dunkeln zur Tür schlich, knarrten die Bodendielen, egal wie sehr sie sich bemühte, kein Geräusch zu machen. Claire murmelte etwas im Schlaf und rollte sich auf die Seite, weg von der Störung.

Sobald sie auf dem Flur war, machte Eve die Tür hinter sich zu und atmete auf. Izzie und Laurel schliefen in dem größeren Schlafzimmer, das neben Claires und ihrem war, aber weiter weg vom Gemeinschaftsbereich. Durch die kahlen Fenster fiel genügend Mondlicht nach drinnen, dass Eve auch ohne die Aktivierung ihrer Nickhäute sehen konnte.

Sie blieb mitten im leeren Wohnzimmer stehen und ignorierte ihre Gänsehaut. Die Männer in der anderen Haushälfte und die drei Frauen waren nur wenige Schritte weit weg. Dennoch war Eve furchtbar angespannt. Bei dem muffigen Geruch und den fremden Geräuschen in und um das Haus fielen ihr sämtliche Horrorfilme wieder ein, die sie je gesehen hatte. Sie hatte das Gefühl, irgendein mordlustiger Irrer würde hinter ihr stehen. Sie wäre erschaudert ... wenn das Kainsmal sie denn ließe.

»Verfluchte, sadistische Fantasie.«

Eve. Reeds Stimme traf sie wie eine warme Sommerbrise – angereichert mit dem erotischen Duft seiner Haut – und umfing sie vollständig.

Sie griff nach dem dünnen Bewusstseinsfaden, der Einsatzleiter und ihre Gezeichneten verband. Eve hatte gehört, dass einige Gezeichnete ganze Gedankengänge mit ihren Anleitern austauschen konnten, aber diese Fähigkeit besaß sie nicht. Bei ihr beschränkte es sich auf entfernte Echos von Gefühlen. Insgeheim fragte sie sich, ob es ihre Schuld war, ob sie sich wegen Alec fürchtete, Reed in ihren Kopf zu lassen.

Oder ... aus persönlicheren Gründen.

Da sie sich zu bloßgestellt fühlte, zog sich Eve mental und physisch zurück und trat aus dem Strahl des Mondlichts in den Schatten. Dabei spürte sie, wie Reed ihr nachjagte. Seine Vehemenz erschreckte sie. Sie konnte seine Besorgnis so deutlich spüren, als wäre es ihre eigene. Bei ihm in der Nähe stimmte etwas nicht, und das veranlasste ihn, sich nach ihrer Sicherheit zu erkundigen.

Eve rollte ihre verspannten Schultern. Alec und Reed hatten ihre eigenen Lasten zu tragen. Sie waren erfahrener, aber ihre Aufgaben waren nicht leichter als Eves. Außerdem war sie groß und musste auf sich selbst aufpassen.

Alles okay, antwortete sie Reed. *Mach dir keine ...*

Eine Gruppe dunkler Gestalten bewegte sich durch den Mondschein, sodass Eve mitten im Gedanken abbrach. Die Schatten flitzten über den Flecken Licht, den sie eben freigegeben hatte.

Ängstlich sah sie zum Fenster und nach draußen. Die Straße war unheimlich einsam und verlassen, die Beleuchtung nur matt. In keinem der anderen Häuser brannte Licht, und es standen keine Wagen an der Straße.

»Bloß ein Vogelschwarm«, flüsterte sie und wünschte, sie gehörte zu den Glücklichen, die sich vor nichts fürchteten. »Du brauchst Schlaf, das ist alles.«

Ein großer, buckliger Umriss humpelte über den Rasen auf die Männerseite des Hauses zu, in die entgegengesetzte Richtung der Schattenfiguren.

»Gott«, hauchte sie und verzog das Gesicht, als prompt ihr Mal brannte. Ihre verschärften Sinne setzten so abrupt ein, dass es Eve den Atem raubte. Ihr Fieber kehrte mit voller Wucht zurück, doch anstatt sie zu erschöpfen, verlieh es ihr eine ungezügelte Energie. Sie war mal in einer Achterbahn gefahren, was sich ganz ähnlich angefühlt hatte. Da war ihr Wagen wie eine Rakete losgeschossen, war mit jeder Sekunde schneller geworden und hatte sie einen Steilhang mit einem Flammenring hinaufkatapultiert.

Eve sprintete zur Haustür und entriegelte die Schlösser. Während sie nach draußen sah, aktivierte sie ihre Nickhäute. Die beiden Wachen an der Vorder- und der Küchentür waren bereits in Bewegung und schlichen zu den beiden Enden der Hecke, die ihr Grundstück von dem nebenan trennte.

Noch jedoch liefen sie in die entgegensetzte Richtung der buckligen Gestalt.

Erst als sie an den Wachen vorbeiblickte, bemerkte Eve, dass noch mehr unerwünschte Besucher da draußen waren. Sie konnte ungefähr ein halbes Dutzend großer, sehniger Figuren sehen, die sich in einer eher wirren Rudelformation bewegten. Womit sich verbot, nach den Wachen zu rufen oder auch nur zu pfeifen.

Sie sah sich zu dem Flur mit den Schlafzimmern um und überlegte, die Mädchen zu wecken. Aber Höllenwesen hörten genauso gut wie Eve, und die anderen leise wecken zu wollen würde Zeit kosten, die sie nicht hatte. Falls dieses humpelnde Ding hinter Gadara her war, durfte sie nicht zulassen, dass es näher kam.

Bedrohungen müssen neutralisiert, nicht minimiert werden, hatte der Erzengel sie gelehrt. *Zögern Sie nicht, denn die anderen lernen aus jeder Konfrontation, und Sie wollen ihnen nicht die Chance geben, Ihnen künftig aufzulauern.*

»Los«, murmelte sie sich streng zu. »Du kannst noch nach Hilfe schreien, *nachdem* du es aufgehalten hast.«

Sie schloss die Tür hinter sich und lief an der Hausfront vorbei. Der Blutrausch beschleunigte ihre Schritte, und ihre Muskeln zuckten in freudiger Erwartung. Eves Sinne waren derart geschärft, dass sie den Fernseher aus einem der Häuser einige Blocks weiter hören konnte.

Für gewöhnlich hielten sich Erzengel in Gebäuden voller Gezeichneter auf, die als Frühwarnsystem fungierten. Einem stinkenden Höllenwesen war es unmöglich, sich an ihnen allen vorbeizuschleichen und an einen Erzengel heranzukommen. Zumindest war es das gewesen, bevor die neue Tarnung auftauchte. Seither war auf nichts mehr Verlass.

Gadara hatte nur vier Wachen und einen Kurs unerfahrener Gezeichneter zu seinem Schutz, und sie alle hatten nicht mal gerochen, was der Pudel wahrgenommen hatte.

Eve warf ihre Flipflops ab und rannte barfuß über das strohige tote Gras im Vorgarten. Vor ihr umrundete die bullige Kreatur das Haus und verschwand auf dem zementierten Weg, der zum Eingang der Männerhälfte führte. Im Wohnzimmer brannte eine Lampe, doch innen war ein Laken vor das Fenster gehängt, sodass man nicht hineinsehen konnte. Als Eve vorbeilief, konnte sie Gadara reden hören. Seine volltönende Stimme verriet seine Macht und war ein Lockmittel für jedes ehrgeizige Höllenwesen.

Du schaffst das. Sie verdrängte bewusst, dass der Dämon leicht zwei Meter groß war, massige Schultern und einen breiten Rücken hatte. Eve hatte keine Ahnung, auf welche

Höllenklasse diese Beschreibung passte oder was deren Spezialität sein mochte. Das Ding könnte messerscharfe Zähne und Krallen haben oder Feuer speien wie der Drache, der sie am Sonntag getötet hatte. Oder er besaß ein anderes, tödlicheres Talent.

Denk nicht darüber nach. Sie wischte sich einige Haarsträhnen aus der heißen, klebrigen Stirn.

Der Dämon stand auf der unbeleuchteten Veranda. An deren anderem Ende fing eine Holzwand das Mondlicht ab. Die Gestalt ragte wie eine große schwarze Leere vor Eve auf, und die Umrisse verschwammen mit der Dunkelheit, sodass nicht mal Eves Supersicht Details ausmachen konnte. Sie sah lediglich ein breites Kreuz und absurd dünne Beine. Sonst war nichts zu erkennen. Der Geruch war untypisch, eher bitter und beißend als faulig. Es war eine Anomalie, und das machte ihr Angst, aber die Kraft des Kainsmals trieb sie an, erst anzugreifen und später Fragen zu stellen.

Eve sprang los, stürzte sich auf die Bestie und stieß sie durch die Holztrennwand. Das Klappern der Palisadenwand war wie ein Donnerkrachen in der nächtlichen Stille. Sie krachten mitten in das zersplitterte Holz.

»Hilfe!«, brüllte Eve, während sie mit dem Biest rang. Es war weicher, als sie gedacht hätte, und wehrte sich komischerweise nicht besonders.

»Hilfe!«, schrie das Höllenwesen.

Eve erstarrte.

Dann ging das Verandalicht an, und Männer kamen aus dem Haus gestürmt.

6

»Hilfe!«

Eve blinzelte erschrocken, als sie den Akzent erkannte, und blickte hinab zu ihrem Gefangenen. »*Molenaar?*«

Wie eine umgekippte Schildkröte zappelte der Gezeichnete auf seinem großen Rucksack. »Du bist ja irre, Hollis!«, kreischte er. »Eine Wahnsinnige!«

»Miss Hollis.« Gadara griff unter ihre Arme und hob sie hoch, als wöge sie nichts. »Was tun Sie denn?«

Eve sah, wie Romeo dem anderen Kursteilnehmer auf die Beine half. Ein langer Schal baumelte an Molenaars Hals, der zuvor um seinen Kopf, seine Schultern und seinen Rucksack gewickelt gewesen war, was ihn wie einen Buckligen aussehen ließ. »Du stinkst«, sagte sie.

»Und deshalb hast du gedacht, ich bin ein Dämon?« Jans blaue Augen waren so weit aufgerissen, dass sie ihm aus dem Kopf zu purzeln drohten. »Ich musste hierhertrampen, weil ihr ja nicht gewartet hattet. Und der Typ, der mich mitgenommen hat, hielt nicht viel von Körperpflege.«

Die anderen Frauen kamen um die Ecke gelaufen – Izzie mit Zöpfen, Claire ohne ihre Brille und Laurel mit einer grünen, rissigen Schönheitsmaske auf dem Gesicht.

»Was ist los?«, fragte Claire, die ihre Hände in die Hüften gestemmt hatte und von einem zum anderen sah. »Seit wann bist du hier, Molenaar?«

»Seit jetzt, aber ich bereue es schon!« Er funkelte Eve wütend an.

»Was schleichst du dich auch mitten in der Nacht an?«, verteidigte sie sich.

Gadara drehte den Kopf zu ihr, und sein goldener Ohrring blinkte im Licht. »Wollten Sie uns vor einer vermeintlichen Gefahr schützen?«

»Es ist dunkel. Mit dem Ding um seinen Kopf und den Rücken konnte ich nicht erkennen, dass er es war. Und wo zur Hölle sind Ihre Wachen?«

»Hier.« Ein dunkler Umriss erschien an der Ecke und kam selbstbewusst auf sie zu. Es war Diego Montevista, Gadaras Sicherheitschef und ein knallharter Gezeichneter. »Wir haben ein paar ungezogene Teenager verscheucht. Aber es sollten zwei Wachen hier sein.«

»Auf dem Posten, Sir«, antwortete Mira Sydney von der Veranda aus. Montevista wirkte finster, groß und bedrohlich, Sydney war das genaue Gegenteil: blond und zierlich. Aber sie war sein Lieutenant, und es war unübersehbar, dass die beiden sich sehr mochten. »Als ihr hinter den Eindringlingen her seid, haben wir die Reihen geschlossen und sind nach drinnen gegangen.«

Gadara trat näher zu Eve, drückte sein Handgelenk auf ihre Stirn und sah sie prüfend an. Sie reckte trotzig ihr Kinn und hielt seinem Blick stand. Ihr war, als würde sie verglühen, und natürlich fühlte er es.

»Gut gemacht«, sagte er. Sonst nichts.

»Wie bitte?«, beschwerte sich Molenaar. »Sie hat mich fast umgebracht!«

»Sie hätten heute Morgen pünktlich sein sollen, Mr. Molenaar«, bügelte Gadara ihn ab. »Dann wäre es nicht zu diesem Missverständnis gekommen.«

Laurel drehte sich um und stampfte von dannen. »Das ist ja lächerlich«, sagte sie laut. »Und ich bin müde. Gute Nacht!«

»Ich komme mit dir, *Bella*«, bot Romeo an und lief hinter ihr her.

Richens schnaubte verächtlich. »Das ist wahre Hingabe, wenn er sie trotz diesem Dreck in ihrem Gesicht noch knallen will.«

»Mr. Richens!« Gadaras Tonfall war so tadelnd wie seine Miene. »Behalten sie derlei vulgäre Gedanken für sich. Bringen Sie bitte Molenaar nach drinnen, und helfen Sie ihm, sich einzurichten.«

»Ich habe Hunger«, sagte Molenaar und streifte seinen Rucksack ab.

»Du hast immer Hunger«, höhnte Ken.

Claire gähnte. »Ich gehe wieder ins Bett.« Sie sah Eve an. »Weck mich bitte nicht, wenn du reinkommst.«

Eve rang sich ein Lächeln ab.

Im Haus der Männer stimmte ein Handy Händels *Messias* an, und Eve staunte.

»Das ist natürlich meins«, erklärte Gadara grinsend.

»Natürlich.« Erzengel mit Handys, das war ihr Leben! Bereit, sich unter den nächsten Felsen zu verkriechen, winkte Eve kurz und wollte an ihm vorbei. »Ich ziehe mich zurück.«

»Sie sollten einen Moment warten, Miss Hollis«, schlug Gadara vor. »Cain wird Sie sprechen wollen.«

»Woher wissen Sie ...« Eve beendete die Frage nicht

mal, weil sie blödsinnig war. Selbstverständlich wusste er es.

»Weil ich das Gespräch mit ihm unterbrach, als wir den Tumult hier draußen hörten.« Seine dunklen Augen blitzten amüsiert. »Und ich sagte ihm, dass er anrufen soll.«

»Ah, alles klar.« Als würde Alec eine Menge auf Befehle geben.

»Kommen Sie nach drinnen ins Warme.«

»Mir ist nicht kalt. Das sagte ich Ihnen doch schon.« Und die Tatsache, dass er ihre Verfassung nicht zur Kenntnis nehmen wollte, machte es noch verdächtiger.

Trotzdem folgte Eve ihm nach drinnen. Edwards war in der Küche und schenkte sich ein Glas Milch ein. Richens lehnte am Tresen und redete mit seinem britischen Englisch so schnell, dass Eve kein Wort verstand. Er nickte ihr nur kurz zu, ehe er wieder zu Edwards sah, der Eve aufmerksam musterte.

Sie musste sich zusammenreißen, den beiden nicht den Stinkefinger zu zeigen.

»Alles ist, wie es sein sollte«, sagte Gadara ins Telefon. »Ja, es gab eine Störung… Gut. Sie ist sogar außergewöhnlich. Ich bin recht beeindruckt… Ja, ich sagte ihr bereits, dass du das wollen würdest. Einen Moment.«

Der Erzengel hielt ihr das Telefon hin. Eve nahm es und ging damit in die hinterste Ecke des Wohnzimmers, wo ein riesiges Spinngewebe den Großteil des Platzes einnahm.

»Hi«, sagte sie leise. Zwar fühlte sie sich besser, wenn sie flüsterte, aber das Lauschen der anderen mit ihrem Supergehör würde es wohl kaum vermeiden.

»Hi.« Alecs tiefe Stimme zu hören war eine Wohltat. »Du gehst nicht an dein Telefon.«

»Ich musste es ausschalten, um meine Mitbewohnerin nicht zu stören.«

Er knurrte. »Stell es auf Vibration, und behalt es bei dir.«

»Hab ich versucht, aber dann habe ich das verdammte Ding unter meinem Kissen vergessen, als ich nicht schlafen konnte.«

»Was ist los, Angel? Bist du verletzt?«

»Mir geht es gut.«

»Raguel hatte mich abgewürgt, und dich konnte ich nicht erreichen. Da habe ich richtig Angst bekommen.«

»Es war ein blödes Missverständnis.«

»So blöd kann es nicht gewesen sein, denn du hast Eindruck auf Raguel gemacht.«

»Was soll ich sagen?« Sie zuckte mit den Schultern. »Er ist leicht bei Laune zu halten.«

»Lässt er euch jetzt trainieren? Es ist nach zwei Uhr morgens.«

»Ich habe doch gesagt, dass ich nicht schlafen konnte.«

»Weil ich dir fehle«, sagte er mit einem Lächeln in der Stimme.

»Das, und weil es zu heiß war.«

»Heiß? Nachts in Monterey?«

Eve rieb sich die Nasenwurzel. »Ich glaube, ich brüte irgendwas aus. Jedenfalls habe ich leichtes Fieber.«

Nach einer längeren Pause sagte Alec: »Du kannst nicht krank werden.«

»Du musst mir glauben, ehrlich. Gadara hört mir nicht zu, und …«

»Ich gehe mal duschen.«

Eve erstarrte, als sie eine Frauenstimme im Hintergrund hörte. Es war eine verführerische, kehlige Stimme, als wäre die Sprecherin gerade erst aufgewacht ... oder hätte soeben einen heftigen Orgasmus gehabt. »Wer ist das?«

Alec stöhnte. »Ein Riesenschlamassel.«

»Klingt wie eine Frau.«

»Sie ist ein Mahr.«

Eve trommelte mit dem Fuß auf dem Holzboden, und ihre Gefühle von vorhin kehrten mit Wucht zurück. »Für mich hört sie sich nicht wie ein Pferd an. Und ich wette, sie sieht auch nicht wie eines aus. Wo bist du?«

Er lachte, was immer toll klang, egal ob Eve wütend war oder total verliebt. »Sie ist ein Mahr wie in Nachtmahr, keine Mähre. Und ich bin in meinem Zimmer. Es ist mitten in der Nacht, wo sollte ich sonst sein?«

»Du hast mitten in der Nacht eine nackte Frau in deinem Zimmer.«

Edwards stieß einen leisen Pfiff aus. Nun drehte sich Eve zu ihm um und zeigte ihm doch den Stinkefinger.

»Sie ist noch nicht nackt«, sagte Alec ruhig.

»Tja, dann will ich dich nicht aufhalten.«

Es trat eine bedeutungsschwangere Pause ein. »Sag mir, dass das ein Scherz ist.«

»Scheint mir eher ein Scherz auf meine Kosten zu sein.«

»Traust du mir etwa so wenig?«

Eve rieb sich wieder die Nasenwurzel. »Ignorier mich einfach. Mir geht es nicht gut.«

»Sie ist ein Höllenwesen.«

»Ich kann nicht klar denken.«

»Und sie ist nicht du.«

»Schon verstanden.«

»Du hast keinen Grund zur Sorge, ist das klar? Und überhaupt kommst du mir sonst gar nicht eifersüchtig vor.«

»Ich bin auch nicht eifersüchtig auf dich, sondern auf sie. Sie ist nackt bei dir. Ruf mich wieder an, wenn ich mit einem nackten Kerl durchs Motelzimmer tolle, und dann werden wir ja sehen, wie du dich dabei fühlst.«

»Ich tolle nicht mit ihr durchs Zimmer, und sie ist nicht vor meinen Augen nackt. Aber … du hast recht.«

Unwillkürlich musste sie lächeln. »Warum duscht ein Höllenwesen bei dir im Motel?«

»Pech?« Er atmete resigniert aus. »Irgendwas ist hier richtig schräg. Sie bot mir Informationen an, wenn ich sie von hier wegbringe.«

»Wie Hank?«

Das Exceptional Projects Department – die Abteilung für außergewöhnliche Projekte – im Untergeschoss des Gadara Tower beherbergte Höllenwesen, die für die Guten arbeiteten. Einige taten es unfreiwillig, andere waren Höllendeserteure. Und sie alle nutzten ihre diversen Talente, um den Gezeichneten zu helfen.

»Ja, wie Hank und die anderen.«

»Inwiefern ist es hilfreich, wenn jemand Albträume machen kann?«

»Mahre sehen in die Träume hinein. Manchmal erfahren sie so, was andere Höllenwesen planen.«

»Sie horchen das Unterbewusstsein ab?«

»Genau. Und sie können unterbewusste Vorschläge machen.«

»Was ist mit dem Alpha?«

»Giselle wird mit zu ihm kommen müssen«, antwortete Alec ungerührt. »Ich unterbreche meine Jagd nicht, denn die hält mich fern von dir.«

Eve zwang sich, nichts darauf zu geben, dass er von dem

weiblichen Mahr mit Namen sprach. Sie wusste, dass es nichts zu bedeuten hatte. Ja, das *wusste* sie. Nur suchten ihre aufgewühlten Gefühle nach einem Ventil. »Kannst du ihr vertrauen?«

»Machst du dir Sorgen um mich, Angel?«, fragte er leise.

»Das weißt du doch.«

»Machen wir einen Deal: Ich achte darauf, dass ich in einem Stück bleibe, und du tust es bei dir ebenfalls.«

»Abgemacht.« Sie musste gähnen.

»Geh ins Bett«, sagte Alec. »Ich muss noch mein Gespräch mit Raguel beenden, dann lege ich mich auch hin. Ich will morgen beizeiten losfahren.«

»Warte kurz.« Sie sah sich um und senkte die Stimme noch weiter. »Vorhin wollte ein Hund mit mir reden.«

»Aha?« Sein Interesse war deutlich zu spüren. »Worüber?«

»Das ist es ja, ich weiß es nicht. Die Hündin sagte, dass etwas um mich herum nicht stimmt, und dann hat Izzie sie erschossen.«

»Sie *erschossen*?«

»Ja, und bloß weil ihr danach war, soweit ich es beurteilen kann.«

»Die Hündin ist *tot*?«

»Ja!«

»Was ist bei dir nur immer los? Ich bin doch erst seit ein paar Stunden weg!«

»Hey, ich habe nichts getan!«

Molenaar brüllte aus der Küche: »Du hast mich angefallen, *krankzinnige vrouw*!«

»Wieso nennt er dich eine Irre?«, fragte Alec. »Und was hatte er getan, dass du ihn angegriffen hast?«

»Beachte ihn nicht.« Sie durchquerte das Wohnzimmer und ging aus dem Haus, um einen Anflug von Privatsphäre zu haben. Da das Haus unbeheizbar war, lagen die Temperaturen drinnen kaum höher als draußen, aber die leichte Brise tat Eves überhitzter Haut gut.

»Scheiße«, fluchte Alec.

»Es war nicht meine Schuld. Außerdem solltest du auf meiner Seite sein. Immerhin bist du mein Mentor.«

»Okay. Fangen wir von vorne an. Das fiebrige Gefühl rührt wahrscheinlich von der Anpassung deines Körpers an die Veränderungen her, die er gerade durchmacht. Weißt du noch, wie es beim ersten Teil war?«

O ja, wie sollte sie das vergessen? Sie hatte sich gefühlt, als stünde sie in Flammen, und ihre Libido hatte sie fast wahnsinnig gemacht. Wer hätte gedacht, dass Gott einem Mord- und Sexlust parallel gab? Andererseits hatte Eve schon immer gefunden, dass der Allmächtige einen kranken Humor besaß.

»Wahrscheinlich?«, hakte sie nach, da ihr sein leichtes Zögern nicht entging. »Was könnte es sonst sein?«

»Na ja ... da wäre noch das Novium.«

»Das Novium?«

»Es tritt direkt vor dem Ende der Ausbildungsphase ein, wenn Gezeichnete eine gewisse Autonomie erreichen.«

»Dann kann es das nicht sein.«

»Stimmt, es wäre viel zu früh. Also passt du dich an, nichts weiter.«

Sie trat kräftig ins verdorrte Gras. »Das ist zum Kotzen.«

»Glaube ich dir. Was den Überfall auf deinen Mitschüler angeht ... Ihm gefiel offenbar nicht, was du getan hast, also ist es nichts Sexuelles. Und da das das Einzige wäre, was mir nicht egal ist – abgesehen davon, dass du verletzt wirst –, verbuchen wir es schlicht unter einer klassischen Eve-Nummer.«

»Du erwartest hoffentlich keine herzliche Begrüßung, wenn du wiederkommst«, murmelte sie.

»Heiß und süß, genau genommen. Ich kann es gar nicht erwarten.« Ein verführerisches Schnurren vibrierte auf den Satellitenwellen.

Eves Stimmung wechselte von heiß und reizbar auf heiß und erregt. »Dann sei lieber nett zu mir.«

»Ich werde sehr nett zu dir sein, Angel. Bisher hattest du doch auch keinen Grund zur Klage. Kommen wir zu der Sache mit dem Hund ... Ich gestehe, dass ich die bedenklich finde. Was unternimmt Raguel?«

»Nichts, soweit ich sehen kann. Er hat mir gesagt, ich soll es ihm überlassen.«

»Es muss einen Grund geben, warum er dem nicht nachgeht.«

»Phlegma?«

»Ich weiß, dass du ihm nicht vertraust, also vertrau mir. Er hat das im Griff.«

Eves freie Hand wanderte zu ihrer Hüfte. »Du bist nicht hier, Alec. Er hat nicht mal mit der Wimper gezuckt, als Izzie die arme Hündin umbrachte.«

»Als Erzengel ist er Gott näher. Ich vermute, dass die Verbindung ähnlich ist, als würde man fernsehen und sich nebenbei unterhalten. Er ist abgelenkt, nicht gleichgültig.«

»Sagst du.«

»Wenn ich zu Jehova bestellt werde, verliere ich den Sinn für alles – Zeit, Gefühle, Wirklichkeit. Es ist sehr ... erhaben. Ich möchte mir nicht mal ausmalen, wie Erzengel es anstellen, mit dieser offenen Verbindung tagtäglich zu leben.«

»Sei's drum, ich bin lieber vorsichtig.« Sie blickte sich um, ob sie immer noch allein war. »Ich werde den Verdacht nicht los, dass irgendwem sehr gut gepasst hat, was Izzie tat.«

»Ich erwarte ja nicht, dass du keinen Ärger machst, aber kannst du bitte dafür sorgen, dass dir nichts zustößt?«

»Ha, und das von dem Mann mit einem nackten Dämon in seiner Dusche.«

Die Tür hinter ihr ging auf. Eve drehte sich um, und Montevista bedeutete ihr stumm, dass sie wieder ins Haus kommen sollte.

»Ich werde gerufen«, sagte sie und ging zum Haus.

»Behalte immer dein Telefon bei dir, klar?«

»Hör mal, ich hatte dich anzurufen versucht, und du bist nicht rangegangen!«

»Kommt nicht wieder vor.« Alecs Stimme wurde wärmer. »Ich bin für dich da, Angel, auch wenn ich nicht bei dir bin.«

»Weiß ich.«

»Versuch ein bisschen zu schlafen. Das mildert die Begleiterscheinungen des Wechsels.«

»Mach ich.« Sie ging an Montevista vorbei, der ihr die Tür aufhielt. »Pass auf dich auf.«

»Selber.«

Gadara lehnte elegant an den Küchenschränken. Trotz der späten Stunde war sein Aufzug makellos. Eve hielt ihm das Telefon hin.

Wie der Blitz war er bei ihr. Seine Finger umfingen ihre und kühlten Eve mit der einzelnen Berührung ab.

»Danke.« In seinen dunklen Augen schimmerte das Wissen eines ganzen Menschenalters. »Ihre Sorge um mich gefällt mir sehr.«

Obwohl es ihrem Wunsch widersprach, ihr altes Leben zurückzubekommen, freute sich Eve über das Lob des Erzengels. »Gern geschehen.«

Sie wechselten ein kurzes Lächeln, dann nahm Gadara das Telefon und setzte seine Unterhaltung mit Alec fort. Eve ging in die Küche, um sich eine Flasche Wasser zu holen, bevor sie in die andere Haushälfte zurückkehrte.

»Bleib morgen in der Nähe«, sagte Richens, der bei der Spüle stand und sie beobachtete.

»Okay.« Diese ganze heimliche Verbrüderung kam Eve komisch vor, aber sie würde zumindest so lange mitspielen, bis sie herausgefunden hatte, was hier los war.

Edwards grunzte. »Und vielleicht könntest du weniger stürmisch sein.«

»Na, ich hoffe, dass ich nicht die Einzige von uns bin, die erst gehandelt und dann Fragen gestellt hätte«, konterte sie. »Mit dem Rucksack und dem Schal über dem Kopf sah Molenaar nicht menschlich aus. Und er wollte zu Gadara.«

»Ich bin gerührt«, rief Gadara.

»Hören Sie auf zu lauschen!« Sie sah verärgert zu ihm und ärgerte sich noch mehr über sein Grinsen. Es ließ ihn jungenhaft aussehen und fast... niedlich. Dabei war Gadara nicht niedlich. Er war ehrgeizig und mit himmlischen Gaben gesegnet, über die Eve nur staunen konnte. Außerdem befand er sich in einem Machtkampf mit Alec, und den bekam Eve nicht zu knapp zu spüren. Sie wollte Gadara nicht mögen, und erst recht wollte sie sein anbetungswürdiges Grinsen nicht mögen.

»Ich glaube, deine Superkräfte sind außer Kontrolle«, murmelte Edwards.

Eve nahm sich eine Wasserflasche aus der Kiste auf der Arbeitsplatte und ging. »Wir sehen uns in ein paar Stunden.«

Dann verließ sie das Haus in Begleitung von Sydney. Als sie um die Ecke kamen, entdeckten sie Izzie in der Einfahrt des Doppelhauses. Ohne ihr übliches Make-up sah die blonde Frau verblüffend jung und zart aus. Sie war genauso klein wie Eve, nur mit viel weniger Kurven. Es stand ihr, genauso wie die bunt geringelten Kniestrümpfe und der schwarze Baby-Doll-Pyjama. Izzie wirkte wie eine Elfe mit leichtem Goth-Einschlag.

Eve beäugte sie misstrauisch. Wann immer Izzie in der Nähe war, schrillten ihre Alarmglocken.

»Hallo.« Izzie stemmte sich von der Motorhaube des Suburbans ab, an der sie gelehnt hatte.

»Was machen Sie hier draußen, Seiler?«, fragte Sydney.

»Ich warte auf Hollis.«

Eve staunte. Nach drei Wochen, in denen ihr alle die kalte Schulter gezeigt hatten, wollten gleich zwei Kursteilnehmer mit ihr reden? »Wolltest du etwas Bestimmtes?«

»Können wir reden?«

»Ich höre zu.«

Sie gingen weiter, und Sydney blieb ein Stück zurück.

»Ich wollte dir nur sagen, dass er mich auch gefragt hat«, sagte Izzie.

»Wer hat dich was gefragt?«

»Richens.«

Eve wurde langsamer, stellte jedoch fest, dass es sie nicht überraschte. »Ach ja?«

»Hat er dir das nicht erzählt?« Izzie seufzte übertrieben. »Er meinte, ich wäre die einzige Frau im Kurs, bei der es sich lohnt.«

Eve ignorierte die Spitze. »Weißt du, was er sich vorstellt?«

»Nein, ist mir auch egal«, antwortete Izzie kopfschüttelnd. »Irgendwas stimmt mit dem nicht.«

Eve fand, dass mit ihnen allen etwas nicht stimmte. Und das Schicksal der Welt ruhte, wenigstens teilweise, in ihren Händen. Wie gruselig war das denn? »Warum erzählst du mir das?«

»Weil ich dachte, dass du es wissen willst.«

»Bisher hast du mir nicht allzu viel verraten.«

Wieder seufzte Izzie. »Und ich dachte, dass wir uns vielleicht auch zusammenschließen können.«

»*Wir?* Du meinst, du und ich?«

»Ja.« Es klang genervt, als wäre Eve unterbelichtet. »Richens hat einen Grund, weshalb er seine eigene Gruppe will. Wenn wir den rausbekommen, wäre das günstig für uns.«

»Mit ›wir‹ ist gemeint, dass ich ihn herausfinden soll, oder? Schließlich hast du ihm eine Abfuhr erteilt.«

Izzie lächelte, doch ihre Augen blieben frostig. »Richtig.«

»Wenn du wissen willst, was er vorhat, warum hast du dann nicht mitgespielt, um dahinterzukommen?«

»Geduld ist nicht gerade meine Stärke.« Izzie blickte zur Seite, wobei ihre kurzen Zöpfe in der feuchten Nachtluft wippten.

Eve wünschte, sie wäre ein Fan dieser Reality-Show *Survivor* gewesen. Da hätte sie vielleicht einige nützliche Tipps über hinterhältiges Agieren bekommen. Auf dem

Gebiet schienen ihre Mitschüler ihr weit voraus. »Wie alt bist du, Izzie?«

»Dreißig. Wieso?«

Eve hätte sie jünger geschätzt. »Reine Neugier«, antwortete sie achselzuckend.

»Willst du nicht wissen, warum ich gezeichnet wurde?«

»Doch, aber würdest du es mir sagen?«

»Nein.« Izzie stieg die Stufen zur Haustür hinauf und öffnete. Ihre locker verschnürten Doc Martens wummerten auf den Holzdielen im Wohnzimmer. Hinter ihnen verriegelte Sydney die Haustür von innen, und eine andere Wache blieb draußen. Jede Haushälfte wurde von zwei Wachen gesichert.

Der Mond war inzwischen weitergewandert, sodass weniger Licht ins Zimmer schien und die Schatten größer waren. Plötzlich war Eve wie erschlagen und gähnte.

»Verrate mir, warum du hier bist«, sagte Izzie, während sie ihre Stiefel abstreifte.

Eve ging zu ihrem Zimmer. »Nicht heute Nacht. Ich habe Kopfweh.«

»Wir können uns gegenseitig helfen.«

Eve blieb an ihrer Tür stehen. »Wie genau willst du mir helfen?«

Die blonde Frau zuckte mit den Schultern. »Ich denke mir was aus.«

»Überansteng dich nicht.« Eve schlich ins Zimmer, schloss die Tür hinter sich und stieg ins Bett. Sie schlief schon fast, ehe ihr Kopf das Kissen berührte.

Heitere Tropenmusik plätscherte aus versteckten Lautsprechern, und eine warme Meeresbrise wehte durch die offenen Glasflügeltüren von Greater Adventures Yachts herein, deren Bau und Vertrieb von Luxusbooten die australische Firma finanzierten.

Reed tat, als würde er sich die Bootsbilder an der Wand ansehen, auch wenn er sie gar nicht wahrnahm. Er hatte immer noch das entsetzliche Bild vom Abend vorher vor Augen: versprühtes Blut auf Akazien und umgestürzten Teebäumen, der große Kreis niedergewalzten Grases, die Haut von Les' Gezeichneter, abgerissen von dem verschwundenen Körper; Hautfetzen, die makabren Fähnchen gleich an Zweigen flatterten, als wollten sie die hilflosen Einsatzleiter verhöhnen.

Womit zur Hölle hatten sie es zu tun?

»Alles in Ordnung?«, fragte Mariel, die neben ihm stand.

»Nein, eigentlich nicht.«

»Falls es dich tröstet, du bist gut in dem, was du tust, weil du noch betroffen sein kannst.«

Er rang sich ein mattes Lächeln ab. »Mit Schmeicheleien bin ich immer zu ködern.«

»*Abel!*«

Reed drehte sich zu der vertrauten, jovialen Stimme um. Uriel kam mit seinem üblichen breiten Grinsen und den strahlend blauen Augen auf sie zu. Der Erzengel trug nur Strandshorts und Flipflops. Seine Haut war dunkelbraun gebrannt und sein längeres Haar an den Spitzen ausgeblichen.

Reed verneigte sich respektvoll zum Dank, dass Uriel ihm erlaubte, auf australischem Boden zu ermitteln. Als er sich wieder aufrichtete, klopfte ihm der Erzengel auf die Schulter.

»Es ist schön, dich wiederzusehen«, sagte Uriel.

»Ganz meinerseits.«

Uriel ergriff Mariels ausgestreckte Hand und küsste sie. »Lasst uns in mein Büro gehen.«

Sie verließen den großzügigen Wartebereich und stiegen eine Treppe zu einem geräumigen Loft hinauf. Ein weißer Rattan-Schreibtisch mit Glasplatte stand gegenüber einer weiteren offenen Terrassentür. Die herrliche Aussicht auf den Strand erinnerte ein wenig an Eves Wohnung, nur war das Wasser in Huntington Beach von einem dunklen Blaugrau, während es hier deutlich blauer war. Wunderschön. Reed ertappte sich bei dem Wunsch, Eve könnte es auch sehen.

Uriel sank auf den Stuhl hinterm Schreibtisch. »Es ist traurig, dass die Umstände nicht angenehmer sind.«

Mariel setzte sich.

Reed blieb stehen. Er bemerkte ein kleines Weinregal auf einem Wandtisch in der Nähe. Neugierig ging er hin, nahm vorsichtig eine der Flaschen auf und las die Aufschrift auf dem bunten Etikett. »Caesarea Winery?«

»Ein neues Unternehmen«, erklärte der Erzengel.

»Ich hoffe, es läuft gut.«

»Es zahlt sich immer aus, vorsichtig und auf alle Eventualitäten vorbereitet zu sein. Deshalb habe ich euch eingeladen.«

»Wir wissen es sehr zu schätzen«, murmelte Mariel.

»Wo ist Les?«, fragte Reed. »Ich hätte ihn gern dabei, falls es dir nichts ausmacht.«

»Am Strand. Er wird gleich zu uns stoßen.« Uriel war sehr ernst. »Ihn trifft der Verlust seiner Gezeichneten schwer. Daher habe ich ihm gesagt, er soll sich ein wenig in die Wellen werfen, um einen klaren Kopf zu bekommen. Wenn wir dieses Rätsel lösen wollen, müssen wir alle voll und ganz bei der Sache sein.«

»Ein furchtbares Rätsel.« Mariels Stimme war leiser und voller Trauer. »Etwas wahrhaft Abscheuliches.«

Wie aufs Stichwort kam Les durch die Terrassentüren, tropfnass und sandgesprenkelt. Niemand entging Mariels stockender Atem, am allerwenigsten dem gut aussehenden Australier, der ihr ein Lächeln schenkte. »Hallo.«

Uriel kam direkt zum Punkt, blickte abwechselnd Mariel und Reed an und fragte: »Zu welchem Schluss seid ihr gestern Abend gekommen? Ähneln die Spuren hier denen, die ihr beide gesehen habt?«

»Ja.« Reed legte die Weinflasche in das Regal zurück. »Sie decken sich.«

»Also glaubt ihr, es war dasselbe Höllenwesen?«

»Oder dieselbe *Klassifikation*«, sagte Mariel. »Wir wissen nicht, ob es ein Dämon ist oder es mehrere gibt.«

Uriel sah zu Les, der nickte. »Auch die Möglichkeit müssen wir in Betracht ziehen.«

»Drei Angriffe in drei Wochen.« Reed dachte an den Befehl zurück, den er erhalten hatte: Es sollte ein Tommyknocker ausgeschaltet werden, der in einer Mine in Kentucky sein Unwesen trieb. Die bösartigen Elfen waren Takeos Spezialgebiet gewesen, und er hatte schon viele von ihnen aus dem Weg geräumt. »Bei dieser neuen Klasse von Höllenwesen scheint es keine langsame Steigerung gegeben zu haben. Der Dämon hat direkt mit dem Massenmorden angefangen, und er greift keine wehrlosen Sterblichen oder neuen Gezeichneten an, sondern schaltet unsere Besten und Klügsten aus.«

»Ich hatte Kimberly auf *Patupairehe* angesetzt«, erzählte Les ernst, »aber wir haben dort gar keine gesehen. Deshalb frage ich mich, was mit dem eigentlichen Auftrag passiert ist.«

»Kann es sein, dass dieses Höllenwesen außer Gezeichneten auch andere Dämonen tötet?«, mutmaßte Uriel.

Reed verschränkte die Arme. »Oder die Seraphim sind verwundbar geworden. Entweder sickern falsche Informationen in das System, oder unsere Kommunikationswege sind nicht mehr sicher. Ein Höllenwesen könnte die Aufträge abfangen, wenn sie uns geschickt werden.«

»Wie ist das möglich?«, hauchte Mariel sichtlich entsetzt.

Uriel lehnte die Unterarme auf den Schreibtisch. »Jeden Tag beenden Gezeichnete ihre Ausbildung bei den Mentoren. Einen erfahrenen Gezeichneten pro Monat zu verlieren kann uns zahlenmäßig nicht viel anhaben. Es ist schmerzlich, gewiss, aber nicht fatal.«

»Ich bin nicht sicher, dass es um eine Schwächung unserer Kampfkraft geht«, sagte Reed. Sein Handy vibrierte, er blickte aufs Display und schickte Sara *mal wieder* auf die Mailbox. »Les hat eine Theorie«, sagte er und wandte sich an den australischen Einsatzleiter.

Les fuhr sich mit einer Hand durch sein nasses Haar und erklärte: »Ich denke, der Dämon könnte die Gezeichneten absorbieren, die er tötet. Teile des physischen Körpers und auch einige von ihren Gedanken sowie ihre Verbindung zu ihrem Vorgesetzten.«

Der Erzengel stockte. Sein Blick wanderte über alle drei *Mal'akhs* vor ihm. »Welchen Beweis hast du für diese Behauptung?«

»Das Höllenwesen wusste fast schon vor mir, wohin ich teleportierte.«

»Das ist wohl kaum ein Beweis«, erwiderte Uriel. »Ich würde es reines Glück nennen, sofern es nicht häufiger vorkommt.«

»Es *wird* wieder zuschlagen«, sagte Mariel resigniert. »Und mir gefällt nicht, dass wir aus unserem Versagen lernen müssen.«

Uriel sah fragend zu Reed. »Was schlägst du vor?«

»Um es zu finden, müssen wir wissen, wie es jagt. Ich habe mir die Übereinstimmungen bei den drei Morden angesehen und nach einem Muster gesucht, das wir nutzen können.«

»Alle drei Gezeichneten befanden sich an abgelegenen Orten«, sagte Mariel, »nicht an Plätzen, wo das Höllenwesen einfach über sie ›gestolpert‹ sein könnte.«

»Alle drei jagten Wesen, auf die sie spezialisiert waren«, ergänzte Les. »Sie waren in ihrem Element.«

»Und alle drei unterstanden dem Kommando von erfahrenen, prominenten Einsatzleitern.« Uriel kniff den Mund zusammen. »Die überdies über viel Wissen verfügen.«

Reed glaubte, dass Les mit seiner Theorie auf der richtigen Spur war, und ihm wurde etwas Schreckliches klar ...

»Eve«, raunte er, während sich sein Bauch verkrampfte.

Sie war in Gefahr. Als das Höllenwesen Takeo absorbierte, hatten Reeds Gedanken vor allem ihr gegolten ... und womöglich war sie auch in seiner Verbindung zu Takeo präsent gewesen. Sollte Sammael von ihr wissen, würde er es ausnutzen, so gut er konnte. Cain war ihm schon seit Anbeginn der Zeit ein Dorn im Auge, und er würde jede

Chance ergreifen, ihn zu schwächen oder gar gegen Gott auszuspielen.

Der Erzengel sah Reed an und begriff offenbar, was ihm durch den Kopf ging. »Würde er dann nicht direkt auf sie losgehen? Warum den Umweg hierher?«

»Vielleicht hatten Kimberly und ich etwas, von dem er glaubte, dass es ihm dienlich ist«, schlug Les vor.

»Oder es gibt mehr als einen«, wiederholte Mariel. »Das Höllenwesen, das meinen Gezeichneten umbrachte, war viel kleiner als das, das du gesehen hast.«

»Wir müssen mit den anderen Firmen sprechen«, sagte Uriel.

»Wir können zunächst mal Teams bilden, die verdeckt erfahrene Gezeichnete begleiten, wenn sie in einsamen Gegenden nach Höllenwesen jagen, auf die sie spezialisiert sind.« Reed blickte kurz zu Mariel und Les, dann wieder zu Uriel. »Und wir können eine Falle stellen, die Les' Theorie entweder bestätigt oder nicht.«

»Wie?«

»Wir können die Gezeichneten mit falschen Informationen füttern und abwarten, was passiert.«

Uriel nickte. »Und was ist, wenn die Informationen einzig durch das Töten zugänglich werden?«

»Das Risiko sollten wir eingehen, denn wir müssen Bescheid wissen.«

»Dem stimme ich zu.« Der Erzengel lächelte verhalten. »So skrupellos, wie du bist, solltest du meinen Job haben.«

Das war Reeds Plan. Nicht dass er Uriels Platz einnehmen wollte, aber er wollte zum Erzengel aufsteigen. Die Schaffung einer neuen Firma war längst überfällig, und Reed hatte fest vor, an ihre Spitze zu treten, wenn die Zeit gekommen war. Dass er Eves Vorgesetzter war, half ihm dabei. Mit ihr kontrollierte er indirekt auch Cain und konnte so beweisen, dass er jeder Aufgabe gewachsen war: vom Training neuer Gezeichneter bis hin zur Lenkung des Mächtigsten von allen.

»So weit würde ich nicht gehen«, wandte er ein. »Ich hasse es, Gezeichnete zu verlieren, ob es meine sind oder nicht. Doch im Krieg sind Opfer unvermeidlich.«

Mariel sah ihn aufmerksam an. »Hast du schon jemanden im Sinn?«

»Noch nicht. Ich arbeite daran. Bis dahin passe ich auf Eve auf. Sie ist derzeit im Training, und angesichts der möglichen Gefahr werde ich sie im Auge behalten, bis Cain zurück ist.«

»Verständlich«, sagte Uriel. »Ich arrangiere eine Konferenzschaltung mit den anderen Firmenchefs.«

Mariel stand anmutig auf. Ihr langes rotes Haar wellte sich um ihre Schultern, und schüchtern lächelte sie Les zu, der es trotz seiner tiefen Trauer schaffte, ihr Lächeln zu erwidern.

Reed und Mariel verließen Australien von einem Augenblick zum anderen. Sie teleportierten zum Gadara Tower, wo sie im unterirdischen Exceptional Projects Department landeten.

Mariel berührte Reeds Arm und sagte: »Sara wird toben, wenn Uriel sie anruft.«

»Das ist ihr Problem.«

»Und folglich auch deins und das von Miss Hollis.«

Reed biss die Zähne zusammen. Die ehrgeizige, masochistische und verschlagene Sara wollte die Ermittlungen in Sachen des abtrünnigen Höllenwesens leiten, damit sie später die Lorbeeren für seine Niederschlagung einheimste.

»Das lässt sich nicht ändern«, tat er Mariels Bemerkung ab. »Das Höllenwesen hat noch nie in ihrem Revier gejagt, also hat sie keinen Anspruch auf die Leitung der Ermittlungen.«

»Sie wird davon ausgehen, dass eure Beziehung von Vorteil für sie ist.«

»Wir haben keine Beziehung.« Die hatten sie nie gehabt. Er war ihr als Deckhengst zu Diensten und sie eine Zerstreuung für ihn gewesen. Doch er hatte die Affäre beendet, sobald ihm klar wurde, dass sie lieber seine Bemühungen sabotierte, zum Erzengel aufzusteigen, anstatt ihm zu helfen. Und obwohl sie ihn nicht wollte, duldete sie nicht, dass ihn eine andere hatte.

Mariel sah ihn prüfend an. »Hat Sara dich mit Miss Hollis gesehen?«

»Nein.«

»Dann bete lieber, dass es so bleibt.«

Er grinste. »Du hast mich auch bisher nicht mit ihr gesehen.«

»Ich habe dich ohne sie gesehen, und das sagt mir genug.«

Reed umfasste ihren Ellbogen und führte sie den langen Korridor hinunter, weg vom Trubel und dem Höllenwesengestank, der den Eingangsbereich dominierte. Eve hatte gesagt, das E.P.D. erinnerte sie an die Filme der »Schwarzen Serie«, und tatsächlich erkannte er die Ähnlichkeiten – gedämpfte Beleuchtung, halb verglaste Türen, verqualmte Luft.

»Was willst du jetzt machen?«, fragte er.

»Auf alle eingehenden Befehle achten und meine Gezeichneten beschützen. Lieber lasse ich einen Auftrag aus, bevor ich meine Leute in den Tod schicke.«

»Uriel handelt grundsätzlich zügig.«

»Gott sei Dank. Und du? Willst du gleich weiter zu ihr?«

Reed bemühte sich, keine Miene zu verziehen. »Nachdem ich ein paar Sachen geholt habe.«

»Sei vorsichtig.« Ihr Tonfall sagte ihm, dass er ihr nichts vormachen konnte.

Er küsste sie auf die Schläfe. »Du auch.«

»Ich habe nicht halb so viele Sorgen wie du«, murmelte sie. »Du bewegst dich auf dünnem Eis, mein Freund, und ich möchte nicht erleben, wie du einbrichst.«

Als er auf die Fahrstühle zuging, dachte Reed an Eve und vermutete, dass es schon zu spät war. Gott stehe ihm bei.

»Gott stehe uns allen bei.«

7

Monterey am Morgen war kühl und neblig. Der Himmel war grau, und ein dichter Bodennebel verstärkte die triste Stimmung im Trainingsbereich. Aufgereiht standen die Gezeichneten da, und Eve blickte misstrauisch an Gadara vorbei, der sich vor ihnen aufgestellt hatte. Abblätternde Farbe, zerbrochene Fensterscheiben und umgekippte Zäune schufen eine finstere Stadtkulisse, bevölkert von vergammelten Schaufensterpuppen und Schrottautos.

»Willkommen in Anytown oder ›Dingshausen‹, wie es einige Schüler schon tauften«, sagte der Erzengel in seinem volltönenden Timbre. »Wo alles passieren kann.«

Er lächelte und demonstrierte für Eves Geschmack entschieden zu viel Vorfreude. Zudem war sein khakigrüner Jogginganzug mit der Aufschrift »Gadara Enterprise« ihrer Meinung nach übertrieben lässig. Sie hatte ihn noch nie so locker gesehen, und die Skeptikerin in ihr fragte sich, ob er damit rechnete, längere Zeit hier draußen zu sein.

Sie selbst trug eine bequeme Jeans, ein T-Shirt und eine Sweatshirt-Jacke. An den Füßen hatte sie, was neuerdings die einzig vernünftige Schuhwahl zu sein schien: Kampfstiefel. All ihre hübschen High Heels und Sandalen waren eingemottet. Sie fehlten ihr, doch ihr Leben war ihr wichtiger als ihr Sinn für Mode.

»Wie Miss Hollis letzte Nacht so heldenhaft vormachte«, fuhr Gadara fort, »ist das Ausschalten eines Ziels nur die halbe Schlacht. Als Erstes müssen Sie sich vergewissern, dass Sie das richtige Höllenwesen haben, bevor Sie zuschlagen. Darauf wollen wir uns bei den heutigen Übungen konzentrieren.«

»War das vor letzter Nacht auch schon geplant?«, fragte Ken.

»Warum fragen Sie?«

»Weil ich wissen will, ob unser Training versaut ist, weil Hollis und Molenaar sich wie ein Haufen Irrer aufgeführt haben.«

»Sie hat mich angegriffen!«, rief Molenaar.

»Diese Aufgabe war ursprünglich für später in der Woche vorgesehen«, gestand Gadara. »Aber es handelt sich schlicht um eine Verschiebung, keinen Ersatz. Ihnen wird nichts vorenthalten, Mr. Callaghan. Das verspreche ich Ihnen.«

Ken beugte sich vor und sah zu Eve. Seine Miene sagte eindeutig, dass er nicht froh war. Eve winkte ihm grinsend zu. Heute war Ken ganz in Schwarz: schwarze Jeans, schwarzer Rolli und schwarze Skimütze. Bei jedem anderen hätte solch ein Outfit zu übertrieben und einschüchternd gewirkt, doch er sah aus, als wäre er der jüngsten Ausgabe von *GQ* entstiegen.

»Die heutige Übung soll Außendienstbedingungen simulieren.« Gadara begann, die Reihe abzuschreiten und jeden Gezeichneten zu mustern. »In diesem Szenario jagen Sie eine straffällige Fee.«

»Was hat sie verbrochen?«, fragte Edwards.

»Der Grund muss Sie nicht kümmern, Mr. Edwards. Den werden Sie in den seltensten Fällen erfahren.«

»Alles klar. Entschuldigung.«

Gadara hielt ein schwarzes Armband in die Höhe, das aus dem Nichts gekommen war. »Beim Training werden Sie dies hier direkt über Ihrem Mal tragen. Das Band enthält eine kleine Metallplatte, die sich erhitzt, wenn Sie sich Ihrem Zielobjekt nähern, welches das Gegenstück trägt.«

»Reicht der Gestank des Höllenwesens nicht?«, fragte Romeo.

Ein Lachen ging durch die Gruppe.

»Wäre nur eines da, würde er. Aber in einer belebten Stadt, wie wir sie heute darstellen, werden Sie wohl kaum nur ein Höllenwesen vorfinden, nicht wahr, Mr. Garza? Die Übung wäre nicht realistisch mit bloß einem Dämon.«

»Also sind mehrere da«, murmelte Eve.

»Selbstverständlich. Außer Ihrem Zielobjekt halten sich noch andere Höllenwesen im Trainingsgebiet auf. Einige sind Komplizen des Dämons, den Sie jagen, und werden versuchen, Sie abzulenken. Die anderen sind einfach unbeteiligte Zuschauer. Später in der Woche werden wir mit einem Army-Platoon zusammen trainieren, sodass Sterbliche ins Spiel kommen und Sie agieren müssen, ohne Aufmerksamkeit zu erregen. Aber für den Anfang konzentrieren Sie sich auf die Jagd nach Ihrem Zielobjekt innerhalb einer Gruppe von Höllenwesen.«

»Tja, wenn unsere Bänder brennen, wissen wir, was wir machen sollen«, sagte Ken grinsend.

»Ganz so einfach ist es nicht, Mr. Callaghan. Sie werden sehen, wie Angst Ihr Urteilsvermögen trübt und Sie zu voreiligem Handeln verleitet. Das ist der Grund, weshalb wir die Gezeichneten so gründlich trainieren. Sie müssen lernen, Ihre Furcht zu ignorieren.«

»Was kriegt der Gewinner?«, fragte Richens.

»Sie werden als Team siegen oder versagen, womit wir bei den Spielregeln wären. Nummer eins: Achten Sie dringend darauf, keinen Ihrer Mitschüler zu verwunden. Angst führt zu Fehlern durch Unachtsamkeit.«

»Genau, Hollis.« Laurel machte eine Kaugummiblase und ließ sie platzen. »Pass auf.«

Eve sah sie an und rieb sich mit dem Mittelfinger zwischen den Brauen.

»Zeigst du mir den Stinkefinger?«

»Meine Damen, bitte.« Gadara schüttelte den Kopf. »Eines Tages könnte eine von Ihnen der anderen das Leben retten.«

»Wie viel Zeit haben wir, um das Höllenwesen zu fangen?«, fragte Romeo.

»Es gibt keine vorgegebene Zeit. Wir bleiben auf dem Trainingsgelände, bis das Höllenwesen gefangen ist.« Gadara ging zu einem Zelt in der Nähe, vor dem ein Campingtisch stand, und legte die Hände auf eine der großen Kühlboxen auf dem Tisch. »Hier sind Sandwiches und Getränke, falls Sie einen Imbiss brauchen.«

»Fangen wir lieber an«, sagte Claire. »Ich möchte nicht im Dunkeln hier draußen sein.«

»Es ist Morgen«, stöhnte Izzie. »Und wir sind zu acht. Das dauert nicht lange.«

»Bekommen wir Waffen?«, fragte Ken.

»Bis zu einem gewissen Grad, ja.« Der Erzengel schwenkte im weiten Bogen die Hand vor sich. Auf dem

Boden erschien eine Plane mit diversen Messern und Pistolen. Eve musste sich ein Grinsen verkneifen. Das Blitzen in Gadaras Augen verriet ihr, dass er die freie Verfügung über seine himmlischen Gaben weidlich genoss.

Ken runzelte die Stirn. »Ich weiß ja nicht.«

»Verwundungen durch diese Waffen sind nicht tödlich. Die Kugeln sind Gummigeschosse, und die Messerklingen sind kurz, um tiefere Wunden zu vermeiden. Ob sie Ihnen etwas nützen oder nicht, bleibt abzuwarten.«

»Und wozu brauchen wir die dann?«, murmelte Richens. »Das ist doch reine Verarsche, ist das.«

»Regel Nummer zwei: Bei dieser Jagd wird *nicht* getötet. Die Höllenwesen arbeiten für mich, also hüten Sie sich, übereifrig zu werden. Einige von Ihnen werden erst zuschlagen und dann weitersehen. Es braucht Zeit, bis Sie gelernt haben, Ihre Instinkte zu unterdrücken und Ihren Verstand zu benutzen.«

»Ich dachte, wir sollen lernen, unserem Instinkt zu vertrauen«, sagte Edwards.

»Wenn Sie Angst haben und etwas auf Sie zuspringt, wie ist dann Ihre typische instinktive Reaktion?«

»Mich wehren«, sagte Izzie.

»Oder weglaufen«, kam von Claire.

»Richtig. Aber Sie sind gezeichnet, Miss Dubois, und werden nicht fliehen. Das Kainsmal wird Sie mit Adrenalin vollpumpen und Sie blutrünstig machen. Und was ist, wenn zufällig ein Sterblicher zur falschen Zeit am falschen Ort ist? Jemand, der genauso verängstigt ist wie Sie und um sein Leben kämpft, weil er irrtümlich Sie für den Feind hält? Unsere Instinkte sind grobe Instrumente, unser Verstand hingegen ist eine scharfe Waffe.«

Alle schwiegen.

»Noch Fragen?«

Eve hatte eine: »Was würden Sie als erfolgreiche Mission bezeichnen?«

Der Erzengel lächelte. »Da das Ziel ist, dass Sie die Antwort für sich herausfinden, liefe es dem Zweck der Übung zuwider, sollte ich es Ihnen erzählen. Allerdings kann ich Ihnen verraten, was ich als Misserfolg betrachten würde: die Verwundung eines Teilnehmers, fehlende Kooperation innerhalb der Gruppe oder die Verletzung eines meiner Höllenwesen. Es gibt noch mehr, doch diese Ergebnisse würden mich am meisten verstören.«

Ken rieb sich die Hände. »Von mir aus kann's losgehen.«

»Hervorragend. Suchen Sie sich Ihre Waffen aus, und nur eine pro Person, bitte.«

Eve beobachtete, wie die anderen ihre Waffen aus der Sammlung wählten. Izzie und Romeo nahmen Messer, Edwards einen Revolver. Molenaar griff nach einer 9mm, wie Laurel ebenfalls, nachdem sie Romeos Vorschläge sämtlich abgelehnt hatte. Claire gefiel die Glock, Ken suchte sich einen Schlagring aus. Schließlich waren nur noch Richens und Eve übrig. Die anderen gingen mit Gadara zum Zelt, wo sie ihre Armbänder bekommen sollten.

»Ich hasse das«, murmelte Richens. »Wieso muss ich in den Außendienst? Warum haben die mir nicht eine Arbeit zugeteilt, bei der ich gut bin?«

»Da fragst du die Falsche.« Eve sah sich an, was noch zur Wahl stand – ein paar Messer, ein Revolver, eine 9mm, ein ausziehbarer Schlagstock, eine Keule und ein Taser.

»Nimm eine Waffe«, schlug sie vor. »Ein Messer setzt voraus, dass du nahe an den Gegner herankommst.«

»Na gut. Du nimmst ein Messer. Falls das Höllenwesen dich überwältigt, schieß ich es ab.«

Eve blickte zu ihm. »Soll das ein Witz sein?«

»Hey!« Ein Schatten legte sich über seine jungenhaften Züge. »Ich suche nach Hinweisen. Wenn du mir Deckung gibst, sind wir viel schneller fertig. Kopf und Muckis, schon vergessen?«

»Das könnte funktionieren, wenn du irgendwas über Feen wüsstest. Was du nicht tust, also stehst du nicht besser da als ich. Gibt Edwards dir auch Deckung?«

»Edwards ist ein Vollidiot.«

»Er will wohl kein Bodyguard sein, was?«

»Vor allem meckert er wegen dir rum. Er denkt, dass Cain ausflippt und uns alle umbringt, wenn dir was passiert.«

Sie merkte auf. »Was hättet ihr denn damit zu tun, sollte mir irgendwas passieren?«

»Eben! Wenn überhaupt, sollte Cain froh sein, dass du Kollegen hast.«

»Sicher wäre es Edwards lieber gewesen, wenn Izzie ja gesagt hätte, nicht ich.«

»Scheiß auf Edwards! Ich würde nie mit Seiler zusammenarbeiten.«

»Sie sagt etwas anderes.«

»Die ist ja auch irre.« Richens sah sie an. »Ich habe sie gar nicht gefragt, verdammt! Ich mochte sie vorher schon nicht, und jetzt mag ich sie noch weniger, die verfluchte Lügnerin.«

»Woher weiß sie dann, was du vorhast?«

Trotz der Frage glaubte Eve ihm. Er schien es ernst zu meinen. Und Izzie ... nun, die schien ernsthaft unehrlich, was irgendwie schon wieder ehrlich war.

»Vielleicht war sie in der Küche, als ich mit dir geredet habe. Weiß ich doch nicht!« Er fuhr sich mit den Fingern durch sein kurzes Haar. Auf seinem schwarzen Kapuzenshirt stand »Killer Rabbit!« über einem Bild von einem aggressiven Hasen, der einen mittelalterlichen Ritter angriff.

Eve musste grinsen.

»Was ist daran witzig?« Richens bebte förmlich vor Wut.

Eves Grinsen schwand. Sie hatte nicht bedacht, wie reizbar er war. »Dein Shirt.«

Eve hockte sich hin und nahm sich die 9mm. Nachdem sie das Magazin überprüft hatte, richtete sie sich wieder auf und ging.

»Hollis! Warte!«

Sie wartete nicht, sondern kam zu den anderen, als Romeo gerade anbot, allen die Armbänder anzulegen. Sie waren nur mit einer winzigen Mannschaft in McCroskey, daher erwartete man von den Gezeichneten, dass sie einsprangen, wo und wann immer sie konnten.

Romeos Blick begegnete Eves, und Eve verstand, warum Laurel in diesen dunklen Augen versinken wollte. »Komm her.«

Eve schob die Waffe hinten in ihren Jeansbund, zog ihre Jacke aus und hielt Romeo ihren Arm hin. Er brachte das Band direkt über ihrem Mal an und vergewisserte sich, dass es fest genug saß. Es war schmal, nur gut sechs Zentimeter breit, sodass es knapp das Auge in der Mitte abdeckte. Die Triquetra und die Schlangen blieben sichtbar.

»Wie fühlt es sich an?«, fragte er mit seiner samtigen Verführerstimme.

»Gut.« Als sie ihn ansah, bemerkte sie, dass er die Lider

halb gesenkt hatte. Izzie nannte ihn einen Gigolo, und jetzt verstand Eve auch, warum. Mit diesen Schlafzimmeraugen, dem trainierten Körper und dem Akzent verkörperte er wahrlich den »italienischen Hengst«, und Eve glaubte sofort, dass Frauen für seine Dienste bezahlen würden.

»Spann den Muskel an«, befahl er.

Brav machte Eve eine Faust und spannte ihren Bizeps an. Das Band wurde strammer, aber nicht unangenehm. »Immer noch gut.«

»*Buono*, dann geh zu den anderen.«

Eve hob ihre Jacke von der Bank vor dem Campingtisch. »Brauchst du Hilfe bei deinem?«

Er schob seinen T-Shirt-Ärmel hoch und zeigte sein Armband. »Nein, *Bella*«, antwortete er mit einem matten Lächeln. »Aber danke.«

»Kein Problem.«

Laurel kam und legte demonstrativ eine Hand an Romeos Hüfte. »Hi, Babe.«

»*Cara mia*«, begrüßte er sie.

Wenn Blicke töten könnten, dachte Eve, als sie wegging. Laurel war anscheinend eher der eifersüchtige Typ. Und nachdem Eve das grünäugige Monster erst letzte Nacht am eigenen Leib erlebt hatte, konnte sie es nachvollziehen. Andererseits waren Laurel und Romeo so ein seltsames Gespann. Echte Zuneigung spürte man kaum zwischen den beiden. Ihre Beziehung verdankte sich eher den Umständen, was ja auch gut war, solange es für sie funktionierte. Eve würde darüber jedenfalls nicht ins Grübeln geraten, denn sie hatte ihre eigenen Schwierigkeiten.

Sie gesellte sich zu den anderen, die am Anfang der Straße zum Trainingsgelände warteten. Wieder blickte sie sich um. Eine Schaufensterpuppe in einem ausgeblichenen und rissigen Mantel stand an einer Ecke, die Perücke verrutscht und im salzigen Wind wippend. Sie schob einen Wagen, an dem ein Rad fehlte. Der Geruch von Moder und Verfall in der Luft intensivierte noch das Gefühl, dass die Zeit diesen Ort vergessen hatte. Angesichts der Kulisse wurde Eves Magen unruhig.

»Kannst du dir vorstellen, wie es da drinnen aussieht?«, fragte Izzie, die sich vor Eve stellte.

»Das werden wir gleich erfahren.«

»Ich kann es gar nicht erwarten.« Messer waren ihr offenbar vertraut, so wie die blonde Frau ihre Waffe hielt. Ihr hübsches Gesicht war vollständig geschminkt – dunkel gerahmte Augen, heller Puder, tiefrote Lippen. Es war eine bizarr schöne Farbwahl für so eine hellhäutige Frau. Und trotz ihres Nietenhalsbands wirkte sie nach wie vor zierlich. »Ich war schon mal in Kalifornien, beim Halloween Haunt auf Knott's Berry Farm. Das ging drei Tage und war geil.«

»Schön für dich.«

»Du siehst nicht begeistert aus.«

»Ist nicht so mein Ding.« Was glatt untertrieben war. Sie stellte sich sofort *The Texas Chainsaw Massacre* vor, und dabei wurde ihr nicht wohlig warm.

Izzie senkte den Kopf. »Du hast schon mal ein Höllenwesen umgebracht. Wie war das?«

»Man ... macht es einfach.«

Eve dachte an den Wasserdämon, den sie ausgeschaltet hatte. Er hatte versucht, sie zu töten, und das zig Male, was ihn offiziell zu einer Pest machte. Eve hatte schreckliche Angst gehabt, doch etwas in ihr bäumte sich auf und kämpfte. Dass sie gesiegt hatte, erstaunte sie bis heute. Und es wunderte sie, dass die Tat sie nicht verfolgte. Vielmehr würde sie es wieder tun.

Izzie schnaubte. »Ist das alles? Man macht es einfach?«

»Ja.«

Eves plötzliches Unbehagen hatte nicht nur mit der unheimlichen Scheinstadt zu tun. Es rührte hauptsächlich daher, dass alle in ihrem Kurs mit einem Eifer bei der Sache waren, der ihr vollkommen abging. Ken lief ungeduldig auf und ab; Claire hatte ihre Kamera dabei, als würde dies hier eine Sightseeing-Tour, kein Mordtraining.

»Diese Dinger machen sauschlechte Fotos«, sagte Laurel, die mit Romeo und Richens zu ihnen kam.

Claire zuckte mit den Schultern. »Ich will mir meine gute Kamera nicht kaputt machen.«

»Wozu brauchst du überhaupt eine?«, fragte Eve. Waren Gezeichnete und Höllenwesen in ihrem Element, konnte man sie nicht auf Fotos sehen. Sie agierten auf einer völlig anderen Ebene. Eve vermutete, dass ihre Mutter deshalb auch nicht das Kainsmal auf ihrem Arm sehen konnte.

»Für die Nachwelt.«

»Mach lieber jetzt ein Foto«, schlug Eve vor, die sich bemühte, ein bisschen von der Begeisterung zu zeigen, die ihre Mitschüler an den Tag legten. Vielleicht würde ein Gruppenfoto den Zusammenhalt zwischen ihnen fördern. Auf jeden Fall könnte es nicht schaden. »Von uns allen.«

Claire winkte Sydney herbei, die in voller schwarzer Kampfmontur in der Nähe stand. »Können Sie ein Foto von uns machen?«

Sie bildeten zwei Reihen – die Männer knieten vorn, die Frauen standen hinter ihnen. Claire bat Gadara, sich neben sie zu stellen. Heraus kam eine Aufstellung, die vage an Schulfotos aus der Grundschulzeit erinnerte.

Claire schob ihren Popeline-Ärmel nach oben und sagte: »Zeigt eure Armbänder, *s'il vous plaît*.«

Die Gruppe posierte mit lustigen Grimassen und stolz präsentierten Bizepsen. Es herrschte eine heitere Stimmung.

Und Eve fragte sich, warum sie das Gefühl hatte, dass etwas furchtbar schiefgehen würde.

»Sie haben Evangeline Hollis erreicht. Bitte hinterlassen Sie eine Nachricht, und ich rufe zurück, sobald ich kann.«

Alec beendete den Anruf mit einem Tippen gegen sein Headset und gab mehr Gas. Der 300-PS-Motor des schwarzen Mustang-Cabrios jagte den Sportwagen freudig röhrend über den Highway 17.

»Du fährst in die falsche Richtung«, sagte Giselle.

Er warf ihr nur einen strengen Blick zu.

Als sie an einem Freeway-Schild vorbeikamen, zeigte sie hin. »Du fährst nach Norden.«

»Ich fahre dahin, wo ich hin will.«

»Gadaras Zentrale ist in Anaheim, im Süden.«

»Willst du auf etwas Bestimmtes hinaus?«

Giselle runzelte die Stirn über ihrer neuen Fünf-Dollar-Sonnenbrille. Sie hatten ihr an einem Truckstop passendere Kleidung besorgt – Shorts, ein Trägertop mit *California*-Aufdruck, Flipflops und ein Tuch, das sie sich um den Kopf binden konnte.

Nun fuhren sie mit offenem Verdeck. Heißer Schlitten, wunderschöner Tag, falsche Frau. Alec würde sagen, dass zwei von drei nicht schlecht waren, doch er vermisste Eve zu sehr.

Und sie ging nicht an ihr Handy. Er wusste, dass sie im Training war, aber nach ihrem Gespräch letzte Nacht musste er mit ihr reden und hören, dass es ihr besser ging. Außerdem wollte er das Gefühl loswerden, dass etwas nicht stimmte, und das konnte nur ihre Stimme bewirken.

»Du hast versprochen, mich in Sicherheit zu bringen«, sagte Giselle.

»Nein. Du hast mich gebeten, dich mitzunehmen, und das tue ich.«

Sie drehte sich halb auf ihrem Sitz. »Wir können nicht nach Norden!«

»Warum nicht?« Alec hatte die Hände entspannt am Lenkrad, obwohl er innerlich angespannt war.

»Weil es zu gefährlich ist.«

»Ein bisschen mehr musst du mir schon geben.«

»Wohin willst du?«

»Ich bin auf der Jagd.« Er sah zu ihr. »Jetzt gib nicht die Verschreckte.«

»Tue ich nicht, verdammt! Ich habe Angst!«

Immerhin wusste er, dass das nicht gelogen war, denn er konnte sie riechen. »Verrate mir, warum.«

»Sag du mir erst, dass du nicht hinter Charles Grimshaw her bist.«

Alec grinste. »Ich sage dir gar nichts. Das Beichten hier läuft einseitig, klar?«

»Wie unfair!«

Nach einem kurzen Blick in den Rückspiegel bog er nach rechts und hielt am Straßenrand. »Wenn dir die Regeln nicht gefallen, steig aus.«

Ihre Züge veränderten sich zur wütenden Maske ihrer Höllenwesenseele. »Du bist ein Arsch.«

»Stimmt.«

»Du brauchst mich.«

»Träum weiter.«

Sie verschränkte die Arme. »Du hast keine Ahnung, womit du es aufnimmst.«

Autos und Lastwagen donnerten vorbei, rüttelten den Mustang durch und wirbelten Abgase in die leicht kühle Luft.

»Dann kläre mich auf«, forderte er sie heraus. »Verrate mir, warum ich mir Sorgen machen soll.«

»Willst du sterben?«

»Das wird nicht passieren. Ich kenne Charles seit Jahren.«

»Keiner kennt den Alpha richtig.«

»Hör auf, in Rätseln zu sprechen.«

Ihre zu dünnen Finger zupften am Saum ihrer Shorts.

»Okay«, fing er noch mal an, »was hat Charles mit dir zu tun?«

Mahre und Wölfe verbündeten sich nicht. Sie waren zu unterschiedlich, die einen offen aggressiv, die anderen mentale Plünderer.

Giselle nagte an ihrer Unterlippe, blickte sich nervös um und floh auf dem einzigen Weg, den sie kannte – im Geist. Inzwischen war Alec jedoch aufmerksamer. Zweifellos wollte sie ihm nur gerade so viel erzählen, wie unbedingt nötig war.

»Hierfür habe ich keine Zeit«, sagte er grimmig.

»Wenn ich dir jetzt gleich alles verrate, was habe ich dann noch in der Hand, damit du mich nach Anaheim bringst?«

»Nichts. Ich brauche dein Blut, das ist alles. Und offensichtlich musst du dazu nicht am Leben sein.«

»Ich bin auf der Flucht vor Charles«, platzte Giselle heraus. »Ich muss *weg* aus seinem Revier, nicht mitten rein!«

»Hat er irgendwas mit gestern Abend zu tun?«

»Bieg nach Süden ab, dann erzähle ich es dir.«

Alec grinste. »Nichts, was du sagst, kann mich zum Umkehren bringen. Ich muss etwas erledigen, und das hat absoluten Vorrang.«

Sie sah aus, als wollte sie ihm widersprechen, doch sie erkannte an seinem Gesichtsausdruck, dass es sinnlos war. »Wenn du mir nicht zuhörst, hörst du dann vielleicht Neil zu?«

»Wer ist Neil?«

»Der Vampir, der sich gepfählt hat.«

Er erinnerte sich an die Szene gestern Abend. *Servo vestri ex ruina.*

»Ich soll mich selbst vor dem Ruin retten?«, fragte er.

»Ich werde gerade braun, während Neil tot ist. Er hätte seinen eigenen Rat beherzigen sollen.«

»Du sollst dich selbst vor der *Zerstörung* retten, Schwachkopf! Und vertrau mir, wenn die Zerstörung dich zu packen bekommt, bist du auch tot.«

Alec lehnte seinen Arm über ihre Kopfstütze und schob mit der anderen Hand seine Sonnenbrille nach oben, sodass er sie direkt ansah. »Möchtest du das wiederholen?«

Sie schmollte. »Entschuldige.«

»Noch mal von vorne.«

Giselle stöhnte und sank auf dem Sitz nach hinten. »Können wir nicht in Anaheim darüber reden?«

Da sie die Highway-Patrol auf sich aufmerksam machten, wenn sie zu lange hier standen, fädelte sich Alec wieder in den Verkehr. An der nächsten Abfahrt verließ er den Freeway und fuhr auf den Parkplatz einer Tankstelle. Dem Blitzen in Giselles Augen nach zu urteilen hielt sie es für ein gutes Zeichen, dass sie hier stoppten. Was nur bewies, wie unterschiedlich Höllenwesen und Gezeichnete dachten. Alec wusste, wer in seiner Welt das Sagen hatte. Er hatte einen Befehl von Gott erhalten, und den zu ignorieren kam nicht infrage. Dämonen hingegen waren samt und sonders Egomanen. Keiner von ihnen wollte zugeben, dass Sammael in der Hölle den Ton angab. Leider machten sie sich alle vor, seine Befehle seien optional, und sie würden sie nur befolgen, weil es spaßig war.

»Okay.« Er legte den ersten Gang ein, zog die Handbremse an und stellte den Motor aus. »Was ist diese Zerstörung?«

Giselle verzog den Mund. Ihre Arme waren weiterhin verschränkt.

Also öffnete Alec die Fahrertür, stieg aus und ging um den Wagen herum. Auf der anderen Seite pflückte er Giselle aus dem Auto. Sie war nicht angeschnallt – was gegen kalifornisches Gesetz verstieß –, und ihm war ihr Wohlergehen nicht wichtig genug gewesen, um sie zu zwingen.

Dann kehrte er auf seine Seite zurück und stieg wieder hinters Lenkrad. »Bis irgendwann.«

»Du lässt mich doch nicht hier!«, rief sie. Ihre Lippen waren weiß. »Du brauchst mein Blut.«

»Ich brauche auch meine Konzentration, und mich über dich zu ärgern stört sie.« Er griff nach dem Zündschlüssel.

»Zerstörung, na ja, eigentlich heißt er Havoc, ist Sammaels Haustier.«

Alec hielt inne und sah zu ihr. »Sein *Haustier*?«

»Ein Höllenhund, aber anders als alle, die man je gesehen hat. Er ist ein Mischling aus Dämon, Zerberus, Naphil und Gezeichnetem.«

Alecs Gesichtsmuskeln erstarrten.

Unterdes sanken Giselles Schultern ein, sodass sie noch abgemagerter aussah, was Alec nicht für möglich gehalten hätte. »Sammael arbeitet seit Jahrhunderten an einer neuen Züchtung, nur waren bisher keine seiner Mischlinge überlebensfähig. Sie sind alle eingegangen.«

»Mit Ausnahme von Havoc.«

»Stimmt.« Sie öffnete die Beifahrertür und sank sichtlich widerwillig auf den Sitz zurück.

»Liegt es an dem Gezeichnetenblut, dass dieser Mischling überlebt?«

»Ja, weil es regenerierend wirkt; es hält alle Teile zusammen.«

Ach du Schande! Sie nutzten Gezeichnete, um neue Dämonen zu schaffen. »Was hat Charles damit zu tun?«

»Er war der Schlüssel zu allem. Er ist ein Hundeflüsterer, und Sammael konnte den Welpen zwar am Leben erhalten, ihn aber nicht abrichten.«

»Man nehme einen Hundeartigen, um einen Hundeartigen zu erziehen.«

Charles war einer der mächtigsten Alphas überhaupt. Er herrschte mit eiserner Faust über sein Rudel, und er war verschlagen genug, weitestgehend unbemerkt zu bleiben. So gelang es ihm, sein Revier auszuweiten und dabei kaum von den Gezeichneten behelligt zu werden. Er hätte noch mehr Macht an sich reißen können, wäre er nicht auf Rache für den Tod seines Sohns aus gewesen, indem er Eve in der Toilette des Qualcomm-Stadions umbrachte. Und jetzt das.

»Was hat das alles mit dir zu tun?«, fragte er.

»Als Sammael sah, wie gut Charles die Bestie trainierte und wie destruktiv sie war, wollte er mehr von ihnen. Der Hund ist extrem stark und gefräßig.« Giselles Augen bekamen einen fiebrigen Glanz, und sie begann zu keuchen, während ihr Körper vor Aufregung bebte. »Mit genügend von denen könnte er euch alle auslöschen, jeden Gezeichneten und jeden Engel. Jeden Erzengel. Sogar Gott. Sie sind nicht zu bremsen.«

Angewidert von ihrer Begeisterung, knurrte Alec. »Beantworte meine verfluchte Frage. Was hat das mit dir zu tun?«

Und schon erlosch der verzückte Ausdruck auf ihrem Gesicht. »Jedes Höllenwesen von der Grenze nach Oregon bis nach Seaside in Kalifornien muss die Welpen füttern. Sie brauchen Jahrzehnte, um heranzuwachsen, und sie fressen ununterbrochen. Was glaubst du denn, warum ich so aussehe? Versuch du mal, eine Mahlzeit zu bekommen und nur zehn Prozent davon zu essen.«

»Sie ernähren sich von euch?«, fragte er ungläubig.

»Wie gesagt, zehn Prozent dürfen wir behalten. Deshalb haben Neil und die anderen aufgegeben. Sammael hat strikte Anweisung gegeben, dass nichts vom Lebensborn-2-Programm durchsickern darf. Wenn wir zu schwach sind, um einen Angriff durch Gezeichnete abzuwehren, müssen wir uns selbst töten, ehe wir gefangen genommen werden. Ich dachte, Charles würde mir den Rücken stärken, als ich mich beschwert habe, aber da hatte ich mich geschnitten. Er ist scharf und fantastisch im Bett, doch ich gehe für nichts und niemanden zurück in die Hölle. Am allerwenigsten für einen Kerl, der mich für Wegwerfware hält.«

Lebensborn. Alec ballte die Fäuste. Sammael betrachtete den Holocaust als sein größtes Meisterwerk, seinen Probelauf für Armageddon. Dass er den Horror wiederbelebte, und sei es nur als Namen, machte Alec mörderisch wütend. »Ich habe noch nie ein Höllenwesen erlebt, das zum Suizid bereit war.«

»Du bist auch noch nie einem mit Havoc auf den Fersen begegnet«, konterte Giselle. »Charles warnte uns, dass Sammael uns teuer bezahlen lassen würde, sollten wir als Verräter des Programms in die Hölle zurückkehren. Wenn man die Wahl hat, von einem Höllenhund in Fetzen gerissen und dann vom Prinzen getötet zu werden oder sich selbst umzubringen und in der Schlange auf der Erde zu warten, ist Selbstmord die weniger scheußliche Option.«

»Du hast es aber nicht getan.«

»Dank dir.« Sie lächelte. »Wie hoch ist die Wahrscheinlichkeit, dass du zufällig vorbeikommst? Der berüchtigte Cain, der einzige Gezeichnete, der mächtig genug ist, mir die Chance zu geben, auf der Erde zu bleiben. Das muss Schicksal sein.«

Alec richtete den Blick gen Himmel. In solchen Momenten wusste er nie, ob er einem göttlichen Plan folgte oder schlicht dazu verflucht war, immer wieder knietief in der Scheiße zu landen. Vielleicht war das alles Teil einer raffinierten Strafe für seine Rolle in Eves Wiedererweckung. Falls ja, wäre es den Preis wert.

»Sind die Welpen noch bei Charles?«, fragte er.

Giselle nickte. »Deshalb müssen wir ja in die andere

Richtung fahren. Sie sind in einem Zwinger in der Mitte einer bewachten Anlage nur für Wölfe. Du bist gut, aber so gut nun auch wieder nicht.«

Alec ließ den Motor an. »Was wollen wir wetten?«

Giselle wurde kreidebleich. »Nein! So habe ich das nicht gemeint.«

Er bog aus der Parklücke und fuhr in Richtung der Auffahrt nach Norden. Bis Brentwood war es noch eine Stunde. »Ich bin nicht der Typ, der sich vor einer Herausforderung drückt.«

Raguel. Er musste den Erzengel informieren. Danach würde er Giselle grillen, um einen Angriffsplan zu entwerfen. Und sollte sich ein ruhiger Moment ergeben, würde er Eve anrufen und sich vergewissern, dass mit ihr alles okay war. Solange es ihr gut ging, wurde er locker mit dem Rest fertig.

»Das ist keine Herausforderung, du Idiot!«, kreischte Giselle. »Es ist eine Kamikaze-Nummer. Wir werden STERBEN!«

Alec grinste und gab Gas.

8

Eve hasste Horrorfilme. Soweit sie sich erinnerte, hatte sie noch nie einen von Anfang bis Ende gesehen. Normalerweise hielt sie sich Augen und Ohren zu oder verließ das Zimmer. Ihre beste Freundin Janice weigerte sich, bei gruseligen Szenen neben ihr zu sitzen, und Eves Freunde hatten schnell gelernt, dass es besser war, bei Hau-drauf-Actionfilmen zu bleiben. Eve liebte es, wenn Sachen explodierten, aber schaurige Musik und das Warten auf Massenmörder, die sonst wo lauerten, war nichts für sie.

Zu schade, dass Richens das bisher nicht kapiert hatte. Der Gezeichnete trottete hinter ihr her, als wäre sie bei einem Überraschungsangriff irgendeine Hilfe. Und er vergrößerte das Problem noch, indem er im Bühnenflüsterton Bemerkungen von sich gab wie »Hast du das gesehen?«, »Was war das für ein Geräusch?«, oder »Riechst du irgendwas?«.

Wenigstens hielt Edwards die Klappe. Er bildete das Ende ihrer kleinen Truppe. Sie überprüften das Erdgeschoss eines dreistöckigen Hauses, das als Bürogebäude hergerichtet war. Es handelte sich um den höchsten Bau in Anytown und wohl auch den mit dem stärksten Ungezieferbefall. Kakerlaken liefen die grauen Wände hinauf, und Ratten flitzten über den Linoleumboden mit Retro-Muster. Eine alte Schaufensterpuppe mit kaputtem Gesicht saß am Empfangstresen, die toten Augen starr geradeaus gerichtet. Eve erschauderte und versuchte, sie nicht anzusehen. Ihre hyperaktive Fantasie suggerierte ihr, dass sie von der Puppe mit bösem Blick beobachtet wurde.

Durch die Fenster, von denen viele eingeschlagen waren, fiel Morgenlicht nach drinnen. Glasscherben schimmerten auf dem staubigen Fußboden und knirschten unter ihren Stiefelsohlen. Draußen erfüllte das Möwengeschrei die Luft mit einer jammervollen Kakophonie.

»Nachts wäre das hier besser«, sagte Edwards verdrossen. »Bei Tageslicht sind wir wandelnde Zielscheiben.«

»Gadara sagt, dass fünfzig Prozent aller Jagden tagsüber stattfinden.« Richens schnaubte. »Da schlafe ich sowieso.«

»Einen Ruf kann man nicht verschlafen«, bemerkte Eve trocken. »Das Mal brennt höllisch.«

»Ich kann alles verpennen.«

Widerspruch war zwecklos, und er würde es ohnehin bald einsehen.

»Aua!«, schrie er und rempelte sie von hinten an.

Eve stolperte. Gleichzeitig brannte ihr Armband los, womit sich die Frage erledigte, was Richens für ein Problem hatte. Draußen stieß Ken einen freudigen Kriegerschrei aus. Schmunzelnd drehte sich Eve zu ihren Begleitern um. »Zu schade, dass du nicht schläfst.«

Richens funkelte sie wütend an.

»Wie kannst du in so einem Moment Witze reißen?«, zischte Edwards, der sich halb geduckt und mit erhobenem Revolver hektisch umsah.

Eve schnupperte. »Das Höllenwesen ist nicht nahe genug, um es riechen zu können. Noch nicht.«

»Aber irgendwo hier ist es.«

Richens glotzte Eve mit großen Augen an. »Und jetzt? Läuft das im Außendienst immer so?«

Sie nickte. »Dein Einteiler kommuniziert allerdings mit dir, entweder persönlich oder mit einer Art telepathischer Gedankenübertragung.«

»O Mist.« Edwards verzog das Gesicht. »Ich will aber nicht, dass jemand in meinem Gehirn rumstochert.«

»Wenn es so weit ist, wirst du froh darüber sein.« Eve dachte an Reed, auf dessen Unterstützung sie sich bereits einige Male voll und ganz verlassen hatte. In stressigen Momenten beruhigte er sie selbst dann, wenn er meilenweit weg war. Diese Verbindung zwischen ihnen war etwas Besonderes; leider richtete sie auch ein heilloses Durcheinander in Eve an, denn sie war eine überzeugte Ein-Mann-Frau – zumindest immer gewesen.

Eine heiße, würzige Brise wehte über sie hinweg. Sie war stärker als sonst, intensiver. *Reed.* Entweder war er in der Nähe, oder das Band zwischen ihnen wurde fester. Beide Möglichkeiten bescherten Eve ein etwas unbehagliches Kribbeln. Er ließ sie wissen, dass er ihre Gedanken an ihn spürte. Wie viele ihrer Gefühle nahm er wahr? Wie tief konnte er in ihr Denken eindringen?

Richens legte eine Hand auf Edwards' Unterarm und drückte ihn mitsamt der Waffe nach unten. »Steck die weg, bevor du noch jemanden verletzt.« Dann sah er wieder zu Eve. »Also was jetzt?«

»Wir jagen.« Ein Flattern ging durch ihren Bauch. Es war ein mentaler Trick, ähnlich Sympathieschmerz. Eve war weder mutig noch obercool. Böse Wesen aus der Hölle zu jagen machte ihr eine irrsinnige Angst.

»Nach dir«, sagte Edwards, deutete eine theatralische Verbeugung an und schwenkte die Waffenhand im Bogen nach vorn.

»Kommt nicht infrage.«

»Und wozu bist du dann hier?«

Sie versteifte ihre Schultern. »Ich habe uns hier reingeführt. Jetzt ist jemand anders dran.«

»Sei kein Baby, Hollis«, sagte Richens.

»Leck mich«, blaffte sie zurück. »Sei du ein Mann.«

»Wir haben aber Angst!«, jammerte er und erinnerte sie daran, dass er knapp der Pubertät entwachsen war.

»Ich auch. Wenn ihr einen furchtlosen Anführer sucht, hättet ihr euch Ken mit seinem Schlagring anschließen sollen.« Tatsächlich war sie froh, dass sie es nicht hatten, denn garantiert hätte keiner der anderen ein Team mit ihr bilden wollen, und bei der Vorstellung, allein durch diese Geisterstadt zu schleichen, wurde ihr schlecht.

Edwards war merklich entsetzt. »*Du* hast Angst?«

Eve stöhnte. »Klar habe ich Angst! Wie auch nicht? Vor vier Wochen war das Stressigste für mich, wie ich die Wunschliste einer Kundin mit ihrem Budget in Einklang bringe. Jetzt kann ich von Glück reden, wenn ich zwischen den Höllenwesen, die Cain früher sauer gemacht hat, und denen, die ich derzeit auf die Palme bringe, den Tag überlebe.«

Edwards seufzte und klopfte ihr linkisch auf die Schulter. »Ich gehe vor.«

»Einer von euch sollte es jedenfalls langsam machen«, sagte Richens ungeduldig. »Bevor einer von den anderen unsere Fee schnappt.«

»Wir veranstalten hier kein Wettrennen«, rief Eve ihm

ins Gedächtnis. Erstaunlich, dass ein derart launischer Narzisst als Gezeichneter ausgewählt wurde.

»Von wegen! Wir reden hier über unsere *Seelen*, Hollis, und ich spiele auf Sieg. Und überhaupt, wenn das hier eine Gruppenübung sein soll, würden wir dann nicht alle zusammen sein, statt getrennt rumzulaufen?«

Edwards zuckte mit den Schultern. »Da ist was dran. Okay, also suchen wir dieses Gebäude ab, und wenn wir nichts finden, nehmen wir uns das nächste vor.«

Zögerlich fingen sie mit dem Erdgeschoss an und arbeiteten sich nach oben. Als sie die Treppenhaustür zum obersten Geschoss öffneten, kam ihnen der Geruch eines Höllenwesens entgegen. Edwards signalisierte ihnen mit erhobener Hand stehen zu bleiben. Er sah sie beide an und legte einen Finger an seine Lippen.

Richens verdrehte die Augen und sagte stumm: *Wir sind nicht blöd!* Dann schubste er Edwards über die Schwelle und auf den Korridor.

Edwards stieß einen erstickten Laut aus und schwenkte seine Waffe mit angstgetriebener Unachtsamkeit.

Eve verstand das Verhältnis der beiden nicht. Edwards war mittleren Alters; warum er sich von einem so viel jüngeren Mann herumschubsen ließ, war ihr ein Rätsel.

Richens linste aus dem Türrahmen und bewegte seinen Kopf um 180 Grad. Kurz entschlossen stemmte Eve ihm einen Fuß gegen den Hintern und stieß ihn nach vorn.

Wenn zwei das Gleiche tun ...

»Vorsicht!«, rief er und stolperte gegen Edwards, dessen Waffe losging. Das Gummigeschoss knallte ohrenbetäubend laut in eine der Neonlampen an der Decke. Plastik und Glas regnete auf die beiden herab, und im Chor fluchend, hielten sie sich die Hände über den Kopf. Der Hall dröhnte durch die stille Etage und machte jede Hoffnung auf unbemerktes Anschleichen zunichte.

»Ups.« Eve kam hinter ihnen auf den Korridor. Angesichts des eindeutig verängstigten Edwards war es ihr unmöglich, nicht zu ihm zu gehen. »Tut mir leid.«

»Bist du *bescheuert*?«, donnerte Richens und richtete seine Waffe auf sie.

»Nein, aber allmählich glaube ich, dass du es bist.« Er schien kein bisschen verängstigt, sondern eher neugierig und wachsam, wie eine Spinne.

»Was ist hier draußen los?«

Alle drei drehten sich zu der strengen Frauenstimme um. Deren Besitzerin stand am Ende des Korridors im Eingang zu einem Büro. Sie sah aus wie Mitte fünfzig, hatte das silbergraue Haar zu einem Chignon aufgesteckt und den Mund zu einer strengen Linie verkniffen. Sie trug ein graues Kostüm – knielanger Rock und passende Jacke – und stank nach verrottender Seele.

Ihr Blick fiel auf die drei Waffen, die auf sie gerichtet waren. »Ich rufe die Polizei.« Mit diesen Worten machte sie auf den Absätzen kehrt und knallte die Tür hinter sich zu.

»Wir sollten sie wohl erschießen«, schlug Richens vor.

»Sie ist es nicht«, sagte Edwards. »Mein Armband brennt nicht.«

»Klar, aber sie könnte die Fee vorwarnen, dass wir kommen.«

»Stimmt.«

Eve wartete, dass ihr Armband ihr die Nähe des Zielobjekts meldete. Nach einer längeren Weile verwarf sie diese Möglichkeit, öffnete die Treppenhaustür und ging. Hastige Schritte folgten ihr ... und kamen näher.

»Wo willst du hin, Hollis?«, rief Edwards, der hinter ihr die Stufen hinunterstolperte.

Sie blieb auf dem Treppenabsatz im ersten Stock stehen und hob eine Hand, damit er still war.

Edwards schloss zu ihr auf. Die Waffe in seiner Hand zitterte.

Richens blieb zwei Stufen über ihnen. »Wir haben eine Zeugin zurückgelassen.«

Eve bedachte ihn mit einem vernichtenden Blick. »Wir sind keine Bürgerwehr. Sie ist kein Ziel, und das heißt, dass wir ihr nichts tun.«

Als sie das Treppengeländer fest umklammerte und kurz nach unten sah, erhaschte sie etwas Grellweißes. Rasch richtete sie sich auf.

Izzie.

»Jeder hat den Schuss gehört«, sagte Eve. »Die kommen alle hergelaufen.«

Richens kam grinsend zu ihnen. »Die Fee wird sehen, dass wir alle abgelenkt sind.«

»Das wäre der ideale Moment für sie«, ergänzte Edwards.

»Richtig.« Eve drehte um. »Gehen wir.«

Gemeinsam rannten sie die Treppe wieder nach oben und hinaus aufs Dach, wo sie bis zur Dachkante liefen. Unter ihren Stiefeln rieben die Kieselsteine auf dem Flachdach geräuschvoll aneinander. Ohne dass eine Absprache nötig war, verteilten sie sich und blickten auf die Stadt unter sich hinab. Wie sie bereits erwarteten, strömten die Gezeichneten aus allen Richtungen auf das Gebäude zu. Izzie war schon hier, Claire noch einige Blocks entfernt.

Romeo und Laurel erschienen wenige Momente später, und beide wirkten verdächtig zerzaust.

»Freaks«, kommentierte Edwards und sprach damit aus, was Eve dachte. Sie glaubte kaum, dass es irgendwo in Anytown einen sauberen, nicht gruseligen Flecken gab, an dem man SO WAS machen wollte.

»Wo ist Callaghan?«, fragte Richens.

»Vielleicht ist er schon im Gebäude«, sagte Eve, die einige Schritte Abstand zur Dachkante hielt. Trotz der Distanz zwischen ihnen erhob keiner die Stimme. Bei ihrem Gezeichneten-Gehör war das nicht nötig. »Ich hätte gedacht, dass er als Erster hier ist.«

»Na, sicher wird er nicht der Letzte sein. Das ist Molenaars Rolle.«

»Den sehe ich«, sagte Edwards leise, klang jedoch sehr angespannt. »Er kommt aber nicht in unsere Richtung.«

Eve und Richards liefen zu ihm und sahen, wie der blonde Gezeichnete einige Straßen weiter an einer Mauer entlangschlich und dann um eine Ecke verschwand.

»Er verfolgt etwas«, murmelte Eve.

»Dann müssen wir hinter ihm her, ohne dass die anderen es mitkriegen«, sagte Richens.

Sie zog die Brauen hoch. Der Rest des Kurses war inzwischen überall im Gebäude. »Und wie soll das gehen?«

Richens zeigte über ihre Schulter. »Da drüben ist eine Feuertreppe.«

»Sehr witzig. Wie alt ist das Teil, und wie lange wurde es schon nicht mehr gewartet?«

»Wie lange willst du in diesem Drecksloch bleiben?«, erwiderte er. »Wir könnten mittags schon feiern, wenn wir diese Fee jetzt einsacken.«

»Kommt nicht infrage.« Eve trat noch weiter von der Kante zurück.

»Wieso bist du so ...?« Er starrte sie an, als es ihm dämmerte. »Hast du Höhenangst? O Mann, gibt es auch irgendwas, wovor du *keinen* Schiss hast?«

»Vor dir. Mit dir werde ich fertig, also lass es nicht drauf ankommen.«

Edwards lachte.

»Ist ja gut, Hollis«, sagte Richens mürrisch. »Krieg dich wieder ein.«

»Das hier ist kein Wettbewerb. Holen wir die anderen und machen es richtig.« Sie hatte ein ganz ungutes Gefühl. Ihr sechster Sinn, oder was immer es war, begleitete sie schon ihr ganzes Leben, und im Moment schlug er sehr laut und deutlich Alarm.

»Nein, machen wir nicht. Die sind Idioten. Wir sind schlau genug, uns einen guten Plan auszudenken.«

»Ich riskiere mein Leben nicht für dein Ego«, entgegnete Eve.

»Dann riskier es für deine Seele.«

Eve schnaubte. Für die würde sie sich gewiss nicht an eine verrostete Feuertreppe hängen.

Als sie nicht nachgab, machte Richens eine genervte Geste und lief zur Feuertreppe. Edwards zögerte kurz, ehe er ihm folgte, doch Eve gab nicht nach. Sie kehrte ins Treppenhaus zurück, packte mit einer Hand das Geländer und stürmte die drei Treppen hinunter. Dabei kam sie an Claire vorbei, der sie nur zuwinkte. Izzie war nirgends zu sehen.

Eve stürmte aus dem Gebäude, doch Richens und Edwards waren bereits über einen Block vor ihr. Gerade als ihr Verstand ihren Ehrgeiz einholte und fragte: *Warum steigerst du dich da rein?*, wurde auch ihr Mal aktiv. Es pumpte Hitze durch ihre Adern und drängte sie zur Eile. Ihr Atem ging nicht angestrengt, ihr Puls raste nicht. Das Ausbleiben von körperlichem Stress schuf Raum für Gefühle wie Euphorie und Allmacht, die ihr einen trügerischen Mut verliehen.

»Ich passe bloß auf die beiden auf«, murmelte sie vor sich hin, als sie gerade rechtzeitig um eine Ecke schlitterte, um eine Glastür zufallen zu sehen. »Ganz wie ein guter Samariter.«

Das Gebäude war lang und kastenförmig mit einer schimmernd silbrigen Metallfassade, die an windschnittige Wohnwagen aus den 1950ern erinnerte. Über dem Eingang hing ein schiefes, ausgeblichenes Schild mit der Aufschrift »Flo's Five and Diner«.

Eve ging mit gezogener Waffe hinein und rang nach Luft, als das Armband ihre Haut verbrannte. Rissige, abgewetzte rote Kunstlederbänke reihten sich vor schmutzigen Fenstern auf der einen Seite, und Plastikessen auf Tellern schmückte die Tische und den Tresen auf der anderen. Eine Schaufensterpuppe in einer rosa-weißen Kellnerinnen-Uniform stand an der Kaffeemaschine, eine zweite, gleich gekleidete an der Kasse. Eve reckte sich auf die Zehenspitzen, um durch die Durchreiche zur Küche zu sehen, doch da war niemand.

Waren sie durch den Hintereingang raus?

Vorsichtig setzte Eve einen Fuß vor den anderen. Plötzlich trat sie auf etwas Rutschiges und glitschte ein Stück weiter. Sie fing sich an einem Barhocker ab und stürzte beinahe mit dem Ding um, als es ins Schwanken geriet.

Unsanft landete sie auf ihrem Hintern und stellte fest, dass sie auf einem Armband ausgerutscht war. Vermutlich war Richens das Brennen auf die Nerven gegangen.

Ein Schrei, gefolgt von einem Krachen ertönte.

Dann flog ein dunkler Schatten an der Durchreiche vorbei. Eine Hand berührte Eves Oberarm. Sie packte sie und riss grob daran, worauf Claire auf ihren Schoß purzelte. Die Französin kreischte im selben Moment, in dem in der Küche ein wildes Geklapper von Kochtöpfen anhob. Eve klatschte eine Hand auf Claires Mund und horchte angestrengt.

»Lass ihn los, Süße«, sagte Richens.

»Und wenn nicht, Schätzchen?«, schnurrte eine Frauenstimme.

Claire versteifte sich.

Mit einem warnenden Blick schob Eve die Französin von sich, sodass sie vor ihr kniete. *Geh hinten herum*, sagte sie stumm. Claire nickte und krabbelte ungelenk zur Vordertür. Eve wartete, bis sie fort war. Während sie den Geruch von Schimmel und Staub einatmete, wechselten ihre Gefühle von Aufregung zu Bestürzung.

Ein Teil von ihr genoss die Jagd.

Du verlierst den Verstand, sagte sie sich und kroch zum Tresenende. Als sie um die Ecke linste, sah sie die Aluminiumschwenktür, die in die Küche führte. Die Türoberfläche und das runde Fenster oben waren von einem Fettfilm überzogen. Durch den Spalt unten suchte Eve nach Schatten, die Bewegungen auf der anderen Seite verraten würden, aber dort war nichts als Dunkelheit. Sie schlich näher heran.

Wir könnten mittags schon feiern, hatte Richens gesagt.

Wen hatte die Fee als Geisel genommen? Ken? Edwards?

In der Küche müssten drei Gezeichnete sein, nur wo war der dritte?

»Noch ein Stück näher«, sagte die Fee, »und er ist fällig.«

»Fällig?« Richens lachte. »Was für ein Blech!«

»Halt die Klappe, Richens!«, japste Ken. »Das ist ein scharfes Messer.«

Eve stockte kurz, denn es erstaunte sie, dass Ken die Geisel war. Noch verblüffter war sie, als sie die Tür wenige Zentimeter aufschob und mit der geschärften Sicht ihrer Nickhäute nach drinnen spähte.

Richens stand mit dem Rücken zu ihr. Zwei Meter vor ihm kniete Ken, und hinter Ken schwebte eine füllige Frau mit freundlichen Zügen und grauem Haar, die von unglaublich winzigen Flügeln in der Luft gehalten wurde.

Sie war eine von Dornröschens Feen, mit rosigen Pausbacken, pastellfarbenem Kleid, Spitzhut und allem.

Eve wusste nicht, ob sie lachen oder ausflippen sollte, also blickte sie sich erst einmal um. Die Küche war hergerichtet, als wäre das Personal kurz zur Pause gegangen. Töpfe und Pfannen standen auf dem Herd, Messer und Schneidebretter waren auf der Mittelinsel verteilt. Eves Unbehagen nahm zu. Der regungslose Körper auf dem schmutzigen Boden war entschieden zu real.

Wie weit sollte diese Simulation gehen? Und wie brachten sie das Theater am besten zu Ende?

Ken hatte die Augen aufgerissen und den Hals nach hinten gebogen, weg von der Klinge an seiner Kehle. »Was willst du?«, fragte er atemlos.

»Du kommst mit mir, Schätzchen.« Die Fee lächelte, was so niedlich und harmlos wirkte, dass Eve Mühe hatte, es mit dem Messer in ihren kleinen Wurstfingern in

Einklang zu bringen. »Wir verschwinden nach hinten raus.«

»Ihr geht nirgends hin.« Richens klang auf frostige Weise amüsiert. »Ich erschieße ihn eher, als dass ich dich hier rauslasse.«

Ein Schatten huschte über das Feengesicht und enthüllte für einen kurzen Moment ihre dämonische Seele. Höllenwesen ließen sich nicht zähmen, weshalb ihnen grundsätzlich nicht zu trauen war. Aber man konnte ihr Naturell verstehen. Es ähnelte dem von Kleinkindern – selbstbezogen, ungeduldig, lechzend nach Aufmerksamkeit und Stimulation.

Die Fee schnalzte mit der Zunge. »Du hättest auf die dunkle Seite wechseln sollen, Süßer. Aus dir wäre ein prima Höllenwesen geworden.«

Eve zielte und schoss Richens in den Hintern.

Er schrie wie ein Mädchen. Die Waffe fiel ihm aus der Hand, und als sie auf dem Boden aufschlug, löste sich ein Schuss. Das Gummigeschoss traf eine Gusseisenpfanne, die an der Topfreling überm Herd hing. Von dort prallte sie pfeifend ab und weckte Edwards, der sich abrupt aufrichtete. Dabei knallte er mit dem Kopf von unten gegen ein Schneidebrett, das über die Kante der Kücheninsel ragte. Die Messer auf dem Brett flogen hoch, drehten sich und sausten tödlich spitz wieder nach unten, wo sie einer sich windenden Masse gleich über die Arbeitsfläche und gegen einen kleinen Metallbehälter schlitterten, der seitlich von der Insel kippte. Er plumpste Edwards auf den Kopf und ergoss seinen Inhalt auf ihn, ehe er mit einem hallenden *Klong* am Boden aufschlug und weiterkullerte. Aus der aufwabernden Mehlwolke war Edwards' ersticktes Fluchen zu hören.

Ken schleuderte die erschrockene Fee von seinem Rücken, sodass sie wirbelnd in die Reling oben segelte. Ihr »Oh, Scheiße!« wurde von dem Suppentopf abgewürgt, der herunterkippte und sich über ihren Kopf stülpte. Sie ging mit einem dumpfen Knall zu Boden und blieb vollkommen still liegen.

Richens schrie immer noch. Ken sprang auf und verpasste ihm einen gelungenen rechten Haken. Der Gezeichnete sackte ohnmächtig neben die Fee.

»Arschloch«, murmelte Ken.

Er sah Eve an, und sie blickte zu Edwards, der etwas von Casper, dem freundlichen Geist, hatte – oder von einem Würstchen in Maisteig, je nachdem, von welcher Seite man seinen Kopf betrachtete. Seine Augen waren zwei blinzelnde schwarze Löcher in dem ansonsten weißen Gesicht, und sein Mund formte ein rundes »O«, während er die beiden erschlafften Körper am Boden betrachtete.

Eves Verstand holte die Ereignisse der letzten Sekunden ein.

Das Schreien war nicht verstummt, sondern nach draußen gewechselt.

»Claire«, flüsterte sie.

Mit einem Satz war sie über die beiden am Boden hinweg und sprintete durch die Hintertür hinaus. Für den Bruchteil einer Sekunde beeinträchtigten die Nickhäute ihre Sicht, und Eve blinzelte sie fort.

Claire stand mitten auf dem kleinen Hinterhof, ihr hübsches Gesicht zu einer Maske blanken Entsetzens erstarrt. Ihr Mund stand weit offen, und ein scheußliches Heulen drang aus ihm. Sie fixierte etwas über Eves Schulter, und ihre himmelblauen Augen hatten einen wahnsinnigen Ausdruck. Eve drehte sich um und folgte Claires Blick.

Sie würgte und geriet ins Torkeln, weil sich alles um sie zu drehen schien. Ken kam aus der dunklen Küche und sah ebenfalls zu der Stelle, die beide Frauen anstarrten.

»Heilige Mutter Gottes«, hauchte er.

An der Wand des Diners hing Molenaar. Seine Arme waren ausgebreitet und die Hände mit Eisennägeln an der Metallfassade befestigt, die ihm durch die Handflächen getrieben worden waren. Urin durchnässte seine Hose und tropfte auf den krümeligen Asphalt. Seine blinden Augen waren gen Himmel gerichtet, der Mund stand schlaff offen, und die Lippen waren rot gesprenkelt. Ein Kranz aus Stacheldraht auf seinem Kopf vervollständigte die kranke Nachstellung der Kreuzigung.

Wo war das Blut?

»*Sa tête est...*« Claire krümmte sich, doch sie übergab sich nicht, denn ihr Körper war zu perfekt, um sich ihren Gefühlen zu unterwerfen.

Erst jetzt bemerkte Eve, dass Molenaars Kopf von seinem Körper abgetrennt war. Er wurde von Nägeln über dem Rumpf gehalten, die durch die Ohren geschlagen waren.

Entsetzen kühlte Eves fiebrige Haut.

Sie schrie und ballte die Fäuste, während ihre Knie nachzugeben drohten.

Ein Schwarm Möwen stimmte ein, kreischte hinauf zum Himmel und dem Gott, der zuließ, dass solche Dinge jenen widerfuhren, die ihm dienten.

9

Reed nahm die Ausfahrt am Fremont Boulevard vom Highway 1, dem berühmten Pacific Coast Highway. Wenig später schnurrte sein gemieteter Porsche durch Fort McCroskey.

Er könnte schon bei Eve sein, hätte er sich direkt zu ihr teleportiert, doch er kannte schließlich Raguel. Der Erzengel hatte seine Schüler fraglos in Gemeinschaftsunterkünften untergebracht, ohne eine Chance auf Privatsphäre. Das mochte gut fürs Training sein, nicht jedoch für den inneren Tumult, den Reed bei Eve spürte.

Durch ihre besondere Verbindung fühlte er, dass sie von den anderen im Kurs ausgeschlossen wurde und damit umzugehen versuchte, indem sie sich emotional abschottete. Sie lief quasi auf Autopilot, und das war gefährlich für eine Gezeichnete. Er nahm an, dass er sie von den anderen wegbekommen musste, ehe sie sich hinreichend entspannte, um ihm zu erzählen, was sie beunruhigte. Deshalb der Wagen.

Dass solch ein Auto nebenher ein Frauenmagnet war, stellte einen Zusatzbonus dar. Eve hatte sich von Cain und dessen Harley angezogen gefühlt, also konnte man davon ausgehen, dass ihr das 911er Turbo-Cabrio ebenfalls zusagte. Mit einer Spitzengeschwindigkeit von knapp zweihundert Meilen die Stunde hoffte Reed, Eve aus der Reserve locken zu können.

Er benutzte seine Verbindung zu Eve als Navi, um sie auf dem Gelände aufzuspüren. Raguel würde einen Bericht von dem Ausflug nach Australien hören wollen und danach versuchen, Reed wieder fortzuschicken, doch daraus wurde nichts. Reed ging nirgends hin, solange Eves Wohlergehen in irgendeiner Weise bedroht war.

Obwohl er es nie zugeben würde, hatte er ihren Tod letzte Woche bis heute nicht verwunden. Und Cain so gebrochen zu sehen, hatte Reeds eigene surreale Qualen noch gesteigert. Sein Leben lang wünschte er sich, seinen großen Bruder von irgendwas erschüttert zu sehen. Egal von was. Eve zu verlieren, war jedoch ein zu hoher Preis gewesen.

Im Laufe der Jahrhunderte war Reed für unzählige weibliche Gezeichnete zuständig gewesen, hatte mit ihnen dieselbe tiefe Verbindung geteilt wie mit Eve – und dennoch hatte er sich bei keiner zuvor je so zerrissen gefühlt.

Dass er so fasziniert von ihr war, schob sie auf die Feindseligkeit zwischen ihm und Cain. Wie Eve sagte, interessierte Reed sich nur für sie, weil sie seine Chance war, seinen Bruder zu verletzen. Dabei wussten sie beide, dass es nicht stimmte. Schön wär's! Es würde alles so viel einfacher machen.

Hinter einer Kurve verlangsamte er, als er zu einem Doppelhaus mit einem weißen Van in der Einfahrt kam. Auf dem Nummernschildrahmen stand »Gadara Enterprises«. Reed bog auf den freien Platz neben dem Van. Er musste nicht klopfen, um zu erfahren, dass niemand zu

Hause war. Die gähnende Leere spürte er schon, ehe er den Motor ausgestellt hatte.

Reed stieg aus dem Wagen und folgte Eves Spur zu Fuß weiter. Im Vorübergehen bemerkte er die eingebrochene Trennwand beim Eingang auf der hinteren Seite des Hauses. Der Schaden wirkte frisch, und das machte Reed stutzig.

Die erste Furchtwelle erwischte ihn mit solcher Wucht, dass er ins Stocken kam. Die zweite überrollte ihn wie Donner und baute an Spannung auf, bis sie mit einer Vehemenz explodierte, dass Reed zu rennen begann. Die Ledersohlen seiner Gucci-Mokassins taugten nicht zu schnellem Laufen, also teleportierte sich Reed kurzerhand direkt neben Eve.

Sie schrie. Ein rascher Blick zum Gebäude ihr gegenüber verriet ihm auch, warum. Reed riss Eve in seine Arme, breitete seine Flügel aus und stieg mir ihr in die Luft auf. Er hielt sie, obwohl sie sich zunächst sträubte.

»Schhh.« Seine Arme umfingen ihren zierlichen Körper vollständig. »Ich bin ja hier.«

»Reed.« Sie klammerte sich an ihn. Ihr Gesicht war in seiner Halsbeuge, und ihre Tränen rannen über seine Haut.

Er flog mit ihr auf das benachbarte Dach, wo er seine Flügel wieder einzog, Eve aber nicht losließ. Ihre Furcht, ihr Kummer und ihr Entsetzen pulsierten in rhythmischen Schlägen durch ihn hindurch und machten ihn unfähig, jene Barrieren zu errichten, die er bei seinen anderen Gezeichneten nutzte.

Und sie zu fühlen... ihren Duft zu riechen... Es war Wochen her, seit er sie berührt hatte.

Ihm war *verboten* worden, sie anzufassen.

»H-hast du es gesehen?« Sie wich zurück und blickte mit tränenschwimmenden Augen zu ihm auf.

»Ja.« Er sagte ihr nicht, dass sie noch viel Schlimmeres sehen würde.

»Ich kann das nicht.«

Und in diesem Moment wollte Reed auch gar nicht, dass sie es musste, was allem zuwiderlief – seinen Ambitionen, seinen Zielen und Träumen. Für sie musste Eve bei ihm bleiben. Und er wollte sie schon wieder, verdammt. Sein ganzer Körper war hart.

Neben allem anderen Mist war er auch noch besessen. Wie sollte er darüber hinwegkommen, wenn nicht einmal ein toter Gezeichneter und Eves entsetzliche Angst sein Verlangen eindämmen konnten?

»Hilf mir hier raus«, flehte sie.

Reed lehnte seine Stirn an ihre, die heiß und feucht war. Mist. Verfluchter Mist!

Ihre Fingerspitzen bohrten sich in die Muskeln an seinem Rücken. »Sag schon was, verdammt!«

Reed holte tief Luft und verlegte sich auf das, was er stets sagte, um angstgebeutelte Gezeichnete zu beruhigen. »Ich weiß, dass es schrecklich für dich ist. Aber denk an die guten Werke, die du tun wirst, die Menschen, die du rettest ...«

»Wie ihn?« Eve zeigte wütend hinunter in die Gasse. »Wurde ihm nicht dasselbe gesagt? Was ist mit seinen guten Werken? Was ist mit den Menschen, die er retten sollte? Sind die jetzt genauso angeschissen wie er?«

»Eve ...«

Sie stieß ihn weg. »Es ist schrecklich für mich? Ist das

alles, was du zu sagen hast? Irgendwelchen Propagandaschwachsinn? Da unten ist ein Toter! Ohne... seinen... Kopf!«

»Ist ja gut, Eve!«, erwiderte er verärgert, allerdings war er wütend auf sich selbst, nicht auf sie. »Ich versuche zu helfen.«

»Falls das stimmt, musst du dringend noch mal üben!«

Ihr ganzer Leib bebte von dem Tumult, der in ihrem Innern tobte. Sie trug eine Jeans, ein T-Shirt und eine Sweatshirt-Jacke und hatte das Haar zu einem schlichten Pferdeschwanz gebunden, der die exotische Neigung ihrer Augen akzentuierte. Und da sie ungeschminkt war, kam die Vollkommenheit ihrer asiatischen Porzellanhaut sehr gut zur Geltung.

Reed rang mit der starken Anziehung, die Eve auf ihn ausübte; sie war ein Magnetismus, der in seinem Bauch begann und sich von dort nach draußen arbeitete. Nachdem er jahrhundertelang von Brünetten umgeben gewesen war, hatte seine erste Begegnung mit blonden Frauen eine Faszination von hellhaarigen Schönheiten wie Sara hervorgerufen. Und trotzdem kämpfte er jetzt mit einem unstillbaren Verlangen nach einer Frau, die gar nicht wie »sein Typ« aussah.

»Was für ein Training soll das eigentlich sein?« Eve rieb sich die Augen mit den Fäusten. »Keiner hat gesagt, dass jemand *stirbt*!«

»Unfälle passieren, wenn auch selten. Übereifrige Gezeichnete sind unberechenbar, aber so nie. Es gab noch nie einen Mord.«

Dunkle Wolken zogen mit solcher Geschwindigkeit am Himmel auf, als hätte jemand sie auf »Schnellvorlauf« gestellt. Der Wind wurde kälter und peitschte Eve das lange Haar ins Gesicht. Reed beobachtete, wie sie sich versteifte und die Fäuste ballte. Er ging zur Dachkante und betrachtete die Szene unter ihnen.

Raguel schwebte einige Meter über dem Boden, die Arme und Flügel ausgebreitet. Er hatte den Kopf in den Nacken gelegt, sodass seine golden schimmernden Augen gen Himmel gerichtet waren. Sein Mund war zu einem stummen Schrei aufgerissen, was einen gleichermaßen unheimlichen wie schönen Anblick darbot.

Als Eve zu Reed kam, schob sie ihre Hand in seine. Vorsichtig beugte sie sich vor, wobei sie sich fest an ihn krallte.

»Was macht er da?«, fragte sie, und ihre Stimme wurde sofort vom aggressiven Wind fortgerissen.

»Er klagt. Er teilt dem Herrn seine Trauer mit.«

»Ich hätte dem auch einiges mitzuteilen«, murmelte sie. »Ein paar warme Worte.«

Donner krachte durch den tiefgrauen Himmel.

»Pass auf«, schalt Reed sie und drückte warnend ihre Hand.

»War das die Fee?«

»Fee?«

Eve strich sich eine Haarsträhne aus dem Mund. »Das Höllenwesen, nach dem wir bei dieser Übung gejagt haben.«

»*Immer kriegen wir als Erste die Schuld!*«

Reed drehte sich zeitgleich mit Eve zu der Sprecherin um.

Eine mürrische Frau mit grauem Haar und passendem grauem Kostüm stand an der Treppenhaustür. Ihre stechend hellen Augen sagten Reed schon, dass sie ein Höllenwesen war, bevor ihr Verwesungsgeruch in Reeds und Eves Richtung gepustet wurde. Sie starrte auf Eves Hand in seiner, und sofort zog Eve ihre Hand zurück.

Sie schrie, damit es über den Sturm hinweg zu hören war: »Werd jetzt nicht zickig. Das ist eine berechtigte Frage!«

»Möge die Pest über dich kommen.« Das Höllenwesen näherte sich mit einem komischen Gang, der ihre Wut noch bestärkte. Ihre Kennzeichen waren nicht zu sehen, aber ihr Akzent und der abgerissene Aufzug legten nahe, dass sie ein walisischer Gwyllion war – ein Dämon, der Sterblichen Vertrauen einflößte, um sie geradewegs in die Gefahr zu locken. »Wir machen brav eure idiotischen Kriegsspiele in diesem Loch mit, bei denen eure Leute lernen, wie man uns tötet, aber kaum geht irgendwas schief, kriegen wir als Erste die Schuld.«

Reed musste unweigerlich lachen. Ein selbstgefälliges Höllenwesen? Jetzt hatte er wahrlich alles gesehen.

Eve blickte den Gwyllion eine ganze Weile an, dann ging sie mit festen Schritten auf ihn zu. »Das ist kompletter Blödsinn! Du bist nicht aus lauter Nettigkeit hier, sondern weil du nicht da sein kannst, wo du viel lieber wärst, und deinen verfluchten Hals retten willst.«

Der Dämon stockte zunächst, dann verschränkte die Gestalt die Arme. »Was nicht heißt, dass ihr uns immer gleich die Schuld geben dürft!«

Eve zeigte zur Gasse hinunter und fragte: »Sieht das für dich wie das Werk eines Höllenwesens aus?«

Auf dem beleidigten Gesicht erschien ein breites Grinsen. »Es ist brillant, das muss man sagen. So präzise hergerichtet und kreativ.«

»Ich habe eine geladene Waffe.« Eve richtete sie auf den

Dämon. »Möchtest du deine Bewunderung vielleicht zügeln?«

Schlagartig schwand das Grinsen des Gwyllions. »Schon gut, furchtbar. Nur ein Kranker kann so was Abscheuliches getan haben.«

»Wer?«

»Ich nicht.«

»Auf wen tippst du?«

Reed hielt den Mund und sah Eve bei der Arbeit zu. Ihr Kinn war trotzig gereckt, ihr Blick entschlossen. Es war nicht zu übersehen, dass sie sich ihrer eigenen Stärke nicht bewusst war, zumindest der, die mit dem Mal einherging. Und der egoistische Teil von ihm dachte, dass sie vielleicht doch noch mit ihrer Berufung fertig wurde, ohne abgestumpft und hart zu werden. Eventuell lernte sie, stolz auf das zu sein, was sie tat, und etwas Positives inmitten all des Negativen zu erkennen. Könnte es sein, dass sie zum Glauben fand?

In seiner Branche geschahen schon mal Wunder.

Der Wind legte sich, und die Wolken brachen auf. Nach dem Sturm trat zunächst völlige Stille ein. Die außergewöhnlich schwüle Luft fühlte sich drückend schwer an vom Schrecken, der Verwirrung und dem Kummer in ihrer unmittelbaren Nähe.

»Von uns arbeiten drei bei dieser Übung mit«, sagte der Gwyllion. »Griselda, Bernard und ich.«

»Und du bist?«

»Ich heiße Aeronwen.«

»Das ist ... ein hübscher Name«, stellte Eve fest.

Reed schmunzelte. »Er leitet sich vom Namen der keltischen Göttin für Mord und Verwüstung ab.«

»Wieso überraschen mich solche Sachen eigentlich noch?«

»Mir gefällt er.« Aeronwen strahlte.

»Natürlich. Ist Griselda die Fee?«

»Nein, die ist Bernard. Wie fandest du seinen Feenzauber? In der Maske ist er zum Schreien, oder?«

»Ja, ich habe mich kringelig gelacht. Was ist Griselda?«

Raguel erschien neben dem Dach, schwebte über die Kante und landete neben Eve. Dann wies er zu einem Windfang vor dem Treppenhaus, und an Eves Ringen nach Luft erkannte Reed, dass sie den Drachen sah, der um die Ecke linste.

»Super«, murmelte sie. »Meine Lieblingsdämonenart.«

»Hallo Raguel«, sagte Reed.

»Hat sie dich gerufen?«, fragte der Erzengel.

»Nein.«

»Warum bist du dann hier?«

Reed zog eine Braue hoch, was heißen sollte: *Willst du wirklich hier und jetzt darüber sprechen?*

Raguel nickte. »Du hast die anderen mit deiner Entführung von Miss Hollis erschreckt.«

Reed zuckte nur mit der Schulter. Die anderen Gezeichneten waren Raguels Sorge.

Der Erzengel blickte zu den beiden Höllenwesen und wieder zu Eve. Tiefe Falten umrahmten seinen Mund und seine Augen. Wenn er wollte, konnte er sie verbergen, doch das wollte er offenbar nicht. »Was machen Sie hier, Miss Hollis?«

Eve merkte, wie sich ihr Mund zu einem Lächeln bog, obwohl an diesem Chaos, zu dem ihr Leben geriet, nichts Witziges war.

»Ausflippen. Den Verstand verlieren. Suchen Sie es sich aus.« Äußerlich dürfte sie gefasst wirken, vielleicht sogar ruhig. Aber ihr taten schon die Finger weh, weil sie ihre Waffe so fest umklammerte, und ihre Schultern und ihr Nacken waren unangenehm angespannt. Ja, sie schrie noch immer, auch wenn es keiner hören konnte.

»Sie sollten bei den anderen sein.«

»Nein, ich sollte in Orange County sein und die Inneneinrichtung für irgendein Traumhaus entwerfen. Ich sollte aus meinem Fenster sehen und überlegen, an den Strand zu gehen, mein Auto zu waschen oder Mrs. Basso anzurufen, ob ich ihr etwas aus dem Supermarkt mitbringen kann.« Ihr Fuß klopfte rhythmisch auf den Kies. »Aber das geht ja nicht, weil sie tot ist. Und der Pudel ist tot. Und jetzt ist Molenaar tot. Ich habe es satt, dass Leute um mich herum sterben, Gadara.«

»Lassen Sie mich das regeln.«

»Was haben Sie denn vor? Sollen wir unsere Spielsachen zusammenpacken und nach Hause gehen?« Sie schwenkte die Arme, worauf sich beide Höllenwesen duckten, um aus der Ziellinie ihrer Waffe zu sein. »Das ist doch eine perfekte Übung. Wir haben etwas zu jagen und niederzumetzeln. Besser hätten Sie es gar nicht planen können.«

Gadara betrachtete sie streng, und es kostete Eve alle Kraft, seinem goldenen Blick standzuhalten. Er war ein gut aussehender und eleganter Mann, doch mit seinen uneingeschränkten göttlichen Gaben wurde er blendend schön. Seine dunkle Haut war wie Seide, seine Züge waren wie von liebevoller Hand gemeißelt. »Dies geht weit über Ihr Training hinaus, Miss Hollis.«

»Dann improvisieren wir eben.«

»Das ist gegen die Vorschriften, wie Sie wissen.«

»Ich weiß auch, dass es ›durchaus hinnehmbar ist, bei einer Abweichung vom Protokoll zu bleiben, ist sie einmal in Gang gesetzt‹.« Sie streifte ihre Jacke ab, wobei sie die Waffe von einer Hand in die andere wechselte, bis das Kleidungsstück von ihrem überhitzten Körper fiel. »Waren das nicht Ihre Worte, als Sie mir auftrugen, Tengu zu jagen und nach Upland zu reisen, bevor ich ausgebildet war?«

»Sofern eine Fortsetzung der einzig vernünftige Weg ist«, ergänzte er. »Hier zu bleiben ist alles andere als vernünftig.«

»Da stimme ich ihm zu, Eve«, sagte Reed. Seine samtige, tiefe Stimme klang sogar tröstlich, wenn er ihr widersprach.

Eve versuchte, ihn nicht anzusehen, weil ihr davon nur noch heißer würde, aber sie schaffte es nicht. Er hatte die Hände in den Taschen seiner maßgeschneiderten Hose vergraben, und sein blassgelbes Hemd war oben offen. Der Wind zurrte an seinem Haar und blies ihm einzelne Locken in die Stirn. Wie sein Bruder beobachtete auch er sie mit einem Raubtierblick – hungrig und entschlossen.

Er erwiderte ihren Blick. Eine Berührung hätte sich kaum inniger anfühlen können. In manchen Dingen waren sich die Brüder sehr ähnlich, in anderen hätten sie nicht unterschiedlicher sein können. Der eine wärmte sie mit einem ruhigen, steten Brennen; der andere entflammte sie.

Bei Alec stand die Welt still, und alle Sorgen verblassten. Eve genoss ihn wie einen guten Wein, in kleinen Schlucken und sich endlos Zeit lassend. Bei Reed reagierte sie wie ein führerloser Zug, der beständig schneller wurde, bis sie atemlos war und sich um nichts mehr scherte.

Eve wandte das Gesicht ab und rollte die Schultern, um die Anspannung zu lindern.

»Wir verlassen den Stützpunkt«, sagte Gadara.

»Und wenn das der Zweck des Angriffs war?«

»Warum?«

»Weiß ich nicht, aber es wäre doch möglich.«

»Scheint mir recht weit hergeholt«, mischte sich Reed ein. »So oder so ist es zu gefährlich für dich, hier zu bleiben.«

Gadara beobachtete sie immer noch aufmerksam. »Ich habe bereits ein Ermittlerteam herbeordert. Sie sind deutlich qualifizierter und folglich weniger gefährdet.«

Zwar konnte Eve das schlecht leugnen, doch nichts zu tun war keine Option. »Lassen Sie uns vom sicheren Tower aus bei den Nachforschungen mitmachen? Hinweise überprüfen oder was eben anfällt?«

Die Andeutung eines Lächelns trat auf die Erzengelzüge, doch Eve war viel zu betroffen wegen Molenaar, um sich darüber zu ärgern, dass sie Gadara in die Hände spielte. Dann wollte sie eben mitmachen, na und? Es hieß noch lange nicht, dass sie sich mit dem Gedanken anfreundete, eine Gezeichnete zu sein.

»Da lässt sich sicher etwas arrangieren«, sagte Gadara großzügig.

Reed bedeutete Eve, zur Treppe zu gehen. »Ich begleite den Kurs zum Haus zurück.«

Gadara nickte. »Du kannst deinen Bericht aufnehmen und auf meinen Schreibtisch legen.«

»Ich bleibe noch.«

»Das ist nicht nötig.«

»Du hast meinen Bericht nicht gehört.«

Eve runzelte die Stirn. »Machst du dir noch wegen etwas anderem Sorgen?«

Er legte eine Hand an ihren Ellbogen und begann, sie vom Dach zu führen. »Das erzähle ich dir später.«

Es war unmöglich, den einzigartigen Duft seiner Haut nicht zu inhalieren, exotisch und verführerisch, wie er war. Die Moschusnote strömte durch Eves Sinne, löste ein Kribbeln aus, wo sie es nicht brauchte, und Schmerzen, wo sie keine wollte. Die Hitze seiner Berührung versengte sie durch das T-Shirt hindurch. Schweißperlen bildeten sich auf ihrer Oberlippe. Ihr Körper wusste noch, wie sich Reed angefühlt hatte, und sehnte sich danach, ihn wieder so zu spüren.

Reed sah sie an, doch Eve hielt den Blick starr auf den Boden gerichtet. Als Reed die Tür auf dem Dach öffnete und Eve ins Treppenhaus gehen wollte, flitzte etwas Längliches, Graues an ihren Füßen vorbei.

Eve schrie, worauf die Ratte auf der halben Treppe stehen blieb, sich umdrehte und Eve mit ihren Knopfaugen ansah.

Schreist du wegen mir?, fragte sie.

Ein mentaler Schauer durchfuhr Eve. Der lange, gerillte Schwanz des Nagetiers war abstoßend. Sie schluckte ihren Ekel herunter und fragte: »Hast du irgendwas gesehen, als du oben warst?«

Die Ratte stellte sich auf die Hinterbeine und stieß einen Laut aus, der verdächtig nach einem Lachen klang. *Ich habe dir Angst gemacht! Es geht doch nichts über Neulinge!*

Eve richtete ihre Waffe auf das Tier. Reed lachte leise und lehnte sich an das Treppengeländer.

Entspann dich, Püppchen, sagte die Ratte hastig. *Wo bleibt denn dein Sinn für Humor?*

»Wie heißt du?«

Das Tier gab ein lautes Fiepen von sich.

Eve winkte ab, und die Ratte verstummte. »Okay, sagen wir einfach Templeton.«

Was soll das denn für ein Name sein?

»Es ist ein Rattenname.«

»Aus dem Kinderbuch *Charlotte's Web*«, murmelte Reed.

Erstaunt, dass er es kannte, sah Eve lächelnd zu ihm auf. »Ich bin beeindruckt.«

Wer ist Charlotte?, fragte Templeton verdrossen.

»Egal«, antwortete Eve. »Hast du oben etwas gesehen?«

Nein. Nichts, nada.

»Du lügst.«

Beweise es.

»Komm schon«, lenkte sie ein und verdrängte die Stimme in ihrem Kopf, die rief: *Du redest mit einer Ratte!* »Du musst etwas gesehen haben.«

Ist nicht wahr.

»Was ist nicht wahr?« Sie sah wieder zu Reed, der mit einem Achselzucken grinste, was Eve vorübergehend ablenkte. Sie verfluchte ihre wild gewordene Libido, die von ihrem leichten Fieber zusätzlich befeuert wurde.

Was die über Ratten sagen. Templetons Schnurrhaare zuckten auf eine Weise, die... beleidigt wirkte. *Das sind Schweine, die fiepen, diese elenden Mistkerle. Die tun gar nichts für ihr Futter.*

»Ich mag Schweine. Sie sind nützlich, weil sie Bacon und Schinken liefern. Was hast du anzubieten?«

Unterhaltung?

Eve schwenkte achtlos ihre Waffe. »Wenn ich ehrlich bin, sieht es im Moment nicht besonders gut für dich aus, Templeton. Du machst mir eine Gänsehaut und mich um nichts schlauer.«

Du würdest eine unschuldige Ratte erschießen? Alter, ist das erbärmlich!

»Dann gibt mir irgendwas.«

Hast du die Dachkante nicht gesehen? Die ist mindestens einen Meter hoch. Ich konnte rein gar nichts sehen.

Eve überlegte. »Was hast du gehört?«

Gerangel. Gurgeln. Hämmern.

Sie schluckte. »Das hilft mir nicht weiter.«

Templeton sank wieder auf alle viere. *Hab ich doch gesagt. Kann ich jetzt gehen?*

Sie sah zu Reed, der beide Brauen hochzog und sich aufrichtete. Die Luft um ihn herum flirrte, sodass Eve sein Duft entgegenwehte. Da fiel ihr eine neue Frage ein. »Hast du irgendwas *gerochen*?«

Nichts. Nada.

»Ich glaube dir nicht.«

Templeton blickte zu Reed. *Die ist ganz schön anstrengend, Abel. Bist du sicher, dass sie die Mühe lohnt?*

Reed sah Eve an. »Tut sie.«

Eve zwang sich, ihre körperliche Reaktion auf seinen Ton und die Worte zu ignorieren. »Du bist eine Ratte, Templeton...«

Genial kombiniert.

»...was bedeutet, dass du einen hervorragenden Geruchssinn hast. Du kannst mir erzählen, was für ein Höllenwesen *das* getan hat.«

Templeton schüttelte den Kopf. *Ich habe nichts außer dem Gezeichneten gerochen.*

Eve überlegte wieder. »Das könnte ich mir eventuell noch vorstellen, wenn überall Blut gewesen wäre. Aber da war keins.«

Stimmt genau, Püppchen. Also erzähl du es mir... Kein Blut, das die Luft vollstinkt, und ein Killer, der sich richtig ins Zeug legt, aber ich konnte nur Gezeichnete riechen. Wie ist das möglich?

»Willst du etwa...« Reed legte seine Hand auf Eves Rücken, und sie schluckte wieder. »Soll das heißen, da unten war kein Höllenwesen, als Molenaar umgebracht wurde?«

Scheint so.

Die Kälte in Eves Bauch breitete sich aus. »Wer war es dann?«

Templetons Schnurrhaare zuckten. *Das ist die Frage, nicht wahr?*

»Wer hat Molenaar als Letzter gesehen?«, fragte Ken und musterte die anderen Gezeichneten.

Sie warteten in der Männerhälfte des Doppelhauses darauf, dass Gadara aus Anytown zurückkam, und die Anspannung im Raum war mit Händen zu greifen. Eve stand in dem Durchgang zwischen Ess- und Wohnzimmer. Neben ihr lehnte Reed mit einer Schulter an der Wand, auch wenn er diese Lässigkeit nur vortäuschte. Eve war vollkommen rastlos, wollte unbedingt etwas tun. Der Drang, aktiv zu werden, fühlte sich an, als würden tausend winzige Ameisen über ihre Haut krabbeln.

Der Gestank von Schimmel und Verfall im Haus kam

ihr intensiver vor, beinahe erstickend. Die schwachen Sonnenstrahlen, die durchs Fenster hineinfielen, beleuchteten alles, was das Mondlicht nachts verborgen hatte: die fleckigen und abgewetzten Fußböden, die bröckelnden Wände, die abgestoßenen Fußleisten. Staubpartikel wirbelten um alles herum wie dünne Rauchfäden. Eve stellte fest, dass sie sekündlich rastloser wurde.

In ihrem Kopf murmelte Reed beruhigende Worte, die Eve nicht verstand. Ihre Verbindung war zu schwach, um mehr als Eindrücke zu transportieren, aber Eve begriff, was gemeint war. Er wollte, dass sie einen Gang herunterschaltete. Sie war aufgeheizt und reizbar, und sie wollte weinen, doch ihre Augen blieben knochentrocken.

»Also?«, fragte Ken, der mit seiner Skimütze seltsam aggressiv wirkte, wie ein Bankräuber. »Ich habe ihn zuletzt gesehen, als wir Anytown betreten haben. Ich bin nach links gegangen. Und ich habe gesehen, wie Hollis, Edwards und Richens in das Bürogebäude gegangen sind. Wer ist mit Molenaar nach rechts ausgeschwärmt?«

Claire hob eine Hand. Sie hatte die Füße leicht ausgestellt und schützend einen Arm um ihre Mitte gelegt, was nicht zu ihrem aggressiv gereckten Kinn passte. »Das bin ich, jedenfalls am Anfang. Wir haben uns getrennt, als ich in die Videothek bin und er weitergegangen ist.«

»Wie spät war es da?«

»Halb neun?« Sie murmelte etwas auf Französisch. »Vielleicht acht. Was spielt das für eine Rolle?«

»Was ist mit dir?« Kens Frage war an Romeo gerichtet.

»Ich war bei Laurel.«

Einen Moment lang sah Ken die hübsche Neuseeländerin an, die verlegen schien und ohne das Kainsmal wohl rot geworden wäre. »Ihr beide macht mich krank«, sagte er verärgert.

Laurel blinzelte, fing sich jedoch schnell. »Leck mich, Callaghan.«

»Macht er das nicht schon?«, entgegnete er mit einem Nicken zu Romeo. »Während Molenaar seinen Kopf verlor, habt ihr beide während des Trainings Salamiverstecken gespielt!«

»Du hast ihn auch nicht gerettet«, sagte Laurel schnippisch. »Was hast du denn eigentlich gemacht?«

»Wo war Seiler?«, unterbrach Edwards.

»Sie ist uns gefolgt«, sagte Eve.

»Bin ich nicht!«, protestierte Izzie.

»Du warst verblüffend schnell zur Stelle«, bemerkte Eve bewusst provozierend.

»Ich bin eben schnell! Und mir ist völlig egal, was du machst. Du hast echt Probleme, wenn du denkst, das würde mich interessieren.«

»Da du und Richens euch immer wieder widersprecht, muss einer von euch beiden lügen. Die Frage ist, wer?«

»Jetzt bin ich verwirrt«, sagte Romeo.

Izzie umfasste ihr Messer und sagte gefährlich ruhig: »Nenn mich nicht eine Lügnerin.«

Eve verschränkte die Arme. »Wir haben keine Zeit für die Spielchen, die du und Richens hier veranstaltet. Solange keiner von euch zugibt, mich belogen zu haben, glaube ich euch beiden nicht.«

»Du kannst mich mal, Hollis«, schimpfte Richens. »Mein Arsch tut übrigens immer noch weh. Ich hatte doch gesagt, nimm das Messer!«

»Ich habe absichtlich auf dich geschossen«, sagte sie trocken.

Reeds Hand berührte ihren Ellbogen. Auf sein Stirnrunzeln hin zuckte sie nur mit der Schulter.

Ken kam näher. »Was redest du da, Hollis? Was für Lügen?«

»Die beiden wissen, was ich meine. Kommen wir zu Molenaar zurück. Ist jemandem aufgefallen, dass es um Molenaars Leiche herum nicht nach Höllenwesen stank?«

Zunächst blieb es still, dann redeten alle durcheinander. Eve winkte mit einer Hand ab. »Ich verstehe ja, dass ihr geschockt wart. Das bin ich auch, aber wir dürfen nicht darüber nachdenken, wie es uns geht, sondern müssen etwas tun.«

»Ich habe nichts außer Gezeichnetenblut gerochen«, sagte Ken.

Die anderen pflichteten ihm bei.

»Genau.« Eve blickte in die Runde. »Und was heißt das?«

»Wir haben nicht aufgepasst?«, schlug Edwards mürrisch vor.

»Oder es gab nichts anderes als Gezeichnete zu riechen. Vielleicht war gar kein Höllenwesen da.«

»Beschuldigst du einen von uns?«, schrie Romeo, der die dunklen Augen weit aufriss. »*Sei matta! Che sfaggiataggine!*«

»Ich habe keinen Schimmer, was er gesagt hat«, kam von Laurel, »aber das finde ich auch!«

Reed umfing Eves Arm fester. »Komm mit.« Er zog sie zur Tür.

»Sie lügt«, sagte Izzie, in deren Stimme ein Grinsen mitschwang. »Ich glaube, es war die Fee.«

Reed blieb stehen und sah zu den anderen. »Überlasst die Angelegenheit Raguel und seinem Team.«

»Wenn es einen Verräter unter uns gibt«, sagte Richens, »haben wir echte Probleme.«

Reed schnippte mit den Fingern, als sie die zwei Wachen vor der Tür passierten. »Keiner verlässt das Haus.«

Ohne ihre Reaktion abzuwarten, zog er Eve mit sich die Treppe hinunter und fort vom Haus.

10

Eve stolperte hinter Reed her, als sie um die Ecke der Einfahrt und außer Sichtweite eilten. Er führte sie an der Hecke zwischen der Doppelhauseinfahrt und der nebenan vorbei, bevor er sich umdrehte und streng fragte: »Was tust du?«

»Reden.«

»Blödsinn! Du sorgst absichtlich für Unfrieden.«

»Wofür ich einen richtig guten Grund habe«, sagte sie. »Vielleicht werden sie wach und kapieren endlich.«

»Du bist nicht in der Position, andere zu trainieren.«

»Für die ist es bloß ein Spiel! Richens benimmt sich, als ginge es hier um Punkte, nicht um Leben. Ken hatte sich einen Schlagring als Waffe ausgesucht. Einen beknackten Schlagring gegen Höllenwesen? Und Romeo und Laurel haben auf dem Übungsgelände *gevögelt*, um Gottes... *Autsch!*« Sie blickte wütend gen Himmel und rieb ihr Mal unter dem Armband. »Das zählt nicht!«

Reed kniff missbilligend den Mund zusammen. »Ihr solltet zusammenarbeiten, nicht euch zanken. Du weißt, dass es keiner von denen war.«

»Sagt wer?«, fragte sie angriffslustig. »Wir können niemanden ausschließen. Also müssen wir uns alles und jeden sehr genau ansehen. Wir können uns keine blinden Flecken leisten.«

»Gezeichnete machen solchen Scheiß nicht, Eve! Dazu sind sie gar nicht fähig.«

»Und Dämonen gibt es nicht. Manchmal ist das, was wir für die absolute Wahrheit halten, vollkommen falsch.« Eve wies zum Haus. »Die müssen mal von ihrem Traumland-Abenteuerspielplatz wegkommen und sich den Tatsachen stellen. Man darf keinem trauen, und sollte man diesem Fakt den Rücken zukehren, sollte man sich nicht wundern, wenn einen von hinten ein Messer erwischt.«

Er knurrte. »Nicht schon wieder die Verschwörungstheorie!«

»Gadara hat Wanzen in meiner Wohnung und Kameras in sämtlichen Stockwerken. Denkst du etwa, er hat Anytown nicht überwacht?« Eve riss sich das Armband herunter. »Wir tragen alle diese Dinger. Sie sollen einen Ruf simulieren, aber ich würde wetten, dass da auch GPS-Sender und vielleicht sogar Abhörvorrichtungen drin sind.«

»Hörst du eigentlich, was du redest? Du bist verrückt, und du machst mich auch verrückt. Gadara würde niemals einen Gezeichneten sterben lassen, Eve.«

»Warum nicht? Weil er ein Erzengel ist?«

»Nein, weil es übel aussieht, einen Gezeichneten beim Training zu verlieren«, erwiderte er. Seine Haltung war eindeutig verkrampft. »Richtig übel. Es wird Raguel Jahrhunderte kosten, sich den Status, den er heute verloren hat, wieder zu verdienen.«

Eve stemmte die Hände in die Hüften. »Und warum hat er es dann nicht verhindert?«

Reeds Wangenmuskel zuckte. Dann bückte er sich und

hob das Armband auf. »Deine voreiligen Schlüsse basieren auf Mutmaßungen. Hier«, er richtete sich auf und brach die Metallscheibe in dem Armband entzwei, »ist nichts. Nur Metall. Raguel verfügt über seine vollen Kräfte, da braucht er keine säkulare Elektronik. Diese Dinger sind nur zu eurem Nutzen. Der Druck auf dem Arm sorgt dafür, dass ihr konzentriert bleibt, und mit dem Metall hat Raguel ein begrenztes Ziel, das er erhitzen kann.«

»Willst du mir erzählen, dass Gadara unmöglich von dem Angriff gewusst und ihn verhindert haben kann?«

»Er ist ein Erzengel, nicht Gott.«

»Ich verstehe nicht, wie ...«

»Hältst du ihn für böse?«, fragte Reed und steckte das kaputte Armband in seine Tasche. »Läuft es darauf hinaus? Denkst du, er hat sich die Live-Übertragung vom Mord an deinem Mitschüler angesehen und dazu Popcorn gefuttert?«

Sie wischte sich ein Schweißrinnsal aus dem Nacken. »Nein«, antwortete sie, klang allerdings kein bisschen überzeugt.

»Alles geschieht aus einem Grund«, sagte Reed deutlich sanfter. »Das musst du glauben.«

»Ich glaube nicht, Reed! Ich bin Agnostikerin.«

»Du bist eine Nervensäge.« Er legte die Hände an ihre Wangen und neigte ihren Kopf leicht, sodass sie ihn ansehen musste. Seine Daumen strichen über ihre Wangenknochen. »Verdammt, du glühst ja! Warum hast du nichts gesagt?«

»Habe ich, zu Gadara und zu Alec. Der eine sagt, das ist bloß in meinem Kopf, der andere, das ist bloß mein Körper, der sich an das Mal anpasst.«

Reed raunte etwas in einer fremden Sprache. Eve wollte ihn fragen, was es hieß, war aber zu abgelenkt von seiner Berührung, die sie herrlich abkühlte. Sein Duft füllte ihre Sinne und veränderte ihre innere Spannung von Wut in etwas viel Gefährlicheres.

Sie griff nach seinen Handgelenken und versuchte, seine Hände wegzuziehen. »Äh ... Vielleicht solltest du mich im Moment nicht anfassen.«

»Kein Wunder, dass du so kämpferisch drauf bist«, sagte er heiser. »Dein Novium setzt ein.«

»Bist du sicher?«, flüsterte sie. Ihr Hals wurde eng, während ihr Bilder von Reed und ihr selbst durch den Kopf huschten.

»O ja, kein Zweifel.« Abrupt ließ er sie los. Sein Blick war streng ... und beängstigend intensiv. »Du platzt beinahe davor. Gezeichnete sollten dieses Stadium erst viel später erreichen, aber du fühlst dich an wie eine Veteranin.«

Sie hob die Hand zu der Stelle in ihrem Gesicht, die er berührt hatte. Dort kribbelte die Haut und war fühlbar kühler. »Warum?«

»Du wurdest für diese Arbeit geschaffen, Babe. So einfach ist das.«

»Nein, wurde ich nicht. Du hast selbst gesagt, dass ich nicht hier wäre, hätte Alec seinen Schwanz in der Hose behalten.«

»Das habe ich gesagt, um dich rumzukriegen und wütend auf Cain zu machen.«

»Dies hier bin nicht ich«, widersprach Eve. Sie wollte nicht daran denken, diesen Job ewig zu machen. Dann würde sie durchdrehen. »Weißt du nicht mehr? Ich bin die, die Idioten in Horrorfilmen anschreit, wenn sie sich eine Waffe schnappen und hinter dem wahnsinnigen Mörder herrennen, statt wegzulaufen und Hilfe zu holen.«

Hätte er sich die Ohren zugehalten, es hätte sie nicht wütender gemacht als sein Kopfschütteln.

»Ich habe keine Sünde begangen, die das verdient«, beharrte sie. »Hier läuft doch nur ein Riesenbeschiss, um deinen Bruder zu bestrafen.«

»Weißt du, wie viele Frauen mit Cain im Bett waren?« Reeds Lächeln bekam einen bösartigen Einschlag. »Und wie viele von denen an dem Punkt endeten, an dem du jetzt stehst?«

Sie reckte das Kinn. »Er liebt mich. Mich kann man benutzen, um ihm wehzutun. Das ist der Unterschied.«

»Willst du Theorien und Mutmaßungen aufstellen?« Er trat näher. »Dann gehen wir doch mal einen Schritt weiter. Was ist, wenn Cain deinetwegen in diesen Schwierigkeiten steckt und nicht umgekehrt? Ich habe dich beobachtet, Babe. Du bist ein Naturtalent. Was ist, wenn ihr zwei euch begegnet seid, weil deine angeborenen Fähigkeiten gleichauf mit seinen sind und keiner so ein guter Mentor für dich sein könnte wie er?«

»Das ist l-lächerlich!«

»Nein, es ist eine Möglichkeit.« Er klang so überzeugt, dass Eve eiskalt wurde. »Du hast Dämonen überlebt, die kein unausgebildeter Gezeichneter überleben dürfte.«

Eve machte auch einen Schritt nach vorn. Reeds These hämmerte in ihrem Kopf. Ihre Haut und ihre Muskeln schmerzten, als hätte sie eine Grippe. Sogar ihre Haarwurzeln kribbelten so hartnäckig, dass es sie wahnsinnig machte. *Erschieß nicht den Boten*, oder wie hieß es noch gleich? Aber genau das würde sie gerne tun. Ihr Unbehagen glitt fauchend wie eine Schlange durch ihr Inneres. »Ich bin ganz hingerissen, wie schnell ihr alle vergesst, dass ich vor wenigen Tagen erst *tot* war!«

Dann bemerkte sie, dass Reed erschauderte.

Und das schaffte sie. Bei allem Fremden und Feindseligen um sie herum sehnte sie sich nach etwas Vertrautem. Nach jemandem, dem sie nicht gleichgültig war.

Sie streckte einen Arm nach ihm aus. »Reed…«

Doch er drehte sich weg. »Ich kann die Hitze des Noviums in dir spüren. Sie macht mich… gereizt und unruhig.«

»Tut mir leid.«

»Ich muss mich von dir fernhalten, solange du so bist, Eve.«

Im selben Augenblick wurde ihr bewusst, dass sich ihre Blutgier in eine andere Form von Lust verwandelte, die ihr ein vollkommen neues Problem zusätzlich zu allen anderen bescherte. Sie könnte ihre Faszination von Reed bezwingen, aber nicht, wenn er sie erwiderte. »Heißt das, du gehst?«

»Kann ich nicht«, antwortete er schroff. »Noch nicht.«

Eve hätte gerne gefragt, warum, aber eine andere Frage war drängender. »Was ist dieses Novium eigentlich genau?«

Reed blickte über die Schulter zu ihr. »Eine Verwandlung, ähnlich der, wie du sie nach deiner Zeichnung durchgemacht hast. Mit der Zeit entsteht zwischen einem Mentor und seinem Zögling ein Band, sowohl emotional als auch mental. Sie lernen, als eine Einheit zu denken und zu handeln. Wenn für einen Gezeichneten der Punkt gekommen ist, an dem er allein arbeiten kann, muss dieses Band gekappt werden. Es wird quasi ausgebrannt. Manche

Gezeichneten nennen es ›die Hitze‹, wegen des Fiebers, das mit dem Prozess einhergeht.«

»Band«, wiederholte sie. »So wie das zwischen dir und mir? Aber ich kann Alecs Gedanken und Gefühle nicht so spüren wie deine.«

»Weil ihr noch nicht genug Zeit hattet. Keiner von euch ist ausgebildet, und ihr habt nicht zusammen gejagt. Das Band muss erst noch wachsen.«

»Und das wird es jetzt nicht mehr?«

Er bejahte stumm.

»Was ist mit meiner Verbindung zu dir? Geht die auch weg?«

»Nein. Das Novium muss man sich wie einen Initiationsritus vorstellen, vergleichbar mit einer jungen Frau, die vom väterlichen Haushalt in den ihres Ehemanns wechselt. Die Verbindung zwischen Einsatzleiter und Gezeichnetem wächst während der Hitze, genau wie die zwischen Gezeichnetem und Firmenleiter.«

»Gadara.«

»In deinem Fall, ja.«

»Wow, für ihn geht das richtig gut aus, was?« Sie sah, wie er für einen Moment verwirrt war, als könnte er ihr nicht ganz folgen.

»So funktioniert das nicht. Niemand kann auf diesem Weg jemanden manipulieren.«

Eve ging um ihn herum, sodass sie einander ansahen. Es kam ihr vor, als würde sie aus einer Kühlkammer in sengende Wüstenhitze treten. Ihre Temperatur schoss in alarmierende Höhen, und ihr wurde schwindlig. »Erzähl mir, wie es funktioniert.«

Sein Blick war genauso heiß, wie sie sich fühlte. Dennoch klang seine Stimme ruhig und fest. »Gezeichnete werden ausgebildet, dann erhalten sie ihre Aufträge. Sie sehen Menschen sterben und kämpfen gegen unterschiedlichste Höllenwesen. Dabei absorbieren sie die Informationen, die sie brauchen, von ihren Mentoren. Irgendwie setzt diese Kombination schließlich das Novium in Gang.«

»Okay, überlegen wir mal.« Sie begann, an den Fingern abzuzählen: »Ich wurde schon zu Aufträgen geschickt. Ich habe schon Tode mit angesehen und gegen unterschiedliche Höllenwesen gekämpft. Und ich habe eine romantische Beziehung zu meinem Mentor. Reicht das?«

»Du vergisst die Zeit.«

»Vielleicht ist es weniger eine Frage der Dauer als der Art«, überlegte sie laut. »Auf mich prasselte alles auf einmal ein, dann wurde ich getötet und wiedererweckt, was einen ja wohl durcheinanderbringen muss, oder nicht?«

»Stimmt, womit Raguel ausfällt.«

»Nicht unbedingt, da er derjenige ist, der mich überhaupt erst auf die Jagd geschickt hat. Und er ist verdächtig stur, was die Anerkennung meines gegenwärtigen Zustands betrifft.«

»Da spielt so viel mehr mit hinein, zum Beispiel, wie du Cain begegnet bist und getötet wurdest. Raguel hatte mit alldem nichts zu tun.«

»Ich sage ja nicht, dass er diese Geschichte von Anfang an geplant hatte, aber sobald ihm die Situation klar wurde, könnte er einiges manipuliert haben. Wenn ich ihm stärker verbunden bin als Alec, kommt es einzig ihm zugute.«

Knurrend fuhr sich Reed mit beiden Händen durchs Haar. »Was haben diese paranoiden Wahnvorstellungen mit deinem toten Mitschüler zu tun?«

Eve betrachtete ihn und bemerkte einen feinen Schweißfilm an seinem Hals. Heute waren in Monterey höchstens vierzehn Grad, und sie beide schwitzten, als wäre es doppelt so warm. Wenn sie sich sehr konzentrierte, konnte Eve den Sumpf an Gedanken und Empfindungen in Reed brodeln fühlen.

»Antworte mir, Eve!«

Sie schüttelte den Kopf, um die ätherische Verbindung zu ihm zu verscheuchen, die ihr das Denken erschwerte. Stattdessen verlor sie das Gleichgewicht und kippte gegen ihn. Vor lauter Schreck ob der Kollision mit seiner harten Brust stieß sie einen kleinen Schrei aus und klammerte sich an ihn. Prompt wurde sie so herrlich und verblüffend abgekühlt, dass sie vor Dankbarkeit schluchzte.

»Babe...« Seine Arme umfingen sie, und er presste seine Lippen auf ihre schweißfeuchte Stirn.

Mit ausgetrocknetem Mund stammelte sie: »Wie l-lange dauert das?«

»Das Novium beginnt gewöhnlich während einer Jagd«, murmelte er, »und endet mit dem Töten. Einige Tage normalerweise.«

»Tage!« Ihre Nägel krallten sich durch das Hemd in seine Haut. »Es ist noch nicht mal ein Tag, und ich habe es jetzt schon gründlich satt.«

»Es sollte eigentlich im Außendienst passieren, wenn es einem Gezeichneten tatsächlich helfen kann, indem es ihm Selbstvertrauen und Furchtlosigkeit einflößt. Ohne den Höhepunkt des Tötens weiß ich nicht, wie lange es dauert, und du bist in einer Situation, in der diese Energie und der Blutdurst nirgends hin können.«

Konnten sie durchaus, nämlich an intime Körperstellen.

Seine vertraute und ersehnte Umarmung verschärfte ihren Zustand noch. »Dich zu berühren hilft mir«, flüsterte sie.

»Es bringt mich um.«

Ihre Hände bewegten sich von selbst, formten sich zu Fäusten, um sich gleich wieder flach an ihn zu legen.

Reed erstarrte. »Tu das nicht, Eve. Ich bin kein Heiliger.«

»Ich mache gar nichts.« Sie rührte sich kaum, denn sie war viel zu verblüfft von der Brisanz, die ihre Beziehung barg.

»Du denkst an Dinge, an die du nicht denken solltest. Du bist eine Frau, die sich auf einen Mann festlegt.«

»Es gibt nur einen für mich.«

Er war zu schnell, als dass sie es wahrnahm. Seine Faust fing ihren Pferdeschwanz ein und zog sie nach hinten. Plötzlich war sie von seinem starken, erregten Körper eingehüllt. Es war nicht zu leugnen, dass er sie begehrte, denn sie fühlte jeden Zentimeter von ihm.

Armani und Stahl. Eleganz und brutale Leidenschaft.

Verlangen explodierte in ihren vom Kainsmal beherrschten Sinnen, zündelte in ihren Nervenenden und brachte sie zum Zittern. Eve stöhnte in Reeds Mund, während ihre Nippel hart wurden und an seine Brust drängten.

»Du spielst mit dem falschen Bruder.« Seine Lippen strichen über ihre, und seine so sanften Worte hatten etwas Bedrohliches.

»Ich spiele nicht mit dir«, flüsterte sie und wiederholte damit, was er einst zu ihr gesagt hatte.

Reed malte ihren Wangenknochen mit der Zunge nach, bevor er seine Zunge in ihr Ohr tauchte. »Was machst du denn dann?«

Eve schluckte. »Ich sch-schätze, dass ich … werbe.«

Er legte eine Hand an ihren Hintern und rieb seine Erektion an ihr. Die primitive Geste entsprach so voll und ganz Reed, dass Eve weiche Knie bekam. »Du kannst nicht umwerben, was dir schon gehört.«

Wie sehr ihn dieses Geständnis quälte, konnte Eve fühlen, und das machte es für sie umso kostbarer.

Wie konnte es sein, dass sie Alec liebte und gleichzeitig Reed so sehr begehrte? Trotzdem wuchs ihre Zuneigung, und das musste aufhören. Alec hatte Reed getötet – *mal wieder* –, als er sie das letzte Mal berührt hatte. Das durfte sie den beiden nicht noch einmal zumuten. Es wäre schlicht unfair und verletzte Menschen, die ihr lieb und teuer waren. Zudem entsprach es überhaupt nicht ihrem Wesen. Sie ging nicht fremd, denn dafür achtete sie sich selbst und ihren Partner zu sehr.

»Weißt du noch, was ich dir am Anfang gesagt habe?«, raunte er in ihren Mund. »Du bist jetzt ein Raubtier, und Raubtiere treiben es gern. Etwas anderes ist das hier nicht.«

»Lüg mich nicht an. Nicht hierbei.«

Seine Zerrissenheit war deutlich spürbar und verstärkte Eves noch. Bei Alec fühlte sie sich sicher, und das konnte sie von Reed bei Weitem nicht behaupten. Die Tatsache, dass ihre Furcht sie vorantrieb, statt sie zum Rückzug zu drängen, machte ihr Angst. *Was ist, wenn er recht hat, was mich angeht? Was ist, wenn Dinge zu töten das ist, wozu ich bestimmt bin?*

Nein. Sie weigerte sich zu glauben, dass es ihr Schicksal war, eine Gezeichnete zu sein. Das *konnte* sie nicht glauben, denn täte sie es, wären all ihre Kindheitsträume, all ihre Hoffnungen dahin. Es gäbe keine Märchenhochzeit, keine Aussicht auf eine Familie. Alles und jeder, den sie liebte, die Grundlagen ihres Lebens und ihres Seins, würden alt und aus ihrem Leben verschwinden. Wer wäre sie dann? Jemand, den sie nicht kannte. Jemand, den sie nicht mochte.

»Zähl nicht darauf, dass ich die Bremse ziehe, Eve. Ich bin egoistisch und werde sicher nicht Nein zu so einem Spitzenhintern sagen.«

Sie konnte nichts gegen das Lächeln tun, das auf ihre Züge trat. »Machst du das nicht gerade?«

Unglücklich verzog er das Gesicht. »Ich möchte nicht, dass du so bist. Ich kenne den Film, und ich weiß, wie er ausgeht.«

»Es war aber ein guter Film.« Richtig gut. Reed war grob, arrogant und auf eine Weise wild, von der sie nie geahnt hätte, dass sie es mögen würde, geschweige denn herbeisehnen. Tatsache war, dass das Kainsmal ... Novium ... *was auch immer* ... sie nicht dazu brachte, ihn zu wollen. Es dämpfte lediglich ihre Hemmungen so weit, dass sie der gegenwärtigen Anziehung nachgab.

Er knabberte an ihrer Unterlippe, bevor er die Stelle leckte und das Brennen linderte. »Komm wieder zu mir, wenn dich die Hitze nicht mehr beeinflusst. Dann antworte ich anders.«

»Reed ...«

»Das reicht.« Er neigte den Kopf und presste seinen Mund auf ihren, sodass Eve der Atem stockte und ihr schwindlig wurde.

Seine Faust packte ihr Haar fester, zog sie weiter nach hinten und zwang sie, sich dicht an ihn zu schmiegen. Das Ziehen an ihrer Kopfhaut wurde schmerzhaft, bis sie wimmerte und sich wand. Schließlich war es die Waffe hinten an ihrem Rücken, deren unangenehmer Druck sie zur Besinnung brachte.

Eve stampfte Reed auf den Fuß, entwand sich ihm und stolperte einige Schritte auf Abstand. »Du tust mir weh!«, fuhr sie ihn an.

Reed wischte sich mit dem Handrücken über den Mund und richtete ungeduldig die Wölbung vorn in seiner Hose. »Sieh dir an, was du mit mir machst. Sieh dir an, was du mir immer wieder antust – wie du mich in Fahrt bringst und dann einen Rückzieher machst, verdammt!«

Eve blinzelte erschrocken, musste jedoch zugeben, dass seine Wut berechtigt war. »Tut mir leid. Ich ...«

Mit einem Blick brachte er sie zum Verstummen. »Cain ist der, der flachgelegt wird. Also kannst du mit deinem Mist zu ihm gehen. Ich will dich vögeln, nicht dir deinen Ballast abnehmen.«

»O Gott«, hauchte sie und verzog das Gesicht, als ihr Mal brannte. Ein Eimer Eiswasser hätte ihre Lust kaum wirksamer dämpfen können. »Ich fühle mich, als hätte ich ...«

»... seit drei Wochen keinen Sex gehabt? Willkommen im Club, Eve. Erwarte ja kein Mitgefühl von mir.«

Eine Hand berührte Eves Ellbogen. Eve zuckte zusammen und drehte sich um. Gadara musterte sie von oben bis unten, wobei sein Blick auf ihrer sich angestrengt hebenden und senkenden Brust und ihren geballten Fäusten verharrte.

»Miss Hollis«, murmelte er.

Die Spannung in ihr löste sich von einer Sekunde zur anderen und strömte an der Stelle aus ihr heraus, an der sie vom Erzengel berührt wurde. Auf einmal war sie zerknirscht und emotional erschöpft, und obwohl sie noch merklich erregt war, konnte sie immerhin klar denken.

»Geh dir das ablaufen, Abel.« Gadaras Stimme dröhnte vor göttlicher Autorität.

Reed drehte sich um und ließ sie allein. Sein Ärger war deutlich an der Art zu hören, wie seine Ledersohlen auf der betonierten Einfahrt und dem Gehweg donnerten. Und man erkannte ihn an seiner sehr steifen Körperhaltung. Eve hatte ihn in eine Ecke gedrängt und verletzt. Jetzt musste sie mit ihrem Frust allein fertigwerden.

»Sie sollten drinnen bei den anderen sein«, sagte der Erzengel. Seine Iris war schimmernd golden und schwarz gerahmt, und er war so schön, dass es schmerzte, ihn anzusehen. »Unser Flugzeug wird in den nächsten zwei Stunden eintreffen. Bis dahin muss alles gepackt sein.«

»Ich will nicht weg.«

Er sah sie fragend an.

»Ich muss hier sein«, fuhr sie fort. »Auch wenn Sie es vielleicht nicht zugeben wollen, mein Novium hat eingesetzt.«

Gadara stand regungslos da, unheimlich gefasst angesichts der heutigen Geschehnisse.

»Es muss etwas geben, das ich hier tun kann und mit dem wir beide leben können«, beharrte sie.

»Das ist zu gefährlich. Ich ziehe Ihren ursprünglichen Vorschlag von der Mitarbeit im Hintergrund vor.«

»Ich glaube nicht, dass das funktioniert. Nicht bei der Verfassung, in der ich bin.«

»Wir können das Training nächste Woche wieder aufnehmen. Eine Jagd unter kontrollierten Bedingungen sollte ausreichen ...«

»*Nächste Woche?* Ich kann nicht so lange …«

Das rhythmische Wummern von Basstrommeln unterbrach Eves Tirade. Sie drehte sich zu dem Geräusch um und sah einen erbsengrünen Van um die Ecke biegen. Ihm folgte eine weiße Limousine, hinter der wiederum ein roter Pick-up heranfuhr. Die Karawane wurde langsamer und bog in die Einfahrt des Doppelhauses gleich gegenüber.

»Ist das Ihr Ermittlerteam?«, fragte Eve, während sie fasziniert die Leute betrachtete, die aus den Wagen stiegen. Für erfahrene Gezeichnete wirkten sie entschieden zu ausgelassen, so wie sie johlten und aufgeregt durcheinanderredeten.

Gadara stellte sich beinahe beschützend halb vor Eve. »Nein.«

»Wer sind sie dann?«

»Gute Frage.«

»Die sehen jung aus«, bemerkte Eve. »Vielleicht Collegestudenten? Biologie oder Chemie, der ganzen Ausrüstung nach, die sie dabeihaben.«

»Hier sollte niemand sein, solange wir uns auf dem Gelände aufhalten.«

Eve blickte zur Seite. Gadaras Wachsamkeit war nicht zu übersehen, und nicht einmal sein Jogginganzug machte seine Erscheinung harmlos, denn er hielt sich auch darin stocksteif und elegant.

»Haben Sie den Zuständigen hier erzählt, dass wir heute wieder abreisen?«

»Ja.« Er erwiderte ihren Blick. »Aber das Militär reagiert bei zivilen Anfragen selten so schnell. Die Verhandlungen für das diesjährige Training haben wir vor zwei Jahren aufgenommen. Daher ist für mich nicht nachvollziehbar, dass sie einer neuen Gruppe so kurzfristig eine Genehmigung erteilen.«

Eve ging über die Straße. Jeder Schritt war eine Wohltat; offenbar musste sie sich ebenfalls etwas ablaufen.

»Miss Hollis!«, rief Gadara ihr streng nach. »Was machen Sie denn?«

»Ich begrüße unsere neuen Nachbarn.« Sie sah die Straße hinunter, die nach Anytown führte. Die künstliche Stadt war in fußläufiger Entfernung, also viel zu nah und mithin eine Gefahr für Sterbliche.

Als sie sich den Neuankömmlingen näherte, wurde eine ernst dreinblickende junge Frau mit braunem Haar, einer schwarz gerahmten Brille und einer orangefarbenen Strickjacke auf sie aufmerksam. Sie knuffte den schlaksigen Mann neben sich mit dem Ellbogen an und nickte in Eves Richtung. Der Mann wandte sich um, und sein Stirnrunzeln wich einem Lächeln. Er hatte zerzaustes braunes Haar, einen fitzeligen Ziegenbart und schläfrige braune Augen, deren Honigton noch von seinem olivfarbenen T-Shirt betont wurde.

»Hi«, sagte er und kam Eve entgegengeschlendert.

»Hallo.« Sie reichte ihm die Hand. »Evangeline Hollis.«

»Roger Norville.« Er hob ihre Hand an die Lippen und küsste sie. »Was macht ein Babe wie du an so einem Ort?«

Der Anmachspruch passte überhaupt nicht zu seinem lässigen Äußeren. »Ich unterrichte einen Kurs in Innenarchitektur.«

Die Antwort kam ihr über die Lippen, als wäre sie ihr eben eingefallen ... was sie nicht war. Eve musste sich nicht mal umdrehen, denn sie wusste auch so, dass Gadara durch sie beobachtete und zuhörte ... und ihr sichere Antworten eingab. Das war Gehirnmissbrauch, aber nicht ganz unpraktisch.

»In diesem Slum?« Roger staunte. »Bei den Häusern hier nützt auch noch so viel Deko nichts mehr.«

»Ich spreche von Innen*architektur*«, korrigierte sie. »Wie Räume angelegt werden.«

»Ah, verstehe. Entschuldigung.«

»Kein Problem. Und was macht ihr hier?«

Er ließ ihre Hand los und schob die Hände in die Taschen seiner braunen Cordhose. »Wir wollen hier die nächste Folge unserer Serie drehen.«

»Welche Serie?«

»*Ghoul School*.« Roger stutzte merklich, als sie ihn verständnislos ansah. »Auf Bonzai, dem Kabelkanal.«

»Tut mir leid«, sagte sie achselzuckend. »Die kenne ich nicht.«

Er strahlte, und sein eben noch etwas schmieriger Ausdruck wurde echter. »Super!«

»Ach ja?«

Roger lachte. »Entschuldige den Spruch eben. Ich dachte, du hättest uns erkannt.«

Sie lächelte, obwohl sie nicht recht begriff.

»Alle Frauen mögen Streber und Fernsehleute«, erklärte er, »aber keine schmierigen Typen.«

Eve lachte. »Wenn's wirkt.«

Er zeigte auf die brünette Frau. »Linda, darf ich vorstellen? Das ist Evangeline. Sie unterrichtet Innenarchitektur im Haus gegenüber.«

Linda kam näher und schürzte scheu die Lippen. Sie war so klein, dass ihr Kopf kaum bis an Rogers Schulter reichte. Ihr Aufzug war nur auf den ersten Blick lässig; auf den zweiten stellte sich heraus, dass sie teure Designerkleidung trug und ihr Bob von einem exquisiten Friseur stammte. »Du musst zu der Gruppe gehören, zu der wir ja auf Abstand bleiben sollen.«

Roger nickte. »Stimmt. Evangeline, das ist meine Freundin, Linda.«

»Sagt bitte Eve«, korrigierte sie. Sie fühlte Gadara in ihrem Kopf, der ihre Gedanken durchsortierte und ihr neue einspeiste. Soweit Eve wusste, hatte er das vorher nie gekonnt. Und ihr Novium mochte für sie neu sein, aber er sprang direkt hinein und nutzte es völlig problemlos.

»Also was ist jetzt *Ghoul School?*«, fragte sie. Das kam von Gadara. »Falls die Frage erlaubt ist.«

»Wir sind ein Geisterforscherclub vom Tristan College aus St. George in Utah. Eine Zeit lang hatten wir unsere Videos bei YouTube hochgeladen, und dann fand uns jemand vom Bonzai-Sender und gab uns eine wöchentliche Sendung.«

»Geisterforscher?« Sie blickte sich zu Gadara um. »So wie die *Ghostbusters?*«

»Eigentlich eher das Gegenteil«, antwortete Linda. »Wir forschen nicht, weil wir etwas finden wollen. Wir wollen eher widerlegen, dass es Übernatürliches gibt, denn wir sind Skeptiker.«

»Und ihr hofft, dass ihr es hier widerlegen könnt?«

»Eher auf Bitte der Kommandantin«, sagte Roger. »Sie hat uns vor ein paar Monaten noch eine Serienaufnahme genehmigt – *Paranormal Territory* –, weil es heißt, dass es in einigen Bereichen des Stützpunkts spukt. Wir sollen da wissenschaftlicher rangehen. Im Grunde will sie eine zweite Meinung.«

»Ist ja faszinierend.« Und sehr unheimlich, bedachte man, dass Molenaar erst vor einer Stunde ermordet wurde.

Roger legte einen Arm um Lindas Schultern. »Bist du auch Skeptikerin, Eve?«

Sie schüttelte den Kopf.

Hierauf grinste Linda. »Wir haben eine Gläubige gefunden.«

»So würde ich mich nicht bezeichnen«, entgegnete Eve. »Aber es gibt ungewöhnliche Ereignisse und Situationen...«

»Und Wesen?«

»... die unerklärlich sind.«

»Möchtest du mit uns kommen?«

Roger warf seiner Freundin einen verwunderten Blick zu.

Lindas Blick war eindeutig amüsiert. »Tu nicht so überrascht! Eves Erfahrung in Innenarchitektur könnte praktisch sein. Außerdem kommen ihr Glaube an Übernatürliches und unsere Skepsis sicher gut im Fernsehen. Sie stärkt die *Paranormal-Territory*-Position, und wir widerlegen sie. Natürlich ganz nett und behutsam.«

»Miss Hollis.« Gadaras Stimme floss über die drei hinweg wie warmes Wasser. Es wirkte sofort auf Roger und Linda, deren Gesichter einen verzauberten Ausdruck annahmen.

Eve machte sie bekannt und wiederholte dem Erzengel, was er bereits wusste.

»Mein Bruder ist ein großer Fan von Ihnen, Mr. Gadara«, sagte Roger, während er ihm die Hand schüttelte. »Er versucht sich auch in Immobilien und möchte mal wie Sie sein, wenn er groß ist.«

Gadaras Lächeln war umwerfend. »Immobilien können herrlich lukrativ sein.«

»Das sagt er auch immer. Aber er muss erst mal kalkulieren lernen. Bisher schafft er es kaum, mit plus/minus null rauszukommen.«

»Sagen Sie ihm, er braucht immer Distanz zum Projekt. Es ist ein Geschäft, nicht mehr und nicht weniger, und das darf man nicht mit seinen eigenen Wünschen und Bedürfnissen im Kopf angehen.« Der Erzengel sah Eve an, auch wenn sie schon begriffen hatte, dass er es genauso auf sie bezog wie die beiden anderen.

»Erstaunlich, dass Sie noch Zeit für einen Kurs haben«, sagte Roger. »Sicher muss man sich dafür Jahre im Voraus auf die Warteliste setzen lassen. Könnte ich vielleicht meinen Bruder eintragen? Ich habe letzten Monat seinen Geburtstag vergessen.«

»Bedaure, es ist ein privater Kurs, nur für ausgesuchte Mitarbeiter.«

»Haben die ein Glück!« Linda lächelte. »Und? Wären Sie interessiert an knapp dreißig Minuten Ruhm? Es ist eine einstündige Sendung, aber Werbung und Rahmengeschichte fressen natürlich Zeit. Wir hätten Sie total gern dabei, denn wir hatten noch nie einen berühmten Gast.«

»Ich bin wohl kaum berühmt«, widersprach Gadara, aber Eve fühlte, dass ihm die Vorstellung gefiel.

»Ihr Name ist eine feste Größe« entgegnete Roger. »So bekannt wie Donald Trump.«

»Mit Ihnen würden unsere Einschaltquoten explodieren«, spornte Linda ihn an. »Außerdem macht es Spaß.«

Gadara schmunzelte jungenhaft. »Wo wollen Sie nachforschen?«

»Anytown.«

Hätte Eve nicht nach seiner Überraschung gesucht, sie wäre ihr wohl entgangen.

Erzengel sind brillante Schauspieler.

Erschrocken ob der neuen Stimme, drehte sich Eve nach der Quelle um. Ein tiefes Bellen lenkte ihre Aufmerksamkeit auf eine Dänische Dogge, die vom Beifahrersitz des roten Pick-ups gesprungen kam. Auf der Fahrerseite stieg eine hübsche Rothaarige aus und rief: »Nicht die Nachbarn ankläffen, Freddy!«

Freddy verdrehte die Augen und neigte den großen Kopf vor Gadara.

»Ihr habt einen Hund«, stellte Eve fest.

»Ja.« Roger schnippte mit den Fingern, und Freddy kam zu ihm getrabt. »Tiere haben wachere Sinne. Wenn die Zuschauer sehen, dass Freddy gelangweilt ist, wissen sie, dass es in seiner Nähe nichts Übernatürliches gibt.«

Offensichtlich bin ich ebenfalls ein brillanter Schauspieler.

Eve zwinkerte ihm zu.

Gadara räusperte sich und blickte angemessen bedauernd drei. »Im Moment nutzen wir Anytown.«

»Keine Sorge«, versicherte Roger. »Die Kommandantin hat uns vorgewarnt. Wir filmen nur nachts, also sind wir Ihnen nicht im Weg.«

Nun war Eve gespannt, wie Gadara diese neue Klippe umschiffen wollte.

»Wartet mal.« Linda löste sich von Roger und lief zum Van zurück. Dort wühlte sie in einer Reisetasche, die an der offenen hinteren Schiebetür stand, und kehrte mit einer DVD zurück, die sie Gadara hinhielt. »Hier ist die Folge von *Paranormal Territory*, die in McCroskey gedreht wurde. Sehen Sie sich die mal an. Wir fangen nicht vor Mitternacht mit dem Dreh an, also haben Sie noch genug Zeit, es sich zu überlegen.«

Gadara nahm das Video, dann entschuldigte er sich. Eve winkte Freddy zu, bevor sie dem Erzengel folgte.

»Wir können die hier nicht allein lassen«, sagte sie.

»Es wird schon alles aufgeräumt, und ich rede noch mal mit dem Lieutenant Colonel.«

»Mit Ihrer besonderen Überzeugungskraft?«

»Ich werde lediglich vorschlagen, dass sie die Filmleute aufhält, bis wir ganz verschwunden sind.«

»Sollten wir nicht den schnappen, der Molenaar ermordet hat, bevor wir sagen, wir wären hier fertig? Wir können zwar aufräumen und abfahren, aber eventuell ist dann der Mörder noch da.«

»Glauben Sie nicht mehr, dass einer Ihrer Mitschüler der Schuldige ist, Miss Hollis? Oder ich?«

Sie sorgte sich auch um die Höllenwesen in seinen Diensten, aber das behielt Eve vorerst für sich. »Ich habe nie behauptet, dass es einer von Ihnen war.«

»Nicht direkt, aber Sie deuteten einen Verdacht in der Richtung an.«

»Okay, diese Gedankenplünderei ist schlicht unheimlich. Wenn ich Ihnen etwas zu sagen habe, sage ich es. Bitte wühlen Sie nicht in meinem Gehirn herum.«

»Mich treibt einzig die Sorge um Sie an.«

»Ach ja? Und deshalb hatten Sie entschieden, das Novium zu ignorieren, das mich zerreißt?«

Der Erzengel blieb neben dem Porsche stehen und sah sie streng an. »Sagen Sie mir, wie ich Ihnen Ihrer Meinung nach am besten helfen kann.«

Eve strich mit den Fingern über die Kofferraumhaube; wenn sie schon keine Verbindung zu Reed haben konnte, wollte sie wenigstens eine zu seinem Auto. Es war ein schnittiger, teurer und gefährlich schneller Wagen, genau wie der Mann, der ihn fuhr. »Sie haben uns eingeladen, mit ihnen zu kommen. Ich denke, das sollten wir, dann können wir sie beschützen.«

Der Erzengel schüttelte den Kopf und gab ihr die DVD. »Lassen Sie mich mit dem Colonel sprechen, bevor wir darüber nachdenken. Bis dahin gehen Sie nach drinnen zu den anderen und helfen ihnen packen. Achten Sie darauf, dass alles für die Abreise bereit ist.«

Sie nahm das Video. »In unserer Haushälfte ist alles verladefertig.«

»Sehr gut. Also konzentrieren Sie sich auf die Vorräte und die Ausrüstung.«

Da zwei Wachen noch in Anytown waren und die beiden anderen Gadara nicht von der Seite wichen, blieben nur noch die Gezeichneten für die Knochenarbeit. »Na gut, ich spiele mit«, sagte sie resigniert. »Fürs Erste.«

»Und halten Sie sich von Abel fern«, ergänzte er. »Er muss ein wenig abkühlen, genau wie Sie.«

Eve warf ihm einen verärgerten Blick zu. »Also geben Sie endlich zu, dass ich Fieber habe?«

Er kniff den Mund zusammen, was Eve für einen Moment an die stumme Schelte ihres Dads erinnerte – aber sie verwarf den Gedanken gleich wieder und ging zum Haus.

Reed stand im Schatten einer Eiche und beobachtete, wie Eve mit den Fingern über seinen Wagen strich, als wäre er ein Liebhaber. Und prompt dachte sie wieder an ihn und die verwirrende Anziehung zwischen ihnen. Sie liebte seinen Bruder, doch sie begehrte auch Reed, und das auf eine Art, wie sie noch nie jemanden gewollt hatte.

Reed biss die Zähne so fest zusammen, dass es schmerzte.

Ich will dich.

Das hätten seine Worte sein müssen, nicht ihre. Und wenn sie sich auf ihr Schicksal als Gezeichnete einließ, hätte er noch unzählige Jahre mit ihr. Ein Segen, sofern er es schaffte, seine eigene Firma zu bekommen und sie in sein Team zu holen. Oder ein Fluch, falls sie über das Ende ihrer Mentorenbeziehung in Cain verliebt blieb.

Ich will dich vögeln, nicht dir deinen Ballast abnehmen.

Die Wahrheit, gemischt mit einer Lüge. Er wollte alles, was ihn gewaltig nervte. Wäre sein Verstand nicht von ihrer Hitze gestört gewesen, hätte er sie in eines der verlassenen Häuser gezerrt und sie gegen eine bröckelnde Wand gedrängt. Er hätte in sie hineingestoßen, bis sie beide nicht mehr atmen, denken oder gehen konnten, hätte all seine Lust in ihren Körper ergossen und so die ätherische Verbindung zwischen ihnen vertieft. Und er hätte Cain endgültig schachmatt gesetzt, indem er dessen Verbindung zu Eve kappte, ehe sie sich richtig gebildet hatte. Eve hätte ihn vielleicht hinterher gehasst, und sich selbst auch, weil sie einem Verlangen nachgegeben hatte, das sie nicht verstand. Aber Reed hätte sie auf jede maßgebliche Art besessen.

Nur hatte sein Gehirn gekocht, als sie ihre Gefühle offenbart hatte. Und dann übernahm sein Bauch und versaute alles.

Ich will dich vögeln, nicht dir deinen Ballast abnehmen.

Was für ein Arsch er war! Er hatte gespürt, wie tief sie

seine Worte trafen, und es genossen, weil ihr Schmerz seinen eigenen spiegelte.

Natürlich hätte er ihren Körper haben können, doch sie zu nehmen, wenn sie unter solchem Druck stand, reichte ihm nicht. Er wollte sie klar, nüchtern und vollkommen bereitwillig. Keine Reue, kein Bedauern.

»Hallo.«

Die Begrüßung riss Reed jäh aus seinen Gedanken an Eve und lenkte seine Aufmerksamkeit auf die hübsche Blondine mit dem schaurigen Modegeschmack. Lederbänder mit Nieten zierten ihren Hals und die Handgelenke, die Hände steckten in fingerlosen Handschuhen, und sie trug schwarz-weiß gestreifte Kniestrümpfe.

Früher hatte sich Reed Frauen wie sie ausgesucht – hellhaarig, aber mit einer ausgeprägt harten Seite. Er hielt sie für seinen Typ.

Nun neigte er den Kopf leicht zum stummen Gruß.

Die Blondine folgte seiner Blickrichtung von eben und sah Eve, die sich mit Raguel unterhielt.

»Falls es dich tröstet«, sagte sie, »dein Bruder kommt auch nicht an sie ran. Er versucht es schon den ganzen Vormittag auf ihrem Handy.«

»Tut es nicht«, antwortete er schroff. Noch eine Lüge. Wenn es einen Graben zwischen Eve und ihm gab, wünschte er sich dieselbe Distanz zwischen ihr und Cain.

Und warum hast du sie gehen lassen?

»Vielleicht kann ich dir helfen.«

Er drehte sich halb um und lehnte eine Schulter an den Baumstamm. »Und wie, Miss …?«

»Izzie.« Ihre Lippen bogen sich zu einem verführerischen Lächeln. »Wie immer du willst.«

Reed war klar, dass diese Einladung gleichermaßen auf Eve zielte wie auf ihn. Rivalität womöglich, oder Eifersucht. Zickenkrieg. Schon allein dafür wollte er ihr direkt eine Abfuhr erteilen und sich eindeutig auf Eves Seite positionieren. Was er nicht tat. Eve lebte nicht enthaltsam, also warum sollte er es?

Sein Blick wanderte zu den Lippen der Blondine. »Du hast einen hübschen Mund, Izzie.«

Sie nickte, machte auf den Absätzen kehrt und ging voraus. Reed folgte ihr. Wäre er erst seine lästige Erektion los, könnte er sich zusammenreißen, bis Eve in Sicherheit war und er wieder auf Abstand zu ihr gehen konnte. Sie durften nicht dauernd aneinandergeraten, zumal er viel zu viel riskierte, um Cain bei ihrer Wiederbelebung zu helfen. Er konnte nicht all seine Pläne aufs Spiel setzen, indem er einen Keil zwischen sie trieb.

Als er sich ein letztes Mal zur Einfahrt umsah, waren Raguel und Eve fort. Die Gezeichneten würden bald abreisen und Eve in Sicherheit gebracht. Der Kurs würde enden, die Blondine einem Mentor zugeteilt und Reed sie nie wiedersehen. Es wäre kein Schaden angerichtet, niemandem würde übel mitgespielt und nichts verkompliziert.

Was ihn nicht davon abhielt, sich beschissen zu fühlen.

11

»Willst du mich so hier zurücklassen? Was ist, wenn das Zimmermädchen reinkommt?«

Alec grinste Giselle an, die vergeblich an den Handschellen zerrte, mit denen er sie am Rohr unter dem Waschbecken festgebunden hatte. »Ich hänge das ›Bitte nicht stören‹-Schild raus.«

»Dann schreie ich, Cain, ich schwör's! Und die rufen die Polizei.«

Er bückte sich und zupfte das Tuch von ihrem Kopf.

»Nein!«, schrie sie. »War nur ein Scherz. Ich wollte nicht ... *Mmpff* ...!«

Er zog den Knebel fest, richtete sich auf und ging außer Trittweite. »Verausgabe dich nicht. Wenn ich zurück bin, brauche ich Blut von dir, also schone deine Kräfte.«

Das metallische Klimpern der Handschellen wurde von der Rohrisolierung gedämpft, die zum Schutz von rollstuhlfahrenden Gästen angebracht war. Trotzdem schloss er die Badezimmertür und schaltete den Fernseher im Wohnzimmer ein. Dann nahm er sich seine schwarze Kuriertasche und ging ins Nebenzimmer. Nachdem er beide Verbindungstüren geschlossen hatte, steuerte er den Schreibtisch an. Dort nahm er die diversen Zubehörteile seines Satelliten-Videotelefons hervor, hielt jedoch inne und drückte auf Wahlwiederholung, ehe er alles verkabelte.

Am anderen Ende klingelte es dreimal. Er wollte schon wieder auflegen, als er Eves atemlose, aber eindeutig erleichterte Stimme hörte. »Alec!«

»Angel.« Vor lauter Sorge versteifte er sich und warf ihr nicht wie geplant vor, dass sie ihn erst jetzt zurückrief. »Ist alles in Ordnung?«

»Nein.«

»Bist du okay?«

»Ja, aber ...«

»Bist du verletzt?«

»Nein, aber Molenaar – der Stoner – ist tot.«

»*Was?* Wie?«

Während sie erzählte, wurde ihm immer klarer, dass schnell etwas passieren musste. »Ich will, dass du da verschwindest«, sagte er schließlich. »Sofort!«

»Das hat Gadara vor. Wir packen gerade.«

Er kannte sie gut genug, um den trotzigen Unterton zu erkennen. »Dann hör auf ihn, Angel. Aber das tust du sicher auch, denn es hört sich nach genau der Sorte Situation an, in der du nicht stecken willst.«

»Ja und nein. Wo bleibt mein hasenfüßiger Überlebenstrieb, wenn ich ihn brauche?« Sie seufzte. »Mir wurde gesagt, dass bei mir das Novium einsetzt, und das macht mich ziemlich zickig.«

Alec erstarrte. Das war ausgeschlossen, denn es sollte erst in Jahren einsetzen.

»Das würde ich nicht allzu ernst nehmen«, sagte er. »Raguel hat zu wenig Erfahrung mit der Hitze, um so eine Diagnose zu stellen.«

»Tja, dein Bruder stimmt ihm zu.«

»Abel ist bei dir?« Aus seiner Sorge um ihre Sicherheit wurde eine primitivere Furcht, die sehr viel dunkler und egoistischer war.

»Ja, irgendwas ist zwischen ihm und Gadara, aber ich weiß nicht, was.«

Alec besorgte mehr, dass etwas zwischen Eve und seinem Bruder sein könnte. Sie dürfte nicht so schnell schon in die Hitze geraten. Das Novium sollte ausgebildeten Gezeichneten helfen, ihre letzten Ängste zu besiegen, damit sie unabhängig wurden. Eve war gar nicht lange genug gezeichnet, als dass sich die Hitze auch bloß andeuten dürfte; noch dazu hatten sie beide bisher nicht die Verbundenheit erreicht, wie Cain sie aus der Beziehung von Mentor und Gezeichnetem kannte. Wenn sie jetzt das Novium durchlief, bedeutete es nicht nur, dass ihm dieser entscheidende Teil entging, der ihm doch helfen sollte, zum Firmenchef aufzusteigen. Er wäre auch um die Möglichkeit gebracht, Eve fester an sich zu binden.

Knurrend ging Alec zum Bett und hockte sich auf die Kante. Es war Zeit für einen weiteren Streit mit Gott über die Rückgabe seiner *Mal'akh*-Fähigkeiten. Eve, Gott schütze sie, war mehr oder weniger ein Katastrophenmagnet. »Zeigen noch andere Schüler Symptome?«

»Keine Ahnung.« Sie klang erledigt. »Sie sind streitlustig, und Romeo und Princess treiben es immer noch wie die Karnickel, aber abgesehen davon …? Ich weiß ja gar nicht, worauf ich achten soll.«

»Ist unwichtig. Pass du nur auf dich auf.« Wenn es einzig Eve betraf, würde er ernsthaft erwägen, dass ihre Anpassung manipuliert wurde. Und falls ja, wer dafür verantwortlich zeichnete.

»Wie soll ich denn auf mich aufpassen? Mir geht es beschissen, Alec! Als hätte ich eine schwere Grippe. Ist das Mal nicht schon schlimm genug? Warum muss das bei mir auch noch alles völlig verquer laufen?«

»Angel ...« Mist, er sollte bei ihr sein. Sie sollte nicht allein sein. Und vor allem sollte sie verdammt noch mal nicht in Abels Nähe sein, dessen Band mit ihr stärker wurde, während Cains schwächer wurde. »Ich vermute, dass der Tod des Mitschülers deine Hitze verfrüht ausgelöst hat. Vielleicht trifft es dich so heftig, weil du schon gejagt hast.«

»Das habe ich Reed auch gesagt, und es ist zum Kotzen. Ich bin eine Frau und will mich nicht wie eine läufige Hündin fühlen!«

»So ist es gar nicht.«

»Du erlebst es ja nicht, Alec«, widersprach sie. »Tausch mit mir, und dann kannst du mir erzählen, wie es ist.«

Alec holte tief Luft und ermahnte sich, sitzen zu bleiben, statt wie ein Irrer nach Monterey zurückzurasen. Nicht zum ersten Mal verfluchte er die Tatsache, dass er in seiner Rolle ebenso ungeübt war wie Eve in ihrer.

»Ich hasse es, keinen Schimmer zu haben«, stöhnte er und fuhr sich mit der Hand durchs Haar. »Diese ganze Situation ist höllisch verworren. Alle haben die Finger im Spiel, und wir dürfen die Bescherung wegräumen.«

»Bei mir nicht, und leider macht mich das fertig«, entgegnete sie trocken. »Das Novium macht mich schrecklich spitz. Bescheuerter geht's ja wohl kaum.«

Alec stutzte und dachte nach. Im Laufe der Jahre hatte er alle möglichen Varianten von Mentoren-Gezeichneten-

Paaren gesehen, und dass sie eine romantische Beziehung eingingen, war selten, kam aber vor. Eine Gezeichnete hatte geschworen, dass sie während des Noviums den besten Sex ihres Lebens gehabt hatte, und sich gefragt, ob es dem bevorstehenden Ende ihrer Beziehung zum Mentor geschuldet war oder an der Hitze selbst gelegen hatte. So oder so war die emotionale Bindung zu ihm in der Zeit angeblich gestärkt worden, obwohl ihre Verbindung kurz vor dem Ende stand.

Und Abel war dort bei Eve ... Verdammt!

»Ich wünschte, du wärst hier«, sagte Eve leise. »Ich weiß nicht, was ich mit mir anfangen soll, und fühle mich vollkommen fremd in meiner Haut.«

Es gab etwas, das er aus der Ferne für sie tun konnte, eine Form, um sicherzugehen, dass sie nicht Abel in seine gierigen Hände fiel wie ein reifer, saftiger Apfel. »Ich muss nicht bei dir sein, um dir zu helfen.«

»Ja, reden ist gut, aber ehrlich gesagt ist es das Letzte, was ich im Moment mit dir machen möchte.«

»Immer für Action zu haben. Das ist mein Mädchen.« Alec lehnte die Kissen an das Kopfteil des Bettes und machte es sich bequem. Er stellte sich Eve mit vor Lust glänzenden Augen vor, die roten Lippen leicht geöffnet und schwer atmend, während er wieder und wieder tief in ihr versank.

Seine Stimme war belegt, als er fragte: »Bist du allein?«

Ihr Zögern verriet ihm, dass sie seinen Stimmungswechsel bemerkte. »Nein, ich packe mit den anderen unsere Ausrüstung zusammen.«

»Kannst du dich irgendwohin zurückziehen, wo du sicher, aber weit genug weg bist, damit dich keiner hört?«

Eve rang nach Luft. »Ich glaube, ja.«
»Dann geh hin, schnell.«

Raguel stieg hinten aus seinem kugelsicheren Suburban und setzte seine Sonnenbrille auf. Er stand vor der Zentralverwaltung, von der aus die Standortkommandantin, Colonel Rachel Wells, die Überreste von Fort McCroskey und der benachbarten Einrichtungen leitete.

Er hatte sie schon angerufen, und sie erwartete ihn, auch wenn ihr Tonfall ihn warnte, dass es Ärger gab. Es war klar, dass sie hier Geister austreiben wollte, nur den Grund müsste Raguel noch herausfinden. Letztlich waren ihre Gründe natürlich egal, denn er würde sie *überzeugen*, die Filmarbeiten der Geisterjäger lange genug aufzuschieben, bis Raguels Team auf dem Gelände aufgeräumt hatte. Sie brauchten höchstens einige Tage.

Montevista stieg vorn aus dem Wagen und richtete routiniert den marineblauen Blazer, sodass er die Wölbung seines Waffenhalfters verbarg. Durch seine dunkle Sonnenbrille musterte der Gezeichnete die Umgebung. »Ich kann es nicht leiden, mich angreifbar zu fühlen.«

»Sie haben die Stärke einer ganzen Armee in sich.«

»Schmeicheleien werden Sie nicht retten, wenn uns das Ding angreift, das Molenaar heute abgeschlachtet hat. Sie und Ihre Schüler sollten schon weg sein, Sir.«

Raguel strich sich übers Hemd. Die lässige Phase war vorbei, wie sein Aufzug unmissverständlich signalisierte. »Charles Grimshaw wird noch eine Weile um uns herumschleichen, ehe er wieder zuschlägt. Er wollte uns nur wissen lassen, dass er hier war und gejagt hat.«

Montevista sah ihn an. Für Sterbliche war seine dunkle

Sonnenbrille undurchsichtig, nicht hingegen für den Erzengel, der durch die Gläser hindurchsah, als wären sie gar nicht da. Der Gezeichnete war sichtlich erschrocken. »Grimshaw war das? Woher wissen Sie das?«

»Molenaar wurde von einem Tier gejagt. Er wurde als Ziel ausgesucht, weil er das schwächste und langsamste Mitglied unserer Gruppe war. Und die Art, wie er getötet wurde, war eine Botschaft, die klar auf den Absender hinwies.«

»Was für eine Botschaft?«, fragte Sydney. Sie war kaum über einen Meter fünfzig groß, was sie mit einem strengen Chignon und einem nicht minder strengen Hosenanzug wettzumachen versuchte. Auch sie trug eine dunkle Sonnenbrille und einen Stöpsel im rechten Ohr, über den sie mit dem Rest des Sicherheitsteams verbunden war.

»Er will Gott von den Menschen abschneiden – daher das Köpfen des Gekreuzigten –, indem er die benutzt, die verwundbar und mit Makeln behaftet sind.«

Montevista verengte die hellbraunen Augen nachdenklich. Deshalb vertraute Raguel ihm sein Leben an, denn der Gezeichnete prüfte alles gründlich. »Inwiefern ist das Grimshaws Handschrift?«

Raguel ging zum dem Gehweg, der zum Eingang führte. Links auf dem Rasen feierte eine Bronzestatue eine Person oder ein Ereignis, nicht die Hand Gottes, die alles lenkte. Er wandte den Blick ab und sah stattdessen zu den Wagen auf dem Parkplatz und den vielen uniformierten Soldaten, die wie Ameisen um die Gebäude herumwuselten.

»Charles sagte mir einmal, dass die Höllenwesen kein Unfall seien. Er behauptete, sie wurden mit Absicht erschaffen, und unsere Zeit hier auf Erden sei lediglich ein

Test, in dem die Stärksten überleben. Eines Tages blieben nur noch die Schlauesten übrig. Die seien es, welche Gott will, laut Grimshaw, nicht die Gläubigsten, sondern die Skrupellosesten.«

»Was denken Sie, Sir?«, fragte Sydney.

»Ich denke, dass Grimshaw mit dem Alter an Originalität verliert. Seine Taten sind nicht vom Überleben der Stärksten motiviert; sie werden vielmehr von seiner fehlgeleiteten Trauer und seinen Selbstvorwürfen angetrieben. So gut wie jeder gibt Gott die Schuld, wenn er einen geliebten Menschen verliert. Von Grimshaw hätte ich etwas Besseres erwartet.«

Montevistas Züge wurden wie versteinert. »Wie es ist, ein Kind zu verlieren, versteht nur, wer es selbst erlebt hat.«

Raguel war bewusst, dass Montevista – ein früherer Police Officer – den überführten Mörder seiner sechsjährigen Tochter getötet hatte: Er hatte dem Mann sechs Kugeln aus seiner Dienstwaffe ins Herz gefeuert. Eine für jedes ihrer Lebensjahre. Deshalb wurde Montevista zum Gezeichneten.

»Der Herr hat gegeben, der Herr hat genommen«, murmelte Raguel.

»Hiob 1; 20-21«, sagte Sydney prompt.

»Bei solch einer grausamen Prüfung versagen selbst die Frömmsten.« Montevista klang angespannt. »Ein Dämon wie Grimshaw hatte nicht den Hauch einer Chance.«

»Vielleicht ging es genau darum.« Raguel griff nach dem klingelnden Handy in seiner Tasche. Er zog es heraus und las die SMS von Uriel.

Satellitenkonferenz @ 18:00 EST.

Er sah auf die Uhr und stöhnte. Es war früher Nachmittag, und er hatte bisher nicht mal Abels Bericht über den Australienbesuch gehört. Blind in eine Besprechung mit den anderen Erzengeln zu wandern kam nicht infrage, denn kaum etwas hasste er mehr, als festzustellen, dass seine Geschwister mehr wussten als er.

Sobald er alles von Abel erfahren hatte, würde Raguel ihn wegschicken. Das Erscheinen des *Mal'akhs* so kurz nach dem Mord an Molenaar hatte eine heikle Situation geschaffen, auf die Evangeline nicht vorbereitet war. Später würde sie Gottes Zwecken dienen, doch jetzt wollte Raguel nichts, was seine Arbeit mit ihr beeinträchtigte. Er wollte erreichen, dass sie voll und ganz zu ihm stand, mehr noch als zu Cain und Abel, da er durch sie besseren Zugriff auf die beiden hätte. Gemeinsam könnten er und die beiden Brüder ein Dreigestirn bilden, das Raguels Stellung in der himmlischen Hierarchie sicherte. Zudem würde das Zusammenbringen der verfeindeten Brüder unwiderruflich beweisen, dass Raguel jeder Aufgabe gewachsen war. Dann ließe der Aufstieg zum *Hashmal* nicht lange auf sich warten.

Raguel legte die Finger um die kühle Türklinke. Der Eingang zur Zentralverwaltung lag auf der Gebäudeseite unter einem Dachüberstand, der die Tür beschattete. Ohne die blendende Sonne war das Glas vollkommen klar, sodass Raguel direkt zu den Doppeltüren auf der gegenüberliegenden Seite des langen Foyers sehen konnte.

Die Lichter drinnen waren aus, nichts rührte sich. Raguel lauschte aufmerksamer, vernahm aber nichts als Stille.

Montevista eilte vor ihn und verhinderte, dass der Erzengel die Tür öffnete. Gleichzeitig drückte Sydney ihren

Rücken gegen Raguels, um ihn gegen einen möglichen Angreifer von hinten abzuschirmen.

»Bring ihn zum Wagen zurück«, befahl Montevista.

»Noch nicht.« Raguel sah über die Schulter des Gezeichneten und bemerkte das rote Blinklicht an der Wand. »Jemand hat den Feueralarm ausgelöst.«

»Ich rieche keinen Rauch.«

»Ich auch nicht.« Und wäre welcher da, könnte Raguel ihn aus einer Meile Entfernung riechen. Buchstäblich.

»Vielleicht eine Übung.«

»Mir gefällt das nicht«, sagte Sydney. »Irgendwas ist hier los, das fühle ich.«

»Sir, wenn Sie mit Sydney im Wagen warten«, schlug Montevista vor, »sehe ich mich um und suche den Colonel.«

»Diesmal nicht«, entgegnete Raguel. »Unter den gegebenen Umständen ziehe ich es vor, dass wir alle zusammen bleiben.«

Etwas Schweres und Kühles wurde ihm in die Hand gedrückt. Raguel sah zu Sydney, die nur nickte. Dann fiel sein Blick auf die Waffe in seiner Hand. Was für ein klobiges, brutales Instrument, dem es gänzlich an Eleganz und Raffinesse mangelte. Dass er genötigt war, solch ein Ding zu tragen und womöglich zu benutzen, kam einer Beleidigung gleich. Gegen ein Höllenwesen könnte er die volle Kraft seiner gottgegebenen Macht aufbieten. Aber bei einem Sterblichen – einem Satanisten oder einer besessenen Seele – musste er sich darauf beschränken, ihnen Wunden zuzufügen, die weder den Leib zerstörten noch preisgaben, was er war.

Die Beschränkungen seiner Gaben ärgerten ihn mit jedem Tag mehr. Soweit er wusste, waren die anderen Erzengel zufrieden mit ihrem Los. Uriel liebte das Meer, Raphael mochte die Serengeti, und Sara hatte ihre irdischen Gelüste. Raguel aber würde das sterbliche Leben sofort aufgeben, um in den Himmel zurückzukehren. Hier reizte ihn wenig, und alles erschien ihm so primitiv. Trotz der Jahrhunderte technischer Fortschritte war die menschliche Natur bislang um nichts reifer als zu ihren Anfängen.

Raguel gab Sydney die Waffe zurück. »Ich habe es mir anders überlegt. Warten Sie hier.«

»Ich denke nicht ...«

Weiter kam Montevista nicht, denn Raguel war schon fort. Er blinzelte sich von einem Raum durch den anderen. Es wimmelte von Hinweisen, dass die Leute ihre Plätze überstürzt verlassen hatten – offene E-Mail-Fächer auf den Monitoren, kalte Getränke in kleinen Kondenswasserpfützen.

Dennoch war es draußen still. Was immer den Alarm ausgelöst hatte, war offenbar niemandem außerhalb dieser Mauern besorgniserregend vorkommen. Das würde eine Übung erklären, aber nicht die Kälte, die Raguel beschlich. Hier stimmte etwas nicht, und er musste herausfinden, was es war.

Er unterbrach seine Suche im Büro des Colonels und blickte aus den Panoramafenstern zu dem Feld unten. Beim Anblick der Formation auf dem Rasen einige hundert Meter vom Gebäude entfernt stutzte er. Hundert oder mehr Soldaten standen dort aufgereiht in Rührt-euch-Stellung.

»Was macht ihr da?«, fragte er laut.

Schritte donnerten die Treppe hinauf und durch den Korridor und den Empfangsbereich.

Sydney und Montevista.

»Hier drinnen«, sagte Raguel in normaler Lautstärke, weil sie ihn auch so hören konnten. Und da eines der Fenster offen war, um frischen Wind hereinzulassen, wollte er nicht riskieren, die Soldaten unten aufzuschrecken.

Die beiden Wachen kamen hinter ihm ins Zimmer gestürmt. Sydney überprüfte das benachbarte Büro des Command Sergeant Major auf mögliche Bedrohungen. Montevista stellte sich hinter Raguel.

»Alles okay, Sir?«

»Vermutlich.«

Er schaute sich in dem Außenbereich um, soweit er von den Fenstern aus zu sehen war. Auf der anderen Seite des Felds, hinter einem breiten Streifen Monterey-Pinien, fand ein Baseballspiel statt. Das waren Soldaten außer Dienst, die ausnutzten, dass auf den bewölkten Vormittag doch noch ein sonniger Nachmittag folgte.

»Äh ... Sir«, sagte Sydney, die aus dem benachbarten Büro kam. »Da ist etwas bei der Baumreihe. Ich kann von hier aus aber nicht erkennen, was es ist.«

Montevista lehnte sich vor, als würde er dadurch besser sehen. Alte Gewohnheiten legten sich nicht so leicht ab. »Wo? Was meinst du?«

Raguels Blick wurde von einer schwankenden, sechs Meter hohen Pinie eingefangen, und er deutete hin. »Da.«

Er konzentrierte sich und sah durch die Äste, wie ... *etwas* zappelte. Eine riesige Kreatur, bleich genug, dass sie selbst im Schatten der hohen Bäume drumherum perlweiß schimmerte, und die imstande war, eine mächtige Pinie bis ins Wurzelwerk durchzuschütteln.

»Was zur Hölle kann einen Baum von dieser Größe bewegen?«, fragte Montevista entgeistert.

Mariels Stimme hallte durch Raguels Geist: *Es war eine monströse Bestie, leicht mehrere Fuß hoch, Haut, kein Fell, massige Schultern und Schenkel.*

»Ich glaube, wir haben unser mysteriöses Höllenwesen gefunden.«

»Oder es hat uns zuerst gefunden«, erklärte Montevista verbittert. »Wenn es das Ding ist, hinter dem Mariel und Abel her sind, was macht es hier, und wie töten wir es?«

Diese Kreatur war viel größer als die, die Mariel beschrieben hatte, aber die Größe war unerheblich. Das Ding in den Bäumen war böse, von solch einer schwarzen Seele, dass sie die Luft um sich herum eintrübte. Schlagend und tretend sandte die Bestie Schockwellen blanken Schreckens aus. Die Äste bogen sich unter einem ächzenden Hilfeschrei, der in Raguel nachvibrierte. Unten erschauderte die Soldatenformation im Einklang. Sie fühlten das *Falsche* und waren doch unfähig, dessen Quelle auszumachen.

Raguel atmete tief die frische Luft ein, die durchs Fenster hereinwehte. Eine zarte süße Duftnote neckte seine Nase.

Gezeichnetenblut.

Mit einem Brüllen, das nur übernatürlich begabte Ohren hören könnten, drang Raguel durch das Glas und fiel außen am Gebäude hinunter. Sein Handy kreiselte noch drinnen auf dem Büroteppich. Während ihm der Boden entgegengerast kam, breitete er seine Flügel aus wie eine Fahne im Santa-Ana-Wind. Er fing die Luftströmung ein und flog im Aufwind über die Soldaten hinweg. Die Kappen wurden ihnen von den Köpfen gewirbelt.

Ein kollektiver Verzweiflungsschrei ertönte hinter Raguel. Geblendet von ihrer Sterblichkeit, konnten sie seine himmlische Gestalt nicht sehen, aber sie spürten ihn, und das nicht bloß im Wind, sondern mit dem inneren Sinn, der sie mit dem Himmel verband. Zwar war dieser Sinn längst durch die Zeit und mangelnde Nutzung abgestumpft, jedoch nicht vollends verkümmert.

Die Bestie erwiderte Raguels Schlachtruf mit einem derart röhrenden Knurren, dass sämtliche Tiere im weiten Umkreis ängstliche Laute ausstießen. Sie ahnten die verborgene Schlacht, die drohte.

Während Raguel schneller wurde, als es der sterbliche Zeitbegriff zuließ, wurde die Welt um ihn herum langsamer. Die aufgewehten Kappen der Soldaten schwebten wie eingefroren in der Luft, Vögel erstarrten mitten im Flug. Das Einzige, was sich in Raguels Tempo bewegte, war das Höllenwesen. Die Kreatur brach aus ihrem Versteck aufs offene Feld, wobei sie zwei Bäume ausriss und eine Vertiefung im Boden hinterließ.

Es war eine fleischfarbene Masse von der Größe eines Busses. Die Bestie stürmte mit verblüffender Geschwindigkeit auf die Soldatenformation zu, bedachte man ihre Masse. Sie lief auf allen vieren und schlug die Fäuste in die Erde. Die Schultern und Schenkel waren überproportional riesig und standen in einem grotesken Kontrast zum kleineren Kopf und der winzigen Taille. Die Krönung der Abscheulichkeit allerdings war das Maul: ein klaffender Schlund mit Reihen gelblicher Zähne.

Es kroch in meine Gezeichnete, hatte Mariel berichtet. *Sie schrie, und es stürzte sich in ihren Mund, verschwand in ihr. Das hätte unmöglich sein müssen, weil die Kreatur so viel größer war als sie ...*

Die umgerissenen Bäume waren mitten in ihrem Sturz

gen Boden. Raguel nahm die Arme fester an den Körper und beschleunigte seine Flügelschläge.

Er war einer der heiligen Engel. *Er, der Strafe über die Welt und die Gestirne bringt.*

Doch er hatte kein Problem damit, *jedem* Bösen den Garaus zu machen. Sammael hatte es schon auf ihn abgesehen, seit er vom Himmel hergeschickt wurde, und jetzt wurde es anscheinend Zeit, dass Raguel seinem gefallenen Bruder gab, was er ihm lange schon geben wollte.

»Aus der Tiefe der Unterwelt schrie ich«, sagte Raguel düster, näherte sich und betete um die Kraft und den Segen Gottes. »Und du hörtest mein Rufen.«

Seit seiner letzten Schlacht war so viel Zeit vergangen. Vergeudete, schlecht genutzte Zeit, die ihn arrogant und nachlässig gemacht hatte. Und ein unschuldiger und untrainierter Gezeichneter hatte den Preis bezahlt. Jan Molenaars Seele würde nun im *Sheol*, dem Fegefeuer, warten, da ihrem Besitzer die Chance auf Wiedergutmachung verwehrt worden war. Raguel betete, dass seine nächste Tat Erlösung für sie beide brachte.

Das Höllenwesen bäumte sich auf die Hinterbeine zu einer atemberaubenden Höhe von über sechs Metern auf. Es schrie seinen kehligen Hass gen Himmel und trommelte sich in einer grässlichen Machtdemonstration auf die Brust.

In letzter Sekunde zog Raguel seine Flügel ein und tauchte in das weit aufgerissene Maul.

Eve ging schon den Flur hinunter, bevor sie richtig begriffen hatte, was Alec wollte.

Geh hin, schnell.

Ihr schmerzender Leib gehorchte dem verführerischen

Timbre seiner Stimme, dem nicht einmal der dürftige Handyempfang etwas anhaben konnte. Eve eilte durch die Küche und öffnete die Hintertür. Richens hockte auf einer zusammengefalteten Jacke auf der untersten Verandastufe und drehte sich zu ihr um.

»Hollis.« Seine Augen und seine Mimik waren unheimlich ausdruckslos. »Ich muss mit dir reden.«

»Wimmle Mastermind ab«, befahl Alec.

Aus irgendeinem blöden Grund bedeutete es ihr viel, dass er sich ihre Spitznamen für die anderen gemerkt hatte. »Ja, gleich«, murmelte sie.

Eve schüttelte den Kopf zu Richens und sagte stumm: *Später.* Dann sprang sie von der Veranda ins tote Gras.

»Du bist gerade erst gekommen und haust schon wieder ab?«, meckerte er. »Wir müssen packen.«

Sie ersparte sich den Hinweis, dass er auch nicht gerade viel tat. »Ich habe nebenan etwas vergessen.«

»Das haben Garza und Hogan auch gesagt ... bevor sie in die entgegengesetzte Richtung gegangen sind.«

Eve winkte nur ab. Das mit den anderen beiden wunderte sie nicht, allerdings würde Garza demnächst Schwielen am Schwanz bekommen, wenn er nicht bald ein bisschen langsamer machte.

»Bist du noch unterwegs?«, fragte Alec.

»Ja. Übrigens ist diese Novium-Geschichte verdammt unpraktisch. Ich müsste nämlich dringend mit Izzie reden, weil sie ungefähr zeitgleich mit mir bei Molenaar hätte sein müssen, aber erst zehn oder fünfzehn Minuten später da war. Mich interessiert, wo sie in der Zwischenzeit gesteckt hat.«

»Das Novium ist nie angenehm, Angel. Und was deine

Mitschüler angeht, kannst du sowieso nichts tun. Raguel will, dass ihr packt, und du darfst auf keinen Fall allein arbeiten.«

»Also hänge ich eben mit diesem elenden Gefühl fest?«

»Du sehnst dich nach der Jagd, und wir überlisten dein Gehirn vorübergehend, indem wir ihm das Erlebnis suggerieren.«

»Wie?«

»Mit Telefonsex, Angel.«

Sie stolperte über ein aufragendes Unkrautbüschel. »Ist Dämonen zu töten lustvoll?«

»Wie hast du dich gefühlt, nachdem du den Nix getötet hattest?«

Euphorisch, ein bisschen beschwipst. »Okay ... Das ist echt irgendwie krank, Alec.«

»Hey, das sind die Bösen, schon vergessen? Die Geißel der Menschheit, das Krebsgeschwür der Erde. Es ist okay, sich gut zu fühlen, nachdem man sie ausgelöscht hat.«

Eve lief hinten um das Doppelhaus herum, vorbei an der Küchentür und zum Haupteingang. Er war unverschlossen, und Eve eilte hinein. Ein Stapel Reisetaschen und Rucksäcke wartete am Eingang zum Esszimmer, einschließlich Eves eigener Sachen. »Kannst du nach oben gehen und Gott um ein bisschen Hilfe hier bitten?«

»Du weißt doch, dass das nicht läuft.«

»Kannst du es nicht wenigstens versuchen?«

Eigentlich sollte sie ein Fall für die Klapsmühle sein, für den Rest ihrer Tage traumatisiert und gelähmt vor Angst. Stattdessen erfüllte sie die Erinnerung an Molenaars Tod mit einer aggressiven, wilden Energie. Der Drang, aktiv zu werden, etwas in Stücke zu reißen, war schwer zu bändigen.

Aber eine gute Nummer würde es auch tun, was ihr mehr Sorge machte, als sie sagen konnte.

»Angel?«

»Warum gehört bei dieser Kainsmal-Sache so viel Sex dazu?« Sie wischte sich den Schweiß ab, der ihr die Schläfe hinabrann. »Sex hat uns doch erst zusammengebracht, gehörte dazu, als Abel mir das Mal aufdrückte, und wieder, als ich die erste Wandlung mit dir durchgemacht habe. Mir kommt es vor, als würde gezeichnet zu sein einer nymphomanischen Störung gleichkommen.«

»Es geht um das Gleichgewicht, Eve. Du bist jetzt ein Killer. Du wirst morgens zu dem einzigen Zweck aufwachen, etwas zu ermorden, und normalerweise wirst du es getan haben, bevor du abends wieder ins Bett gehst. Sex verbindet dich mit jemand anderem, zwingt dich, Vertrautheit zu geben und zu nehmen. Er bewahrt deine Menschlichkeit.«

»Von Gleichgewicht würde ich sprechen, wenn es an einem Tag Sex und am anderen Jagen ist.« Sie lehnte sich an die Wohnzimmerwand. »Beides zu vermischen ist schlicht ... durchgeknallt.«

»Sex ist nicht der Grund, weshalb wir zusammen sind.«

Seine raue Stimme ließ sie erschauern. »Lügner«, hauchte sie. »Er ist alles, wofür wir Zeit hatten.«

»Lügnerin«, konterte er. »Wir brauchten eine halbe Sekunde, um zu erkennen, wohin es mit uns ging. Zeit hatte nichts damit zu tun, und der Sex war ein Bonus.«

Eve würde nie vergessen, wie sie ihn auf seiner Harley vor der Eisdiele sah, in der sie nach der Schule jobbte. Er hatte sie auf den ersten Blick gehabt. »Du hast mir den Mund wässrig gemacht«, gestand sie. »Tust du noch.«

»Jetzt gerade könnte ich dir sagen, du sollst dich mit einer Dusche und einem Eisbeutel abkühlen. Ich könnte dir sagen, dass du dich mit der Blonden anlegen solltest, die ein Problem mit dir hat, und ein bisschen Stress aus dir rausprügeln. Ich könnte auch vorschlagen, dass du dich wegschleichst und es dir irgendwo ohne mich besorgst. Aber ich werde nicht zulassen, dass du irgendwas davon machst, Eve, weil ich der sein muss, an den du dich wendest.« Er verstummte kurz, ehe er ergänzte: »Und ich will auf keinen Fall, dass Abel derjenige ist.«

Eve sackte an die Wand. Mieser könnte sie sich wahrlich nicht fühlen. Reed war wie der Teufel weggelaufen, was sie jedoch nicht sagen konnte, ohne zu erklären, wovor er weggelaufen war. Und es war ja auch unwichtig. Alec war ein verflucht guter Typ, und sie war froh, ihn auf ihrer Seite zu haben. Er wäre zwar nicht ewig für sie da, aber jetzt gerade war er besser als nichts.

»Eve?«

»Gib mir eine Minute. Du hast mich geschafft.«

Er lachte leise. »Wie günstig für mich, dass du weder Wein noch Rosen brauchtest.«

Mit der freien Hand rieb sie sich die nassen Wangen. »Du machst das alles erträglich, weißt du das?«

»Nur erträglich? Dann muss ich mich wohl mehr anstrengen.«

Mehr als erträglich. Er gab ihr das Gefühl, sicher und bei Verstand zu sein. Alec versuchte weder, sie zu vertrösten, noch, ihr etwas vorzumachen. Er behandelte sie mit Respekt, während alle anderen sie zu ihren Zwecken manipulieren wollten.

»Ich vermisse dich wahnsinnig«, murmelte er. »Du

bist immer in meinen Gedanken, auch wenn ich schlafe.«

»Hattest du einen feuchten Traum?«

»Fast. In dem hast du neben mir gelegen, nackt und höllisch heiß. Ich bin schon hart geworden, als ich dir nur beim Schlafen zugesehen habe.«

Das verstand Eve sehr gut. Ihn zu beobachten, wenn er schlief, war auch ihr liebster Zeitvertreib. Der Schlaf machte seine Züge auf eine Weise weich, wie es nichts sonst konnte.

»Ich habe dich unter mich gezogen und bin in dich hineingeglitten, bevor du richtig wach warst. Und du hast diese tollen Geräusche gemacht, die du immer machst, wenn ich tief in dir bin. Ich konnte dich fast an mir fühlen. Und wie du nie aufhören kannst zu kommen ... Es macht mich irre, dass ich das bei dir auslösen kann.«

Die Bilder, die Eves Kopf fluteten, bündelten die Hitze des Noviums in ihrem Unterleib. Alecs tiefe, samtige Stimme bescherte ihr verlässlich weiche Knie. Er war unermüdlich, und sein Drang, sie zum Orgasmus zu bringen, bis sie nicht mehr konnte, hatte sie für so ziemlich alle anderen Männer verdorben.

»Ich wünschte, du wärst jetzt bei mir«, schnurrte er. »Ich würde dich ausziehen und von Kopf bis Fuß ablecken.«

Sie atmete zittrig aus. »Du bist oralfixiert.«

»Und dir gefällt es.« Das Lächeln in seiner Stimme löste ein Beben in ihrem Innern aus.

Alec war kein Mann für halbe Sachen. Anders als Reed, der eine Frau grob nahm und sie danach beiseiteschob, nahm Alec sich beim Sex Zeit. Er setzte erst seinen Mund, dann seine Hände ein, und das von Kopf bis Fuß, vorn und hinten, an jeder Wölbung, in jeder Vertiefung. Dabei flüsterte er verdorben und zärtlich lobend vor sich hin. Es konnte über Stunden gehen.

»Denkst du an meinen Mund auf dir?«, murmelte er. »Bist du heiß und feucht?«

»Bist du allein?« Eve verriegelte die Haustür. Das große Fenster war mit einem weißen Laken verhängt, durch das milchiges Licht hineinfiel, aber niemand nach drinnen sehen konnte. Es war die einzige Privatsphäre, die Eve möglich war, ohne sich weiter weg zu begeben. »Hast du Publikum?«

»Ich gehöre ganz dir. Warum flüsterst du? Bist du noch nicht allein?«

»Doch, aber wir haben Telefonsex, Alec. Und ich bin unerfahren. Es wäre peinlich, wenn mich jemand hören könnte. Wo ist das Pferd?«

Er lachte. »Giselle ist nebenan mit Handschellen an die Badezimmerrohre gefesselt.«

»Mit Handschellen? Klingt abgedreht.«

»Hör auf. Sag mir, dass du mich vermisst.«

Sie seufzte. »Und wie. Bist du nackt?«

»Nicht ganz. Aber nackt genug. Ich habe ja auch noch Arbeit vor mir, aber du kommst an erster Stelle.«

»Wir kommen gleichzeitig«, flüsterte sie. »Fasst du dich an?«

»Ja, und du?«

»Noch nicht.«

»Worauf wartest du?«

Sie schloss die Augen, weil der Schmerz in ihrer Brust intensiver wurde. »Auf dich.«

Sie hatte zehn Jahre auf ihn gewartet. Sein Fortbleiben

hatte sie nicht vor Strafe bewahrt, also war er zurückgekommen, als sie gezeichnet wurde. Aber jetzt, da sie ihn hatte, wies sie ihn manchmal ab und schickte ihn nach Hause, bloß um sich selbst zu beweisen, dass sie immer noch ohne ihn leben könnte. Denn eines Tages würde sie es müssen.

»Ich bin hier, Angel«, raunte er. »Hart und bereit. Ich bin auch erhitzt, denn das ist immer so, wenn ich an dich denke.«

Ihr vollkommenes Vertrauen zu ihm verlieh ihr den Mut zu sagen: »Ich wünschte, du wärst in meinen Händen.«

»Mist, ja, ich auch!«

»Ich möchte dich festhalten, weil ich es liebe, wie weich die Haut an deinem Schwanz ist, wie dick die Adern sind. Sie geben dir so etwas Brutales, obwohl du so zärtlich bist.«

»Mal sie mit deiner Zunge nach.«

»Was?«

»Die Adern. Benutz deine Zunge.«

Eve lief das Wasser im Mund zusammen. Alec war nicht der Einzige mit einer Oralfixierung. Was sie richtig scharfmachte, war, wie sehr er es mochte. Und er genoss es so ungehemmt, krallte die Fäuste in ihr Haar und fluchte heiser, dass sie ihn auf seine animalischen Triebe zurückwarf.

»Ich mag die empfindliche Stelle unter der Spitze«, flüsterte sie. »Da lasse ich gern meine Zunge flattern, nur um zu hören, wie du die Kontrolle verlierst.«

Alec stöhnte. »Berühr dich, während du an mir saugst.«

Eves Finger wanderten zum Knopf ihrer Jeans und öffneten ihn. »Ich finde es erregend, dass du so heiß auf mich bist.«

»Mehr als heiß. Ich gehe gleich in Flammen auf.«

Sie stellte sich vor, wie sie über ihm kniete und seinen Hosenschlitz spreizte, damit nichts ihren Mund behinderte. Dieses Bild war so real, dass sie sogar die Geräusche zu hören glaubte. Ihre Hand schob sich in ihre Jeans, sodass der Reißverschluss nach unten rutschte.

Saug fester.

Eve verlor das Gleichgewicht und sank in die Hocke.

Es war nicht Alecs Stimme, die sie in ihrem Kopf hörte, sondern Reeds.

12

Eves Augen brannten vor Tränen.

Warum Reeds Stimme? Warum *jetzt*, wenn sie sich in einem intimen Moment mit einem anderen Mann befand? Einem Mann, den sie schon liebte, solange sie denken konnte.

Die Waffe hinten in ihrem Hosenbund löste sich, sodass sie danach griff und sie zwischen sich und das Gepäck auf den staubigen Boden legte. Ihre Finger zuckten krampfartig um den Knauf.

»Es fühlt sich verflucht gut an«, keuchte Alec. »Du machst das, als wärst du ausgehungert danach.«

Ihr Geist wurde überschwemmt von Empfindungen – dem rhythmischen Ziehen eines gierigen Munds, dem Flattern einer Zunge, dem Reiben einer Faust an einem Schaft. Es fühlte sich an, als wäre sie in seinem Kopf und würde diese Fantasie mit seinen Sinnen genießen. Schweiß benetzte ihre Stirn und ihre Oberlippe; Hitze wallte in einer kribbelnden Welle über ihre Haut, und das Novium brannte doppelt so heiß in ihr, während sie sich zugleich näher denn je fühlte.

Sie war kurz vor dem Orgasmus. Ohne den geringsten physischen Reiz war sie im Begriff, allein durch das Fühlen von Alecs Vergnügen zum Höhepunkt zu kommen. Sie schrie leise, fast schwindlig von dieser sinnlichen Wahrnehmung. »Bitte ...«

»Ja, Angel?« Seine Stimme war rau wie Schmirgelpapier. »Komm für mich. Lass mich dich hören.«

Ein gequältes weibliches Wimmern riss Eve wieder zurück und verhinderte ihren unmittelbar bevorstehenden Orgasmus.

Sie schlug die Augen auf. *Das* war nicht sie gewesen, denn so einen Laut würde sie bei Alec nie machen. Er war zu sanft. Bei allem Ungestüm behandelte er sie immer, als wäre sie zerbrechlich.

Eve richtete sich halb auf, und da hörte sie ein aufdringlich feuchtes Geräusch in der Stille des Hauses, gefolgt von einem männlichen Stöhnen.

Unmissverständliche Laute, die einer unmissverständlichen Handlung entsprangen.

Sie war nicht allein! Und schlimmer noch, sie war nicht unbeteiligt. Das Wissen, dass irgendwo ganz in der Nähe Sex stattfand, katapultierte die Anspannung in ihr in schmerzliche Höhen.

Alec knurrte in ihr Ohr, denn er kannte sie gut genug, um ihre plötzliche Abgelenktheit zu bemerken. »Hör nicht auf! Mist, ich war kurz davor!«

»Tu's«, sagte sie und rappelte sich auf. Sollte er ruhig kommen. Das war ein Geschenk.

»Nicht ohne dich. Sind deine Finger in dir?«

»Ja«, log sie. Vorsichtig bewegte sie sich auf den Flur zu und achtete darauf, dass ihre schweren Stiefel sie nicht verrieten.

Sie erkannte sich selbst nicht wieder. Schließlich war sie

keine Voyeurin. In ihrem früheren Leben hätte sie sich auf schnellstem Wege rausgeschlichen, statt einen Blick auf die Szene erheischen zu wollen. Vor allem, wenn es um Romeo und Laurel ging. Ein Teil ihres Verstands war angewidert; der Rest davon war so mit Alecs nahendem Orgasmus befasst, dass er keinen Satz zusammenbekam.

»Ich halte nicht mehr lange durch«, sagte Alec angestrengt. »Bist du bald so weit?«

»Ja.« Nur bezog sich ihre Antwort eher auf die Nähe zum Geschehen und weniger auf ihren Orgasmus. Die schmatzenden Geräusche im Flur kamen aus dem hinteren Schlafzimmer, wo die Tür offen stand. Noch ein paar Schritte, dann könnte sie hineinsehen.

Eve drückte sich an die gegenüberliegende Wand. Das Keuchen und Stöhnen wurde lauter, genauso wie das erotische Schmatzen.

Dann war das Paar in Sicht, und Eve stolperte. Sie klatschte sich eine Hand auf den Mund, um das Stöhnen zu unterdrücken, das unwillkürlich aus ihr herausplatzen wollte. Gleichzeitig krampfte sich ihre Brust zusammen.

Reed!

Er stand in der Mitte des großen Schlafzimmers, den Kopf in den Nacken geneigt und die Augen geschlossen. Vor ihm kniete Izzie wie eine Bittstellerin, und das Wippen ihrer Zöpfe illustrierte, mit welcher Begeisterung sie seinen Schwanz lutschte. Reeds Finger waren in ihrem Haar vergraben und zerrten an den blonden Strähnen, was ihr ein gequältes Wimmern entlockte. Er bewegte ihren Kopf so, wie er es wollte, rammte seine Hüften gegen sie. An seinem Hals wölbten sich Muskeln und Adern, und sein hübsches Gesicht war zu einer Grimasse konzentrierter Lust verzerrt.

Auf einmal wurde Eve von einem dunklen, eisigen Verlangen überrollt, als hätten die Wände zwischen ihnen eine Sturzflut gedämmt, die nun freigesetzt war. Sein Kampf um den Höhepunkt rauschte auf Eve zu wie eine Flutwelle, riss sie zurück und schmetterte sie gegen die Wand.

Außer sich vor Eifersucht und der Aggressivität der Hitze, sah Eve entsetzt hin und begriff, dass die Empfindungen, von denen sie geglaubt hatte, sie wären Alecs, in Wahrheit Reeds gewesen waren. Sie drangen über die stärker werdende Verbindung zwischen ihnen in sie ein und erwischten sie in Echtzeit, parallel zu Izzies Bewegungen.

Nur war es nicht Izzie, die sich Reed mit geschlossenen Augen vorstellte.

»Angel?« Alecs Stimme klang erstickt. »Du bringst mich hier um. Wenn du hier wärst, hätte ich meinen Mund zwischen deinen Beinen und würde dich kitzeln, bis du für mich kommst.«

Alecs Einmischung löste eine emotionale Sturmflut aus – Reue und Verlangen, Kummer und Liebe. Sie war so mächtig, dass Eve sie fast greifen konnte, und ihre Nackenhaare stellten sich auf.

Dann stockte Alecs Atem. »Ich kann dich *fühlen*.«

Reed keuchte und richtete sich auf. Er sah Eve an und bewegte die Lippen, ohne einen Laut von sich zu geben. *Ich kann dich fühlen.*

Und sie fühlte beide. Zwei Männer, die in sie eindrangen, die ihr Verlangen in sie einspeisten und dabei zu jeder ihrer Poren, jeder ihrer Erinnerungen, jedem ihrer verborgenen Gedanken Zugang bekamen. Sie war auf eine Weise entblößt, wie es nur ... wahrer *Besitz* erreichen konnte.

Zwei Männer gleichzeitig in ihr.

Sie wirbelten um ihre Gedanken wie aufquellender Rauch, rangen in ihr miteinander, schubsten sich gegenseitig wie Kinder im Streit um ein Lieblingsspielzeug und entdeckten dabei unweigerlich ihre Faszination von beiden. Triumph und Schmerz, Freude und Leid, Neid und Leidenschaft, Liebe und Hass. Ihre Reaktion würde sie alle drei vernichten.

Eves Haarwurzeln wurden feucht vor Schweiß. Ihre Haut brannte so, wie sie es getan hatte, als der Drache sie verbrannte, und sie hatte diesen Schmerz schon beim ersten Mal nicht überlebt. Alec und Reed überwältigten sie, weil sie viel zu sehr auf ihre endlose Rivalität fixiert waren, als dass sie begriffen, wie Eve in diesen Jahrhunderten von Erinnerungen und Auseinandersetzungen ertrank.

Eve rang nach Luft und schob die Hand in ihre offene Hose. Das nachfolgende Aufflammen von Wohlgefühl und Erleichterung war wie ein Lichtstrahl in tiefer Finsternis. Die beiden Männer zogen sich voneinander zurück, und sie nutzte die Gunst der Stunde, um sie noch weiter wegzuschieben und in sie hineinzugleiten, wie sie es vorher bei ihr getan hatten.

Beide umfingen sie, was mental genauso hitzig ablief wie physisch. Aber Eve war zerrissen und ratlos, schwankte zwischen Schuld und Verwirrung. Trotzdem versuchte sie, ihre Gedanken zu erforschen, während ihre Finger zwischen ihre Schenkel tauchten. Sie seufzte, als sie mit zwei Fingern in sich drang und fühlte, wie heiß und verzweifelt sie war. Beide Männer stöhnten im Chor und fühlten ihre Wonne, wie sie vorher ihre gefühlt hatte.

Es schien, als gebe es keine Trennung mehr zwischen ihnen. Eve spürte Alecs starke Finger an seinem Schaft,

Izzies Lippen und Zunge an Reeds, das rhythmische Saugen und Reiben.

Aber im Geiste bescherte sie beiden Freude. Beide Männer sahen sie vor ihrem geistigen Auge, was so überwältigend war, dass Eve die Tränen kamen.

Eve ...

Wer sprach, konnte sie nicht sagen. Die Stimme klang zu kehlig, zu rau vor Erregung. Plötzlich war die Hand zwischen ihren Beinen nicht mehr Eves eigene, sondern ihre. Die Hände beider Männer spreizten sie, streichelten sie und füllten sie aus.

Der Höhepunkt zerriss sie und entlockte ihr einen Schrei, der im Aufschrei ihres gleichzeitigen Orgasmus unterging. In dem Moment, auf dem Gipfel des Wohlgefühls, trennte sie nichts mehr. Sie waren eins, ein Dreigestirn von Seelen. Eve zerfloss, weinte innerlich wie äußerlich und war so heiß, dass ihr der Schweiß auf der Haut verdampfte.

Erst nachdem die erste brutale Welle verebbt war, wurde ihr bewusst, dass es bei ihrer sphärischen Umarmung nicht um Genuss, sondern um Bindung ging. Während Eve diese neue Nähe erkunden wollte, hielten beide sie fest. Zu fest. Sie verhinderten, dass Eve zu tief blickte. Ihre Geschichte war ein offenes Buch für sie, ihre Zukunft jedoch, ihre Hoffnungen, Träume und Beweggründe, blieben ihr verschlossen.

Was verbergt ihr?, fragten ihre beiden Hälften in einem unheimlichen Chor, der Eve Schauer über den Rücken jagte.

Ihr Handy rutschte ihr weg, doch ihre Gezeichneten-Reflexe setzten ein, und blitzschnell zog sie die Hand aus ihrer Jeans und fing es auf. Dabei machte sie mehrere stolpernde Schritte über den Flur und in das Gästezimmer, in dem sie letzte Nacht geschlafen hatte. Sie drückte sich an die Wand, erschlagen von einer Begegnung, die sie nur als mentalen Dreier bezeichnen konnte.

Nach Luft ringend, wurde sie von einem Sturm der Gefühle überwältigt, der in allen dreien tobte. Alec war krank vor Eifersucht, Reed von Schuld gepeinigt, und Eve ... empfand völlige Verwirrung.

Was zur Hölle war gerade mit ihnen passiert?

In Eve fand ein Wandel statt, gefolgt von einer Festigung. Zeit war vergangen, ohne dass sie es bemerkt hatte, und erst als sie Izzies schnelle leichte Schritte und gleich darauf Reeds festere hörte, wurde ihr klar, dass die beiden fertig waren und gingen. Das Telefon in Eves Hand vibrierte, drängte auf Antwort. *Sieben Anrufe in Abwesenheit*, stand auf dem Display, und Eve hatte keinen einzigen davon mitbekommen. Sie schaltete das Handy aus, steckte es in ihre Tasche und machte ihre Jeans zu.

Als sich der Hosenbund in ihrem Rücken straffte, fiel ihr ein, dass sie ihre Waffe im Wohnzimmer gelassen hatte.

Erschrocken rannte Eve aus dem Zimmer und kollidierte mit einer harten Brust.

»Lass mich los, Reed!«

Ein Teil von ihr war froh, dass er sie sehen wollte; ein anderer ärgerte sich, dass er ihr aufgelauert hatte. Vielleicht war sie für ihn und Alec nichts weiter als eine Trophäe, die jeder von ihnen haben wollte.

Er hielt sie fest. »Dafür ist es jetzt zu spät.«

Eve wollte widersprechen, doch der gellende Schrei einer Frau kam ihr zuvor.

»Mist«, hauchte sie.

»Bleib hier«, befahl Reed und löste sich in Luft auf.

Eve lief zum Wohnzimmer und wühlte zwischen den Rucksäcken nach ihrer Waffe, weil sie sich damit sicherer fühlte.

Ein Ruf, männlich, aber nicht Reed.

Nach der verdammten Waffe müsste sie später suchen. Eve stürmte aus der Tür und war gerade auf dem Rasen vorn, als Reed vor ihr auftauchte.

»Ich hatte gesagt, du sollst drinnen bleiben.« Seine Züge waren wie versteinert.

»Nein, ich sollte bei den anderen sein.«

»Verflucht noch mal!« Er stellte sich ihr in den Weg, als sie an ihm vorbeiwollte.

Eve stemmte beide Hände gegen seine Brust. »Lass mich vorbei!«

Reed zögerte, dann fluchte er in einer fremden Sprache, umfing ihren Ellbogen und zog sie mit sich. Eve musste fast laufen, um mit seinen großen Schritten mitzuhalten. Sie spürte ihre körperliche Verbindung mit seinen Sinnen: ihre Haut an seiner Hand, der Duft ihres Parfüms, den zunehmenden Verdruss wegen des klaffenden emotionalen Grabens zwischen ihnen.

Und sie spürte auch Alec. Durch sie fühlte er ihre Verbindung zu Reed, und Eve merkte, was es mit ihm anstellte, empfand seinen Schmerz und seine Enttäuschung, seine Wut und seine Mordlust. Sie hätte erwartet, dass die Emotionen ihr Novium befeuerten, aber sie war kühl und ruhig, ganz auf ihre äußerlichen Probleme konzentriert.

Sie bogen um die Ecke, sodass sie auf die andere Haushälfte blickten. Izzie, Ken und Edwards standen vor der

Hintertür, und bei ihrer Körperhaltung verkrampfte sich Eve. Ein Schluchzen zerriss die nachmittägliche Stille und lenkte Eves Aufmerksamkeit auf Claire, die zusammengesunken auf dem Boden saß. Im sanften Wind wehte die süße Note von Gezeichnetemblut.

Als Eve seitlich an den anderen vorbeiwollte, konnte sie die Küchentür sehen ...

... und den ausgeweideten Körper, der dort kopfüber von den Dachbalken der Veranda hing. Richens.

»O Gott!« Sie spürte den Schmerz kaum, und als ihr Kainsmal sie ermahnte, drehte sie sich weg und wollte würgen.

»Ich habe es versucht«, raunte Reed verbittert. »Du bist so verflucht stur, Eve. Du musst ...«

Ihr hilfloser Blick ließ ihn mitten im Satz verstummen. »I-ich halte d-das nicht mehr aus!«

Reed nahm sie in die Arme. Sein Duft war intensiv, männlich und tröstlich. Auch Alec wollte zu ihr durchdringen, doch sie schob ihn weg. Er würde sich bloß Sorgen um sie machen und sollte lieber auf seine eigene Sicherheit achten.

Eve verstand dieses Band nicht und hatte keine Ahnung, wie lange es halten würde. Was auch egal war. Sie brauchte es jetzt, und es war da.

»*Mon esprit, c'est perdu, perdu ...*«, schluchzte Claire. »*Je ne peux plus rien faire. J'ai perdu toute raison.*«

Eve musste kein Französisch können, um zu begreifen, dass Claire durchdrehte. Die brüchige Stimme und das herzzerreißende Schluchzen sagten alles. Eve verließ Reed, ging neben der Französin in die Hocke und legte eine Hand auf ihre Schulter.

Claire warf sich ihr in die Arme und redete wirr auf sie ein. »Hast du das gesehen? *Hast du das gesehen?* Wer tut so etwas mit einem Menschen?«

»Nicht wer«, sagte Reed, der neben ihnen stand und zur Veranda sah. »*Was*.«

Izzie kam näher. Ihr Lippenstift war abgerieben, sodass sie jünger und befremdlich unschuldig wirkte. »Wie konnte das passieren? Wo waren alle?«

Edwards, dessen Lippen bleich waren, antwortete: »Callaghan und ich haben den Suburban in der Auffahrt beladen, und Dubois hat das Essen in der Küche eingepackt. Wir haben nichts gehört oder gesehen.«

»Wo ist der Rest des Kurses?«, fragte Reed und blickte sich um.

»Weiß ich nicht. Seiler und Hollis sind weggegangen...«
»Die waren bei mir.«

In der längeren Stille, die auf Reeds Worte folgte, bemerkte Eve, wie Izzie sie misstrauisch beäugte. Dann räusperte sich Edwards und sagte: »Garza und Hogan treiben es irgendwo. Was anderes können die beiden offensichtlich nicht.«

»Wo ist Gadara?«, fragte Ken aufgebracht. »Wir sollten hier nicht allein sein.«

Reed zog das Handy aus seiner Tasche und schaltete es ein.
»Kannst du dich nicht hinbeamen oder so?«, fragte Eve.
»Ich lasse euch nicht hier allein«, erwiderte er ernst.

Claire sah mit wilden Augen auf. »Wir werden hier alle *sterben*!«

»Halt die Klappe!«, schnauzte Edwards sie an. »Das Letzte, was wir brauchen, sind melodramatische Ausbrüche.«

»Wir sterben nicht«, beruhigte Eve sie und strich ihr über den Rücken.

Reed ging ein Stück zur Seite und blickte auf sein Telefon, das einen verpassten Anruf meldete.

Ein Knurren lenkte Eves Aufmerksamkeit zurück zu Ken, der aussah, als würde er jeden Moment explodieren. »Was bringen uns Wachen, wenn die nicht verhindern können, dass wir abgeschlachtet werden?«

»Packen und abreisen können wir vergessen«, sagte Eve. »Ich glaube nicht, dass wir dieses Problem lösen, indem wir von hier verschwinden.«

»Stimmt, wir sollten jagen.«

»O Mann«, murmelte Edwards, »ihr seid doch beide schwachsinnig.«

»Ihr seid irre!« Claire drückte den Rücken durch. »Wir springen lieber in die Wagen und hauen ab von hier. Fahren wir zum Gadara Tower und überlassen diese Sachen den Leuten, die wissen, was sie tun!«

Edwards nickte. »Dem stimme ich zu. Nichts wie weg hier. Das ist die einzig vernünftige Lösung.«

»Und was ist mit den Leuten gegenüber?«, fragte Eve.

»Was soll mit denen sein?«, erwiderte Claire. »Die sind Sterbliche und von der Army eingeladen. Soll die Army sie auch beschützen. Uns rettet nur der gesunde Menschenverstand. Gott hilft denen, die sich selbst helfen.«

Ken trat zwischen die Leiche und Claire, die minütlich verzweifelter schien. »Den elenden Schweinehund zu töten wäre auch eine Lösung.«

»Wer hat Richens als Letzter lebend gesehen?«, fragte Izzie.

»Ich habe ihn erst eben gesehen«, antwortete Eve,

»ungefähr vor zwanzig Minuten.« Nun würde sie nicht mehr erfahren, was er ihr sagen wollte, und das machte sie unbeschreiblich traurig.

Sie hatte nur kurz auf die Überreste von Richens' Körper gesehen, würde den Anblick aber nie vergessen können. Aufgehängt an Händen und Füßen wie ein umgestülpter Seestern, ausgeweidet, das Gedärm aus seinem nun leeren Bauch um den Kopf gewickelt und in den Mund gestopft. Blut floss aus seinen Nasenlöchern und durchtränkte sein Haar, tropfte jedoch nicht herunter. Es war auch keine Pfütze unter ihm. Wo war das Blut hin?

Und wie konnte das direkt vor ihren Augen geschehen? Warum hatte Richens nicht geschrien? Hatte er seinen Angreifer gekannt? Wie sonst könnte eine solch schaurige Inszenierung direkt vor ihrer Tür stattfinden, ohne dass ein Laut zu hören war?

So viele Fragen, und die Antworten, die einem als Erstes in den Sinn kamen, waren furchteinflößend.

»Was hat er gemacht?«, fragte Edwards.

»Er saß auf der Treppe.«

»Er war ein fauler Hund«, murmelte Izzie. »Dauernd suchte er nach jemandem, der seine Arbeit für ihn übernahm.«

Eve schüttelte den Kopf. »Sprich nicht schlecht über die Toten.«

Als sie zu Reed sah, blickte er finster auf sein Telefon. Offensichtlich gefiel ihm die Nachricht nicht, die er bekommen hatte.

Ken neigte den Kopf nach hinten und knurrte gen Himmel: »Ich habe nichts gehört. Gar nichts. Wie kann das sein?«

Das ferne Läuten einer Türklingel ließ sie alle erstarren.

»Wer ist das?«, zischte Edwards und sah aus, als wollte er wegrennen.

Eve richtete sich auf. »Ich gehe nachsehen.«

Ken machte einen Schritt vor. »Lass mich.«

»*Eve?*«, Lindas Stimme erklang seitlich vom Haus. »Ist alles in Ordnung?«

»Mist!« Eve sah zu Ken. »Ich halte sie hin. Holt ihn da runter!«

Sie lief bereits los und stieß beinahe mit Linda zusammen, die neben der Tür stand und versuchte, durch das verhängte Fenster ins Haus zu sehen.

»Hoppla!« Linda schwankte.

Eve fing sie an den Unterarmen ab.

»Wo kommst du denn her?«, keuchte Linda. »Eben warst du nirgends zu sehen, und auf einmal rennst du mich um?«

»Entschuldige.«

Freddy saß neben Linda und fixierte den Gang seitlich vom Haus, wo Eve hergekommen war. Er winselte leise.

»Eben hat er wie verrückt gebellt«, sagte Linda. »Und er hat irre an der Haustür gekratzt, als wollte er sich durchgraben, was überhaupt nicht zu ihm passt. Dann haben wir den Schrei gehört.«

»Gruselige Tapeten«, improvisierte Eve. »Einige der Modepüppchen verkraften die nicht so gut.«

Du bist ja begnadet, sagte Freddy und blickte zu ihr auf. *Was das auch war, es war zuerst bei uns und ist ums Haus geschlichen.*

Könnte ihr Herz stehen bleiben, würde es das jetzt tun.

Ich glaube, mein Bellen hat es verscheucht. Tut mir leid,

dass ich deinem Freund nicht helfen konnte. Ich habe versucht rauszukommen.

Eve kraulte Freddy hinter den Ohren. Sie müsste ihn später noch genauer befragen, denn dass er die Gefahr gewittert hatte, trat eine ganz neue Fragenlawine los. Die Sinne von Gezeichneten sollten animalisch geschärft sein, also warum hatten die Gezeichneten den nahenden Killer nicht bemerkt?

»Tapeten?« Lindas dunkle Augen blitzten hinter der schwarz gerahmten Bulgari-Brille. »Und ich dachte schon, es war die DVD, die wir euch geliehen haben.«

Eve lächelte. »Die sehe ich lieber mit dem Kurs zusammen an. Nach dem limonengrünen und orangefarbenen Paisley-Muster könnte es sie aufheitern.«

»Ich mag Orange.« Linda zeigte auf ihr Trägertop. »Darf ich mal sehen?«

»Nein!« Eve krümmte sich innerlich, als Linda erschrak. »Sie fanden die Tapete so scheußlich, dass sie sie ins Feuer geschmissen haben.«

»Ehrlich? Das ist aber schade. Und einen Kamin im Kursraum? Ich glaube, ich habe das falsche Hauptfach gewählt. Es sei denn, Mr. Gadara hat Verwendung für eine Psychologin.«

»Wie kommt eine Psychologin zur Geisterjagd?«

Eves hochempfindliches Gehör fing die Geräusche hinter dem Haus ein: Seil wurde durchgeschnitten, irgendjemand ächzte, Claire rang entsetzt nach Luft und schluchzte wieder. Das Wissen darüber, was dort hinten vor sich ging, machte Eve angespannt. Sie drängte Alec und Reed in ihren Gedanken weit nach hinten und sperrte damit auch den Anblick des toten Richens aus, den Reed vor Augen hatte.

»Leider ist Parapsychologie kein anerkanntes Studienfach, also habe ich mich für das Nächstliegende entschieden.«

»*Parapsychologie?* Macht dich das nicht zur Gläubigen?« Eve wies zur Frauenhälfte des Hauses. »Komm doch rein.«

Bedauerlicherweise gab es hier drüben keine Erfrischungen, die geholfen hätten, das Eis zu brechen.

Linda ging neben ihr her, und ein Seitenblick bestätigte Eve, was ihr vorher schon aufgefallen war. Lindas Haar war perfekt geschnitten, ihre Strickjacke war aus Seide, und die Ledersandalen waren Manolos – das gleiche Paar hatte Eve zu Hause. Die junge Frau war wohlhabend, besuchte aber ein kleines College in Utah. Eve bezweifelte, dass die Produktionsfirma genug bezahlte, um diesen Stil zu finanzieren, wenn sie nicht mal ein professionelles Kamerateam stellten. War Linda von Haus aus reich? Und falls ja, woher kam der Wunsch, in solchen Löchern mit anderen Studenten zu hocken, die gesellschaftlich weit unter ihr standen?

Eves Fragen waren keine reine Neugier. Sie musste herausbekommen, welche Knöpfe sie bei Linda drücken konnte, damit die Studenten zusammenpackten und nach Hause fuhren.

»Wow, da habt ihr ja richtig was draus gemacht«, sagte Linda, als sie das Haus betraten.

Eve rümpfte die Nase. Sie war nicht sicher, ob ihre Fantasie mit ihr durchging, aber sie glaubte, Reed noch in dem leeren Zimmer zu riechen. Wieder sah sie sich nach ihrer Waffe um, die schwierig zu erklären wäre. Doch sie war nicht zu entdecken.

»Ich kann mir gut vorstellen, wie niedlich diese Häuser

früher waren«, sagte sie. »Das Grundgerüst ist noch da – Holzböden, Panoramafenster, sogar türkise Fliesen in den Bädern, die unbedingt erhaltenswert wären. Allerdings hat der Verfall ihnen ganz schön zugesetzt, fürchte ich.«

»Und das Ungeziefer.« Linda schüttelte sich. »Diese Häuser sollten plattgemacht werden.«

»Mich wundert, dass ihr hier wohnt und nicht in den Besucherquartieren.«

»Die Unterbringungen für Gäste sind in einer der anderen Einrichtungen. Direkt in Fort McCroskey gibt es keine. Und in der anderen Unterkunft darf man keine Haustiere mitbringen.«

»Ah, alles klar.« Eve ging in die Küche und hoffte, dass dort nichts herumlag, was sie verriet oder verdächtig machte. Sie war erleichtert, lediglich eine Kühlbox an der Stelle zu finden, wo der Kühlschrank sein sollte.

»Reist ihr ab?«, fragte Linda.

Eve drehte sich um und stellte fest, dass die Brünette auf den Haufen Rucksäcke und Reisetaschen blickte. »Das würde Gadara gern«, gestand sie. »Doch ich versuche, es ihm auszureden, denn ich finde, dass wir hier noch eine Menge lernen können.«

»Tja, ich hoffe, ihr bleibt. Ich möchte nämlich wirklich gern, dass ihr heute Nacht mit uns kommt.«

»Das Problem ist«, sagte Eve bedauernd, »wenn wir länger bleiben, dürft ihr wahrscheinlich nicht in Anytown filmen.«

»Da denken wir uns etwas aus«, antwortete Linda entschlossen. »Wir müssen morgen weiter zum Winchester Mystery House, wo wir eine Genehmigung haben, nachts zu drehen, aber nur morgen. Wer weiß, wann wir wieder hierherkommen? Und ich gebe zu, dass ich Mr. Gadara unbedingt in der Folge haben will, weil es unsere Einschaltquoten in die Höhe jagen würde. Im Fernsehen geht es nur nach Einschaltquoten. Nicht dass wir mit *Ghoul School* reich werden, aber es finanziert uns immerhin Sachen, auf die wir sonst verzichten müssten.«

Eve trat an die Spüle und wusch sich die Hände mit der Flüssigseife, die sie gestern Abend dort hingestellt hatte. Dann riss sie sich etwas von der Küchenrolle ab und wandte sich zu der Kühlbox. Vorsichtig näherte sie sich ihr, denn sie konnte nicht aufhören, sich vorzustellen, dass darin abgetrennte Körperteile lagen.

»Du siehst aus, als würdest du fürchten, dass dich gleich etwas aus der Box anspringt«, scherzte Linda.

Freddy kam zu Eve getapst. *Ich bin bereit. Keine Angst.*

Eve zwinkerte ihm zu. »Diese Kühlbox stand vorhin noch nicht hier. Wer weiß, ob der Käse lebt oder die Lyoner Wurst schlecht geworden ist.«

Die nehme ich.

»Ist Lyoner jemals gut?«, fragte Linda mit einem übertriebenen Erschaudern.

Ich finde sie köstlich.

»Ich mag sie gebraten.« Eve öffnete den Deckel und spähte in die Box. Eine Auswahl an Getränken in Dosen und Flaschen stand in einer Suppe aus halb geschmolzenem Eis, und obenauf lag eine kleine Tüte mit Styroporschalen. Die Reste von der langen Fahrt gestern. »Hier sind noch Cola und Wasser. Möchtest du etwas trinken?«

»Wasser wäre prima.«

Ich auch.

Eve nahm drei Flaschen und die Tüte mit den Schalen

heraus, kippte den Deckel mit dem Ellbogen zu und reichte Linda ein Wasser. Dann befüllte sie eine Schale und stellte sie Freddy hin.

»Wann weißt du, ob ihr bleibt?«, fragte Linda.

»Wir warten, dass Gadara von einem Meeting mit der Kommandantin zurückkommt.«

Es entstand eine Pause, während sie alle tranken, dann sagte Linda: »Ehrlich, hier kriege ich eine Gänsehaut.«

»Das überspielst du aber gut.«

Ist sie nicht ein Schatz? Die anderen flippen aus, aber nicht Linda. Sie hat sich immer im Griff.

»Bei mir ist die linke Hirnhälfte dominant«, erklärte Linda. »Ich habe keinen Funken Fantasie, also denke ich nicht über Zombies nach, die mich jagen, oder Massenmörder, die aus dunklen Ecken gesprungen kommen. Ich glaube nicht, dass frühere Bewohner in Häusern spuken. Da haben mal Leute gewohnt, und jetzt tun sie es eben nicht mehr. Ganz einfach. Deshalb stören mich die Schwingungen in diesem Haus auch so.«

»Wenn du es sagst.« Eve lächelte, um ihre Worte weniger harsch wirken zu lassen. »Aber wenn du nicht an das alles glaubst, warum verbringst du dann so viel Zeit damit, dem nachzuforschen, was andere behaupten?«

»Ich glaube nicht daran, aber Leute, die mir nahestehen, tun es.«

»Und du willst beweisen, dass sie sich irren?«

»Nein, ich will ihnen helfen.«

»Interessant.« Und hoffentlich ergab sich hier etwas, das Eve nutzen könnte, um sie zur Abreise zu bewegen.

Linda stellte ihre halb volle Flasche auf die Küchenarbeitsplatte. »Hast du Geschwister?«

»Eine Schwester.«

»Steht ihr euch nahe?«

Eve nickte. »Sie ist jünger als ich, aber schon verheiratet und hat zwei wundervolle Kinder. Sie wohnt nicht in Kalifornien, deshalb sehe ich sie nur selten, aber wir telefonieren oft, und sie schickt mir haufenweise Fotos.«

»Das ist schön.«

»Und du?«

»Einzelkind. Aber ich hatte eine beste Freundin, die wie eine Schwester für mich war. Bis nach der Highschool waren wir unzertrennlich. Dann wollte ich unbedingt aufs College, und Tiffany ging zur Army.«

»Tapfer.«

»Praktisch. Ihre Eltern sind gestorben, als sie noch klein war, und das Militär war für sie die einzige Möglichkeit, das Geld fürs Studium zu verdienen.« Linda seufzte. »Als ich erfahren habe, dass sie bei einem Einsatz getötet wurde, war ich verzweifelt. Meine Noten haben gelitten, und ich bin vom College geflogen. Mein Freund und ich haben uns getrennt. Alles brach zusammen.«

»Das tut mir leid.«

Linda nickte ernst. »Hast du schon mal jemanden verloren, der dir viel bedeutet hat, Eve?«

»Ich habe kürzlich meine Nachbarin verloren, die eine sehr gute Freundin war.«

»Dann verstehst du vielleicht, wie schwierig es für mich war zu erfahren, dass Tiffany gar nicht tot war.«

Eve runzelte die Stirn. »Da komme ich nicht mehr mit.«

»Es war alles eine riesige Vertuschung, einschließlich des Briefs vom Verteidigungsministerium und der Beisetzung mit militärischen Ehren.« Ihre Stimme wurde härter. »Ich hätte ahnen müssen, dass etwas nicht stimmte, als sie keine Leiche vorweisen konnten.«

»Warum sollte die Regierung ihren Tod vortäuschen?«

Freddy stand von seinem Platz neben der Kühlbox auf und setzte sich neben Linda. Gedankenverloren strich sie ihm über den Kopf. »Was sie gemacht haben, weiß ich nicht genau, aber ich vermute, dass sie draußen in der Wüste irgendwelchen fiesen Chemikalien ausgesetzt war. Irgendwas muss ihr mächtig den Verstand verwirrt haben, und sie wollten nicht, dass wir es mitbekommen, weil das einen Skandal gegeben hätte.«

»Trotzdem bist du dahintergekommen?« Plötzlich wurde Eve klar, wie sie sich für Reed anhören musste, wenn sie behauptete, dass Gadara nicht ganz sauber war.

Linda nickte. »Meine Eltern reisten im Frühjahr mit mir nach Europa. Sie hofften, dass mir ein Ortwechsel helfen würde, mit meiner Trauer fertig zu werden. Wir waren noch keine Woche da, als ich Tiffany in einer Bäckerei in Münster in Deutschland gesehen habe. Ich rief sie, und als sie mich sah, lief sie weg. Noch nie habe ich jemanden so schnell rennen gesehen ... na ja, bis auf dich heute.«

Eve wandte den Blick ab, um ihr Unbehagen nicht preiszugeben.

»Tatsache ist, wir *sollten* glauben, dass Tiff tot ist. Ob sie ihre Großmutter, mich, die Regierung oder uns alle schützen wollte ... keine Ahnung. Nach der Geschichte in der Bäckerei habe ich eine Woche gebraucht, um sie aufzuspüren. Ich habe überall nach ihr gesucht, bin durch die Gegend gestreift, bis ich sie endlich wiedersah. Da rannte sie nicht wieder weg. Sie wusste ja, dass ich nicht aufgeben würde. Dazu bin ich viel zu stur.«

»Was war ihre Erklärung?«

»Sie schwor, dass sie von Gott ausgewählt wurde, um Sterbliche zu retten, wie eine beknackte Johanna von Orléans oder so. Sie sagte, dass Dämonen unter uns seien, die uns jagen, und es ihre Aufgabe sei, sie zu töten.«

Eve musste sich an den Küchenschränken abstützen. »Ach du Schande!«

»Das ist noch untertrieben«, murmelte Linda. »Sie war total durchgeknallt, hat auf normale Leute gezeigt und gesagt, sie seien böse und sie könnte riechen, wie ihre Seelen verrotten. Sie hat Zeichen und Tattoos an ihnen gesehen, die gar nicht da waren, und gesagt, dass ich sie nicht sehe, weil ich keine von den Auserwählten bin.«

»Dein Glück«, sagte Eve ernst.

Jemand muss für das Gute kämpfen.

Naserümpfend sah Eve zu Freddy.

Ich meine ja nur.

»Tiff merkte natürlich, dass ich ihr kein Wort glaubte. Ich habe sie angefleht, mit mir nach Hause zu kommen, und ihr gesagt, wie sehr sie ihrer Großmutter fehlt. Wie sehr sie *mir* fehlt. Und ich habe ihr versprochen, dass ich ihr helfe, wieder Fuß zu fassen. Aber sie ließ nicht mit sich reden und meinte, es wäre besser, wenn sie für uns alle tot ist, weil die Dämonen uns etwas tun würden, um an sie heranzukommen. Sie hat gesagt, das Einzige, was ich tun kann, ist, an diese Sachen zu glauben. ›Wenn du glaubst‹, sagte sie, ›kann ich im Notfall zu dir und helfen‹.«

»Wow.«

»Kein Scherz.« Linda richtete sich auf. »Danach habe ich sie nie wiedergesehen. Wir blieben noch zwei Wochen in Deutschland, aber sie hat mich nicht im Hotel angerufen, obwohl ich ihr die Nummer gegeben hatte. Ich kam zurück in die Staaten und heuerte einen Privatdetektiv an, der sie suchen sollte. Er hat sie nicht gefunden. Manchmal frage ich mich, ob ich das alles nur geträumt habe, sozusagen in einem Trauerdelirium. Doch dann denke ich wieder, dass ich die Fantasie gar nicht habe. Ich habe einen Blog, in dem ich über unsere Nachforschungen schreibe. Vielleicht entdeckt sie ihn und sieht, dass ich es versuche. Ich schätze, die Serie ist auch nur ein Versuch, Tiff zu erreichen.«

»Du bist eine sehr gute Freundin.«

Eve musste unweigerlich an ihre eigene Pflicht gegenüber Mrs. Basso denken. Ihre Freundin und Nachbarin war wegen ihrer Freundschaft mit Eve gestorben. Was hatte Eve seither getan, um dieses Opfer zu rechtfertigen? Nichts, abgesehen von ihrem erbärmlichen, halbherzigen Bemühen, irgendwie weiterzumachen. Sie schämte sich, wie wenig Ehre sie dem Andenken an solch eine wunderbare Frau machte.

Achselzuckend sagte Linda: »So weit würde ich nicht gehen. Tiffany hat immer mehr für mich getan als ich für sie, und daran hat sich nichts geändert. Ihretwegen fing ich mit den Nachforschungen über Paranormales an, und so lernte ich Roger kennen. Ich glaube, er ist die Liebe meines Lebens. Und wir bekommen jede Woche Briefe, wie sehr *Ghoul School* jemandem auf die eine oder andere Art geholfen hat. Das tut schon gut.«

Eve fragte sich, wo Tiffany gerade sein mochte. Lebte sie noch? War sie noch gezeichnet? »Wie heißt sie mit Nachnamen?«

»Tiff? Pollack. Tiffany Pollack.« Linda trank ihr Wasser

aus und schraubte die Flasche wieder zu. »Ich muss mich jetzt ein bisschen hinlegen, sonst bin ich heute Nacht nicht zu gebrauchen. Danke für das Wasser.«

»Jederzeit.« Eve lächelte. »Oder wenigstens, solange wir hier sind.«

Linda hakte ihre Daumen in die Gürtelschleifen ihrer Shorts und erwiderte Eves Lächeln. Mit der leeren Wasserflasche zwischen Hand und Hüfte hatte sie etwas von einem Wildwest-Sheriff, der im Begriff war, seine Waffe zu ziehen. »Ich werde ernsthaft enttäuscht sein, wenn ihr heute Nacht nicht mit uns kommt.«

»Ich bearbeite Gadara noch«, sagte Eve, »aber du kannst darauf wetten, dass ich mitkomme, falls ihr tatsächlich loszieht.«

Ihr Entschluss stand fest. Sie würde McCroskey nicht ohne Linda, Roger, Freddy und den Rest der GS-Gang verlassen. Es sei denn, sie war absolut sicher, dass sie nicht in Gefahr waren.

»Oh, wir gehen!«, sagte Linda. »Dies ist das erste Mal, dass eine Militäreinrichtung uns anfordert. Das verpassen wir garantiert nicht.« Linda machte einen triumphierenden Hüpfer. Dann umarmte sie Eve. »Du wirst es nicht bereuen, und ich werde dir ewig dankbar sein, ob Gadara dabei ist oder nicht.«

»Ich kann allerdings nicht versprechen, dass ich zu irgendwas gut sein werde, außer im falschen Moment zu schreien«, warnte Eve sie. »Anytown finde ich schon bei Tag gruselig.«

Und das war, bevor Molenaar dort getötet wurde.

»Ich beschütze dich vorm bösen Mann«, versprach Linda augenzwinkernd. »Keine Bange.«

»Pass gut auf sie auf, Freddy«, sagte Eve und kraulte die Dänische Dogge kurz hinter den Ohren.

Er kläffte einmal. *Pass du auch auf dich auf.*

Eve reckte den Daumen, bevor sie den beiden ins Wohnzimmer folgte, um weiter nach ihrer Waffe zu suchen.

13

Alec kam aus dem Bad, als sein Handy klingelte. Er sprintete das kleine Stück zum Bett, auf das er es geworfen hatte, sah aufs Display und verzog das Gesicht.

»Mist.« Mit einer Hand fuhr er sich durch das nasse Haar. Er hatte eben den Kopf unter kaltes Wasser gehalten, was sich als fruchtloser Versuch erwiesen hatte, seine rasende Wut abzukühlen. Er wollte töten, und zwar als Ersten Abel.

»Sarakiel«, sagte er, noch ehe er das Telefon am Ohr hatte.

»Entschuldige, *mon chéri*«, schnurrte Sara. Da es ihr auf *Anraten* Gottes hin untersagt war, ihre Erzengelgaben zu nutzen, verließ sie sich ganz auf ihre weiblichen Vorzüge. »Ich kann deine Enttäuschung hören, und ich fühle mit dir. Dein Bruder geht nicht an sein Telefon, also warte ich auch darauf, mit jemandem zu sprechen.«

Saras Probleme mit seinem Bruder interessierten Alec einen feuchten Dreck, nur konnte er das schlecht einem Erzengel sagen. Es war nicht ihre Schuld, dass es ihn wahnsinnig machte, weit weg von Eve zu sein und zu spüren, dass Abel ihr so nahe war. Zudem verwirrte ihn die einzigartige Verbindung zwischen ihnen dreien. Wie normal waren solche Verschmelzungen? Wie lange hielten sie an? Und wie wirkten sie sich aus?

»Was kann ich für dich tun, Sara?« Sie rief ihn ausschließlich an, wenn sie etwas von ihm wollte.

Sara lachte leise. »Weißt du, warum für heute Abend eine Notfall-Konferenz einberufen wurde?«

Er merkte auf. Angesichts der Ereignisse der letzten zwei Tage wusste er nicht, wo er anfangen sollte, und er würde ganz sicher nicht blind drauflosraten. Alec zog es vor, sein Blatt nicht offenzulegen. »Wer hat die veranlasst?«

»Uriel. Wer sonst könnte etwas haben, dass uns allen Sorgen machen sollte?«

»Es muss etwas mit dieser neuen Art von Höllenwesen zu tun haben.« Er verzichtete darauf, ihre Frage zu beantworten.

Mit dem Telefon ging er zum Schreibtisch in der Ecke und begann, diverse Kabel anzuschließen, die sein Satelliten-Videotelefon aufluden. Er musste mit Raguel über die Höllenhunde reden, bevor der Erzengel mit den anderen sprach, und da er seine Machtspielchen veranstaltete und sich weigerte, Alecs Ruf anzunehmen, musste er ihn notgedrungen auf weltlichem Weg erreichen. Außerdem wollte er mit Uriel reden. Er könnte Alec erklären, was heute Nachmittag mit Eve, Abel und ihm geschehen war, ohne wesentliche Informationen zurückzuhalten, wie es Raguel und Sara gern taten.

»Ja.« Sie klang zufrieden. »Das war auch meine Vermutung, aber ich wollte lieber eine Bestätigung.«

»Na ja, ich nehme bloß an, dass es bei der Konferenz darum gehen soll.«

»Spiel nicht mit mir, Cain.«

»Natürlich nicht. Das würde ich doch nie.« Das Mal an seinem Arm brannte zur Strafe für seine Lüge. »Hör zu, ich habe gerade jede Menge eigenen Mist zu klären, aber ich kann dir verraten, dass Raguel Abel und Mariel losgeschickt hat, die jüngste Sichtung in Australien zu überprüfen. Folglich dürften sie die bestinformierten *Mal'akhim* sein. Wenn du den anderen einen Schritt vorausbleiben willst, solltest du dich an einen von den beiden halten.«

»Was ich auch täte, wenn dein Bruder je an sein Telefon ginge. Wo ist er?«

Alec war klar gewesen, dass Sara sich nicht an Mariel wenden würde. Der Erzengel hatte von je her ein Problem mit anderen Frauen, selbst mit völlig unkomplizierten.

»Er ist bei Eve«, antwortete er. Ihm war bewusst, was diese Antwort bei Sara auslöste. Der Hölle Zorn ist nichts gegen den einer verschmähten Frau. Auch wenn Alec diesem Spruch nicht vollkommen zustimmte, musste er zugeben, dass beide in der Qualität vergleichbar waren. Und er schrak nicht davor zurück, Eifersucht zu nutzen, um seinen Bruder aus dem Weg zu räumen. »Angesichts der Gefahr lässt er sie nicht aus den Augen.«

»Ja, sicher nicht.« Sara klang angespannt. »Komisch, ich hätte dich bisher nicht für vertrauensselig gehalten.«

»Ich vertraue Eve.« Und das hatte sich nicht geändert. Sie liebte ihn, ungeachtet ihrer Vernarrtheit in Abel. Leider verschwand deshalb nicht das Gefühl, ihm hätte ein Rakshasa-Dämon einen Schlag unter die Gürtellinie versetzt und Abel ihn nach Strich und Faden verarscht, indem er mit der Blonden herummachte. Sein Bruder war nach wie vor außerstande, die Gefühle anderer über seine eigenen zu stellen.

»Wo sind sie?«

»In Fort McCroskey.«

Sara stieß einen angewiderten Laut aus. »Ein furchtbarer Ort.«

»Sei froh, dass du in Frankreich bist.« Aber sicher nicht mehr lange, wollte er wetten.

»Genau genommen sitze ich in einem Flugzeug.«

Er musste grinsen. »Wohin?«

»Kalifornien.«

Herrlich! »Wann kommst du an?«

»Ich bin erst seit einer halben Stunde in der Luft.« Ihr Frust, weil sie ihre Gaben nicht nutzen durfte, war ihr deutlich anzuhören.

Sie war noch nicht so weit, wie Alec lieb wäre, aber es war besser als nichts. Sara würde Abel auf Trab und von Eve fernhalten. Und sie hätte eine Leibgarde bei sich. Bei zwei Erzengeln auf einem Flecken waren die Sicherheitsvorkehrungen immer extrem. Eve wäre am sichersten Ort der Welt.

»Sie wollen McCroskey verlassen«, sagte er. »Bis du hier bist, werden sie schon wieder in Anaheim sein.«

»Dem Herrn sei Dank für kleine Gefälligkeiten. Ich melde mich in einigen Stunden bei dir. Finde heraus, wo sie sind, wenn ich lande. Und lass dein Telefon eingeschaltet.«

»Solange es mich nicht umbringt.« Alec klappte das Handy zu.

Auch wenn es sich für ihn ziemte, ihr zu helfen, nahm er nur von Gott Befehle entgegen. Und sein letzter war, den Alpha zu töten. Das hatte Vorrang vor allem anderen – einschließlich seines dringenden Wunsches, seine Beziehung zu Eve zu klären.

Wenn alles nach Plan lief, wäre er bei Einbruch der Nacht auf Grimshaw-Territorium. Dann hätte er sein Handy definitiv nicht an, aber bei sich. Charles war der Grund, weshalb Alec nicht bei Eve war, also sollte der Alpha schnellstmöglich zur Hölle gejagt werden. Alec wartete ganz sicher nicht auf Saras Anruf, bevor er loslegte.

Er zog sich einen Stuhl heran, setzte sich und rief Raguel über sein Handy an. Im Geiste verfluchte er diesen überflüssigen Umweg. Das Telefon läutete länger als gewöhnlich, bis sich jemand meldete. »Montevista.«

Alec stockte. »Wo ist Gadara?«

»Cain.« Bei der Erleichterung des anderen schnellte Alecs Unbehagen in die Höhe.

»Wer ist da?«

»Ich bin Diego Montevista, der Chef von Gadaras Sicherheitsteam.«

Alec lehnte sich zurück und fragte ruhig: »Wo ist Gadara?«

»Ich g-glaube...« Montevista räusperte sich. »Ich glaube, Gadara ist tot.«

»Sagen Sie das noch mal.«

»Hier war eine Kreatur, eine Bestie. Sie h-hat Gadara verschluckt.«

»Ausgeschlossen!« Alec sprang so schwungvoll auf, dass der Stuhl umkippte. »Er ist ein *Erzengel!*«

»Ja, ich weiß, Cain. Ich lebe schon seit Jahren an seiner Seite. Es ändert aber nichts daran, dass er lebendig verschlungen wurde von einem... einem Ding, so groß wie ein Panzer. Ich habe es mit eigenen Augen gesehen, und ich bin nicht der einzige Augenzeuge.« Der Gezeichnete klang wirklich überzeugt.

»Was ist mit dem Höllenwesen?«

»Die Erde tat sich auf und saugte es nach unten. Von einem Moment zum anderen war es verschwunden. Es waren überall Sterbliche, eine ganze Kompanie von Soldaten stand nur wenige Hundert Meter entfernt, aber die haben nur gesehen, wie zwei Bäume umkippten.«

Alec starrte auf den leeren Videomonitor und atmete ruhig ein und aus, obwohl seine Welt aus den Fugen geriet.

Ein Erzengel tot? Unvorstellbar. Nicht so. Ohne Fanfaren oder gigantische Unwetter. Ohne eine Schockwelle, unter der die Welt erbebte.

Es war zu ruhig. Zu leise. Vollkommen falsch.

»Wie lange ist er schon weg?«, fragte Alec.

»Noch keine halbe Stunde.« Montevista atmete angestrengt aus. »Es wird noch schlimmer.«

»Wie kann es denn noch schlimmer werden?«

»Ich habe eben mit Abel telefoniert. Es gab noch einen Todesfall im Kurs.«

Alec packte die Tischkante, während Bilder von Raguels Schülern durch seinen Kopf huschten. Er dehnte seinen Geist zu Eve aus und spürte, wie sie ihn berührte. Kühl und gefasst. Beherrscht. Sie hatte ihn vorhin weggedrängt, und er dachte, sie sei wütend auf ihn. Nun nahm er an, dass sie nur nicht seine Sorge fühlen wollte.

»Chad Richens«, murmelte er, denn er sah das Bild vor ihrem geistigen Auge.

»Woher wissen Sie das?«, fragte Montevista. »Haben die zuerst bei Ihnen angerufen?«

»Nein. Sie müssen zurück zu den anderen Schülern.«

»Ich bin schon unterwegs.« Im Hintergrund wurde eine

Wagentür zugeschlagen, und ein Motor sprang an. »Gadara vermutete Grimshaw hinter dem Angriff heute Morgen, aber ich bin nicht sicher, dass der zweite Mord zum Tatschema des Alphas passt. Gadara sagte, er würde uns noch eine Weile umschleichen, ehe er wieder zuschlägt ...«

»Charles denkt, dass er die Oberhand hat; er wird nicht mehr auf Nummer sicher gehen.« Und es würde erst recht schlimmer, wenn er von Raguel erfuhr. »Warum war Richens nach dem, was heute Morgen passierte, allein?«

»War er nicht. Alle anderen Studenten waren ganz in der Nähe.«

Dennoch hat keiner etwas gehört, und Eve hatte *recht*. Alec überlegte, welche Möglichkeiten er hatte. Er könnte in ein paar Stunden in Monterey sein ...

Doch vorher musste er wissen, in was er da hineingeriet. Charles wollte *ihn*, und es könnte eine Falle sein.

Montevista stöhnte. »Ich weiß, wie übel sich das anhört, aber mein Team ist nicht unfähig. Wir werden verfolgt und in Hinterhalte gelockt. Es ist gegen die Regeln, dass ...«

»Zum Henker mit den Regeln!« Charles hatte sie offensichtlich in den Wind geschlagen, und sie würden es auch. »Wie sind Sie zu Raguels Telefon gekommen?«

»Er hat es zurückgelassen.«

»War seine Konfrontation mit dem Höllenwesen *geplant?*«

»Ja, er ist direkt auf das Teil zugeschossen.«

Alecs Gedanken überschlugen sich. »Haben Sie nach Nachrichten auf dem Handy gesehen?«

»Nein.«

»Machen Sie das.«

Alec ging durch die Verbindungstüren zum Bad nebenan. Giselle lag auf einem Stapel Handtücher, die Alec auf dem Boden ausgebreitet hatte. Sie war noch in Handschellen, geknebelt und nun im Tiefschlaf. Während er sie beobachtete, gab sie kleine Wonnelaute von sich. Unwillkürlich sah Alec zur Wand. Er wollte wetten, dass im Zimmer nebenan eine arme Seele ein Nickerchen machte und einen heftigen Albtraum hatte. Mit dem nährte sie den Mahr.

»Stärke dich«, murmelte er. »Du wirst es brauchen.«

»Was haben Sie gesagt?«, fragte Montevista.

Alec schloss leise die Tür. »Nichts. Haben Sie etwas gefunden?«

»Eine SMS von Uriel wegen einer Konferenzschaltung um drei. Bis dahin sind es nur noch ein paar Stunden.«

»Stimmt. Ich werde da sein. Sorgen Sie dafür, dass Abel ebenfalls da ist. Und lassen Sie keinen der Gezeichneten aus den Augen, vor allem nicht Evangeline Hollis. Erwarten Sie allerdings nicht, dass sie kooperiert«, ergänzte er. »Manchmal tut sie es, manchmal nicht.«

»Sie ist eine Frau«, sagte Montevista, als würde das alles erklären. Was es auch tat.

»Sie ist *meine* Frau.«

»Verstanden.«

Alec rieb sich den Nacken und blickte aus dem Fenster zum Mustang, der gleich vor der Tür parkte. Einsteigen, Gas geben, ganz einfach. Wenn es doch so einfach wäre!

»Cain?«

»Ja?«

»Ich weiß nicht, was ich machen soll.« Sein spanischer Akzent wurde ausgeprägter vor Verwirrung und Trauer. »Wen muss ich verständigen? Von wem bekomme ich meine Befehle? Ihnen?«

»Ja, von mir. Ich kümmere mich um alles andere.«

Ob Raguel wirklich tot war, stand zu bezweifeln. Alec kannte den Erzengel schon sein ganzes Leben, und er würde Raguel völlige Aufopferung nicht zutrauen. Ein Kamikaze-Angriff sah dem Erzengel kein bisschen ähnlich. Aber es war müßig, über Eventualitäten zu grübeln. Tatsache war, dass sich hier eine einmalige Gelegenheit bot. Alec könnte einspringen, die Firma fürs Erste übernehmen und so beweisen, dass er dieser Position gewachsen war.

Aber ... die Chancen, dass er sich den nötigen Segen ohne Manipulation sicherte, waren gering, und dank Eves Hang, sich in Schwierigkeiten zu bringen, gingen ihm allmählich die Gefallen und Geheimnisse aus, die er nutzen konnte.

»Was soll ich machen?«, fragte Montevista.

»Ihr Job ist, die Sicherheit der Schüler zu gewährleisten, bis sie abgezogen werden. Was verzögert die Abreise eigentlich?«

»Hank kommt mit einer Crew hergeflogen, die in dem früheren Mord ermitteln soll. Sobald Gadaras Privatflugzeug hier ist, können wir weg. Ich habe versucht, eine sofortige Abreise zu organisieren, aber der Flughafen von Monterey ist winzig, und keine der Linien hatte so kurzfristig noch Platz für einen ganzen Kurs. Die Schüler in kleinere Gruppen aufzuteilen schien schlicht zu riskant.«

»Und in die Öffentlichkeit zu gehen, solange Sie warten, würde Sterbliche gefährden. Wenn ein Angriff kommt, will man irgendwo sein, wo man sich wehren kann.«

»Genau.«

Dennoch war keine große Schlacht um Raguels Leben gekämpft worden, als buchstäblich eine Armee in der

Nähe war, wenn auch eine von Sterblichen. »Warum war Raguel in der Nähe einer Kompanie von Soldaten?«

»Die Kommandantin des Stützpunkts hat einem Fernsehteam erlaubt, in Anytown zu filmen, wo Jan Molenaar heute Morgen getötet wurde. Gadara hatte gehofft, den Colonel zu einer Verschiebung zu überreden.«

»Das soll Abel weiterverfolgen.« Eine Fernsehserie. Irgendwie hatte Alec das verpasst.

»Sie sagen das, als würde er auf mich hören. Ich bin bloß ein Gezeichneter.«

»Der meine Befehle befolgt. Er wird es tun. Und sagen Sie ihm, er soll ans Telefon gehen, wenn ich ihn anrufe. Ich will ihn in ein paar Minuten anrufen, und dann soll er verdammt noch mal abnehmen.«

Er sah zur Uhr auf dem Nachttisch. Zwei Stunden bis zur Telefonkonferenz.

Das Mal an seinem Arm brannte; Sabraels Befehl, den Wolf zu töten, wurde wiederholt.

Alec blickte mürrisch gen Himmel. Als könnte er den vergessen. Er hoffte, dass das Problem mit dem Tod des Alphas erledigt war.

Aber zuerst musste er seine Abneigung gegen Blitzkriegangriffe überwinden. Alec war von Natur aus ein Heckenschütze, der auf den richtigen Moment wartete. Jeder Schlag ein Treffer. Diesen Luxus konnte er sich jetzt nicht leisten. Je länger Charles lebte, desto kühner und gefährlicher wurde er.

»Ich melde mich wieder bei Ihnen, wenn die Konferenz losgeht«, sagte Alec. »Aber falls Sie mich vorher brauchen, haben Sie ja meine Nummer.«

»Ich wünschte, Sie wären hier. Einen Erzengel vor möglichen Bedrohungen zu schützen ist um ein Vielfaches leichter, als einen Haufen unausgebildeter Gezeichneter vor realer Gefahr zu beschützen.«

»Ich komme so schnell ich kann, versprochen.«

Alec klappte sein Handy zu. Dann machte er sich daran, sein Versprechen einzuhalten. Als er sich umdrehte, um Giselle zu wecken, wäre er beinahe mit dem Riesen kollidiert, der im Rahmen der Verbindungstür stand.

»Sabrael«, begrüßte Alec ihn nur mäßig überrascht. Er blinzelte die himmlischen Tränen fort, die seine Augen vor dem blendenden Glanz vor ihm schützten. Sabrael hatte seine übliche Pose eingenommen: die Arme verschränkt und die Beine ausgestellt, um festen Halt auf dem Boden zu haben.

Die stechend blauen Augen des Seraphs musterten Alec. »Du wirst deinen Auftrag ausführen, Cain.«

»Weißt du von Raguel?«

»Natürlich.« Ein Schatten wanderte über Sabraels Züge.

»In seiner Abwesenheit werde ich die Firma leiten.« Alec fragte nie nach dem, was er wollte, weil die Antwort ohnehin immer Nein lautete.

»Du bist alles andere als qualifiziert.«

»Beweise es«, forderte Alec ihn trotzig heraus. »Erzähl mir, wer länger mit dem Mal gelebt hat als ich.«

»Fußsoldaten steigen nicht über Nacht zu Generälen auf, egal wie gut sie sich auf dem Schlachtfeld geschlagen haben.«

»Ich würde bei verstrichenen Jahrhunderten nicht von ›über Nacht‹ sprechen.«

Sabrael neigte den Kopf zur Seite. Sein offenes, pechschwarzes Haar glitt wie flüssige Seide über eine breite

Schulter und die Spitze eines Flügels. »Vielleicht wäre Abel die bessere Wahl«, murmelte er. »Er steckt mittendrin, wie es so schön heißt.«

Alec lachte, auch wenn sich ihm der Bauch zusammenzog. »Abel wird die Verantwortung nicht wollen. Er lässt ja nicht mal sein Handy eingeschaltet.«

»Aber er hält sich an die Regeln.«

»Ist es das, was ihr im Moment wollt? Mit einem Erzengel außer Gefecht, einem unkontrollierbaren Alpha, mit dem ihr ein Hühnchen zu rupfen habt, einem Massenschlachten von Gezeichneten und einer unbekannten Höllenart, die frei herumläuft? Da wollt ihr jemanden, der nur Anweisungen befolgt und sich an Regeln hält?«

Sabrael antwortete erst nach einer längeren Pause. »Ich wusste gar nicht, dass du solche hochtrabenden Ambitionen hast.«

»Es gibt vieles, was du von mir nicht weißt.«

»Stimmt. Zum Beispiel, wie sehr du dir das wünschst.«

Frust und Enttäuschung tobten in Alec. Er kannte dieses Spiel schon; es sorgte dafür, dass er sich immer wieder die Hände schmutzig machte. »Was willst du, Sabrael?«

»Habe ich noch nicht entschieden.«

»Dann wird es schwierig für mich, eine Entscheidung zu treffen. Selbstverständlich wird Abel dir nichts geben.«

Die Züge des Seraphs verfinsterten sich beängstigend. Sein Bluff war entdeckt worden, und das gefiel ihm nicht. »Ich spreche bei Jehova für dich. Als *Interimslösung*.«

Alec schnaubte.

Bei Sabraels frostigem Lächeln wurde Alec kalt. »Aber dafür schuldest du mir etwas, berüchtigter Cain.«

»Zieh eine Nummer.«

»Nummer eins.«

Alec zeigte mit dem Finger auf ihn und sagte: »Gib mir erst das Okay, dann sehen wir weiter.«

»Was machst du?«

Reed sah, wie Eve aus der Hocke aufsprang. Raguel war fort, zwei Gezeichnete waren tot, und sie war allein; ein Umstand, der heute bereits zu zwei Mordopfern geführt hatte. Und als wäre das noch nicht schlimm genug, konnte er Cain wie ein Phantomgliedmaß fühlen. Alles in allem war Reed mit seiner Geduld am Ende und äußerst reizbar.

Eve drehte sich so schnell um, dass ihr Zopf durch die Luft flog. »Mann, hast du mich erschreckt!«

»Was tust du hier allein?«, blaffte er sie an. »Du hättest zurückkommen sollen, als das Mädchen ging.«

»Ich habe meine Waffe verloren.«

Er wollte sie schütteln. »Das ist mir scheißegal! Was hast du eigentlich gegen ein Flammenschwert? Du weißt doch, dass du dir jederzeit eines herbeirufen kannst.«

Sie verzog den Mund. »Mit Schwertern bin ich nicht so toll.«

»Du hast einen Drachen mit einem getötet«, erinnerte er sie. »Vergiss jetzt die Waffe, und geh zu den anderen. In der Gruppe ist die Wahrscheinlichkeit geringer, dass du angegriffen wirst.«

»Und wenn einer aus der Gruppe der Mörder ist?«

Reed starrte sie einen Moment lang an. »Es reicht, Eve.«

»Richens hat keinen Laut von sich gegeben. Vielleicht nahm er seinen Angreifer nicht als Bedrohung wahr und hat deshalb nicht geschrien oder sich gewehrt.«

»Oder das Höllenwesen war eine Hexe, ein Hexer, ein

Zauberer, ein Magier oder eine Fee und hat seine Stimmbänder lahmgelegt.«

»Wie die Fee in der Übung heute? Die Fee, die nur wenige Schritte von Molenaar entfernt war, als wir ihn fanden?«

»Deine Verschwörungstheorie vernebelt dir das Hirn. Hat die Fee gestunken oder nicht?«

»Zum Himmel«, gestand sie verärgert.

»Die Höllenwesen, die für Firmen arbeiten, haben guten Grund, es sich nicht mit den Erzengeln zu verscherzen – sie können nicht nach Hause. Und das weißt du. Du hast es selbst gesagt.«

»Trotzdem kommt es mir idiotisch vor, sie auszuschließen.«

Er schüttelte den Kopf. »In der Geschichte der Gezeichneten hatten wir nie einen abtrünnigen Gezeichneten im Training. Nach einigen Jahren, ja, aber nicht frisch. Ihnen sind die Welten von Himmels- und Höllenwesen zu neu, als dass sie sich für die einen oder anderen entscheiden können. Sie schwimmen einfach eine Zeit lang mit dem Strom, bis sie sich halbwegs eingewöhnt haben.«

»Okay. Aber denk noch mal eine Weile mit, denn Brainstorming hilft mir beim Nachdenken. Bleiben wir erst mal bei der Theorie vom bösen Höllenwesen. Es muss mit der Tarnung maskiert gewesen sein, um seinen Gestank zu verbergen, sonst hätte Templeton es gerochen.«

»Oder die Ratte hat gelogen.«

Eve ignorierte den Einwurf und fuhr fort: »Es war keine Restnote in der Nähe der Leichen. Bei diesem Ausmaß an Brutalität muss der Mörder sich ziemlich verausgabt haben, also pumpendes Herz, verrottende Seele... vielleicht hat er sich geschnitten. Ich habe mal eine Sendung über

Forensiker gesehen, in der sie sagten, die meisten Täter, die ein Messer schwingen, verletzen sich selbst. Jedenfalls hätten die Tatorte zumindest ein bisschen stinken müssen, wenn es wirklich ein unmaskiertes Höllenwesen war.«

Reed bemerkte, dass er trotz der heutigen Geschehnisse schmunzeln musste.

»Du machst dich über mich lustig!«, warf sie ihm vor.

»Nein, ich gratuliere mir selbst. Du wirst eine fantastische Gezeichnete, Babe. Vorausgesetzt, du lässt dich nicht vorher umbringen.« Er wies zur Haustür. »Apropos... Wir sollten diese Ideen mit den anderen durchspielen. Aber bring sie bitte nicht wieder alle auf die Palme.«

»Alec sagt, manchmal muss man Dinge aufrütteln«, brummelte sie, »um zu sehen, was rausfällt.«

»Hier sind alle schon genug durchgerüttelt.« Und es sollte noch übler werden, denn er musste ihnen das mit Raguel beibringen, ohne eine Katastrophe auszulösen. Besonders die Französin schien sehr empfindlich zu sein.

Eve nickte. »Du hast recht. Wir haben auch Arbeit zu erledigen. Garza und Hogan sind nicht da, also müssen wir...«

»Romeo und Princess sind zurück. Zerzaust und ziemlich abgekämpft.«

»Vielleicht ist hier etwas im Wasser. Es scheint umzugehen.«

»Könnte sein. Man gebe ein bisschen Aphrodisiakum ins Essen, alle werden so spitz, dass sie zu beschäftigt sind, um sich zu wehren, und *zack* bringt man sie alle um. Eine brillante Höllenwesenstrategie.«

Eve schnaubte. »Du bist zum Brüllen.«

»Es war deine Idee. Und woher hast du diese Spitznamen?«

»Weißt du es nicht?« Sie sah ihn verwundert an. »Du warst doch in meinem Kopf.«

Und was für ein Erlebnis es gewesen war! Reed hatte keine Ahnung, wie andere weibliche Gehirne arbeiteten, aber ihm gefiel, wie Eves funktionierte. Es war verworren und ein wenig verdreht – wie es seiner Erfahrung nach bei Frauen die Norm sein dürfte –, aber es bot die perfekte Mischung aus Kreativität und Vernunft. Außerdem war sie scharf auf ihn, und das nicht bloß auf die spitze Art. Sie war auf eine tief verwurzelte Art fasziniert von ihm, die zu etwas führen könnte, vor dem Reed eine Heidenangst hatte.

»Zu der Zeit habe ich mich für anderes interessiert.«

»Ich hoffe, du hast die Aussicht genossen«, sagte sie gereizt. »Ich habe nichts aus dir herausbekommen, abgesehen von einem kurzen Tritt in den Hintern.«

Er hatte keine andere Wahl gehabt. Auf keinen Fall durfte sie mitbekommen, dass er zum Erzengel aufsteigen wollte und welche Rolle sie dabei spielte. »Sicher doch. Du bist inzwischen so auf mich eingespielt, dass du keinen Schutz mehr hast. Ich bin direkt auf dich zugegangen, und bei dir schrillten keine Alarmglocken.«

»Das nennt man Ablenkung.« Aber ihr Stirnrunzeln strafte sie Lügen.

»Du wünschst dir, dass es sonst nichts war.«

Sie pustete sich eine Haarsträhne aus dem Gesicht, was bezaubernd aussah. »Warum kann ich dich und Alec immer noch in meinem Kopf fühlen?«

Er verarbeitete das Erlebnis noch. Aus einem Leben unvermeidlicher Verbundenheit hatte er ein Bild von Cain im Kopf, doch es war ein völlig anderes als das, das Eve sah. »Wenn ich das wüsste! Von so etwas habe ich noch nie gehört.«

»Tja, irgendwer muss wissen, was passiert ist und wie lange es anhält.«

»Ja, und ich habe fest vor, es herauszufinden. Bis dahin gehen wir zu den anderen. Wir haben eine Menge zu besprechen.«

Eve rieb sich mit beiden Händen übers Gesicht. »Ohne Waffe komme ich mir nackt vor.«

Bei den meisten Leuten würde sich so eine Behauptung überzogen anhören, aber Eve hatte die letzten Jahre wöchentlich einige Stunden am Schießstand in Huntington Beach verbracht. Als Single-Frau, die allein lebte, dachte sie, dass sie den zusätzlichen Schutz brauche. Reed neigte eher zu der Vermutung, dass ihre Sinne die Schwingungen der Höllenwesen wahrgenommen hatten, auch wenn ihr Verstand noch nicht gerüstet war, sie zu identifizieren. Sie war geschaffen für diese Arbeit.

Er zeigte zur Tür. »Wir fragen die anderen, ob sie die Waffe gesehen haben.«

»Ach.« Eve rümpfte die Nase. »Ich glaube lieber, dass sie irgendwo hier ist.«

Reed verschränkte die Arme. »Warum?«

»Ich hatte sie vorhin abgelegt. Du weißt schon ... *vorher*.« Ihr Blick wanderte zum Flur, der von ihrer Warte aus einzusehen war. »Ich möchte mir lieber nicht vorstellen, dass einer von denen etwas gesehen hat ... gehört ... Ich würde lieber glauben, dass ich mich nicht restlos blamiert habe.«

»Du würdest lieber so tun, als sei es nicht passiert«, korrigierte er. »Das werde ich nicht zulassen.«

Eve funkelte ihn wütend an. »Wenn du dich unbedingt

an dein Schäferstündchen mit einer Schlampe erinnern willst, nur zu. Aber maß dir nicht an, diese Entscheidung für mich zu treffen!«

»Ein Schäferstündchen«, wiederholte Reed und musste sich ein Grinsen verkneifen. »Mit einer Schlampe. Aber, aber, du bist ja eifersüchtig.«

»Leck mich.«

Da ihn seine eigenen Schuldgefühle plagten, provozierte er sie, indem er zu seiner Gürtelschnalle griff.

»Hol ihn ruhig raus«, forderte sie ihn heraus. »Und warte ab, was passiert.«

Reed hielt inne und musterte sie. Er konnte ihre Gedanken nicht lesen. »Was hast du denn damit vor?«

»Musste Izzie auch ins Kreuzverhör?«

»Nein.« Er stemmte die Hände in die Hüften. »Ich sagte ihr, was ich wollte. Ihre Meinung war nicht von Belang.«

»Ja, du scheinst es nur so zu mögen.«

Reed biss die Zähne zusammen, weil Eve auf ihre Begegnung im Treppenhaus anspielte. Da konnte er gar nicht schnell genug in ihr sein. Alles, was ihm im Weg war – ihre Kleidung und sein Gewissen –, wurde von der Intensität seines Verlangens abgetan.

»Auf die Art magst du es auch«, raunte er.

»Ein einmaliger Deal.« Ihre Lippen wurden zu schmalen Linien. »Zu deinem Glück hast du woanders was Besseres gefunden.«

Ihm entging nicht, dass sie anfing, wie Alec zu klingen. »Nicht besser, nur ohne Wachhund.«

»Gib Alec nicht die Schuld. Er hatte nicht verdient, so verletzt zu werden wie heute.«

»Er ist ein großer Junge, Eve.«

Sie strich sich über den Kopf und brummte leise. »Es ist eine Sache zu wissen, dass man jemanden mit dem verletzen könnte, was man tut. Eine völlig andere ist es, ihren Schmerz wie seinen eigenen zu fühlen. Alec mag mich wirklich, und ich entlohne es ihm mit einer dämlichen Schwärmerei für *dich*.«

Reed bemühte sich, nicht allzu brutal zu sein. Verdammt, es tat weh! Er könnte ihr sagen, dass das heutige Geschehen nie möglich gewesen wäre, wenn sie nichts füreinander empfanden, aber das wusste sie bereits. Es war nur leichter für sie, das Gegenteil zu behaupten. Pech für sie, denn er hatte es satt, dass sie sich etwas vormachte.

»Der Schmerz, den du gefühlt hast, war deiner«, konterte er.

»Und das findest du klasse, nicht wahr?« Ihr hübsches Gesicht verhärtete sich. »Dir war es egal, in wen du deinen Schwanz steckst, aber du freust dich sehr, dass es mir nicht egal war.«

»Überleg mal, wie viel schlimmer du dich fühlen würdest, hätte ich ihn in dich gesteckt. Ich habe uns beiden einen Gefallen getan.« Und deshalb war er ein Arschloch. Er hatte sich selbst belogen, als er sich einredete, dass er die Sache vor ihr verbergen würde. Eine Entdeckung war unvermeidlich gewesen, und ein Teil von ihm hatte sich gewünscht, sie auf die Weise zu treffen. Er wollte ihr zeigen, wie sie für ihn empfand. Schließlich konnte Cain sie jederzeit haben.

Sie lachte, was jedoch nicht freudig oder amüsiert klang. »Du bist für *mich* zu Izzie gegangen? Was für ein genialer Spruch! Du lädst alle Verantwortung für dein Handeln auf meinen Schultern ab.«

Er packte ihren Arm und riss sie näher an sich. »Du hättest sofort die Beine für mich breit gemacht, hätte ich es gewollt, und das wissen wir beide. Aber ich kenne die Serie, wie gesagt, und warte lieber auf die Folge, in der du zu mir kommst.«

Klein, wie sie war, baute Eve sich dennoch vor ihm auf, indem sie das Kinn reckte und die Schulter nach hinten bog. »Du brauchst mich nicht, Reed. Du *willst* mich manchmal – anscheinend nur, wenn Alec in der Nähe ist, um sich darüber aufzuregen –, aber weiter geht es nicht. Dafür werde ich nicht aufgeben, was ich habe.«

Reed stieß sie weg. »Dann solltest du verdammt froh sein, dass ich heute den Gentleman gemimt habe. Der Himmel weiß, dass ich es nicht für mich tat.«

Er griff in die Tasche, holte sein Telefon hervor und schaltete es wieder an, wobei er lieber auf das beleuchtete Gesicht auf dem Display sah, statt Eves verletztem und wütendem Blick zu begegnen. Wegen Saras dauernder Anrufe hatte er das Telefon nur lange genug eingeschaltet, um Raguel anzurufen. Jetzt musste er niemanden anrufen, doch es vorzutäuschen gab ihm und Eve die Chance, ein wenig abzukühlen. Sie mussten zusammenarbeiten, nicht über Dinge streiten, die nicht zu ändern waren.

Der Apparat piepte, als er vollständig zum Leben erwachte, allerdings waren keine Nachrichten eingegangen. Was Reed beunruhigender fand als eine überquellende Mailbox. Sara intensivierte ihre Versuche eher, statt aufzugeben.

Eve tat, als wäre sie damit beschäftigt, sich den Staub abzuklopfen. »Gehen wir.«

»Hör zu.« Nun sah Reed sie wieder an. »Ich weiß nicht, wie lange diese Verbindungen zwischen uns anhalten.«

»Meinetwegen können wir die nicht schnell genug los sein«, murmelte sie.

»Du fängst an, einige von Cains Formulierungen zu benutzen, und wir haben bereits festgestellt, dass wir die Emotionen der anderen fühlen. Das könnte für uns alle katastrophal werden, wenn wir es nicht in den Griff bekommen.«

»Wie das?«

»Wenn Cain sich mit Feuereifer in die Jagd nach Charles stürzt, könntest du dieselbe Skrupellosigkeit empfinden.«

Ihr Stirnrunzeln wich einem nachdenklichen Blick. »Und wenn ich Angst bekomme, könnte er sie fühlen.«

»Genau. Was bedeutet, dass wir dich ausgeglichen und konzentriert brauchen, solange er Grimshaw jagt.« Nicht um seines Bruder willen, sondern für Eve. Sollte sie unwillentlich eine Verletzung Cains im Kampf herbeiführen, würde sie es sich niemals verzeihen.

»Dann solltest du wohl Folgendes wissen«, begann sie mit einem entschlossenen Blitzen in den dunklen Augen. »Falls Gadara keinen Erfolg bei der Kommandantin hat und die Dreharbeiten nicht verschoben werden, gehe ich heute Nacht mit ihnen nach Anytown.«

Reed erstarrte. »Du gehst nicht dahin zurück!«

»Wir dürfen sie nicht hier allein lassen!«

»Raguel ist tot, Eve.«

Eve stolperte zurück, als hätte er sie geschlagen. Er hatte vorgehabt, es taktvoller mitzuteilen, aber sie hatte ihn überrumpelt.

»*Abel*«, brach eine tiefe Männerstimme das beklemmende Schweigen.

Reed wandte den Blick nicht von Eve ab, doch sie sah

zur Tür, die Augen weit aufgerissen wie ein Reh im Scheinwerferlicht.

»Montevista«, hauchte sie. »Wo ist Gadara?«

Der Wächter antwortete: »Im Bauch eines Höllenwesens.«

Nun musterte Reed den Gezeichneten, seine kräftige Statur und die müden Augen. Er strahlte eine Ruhe aus, die Vertrauen einflößte, und Reed begriff, warum sich Raguel auf diesen Mann verlassen hatte.

Eves Unterlippe bebte. »Was ist passiert?«

Montevista erklärte es merklich resigniert. Anschließend sah er Reed an. »Cain möchte, dass Sie Ihr Handy einschalten, damit er Sie anrufen kann.«

Unwillkürlich blickte Reed auf sein Telefon. Jetzt wurde ihm klar, warum er es überhaupt wieder eingeschaltet hatte – weil er nämlich immer noch mit seinem Bruder verbunden war. Seltsamerweise schien Eve gar nicht mitzubekommen, dass sie das Verbindungsglied zwischen ihnen war. Wie es aussah, spürte sie die Informationen nicht, die durch sie von einem zum anderen flossen.

»Was für ein Höllenwesen?« Eve hockte sich wieder hin und wühlte zwischen den Reisetaschen.

»Weiß ich nicht.«

Sie sah zu Reed auf. »War es euer mysteriöser Dämon?«

»Der Beschreibung nach, ja.«

»Dann müssen wir zu dieser Baumgruppe und nach irgendwas suchen, das uns hilft, Gadara zu finden.«

Montevista atmete schwer aus. »Glauben Sie nicht, dass er tot ist?«

»Sie glaubt gar nichts«, knurrte Reed, nach wie vor gekränkt.

Eve funkelte ihn verärgert an. »Gadara kommt mir nicht wie der Typ vor, der Suizid begeht. Und ist das nicht eine Sünde?«

»Mord ist wider Gottes Befehl«, antwortete Montevista. »Und Suizid ist Selbstmord.«

»Womit zu bezweifeln ist, dass Gadara das tun würde, nicht? Er muss einen Plan gehabt haben.«

»Wir können hoffen, aber wie sollte er wissen, dass er es mit einer Höllenart aufnimmt, die uns bisher völlig fremd war?«

»Uns schon, ihm vielleicht nicht. Er hatte es zum ersten Mal gesehen, oder? Vielleicht hat er das Ding erkannt.«

»Das kann ich mir nicht vorstellen«, sagte Reed. »Mariel und ich haben die Kreatur sehr deutlich beschrieben.«

»Ich überlege ja nur laut.« Eve gab es auf, nach ihrer Waffe zu suchen. »Wir müssen auch die Situation berücksichtigen, die ihr vorgefunden habt – den ausgelösten Feueralarm und das draußen gefangene Höllenwesen. Hätten sie die Soldaten umbringen wollen, wären sie schon tot gewesen, als ihr dort ankamt.«

Montevista sah zu Reed. »War sie ein Cop?«

»Innenarchitektin.«

»Sie ist ziemlich gut für einen Neuling.«

»Gut genug, um gefährlich zu werden«, stimmte Reed ihm zu.

»Hey!« Eve knuffte ihn in die Schulter, was keinerlei Eindruck auf ihn machte. »Ich bin noch hier!«

»Ja, bist du, aber ob du recht hast, bleibt abzuwarten«, sagte er achselzuckend.

»Dann halten Sie auch Grimshaw für den wahrscheinlichen Schuldigen?«, fragte Montevista.

»Wenn Gadara und Alec das denken«, sagte Eve, »schließe ich mich ihnen an.«

»Das ist ja mal was ganz Neues. Aber du gehst nicht zurück nach Anytown«, sagte Reed streng. »Das steht nicht zur Diskussion.«

»Es leuchtet ein, dass es der Alpha ist«, fuhr sie fort, ohne auf Reeds Bemerkung einzugehen. »Er ist der einzige Dämon, von dem wir wissen, dass er uns offen den Krieg erklärt hat.«

Montevista zuckte zusammen. »Hat er?«

»Er hat mich schon einmal umgebracht.«

»*Hat er?*« Der Wächter strich sich durch das kurz geschorene Haar und fluchte auf Spanisch.

»Und davon brauchen wir keine Wiederholung«, sagte Reed grimmig. »Deshalb gehst du nicht …«

Das Klingeln seines Telefons unterbrach ihn. Als er es aus der Tasche zog, wurden die erstickten Takte von »Jessie's Girl« klar und laut. Der Anrufername erschien auf dem Display.

Cain.

Stöhnend hielt Reed sich das Telefon ans Ohr. »Was?«

»Du mich auch«, konterte sein Bruder. »Hat Montevista dich schon erreicht?«

»Ja, und wir sind beschäftigt.«

»Hast du ein Treffen mit dem Colonel arrangiert?«

Reed gefiel Cains Ton nicht. Und es half wenig, dass Eve und Montevista die Köpfe zusammensteckten. »Das geht dich verdammt noch mal nichts an.«

»Und ob es mich etwas angeht! Ich habe die Interimsleitung von Raguels Firma.«

»Blödsinn!« *Raguels Abwesenheit hatte einen freien Lei-*

tungsposten geschaffen. Mist! Darauf hätte Reed viel früher kommen müssen, doch er war noch damit befasst, Raguel zu finden, nicht, ihn zu ersetzen. Wieder einmal war Cain ihm einen Schritt voraus und warf ihn aus dem Rennen, ehe er eine Chance gehabt hatte, mit anzutreten.

»O doch, kleiner Bruder.« Cain klang derart selbstzufrieden, dass Reed wünschte, er wäre hier, damit sie ihre Fäuste sprechen lassen konnten.

»Wenn das so ist, schwing deinen Arsch hierher und kümmere dich selbst um den Colonel!« Reed legte auf.

Cains *Mal'akh*-Gaben waren eingeschränkt, weshalb er sich nicht auf himmlische Weise von einem Ort zum anderen teleportieren konnte. Seine Flügel waren gestutzt und zu einem Pechschwarz entfärbt. Warum sollte *er* die Macht bekommen, über eine Firma zu herrschen, wenn man ihm nicht mal zutraute, seine Engelsgaben richtig zu nutzen?

Es war so absurd, dass Reed es nicht glauben konnte. Cain war ein Nomade, ein Streuner und Soziopath. Abgesehen von Eve, konnte Reed sich an niemanden erinnern, dessen Gefühle Cain über seine eigenen gestellt hatte. Wie konnte man ihm die Sicherheit von Millionen anvertrauen?

Und warum zur Hölle klang er so verdammt froh darüber?

14

Alec überlegte kurz, seinen Bruder wieder anzurufen, entschied sich dann aber dagegen. Abel musste erst mal den Stand der Dinge verarbeiten. Die Spitze mit dem Teleportieren war ins Leere gelaufen, denn alle Erzengel waren bis auf sieben Wochen im Jahr in ihren Fähigkeiten eingeschränkt. Den Rest der Zeit kamen sie prima ohne sie aus, und das würde Alec auch.

Stattdessen wählte er die 4-1-1 und bat um die Telefonnummer der Kommandantin. Einige Minuten und Telefonate später wurde ihm gesagt, der Colonel wäre nicht mehr im Büro und erst morgen wieder zu erreichen.

»Mist!« Er brauchte einen Plan B. Nachdem er seine Möglichkeiten abgewogen hatte, rief er Hank an.

»Cain!« Die raue Stimme erinnerte an Larry King, auch wenn Hanks wahres Geschlecht ein Mysterium war. Das Chamäleon war ein Okkultist, spezialisiert auf die magischen Künste, und wechselte Gestalt und Geschlecht je nach Gegenüber. Einzig das feuerrote Haar und die komplett schwarze Kleidung änderten sich nie. Die waren seine Grundausstattung.

»Was verschafft mir das Vergnügen?«, raspelte Hank.

»Tod und Zerstörung.«

»Klingt nach meiner Sorte von Party.« Hank machte einen erstickten Laut, bevor er rief: »Vorsichtig mit der Kiste! Der Inhalt ist unersetzlich.«

»Wo bist du gerade?«

»Am Monterey Municipal Airport in Nordkalifornien. Raguel hat mich hergerufen, und weil ich meine Ausrüstung mitbringen sollte, war ich gezwungen zu fliegen. Von den Gezeichneten kann man nicht erwarten, dass sie verstehen, wie wichtig meine Sachen sind. Wenn ich die ihnen überlasse, machen sie beim Transport alles kaputt. Schon das Beladen des gemieteten Vans ist ihnen offensichtlich zu hoch.«

Von allen Höllenwesen war Hank ohne Frage Alecs Liebling. In den Jahrhunderten, die er in Raguels Team war, hatte sich der Dämon als extrem hilfreich erwiesen.

»Wer ist bei dir?«

»Zwei Ermittler aus dem Exceptional Projects Department und zwei Wachen.«

Alec atmete auf und erläuterte ihm die gegenwärtige Lage.

»Ich weiß«, sagte Hank. »Ich habe den Moment gefühlt, als er weg war.«

»Wie?« Nachdem jedwede himmlische Reaktion auf Raguels Verschwinden ausgeblieben war, wunderte es Alec sehr, dass ein Höllenwesen gefühlt hatte, was allen anderen entgangen zu sein schien.

»Wir arbeiten schon lange zusammen, und er ist mir genauso verbunden wie allen Gezeichneten, die für ihn tätig sind.«

Alec musste sich mit einer Hand an der Wand abstützen, denn diese Enthüllung riss ihm halb den Boden unter den

Füßen weg. »Haben alle Höllenwesen, die für Erzengel arbeiten, eine Verbindung zu ihrem Firmenchef?«

»Klar. Warum nicht?«

Ach du Schande! Ein Band zwischen Höllenwesen und Erzengeln? Ein steter Informationsaustausch zwischen ihnen und ein Einblick in das Denken des anderen?

Alec schüttelte seine Verblüffung ab und kam zum Grund seines Anrufs zurück: »Wenn du in McCroskey bist, berichte mir bitte sofort, was du dort entdeckst. Warte nicht damit, bis du deinen offiziellen Bericht geschrieben hast.«

Am anderen Ende wurde es für einen Augenblick still. »Hast du Raguels Flügel übernommen?«

»Sozusagen.«

»Du erteilst Befehle wie ein Erzengel, mein Freund. Nur klingst du nicht wie einer.«

Erzengelstimmen waren von einer einzigartigen Resonanz, die Ehrfurcht und Gehorsam einflößte.

»Halte dich trotzdem an mich«, sagte Alec.

»Wie du willst. Ich freue mich schon darauf, dein reizendes Mädchen wiederzusehen.«

»Kannst du bitte aufpassen, dass sie sich nicht in Schwierigkeiten bringt?«

»Und sie von Abel fernhalten?«, fragte Hank. Für die Guten zu arbeiten löschte das tief wurzelnde Verlangen der Höllenwesen nach Chaos und Konflikt nicht aus.

»Auch das. Ruf mich an, sowie du etwas weißt.«

»Mach ich.«

Alec legte auf und ging nach nebenan ins Bad, wo er Giselle zurief: »Aufwachen, Schlafmütze!«

Der weibliche Mahr rührte sich nicht.

Alec drehte den Wasserhahn auf, schöpfte mit beiden

Händen kaltes Wasser und schüttete es auf Giselle. Prustend setzte sie sich auf, und Alec wich zurück. Ihr Versuch, sich die Augen zu reiben, wurde von den Handschellen sabotiert, was einen überdehnten Arm und einen Schwall von ersticktem Gezeter zur Folge hatte.

Alec hockte sich neben sie und zog den Knebel nach unten, sodass er ihr um den Hals hing. »Schön geträumt?«, fragte er lächelnd.

Sie funkelte ihn unter tropfenbenetzten Wimpern an. »Wieso hast du das gemacht? Ich war noch nicht fertig!«

»Doch, warst du.«

»Du bist zum Kotzen, Cain«, grummelte sie. »Echt zum Kotzen. Jetzt nimm mir die Handschellen ab.«

»Du musst mir einen Grundriss von Charles' Anwesen zeichnen. Wirst du brav sein?«

Ihr Schmollmund bog sich zu einem strahlenden Lächeln. »Heißt das, ich muss nicht mit dir kommen? Ich zeichne dir die schönste Karte aller Zeiten. Dann warte ich hier, bis du fertig bist, und wir fahren ...«

»Ich brauche auch ein bisschen Blut.«

»... nach Anaheim und ...« Gisselles blaue Augen weiteten sich. »Mein *Blut*? Nachdem du mich an ein Badezimmerwaschbecken gekettet hast? Du bist doch ...«

»Okay.« Alec richtete sich seufzend wieder auf. »Wie du willst.«

»Wo gehst du hin?«

»Ein Messer holen. Wenn du nicht zappelst, sollten die Narben nicht zu übel werden.«

»Warte!«, rief sie ihm nach, und die Handschellen ratterten an dem Rohr. »Reden wir erst mal darüber. Du gibst mir ja keine Zeit zum Nachdenken. Du kannst doch nicht eine Frau mitten beim Essen aufwecken und erwarten, dass sie klar denkt!«

Er stand direkt neben der Tür an der Wand und schmunzelte.

»Cain, verdammt!«, schimpfte sie. »Hat deine Mutter dir keine Manieren beigebracht? So behandelt man keine Gäste!«

Er ging zurück, kniete sich ans Waschbecken und zog die Schlüssel für die Handschellen aus seiner Tasche. »Bei ungebetenen Gästen gelten die Regeln nicht.«

Nachdem er sie befreit hatte, stand er wieder auf.

Giselle rieb sich das Handgelenk und streckte ihm einen Arm hin, damit er ihr aufhalf. Ihr blondes Haar war von dem Tuch und dem Liegen zerdrückt, aber der Look stand ihr. »Dieser Boden ist hart und kalt.«

»Hättest du nicht alle Polster weggestrampelt, wäre es bequemer gewesen.«

»Man fesselt Leute nicht an Wasserrohre!«

»Bring mich nicht dazu, dich wieder zu knebeln.«

»Du bist wirklich kein sehr netter Mensch.«

»Sprach der Dämon, der Leuten Albträume bringt.«

»Ich muss essen!«

Alec verließ das Badezimmer und holte das Briefpapier des Hotels aus der Schublade des Nachtschranks. Zusammen mit einem Stift legte er es auf den Nachttisch und sagte: »Zeichne. Sofort.«

»Fahr zur Hölle!« Aber sie sank auf die Bettkante und nahm den Block auf. Ihre Hand bewegte sich über das Papier. »Es ist eine bewachte Anlage. Ich weiß nicht, wie du an den Wachen vorbeikommen willst. Du stinkst.«

Alec öffnete seinen Rucksack, den er auf dem anderen

Bett abgestellt hatte, und nahm eine Flasche Waschlotion heraus. Der Inhalt war schon mit einem Gerinnungshemmer versetzt; jetzt musste er nur noch etwas Höllenwesenblut hinzugeben.

»Dafür wirst du sorgen.« Er drehte sich zu ihr.

Giselles Blick wanderte zu der Spritze in seiner Hand, und ihr fiel die Kinnlade herunter. »Äh ...« Sie schluckte. »Ich habe Angst vor Spritzen.«

»Es pikt nur eine Sekunde.«

Energisch schüttelte sie den Kopf und stand auf, wobei der Block zu Boden fiel. »Du verstehst das nicht. Wenn ich Blut sehe, muss ich kotzen.«

Alec staunte. War ja klar, dass er mit dem einen Dämon endet, der ein Problem mit Körperflüssigkeiten hatte. »Glaub mir, du willst nicht wissen, was passiert, wenn du mich vollkotzt.«

»Dann stich mich nicht mit dem da! Was ist das denn überhaupt für eine kranke Folter?«

»Du weißt verflucht gut, was ich vorhabe.« Er nickte zum Bett. »Setz dich hin.«

»Können wir nicht lieber Sex haben?«, schlug sie vor, legte eine Hand auf ihre Hüfte und versuchte, verführerisch auszusehen. »Dann riechst du hinterher genauso gut, und es ist weniger schmerzhaft.«

»Für dich vielleicht. Setz dich hin.«

Giselle öffnete den Mund, doch sein Gesichtsausdruck musste ihr eine Warnung gewesen sein. Sie sackte wieder auf das Bett, hielt ihm ihren schmalen Arm hin und wandte das Gesicht ab.

Alec kniete sich hin und sagte: »Ich kann das gut. Es wird vorbei sein, ehe du etwas gemerkt hast.«

Sie sah weiter in die andere Richtung. »Das sagen Leute nur, wenn Sachen ewig dauern.«

»Zähl bis zwanzig.« Er band ihren Arm oben ab. Wie immer nahm er sich einen Moment, um die Ähnlichkeiten zwischen ihnen wahrzunehmen – schlagende Herzen, pumpendes Blut, fragile Haut.

»*Ett, två*«, begann sie und erschauderte, als er mit den Fingerspitzen auf die Innenfalte ihres Ellbogens tippte, »*tre, fyra*...«

Alec schob die Nadel in eine gewölbte Ader.

Kreischend sprang Giselle auf. Ihr Knie traf Alecs Kinn, sodass er nach hinten gegen das andere Bett kippte.

Er begann zu lachen, bis auf einmal glühender Schmerz durch seinen Schädel fuhr. Mit beiden Händen hielt er sich den Kopf und heulte vor Qualen.

Auch Giselle schrie und schlug ihm auf die Schulter. »Du hast mir einen Scheißschrecken eingejagt! Was soll das Geheule?«

Alec fiel auf die Seite und krümmte sich zusammen.

»O bitte«, murmelte Giselle. »Lass das Theater. Ich habe dich ja kaum berührt.«

Säure flutete seine Adern und fraß sich von innen nach außen durch seinen Körper; sie trieb ihm die Tränen in die Augen und verstopfte seine Kehle.

»Ach ja?« Giselle stupste ihn mit dem Fuß an. »Cain, verarschst du mich oder was?«

Alecs Rücken streckte sich, und sein Körper spannte sich wie ein Bogen. Er wand sich vor Schmerz, während sich seine Knochen in solcher Geschwindigkeit veränderten, dass er das Gefühl hatte, in Stücke gerissen zu werden.

»Du machst keine Witze«, hauchte Giselle. »Ich habe dich echt fertiggemacht.«

Wenn er das hier überlebte, würde er sie umbringen.

»Das könnte mir den Arsch retten!« Giselle klatschte in die Hände. »Ich kann Sammael sagen, dass ich nicht zurückgekommen bin, weil ich dich außer Gefecht setzen musste! Wie genial ist das denn? Ich werde eine Heldin sein, und Charles wird krank vor Neid. Ein Mahr macht den berüchtigten Cain platt. Wer hätte das gedacht?«

Cain packte ihren Knöchel und drückte fest zu.

»Aua!« Sie riss ihr Bein los. »Du tust mir weh!«

Sengende, schwere Hitze staute sich in seinem Bauch. Von dort strahlte sie in alle Richtungen ab, verlängerte seine Gliedmaßen, dehnte die Finger und Zehen. Wie ein Folteropfer auf einer mittelalterlichen Streckbank war Alec bereit, um den Tod zu betteln, als er Eve in sich spürte. Sie war genauso da wie der Schmerz, genauso intensiv. Phantomarme umfingen ihn beruhigend und kühlend. Er drängte sich an sie, klammerte sich an ihre ätherische Gegenwart wie ein Ertrinkender an seinen Lebensretter, und zog sie mit sich in die Angst.

Alec. Das war ihre Stimme, die besorgt und erschrocken klang.

Eve bekam Panik, als sie tiefer in seinen Schmerz sank, doch er konnte sie nicht loslassen. Sein Überlebensinstinkt war zu stark.

Er begann zu krampfen, und Giselle schrie. Sie sprang über ihn und rannte zur Tür.

»*Bleib.*«

Es waren seine Stimmbänder, die den Laut geschaffen

hatten, nur war es nicht seine Stimme. Sie klang tiefer, dunkler. *Volltönend.*

Giselle erstarrte mit einer Hand am Türgriff.

Wahnsinn schwappte an Alecs Bewusstsein wie dunkles, kaltes Wasser. Mit Eve in seinen Armen sank er unter die Oberfläche. Sein Körper war ein Kerker der Qualen.

Cain!

Alec zuckte beim Klang von Abels Brüllen. Es war ein hallendes Donnern inmitten der stillen Finsternis seines Geists. Eve wehrte sich mit neuem Elan, kämpfte sich mit wedelnden Armen nach oben und fand Halt. Sie wurde aus Alecs Armen gerissen und außer Reichweite von ihm gezerrt, obwohl Alec versuchte, sie zu halten.

Wie ein Glühwürmchen flatterte sie davon. Alec folgte ihr durch seine Pein nach oben und arbeitete sich durch den noch größeren Schmerz, dass sie seinem Bruder tief genug verbunden war, um ihm entrissen zu werden.

Dann war sein Elend genauso schnell vorbei, wie es begonnen hatte.

Frieden umhüllte ihn, beruhigte und entspannte jeden Muskel, jede Sehne, und löste die Anspannung in seiner Brust.

Er schlug die Augen auf. Die Zimmerdecke senkte sich zu ihm.

Nein, er stieg zu ihr auf. Schwebte nach oben.

Das Rauschen in seinen Ohren verebbte, und erbärmliches Schluchzen trat an seine Stelle. Er richtete sich auf, sodass seine Füße zur Erde zeigten und sein Kopf zum Himmel gerichtet war.

Mit einem Schulterrollen schüttelte er die letzten Verspannungen ab. Im nächsten Moment breiteten sich seine

Flügel aus. Sie waren nach wie vor schwarz wie die Nacht, allerdings hatten sie nun goldene Spitzen.

»Mein Leben ist scheiße!«, schrie Giselle und lenkte Alecs Aufmerksamkeit auf sich. Sie hockte zusammengesunken an der Tür, das hübsche Gesicht nass von Tränen.

Alec lächelte, erstaunt von der Kraft, die ihn durchströmte. Seine Füße berührten den Teppichboden, und er blieb kurz stehen, um die Flut von Wissen aufzusaugen, die sich in sein Bewusstsein ergoss. Das Angenehmste jedoch war die Ruhe, die er empfand. Seine Gefühle beherrschten ihn nicht mehr. Vielmehr empfand er sie kaum noch.

»Jetzt nimmt Sammael mich nie wieder zurück«, schniefte Giselle und wischte sich die laufende Nase. »Ich habe den berüchtigten Cain zum Erzengel gemacht.«

Eve erschrak, als die Tür zwischen ihrem und Alecs Geist mit brutaler Endgültigkeit zugeknallt wurde. Vor lauter Erschöpfung und Unglück knickten ihre Knie ein, doch sie wurde von starken Armen abgefangen und gehalten. Der Duft von Reeds Haut stieg in ihre Nase und brachte sie zu sich selbst zurück.

Ihr Rücken war an seiner Brust, sein Mund an ihrem Ohr. Sie blinzelte und erkannte das Innere der Haushälfte, in der die Frauen untergebracht waren.

»Was zum Geier war das?« Montevista sah die beiden abwechselnd an. »Eben unterhalten wir uns noch, und auf einmal fallt ihr zwei in eine Art Zombie-Trance!«

Keuchend hob Eve eine Hand an ihr T-Shirt. Sie hatte halb damit gerechnet, dass es klatschnass sein würde, doch es war völlig trocken. Das Gefühl, in einem tintigen Meer zu versinken, war so real gewesen ... Und wahnsinnig beängstigend.

»Alec ist etwas *Schreckliches* passiert.« Sie entwand sich Reed und drehte sich zu ihm um. »Wir müssen zu ihm.«

Reeds Miene war unentzifferbar und unheimlich zugleich. Seine dunklen Augen waren kalt, die Lippen hart. »Er hätte dich fast umgebracht.«

Es laut ausgesprochen zu hören war ein Schock. Obwohl sich die Verbindung so angefühlt hatte, wollte Eve nicht glauben, dass Alec das bewusst getan haben könnte. »Er würde mir nie wehtun.«

»Er ist nicht mehr derselbe, Eve.«

Sie rang mit dem Restnebel in ihrem Gehirn. »Was meinst du?«

Reed biss die Zähne zusammen, bevor er antwortete: »Er ist zum Erzengel befördert worden.«

»Wie?« Ihre Furcht wurde zu einem schweren Stein in ihrem Bauch. »Wie kann das sein?«

»Raguel ist verschwunden, und Alec wurde ausgewählt, in seine Fußstapfen zu treten.«

»Alec?« Unwillkürlich schlang sie die Arme um ihren Oberkörper. »Woher weißt du ...?«

»Er hat es mir erzählt. Er hat sich ein Leben lang einen Dreck für andere interessiert, und jetzt ist er für Abertausende von Gezeichneten verantwortlich.«

Eve hatte keine Ahnung, wie sie reagieren sollte. Was bedeutete das? Was wurde jetzt aus Alec und ihr? Sie holte ihr Telefon hervor und drückte Alecs Kurzwahl.

Sydney rief von der Veranda aus: »Es kommt gerade ein Van!«

Draußen wurde zweimal gehupt.

»Verstärkung?«, fragte Eve und runzelte die Stirn, als sie auf Alecs Mailbox geleitet wurde.

Ein Handy stimmte einen Paul-Simon-Song an, dessen Titel Eve nicht einfallen wollte. Montevista griff in seine Tasche und zog ein schmales silbernes Smartphone heraus.

»Das ist Raguels«, bemerkte Reed.

»Ja, ist es.« Das Telefon verstummte. Anscheinend war die Anruferkennung noch zu sehen, denn Montevista sagte: »Hank ist hier.«

Eve eilte zur Tür. Als sie gerade über die Schwelle wollte, hielt sie inne, sodass Montevista von hinten in sie hineinlief. Sie stolperte und fing sich an der Trennwand am Verandaende ab – das Gegenstück zu der vor der anderen Haushälfte, durch die Eve Molenaar gerammt hatte.

»Alles in Ordnung?«, fragte der Wachmann. »Vielleicht sollten Sie es ruhiger angehen.«

»Wo sind die Höllenwesen?«

Er blinzelte. »Welche Höllenwesen?«

»Die, die Gadara mitgebracht hatte. Die Fee, der Drache und der Gwyllion. Und die anderen, falls er noch mehr dabei hatte.«

»Nein, nur die drei. Die Fee kann mit jedem Blendzauber arbeiten.«

»Wo sind sie jetzt?«

»Sie wohnen in einem Haus um die Ecke.« Er zeigte in Richtung Anytown.

»Warum nutzen wir sie nicht?«

»Tun wir doch. Sie helfen meinem Team mit den Leichen.«

Bei dem Wort »Leichen« fröstelte Eve innerlich. »Was machen sie mit ihnen?«

»Sie obduzieren sie.«

»Hatten wir eine Autopsie-Ausrüstung dabei?«

Er verzog das Gesicht. »Nein, deshalb brauchen wir die Höllenwesen.«

»Verstanden. Wo findet das statt?«

»In Anytown. Dort ist viel Platz, die Öffentlichkeit hat keinen Zutritt, und es ist nahe beim ersten Tatort, der laut meiner letzten Meldung noch untersucht wird.«

Reed drängte sich an ihnen vorbei und ging hinaus zur Einfahrt.

»Haben Sie sich dort umgesehen?«, fragte Eve.

»Nur flüchtig, denn mein Job ist es, bei Gadara zu bleiben.« Seine Züge verdunkelten sich. »Das *war* er.«

Eve strich ihm sanft über den Oberarm, um ihm ihr Mitgefühl auszudrücken. Sie kannte immer noch keine Einzelheiten über das Verschwinden von Gadara, deshalb wollte sie dabei sein, wenn es Hank erklärt wurde. Mit diesem Gedanken lief sie weiter, und Montevista begleitete sie.

»Worauf wollen Sie hinaus?«, fragte er.

»Ich könnte mir vorstellen, dass Sie bald wieder da rüber wollen.«

Er sah sie an. »Cain oder Abel werden auf keinen Fall zulassen, dass Sie dorthin zurückgehen.«

»Wollen Sie mir allen Ernstes erzählen, dass es hier sicherer ist als da? Noch dazu, wenn Sie dort sind und nicht hier?«

Sein einer Mundwinkel bog sich ein wenig nach oben. »Nein, eigentlich nicht.«

»Sehen Sie? Und machen Sie sich um die zwei keine Gedanken. Die überzeuge ich schon noch«, versicherte sie.

»Wenn sie mich jetzt den Bereich ansehen lassen und wir ihn hinterher bewachen, habe ich kein Problem damit, mich beim Team von *Ghoul School* zu entschuldigen.«

»Das möchte ich sehen. Verraten Sie mir, warum Sie so erpicht darauf sind? Ihnen ist doch klar, dass wir alle unser Bestes tun, um herauszufinden, was los ist.«

»Ja, ich habe nur das Gefühl, dass ich etwas übersehe, und ich kann nicht aufgeben, ehe ich weiß, was es ist.«

Er tippte mit seiner Schulter gegen ihre. »Gute Gezeichnete folgen immer ihrem Gefühl.«

Sie erreichten die Einfahrt, wo Ken, Edwards und Romeo Hank halfen – dessen einziger Beitrag in strengen Ermahnungen zu bestehen schien –, eine Vielzahl Holzkisten hinten aus dem schwarzen Van zu laden. Izzie, Laurel und Claire saßen im Schatten einer Eiche am Rand der Einfahrt. Ihre Aufmerksamkeit war geteilt zwischen etwas auf Claires Laptop und Hanks Erscheinung, die zwischen einer vollbusigen, schönen Rothaarigen à la Jessica Rabbit in einem Morticia-Adams-Kleid und einem großen, gut gebauten Kerl changierte, je nachdem, mit wem er gerade sprach. Die Wechsel waren fließend und schnell. Ein Blinzeln, und man hatte es verpasst.

Als Eve sich näherte, bemerkte Hank sie. Er nahm seine maskuline Gestalt an und kam mit einem breiten Lächeln auf sie zugeschlendert. Sein schwarzes Hemd und die Tuchhose brachten das dunkelrote Haar besonders gut zur Geltung.

Er streckte Eve beide Hände entgegen und musterte sie so erfreut wie neugierig. »Reizende Eve, wie schön, dich wiederzusehen!«

Sie legte ihre Hände in seine. Bei Hank hatte sie stets

den Eindruck, dass er sie so genoss wie ein Wissenschaftler seine Experimente. »Hi, Hank.«

Der Dämon stockte und betrachtete sie forschend. »Cain hat sich verändert. Weiterentwickelt. Er ist erblüht, und dir gefällt es nicht.«

»Das stimmt nicht«, widersprach sie. Ihr reichte es wahrlich damit, dass Leute in ihren Kopf rein und wieder raus huschten. »Ich verstehe es nur nicht, und ich hoffe, du kannst es mir erklären.«

Ken fluchte, und Hank fuhr herum. Noch ehe er die Drehung beendet hatte, war er wieder zur heißen Frau geworden und rief verärgert: »Vorsichtig damit! Bitte.«

»Was haben Sie hier drin?«, fragte Edwards, der unter dem Gewicht einer kleineren Kiste schnaufte. »Einen Elefanten?«

»Muss ich denn alles selber machen?«, murmelte Hank. Er hob eine Hand, schnippte mit den Fingern, und die Kiste verschwand aus Edwards' Händen.

Das Gewicht war so plötzlich fort, dass der Engländer nach vorn plumpste. »Verdammt noch mal! Wenn Sie das können, wieso haben Sie es dann nicht früher gemacht?«

Hank wandte sich als Mann wieder zu Eve. »Neulinge sind so anstrengend.«

»Ich bin auch ein Neuling.«

»Du bist einzigartig.«

Einzigartig vom Pech verfolgt. Sie blickte sich um. »Wo ist die Kiste hin?«

»Ins Haus.« Hank hakte sich bei ihr ein und ging auf die Männerseite des Doppelhauses zu.

Eve blickte sich zu Montevista um. »Gehen Sie nicht ohne mich.«

Der Wächter reckte einen Daumen.

Als sie mit Hank an den anderen Frauen vorbeiging, fragte Eve: »Weißt du, was sie machen?«

»Sie sehen sich ein Video an, das sie in der Küche gefunden haben.«

»Ein Video?«

»Eine Fernsehsendung über Geister hier auf dem Stützpunkt.«

»Ah, stimmt ja.«

»Viel kann ich dir über Cains Beförderung nicht erzählen«, fuhr Hank fort. »Soweit ich weiß, wurde niemand zum Erzengel befördert, seit … na ja, noch nie.«

»Super.«

»Fürchtest du, dass du ihn verloren hast?«

Sie verneinte stumm. »Ich fürchte, dass er sich selbst verloren hat. Ich war bei ihm – in ihm – während der Wandlung. Wie jemand solchen Schmerz durchstehen und noch derselbe sein soll, ist mir schleierhaft. Ich konnte fühlen, wie sich seine … *Seele* von seinem Leib getrennt hat.«

»Er hat seine Seele nicht verloren, Evangeline. Sie ist bloß vollständiger mit Gott verknüpft. Sammael ist berühmt für seine Fähigkeit, die Schwachen zu sich zu locken, doch bisher reicht er bei Weitem nicht an Gott heran.«

»Heißt das, Gott *lockt* Alec weg von mir?«

Hank lächelte. »Er kann Cain ohne dich glücklicher machen. Du bringst Unruhe, Gott schenkt ihm Frieden.«

»Frieden.«

»Es ist leicht, jemandem zum Sex zu verführen, nicht wahr? Sammael macht das minütlich. Ungleich schwieriger wird es, jemanden zum Verzicht darauf zu bewegen, und zwar *für immer*. Gott schafft auch das regelmäßig, bei den Starken eben, nicht den Schwachen.«

Eve versuchte, sich Alec vorzustellen – neben Reed einen der männlichsten Männer überhaupt –, wie er auf Sex verzichtete. »Äh ... ich glaube nicht, dass ...«

»... Raguel tot ist?« Das Blitzen in Hanks blassblauen Augen verriet ihr, dass er wusste, was sie eigentlich sagen wollte.

»Stimmt, das glaube ich nicht.«

An der Veranda begutachtete Hank die zerschmetterte Trennwand. Sie hatten den Schaden so gut wie möglich aufgeräumt, aber es war trotzdem offensichtlich, dass es so nicht aussehen sollte.

Die Vordertür war offen, um das Kistenhereintragen zu erleichtern. Hank ging als Erster ins Haus, weshalb Eve sich fragte, ob er ursprünglich eine Frau war oder schlicht keine Ahnung von Etikette hatte. Drinnen steuerte der Okkultist direkt auf die größte Kiste zu und schritt um sie herum. »Es ist kein Zufall, dass die Zahl der Erzengel unverändert blieb«, murmelte er.

»Nein, denke ich auch nicht.«

Er blickte lächelnd auf. »Ich bin übrigens sehr froh, dass du nicht naiv bist. Das macht dich viel interessanter.«

»Danke. Du bist selbst ziemlich interessant.« Sie wies auf all die Kisten. »Kann ich dir irgendwie hierbei helfen?«

Er zeigte auf drei Kuhfüße an der Wand neben der Tür. »Es muss ein Gleichgewicht geben. So wie die Könige der Hölle noch lebendig und wohlauf sind, sind es auch die Erzengel. Beide veranstalten ein großes Theater um ihren Schutz, weil sie die anderen nicht beleidigen wollen, indem sie es ihnen zu leicht machen.«

Eve nahm sich ein Stemmeisen und wählte die Kiste gleich in ihrer Nähe aus, die ihr bis zur Brust reichte. »So wie die Atomwaffen im Kalten Krieg? Die USA und die Sowjetunion spionierten sich gegenseitig aus, belogen sich und waren vorbereitet, sich gegenseitig in die Luft zu jagen, aber am Ende wollte keiner das Gleichgewicht stören, weil der Preis zu hoch war.«

»Genau so.«

»Aber«, sie stemmte den Kuhfuß nach unten und arbeitete einiges von ihrem Frust durch körperliche Anstrengung ab, »Alec könnte ein Erzengel bleiben, egal, was mit Gadara ist?«

Hank lehnte die überkreuzten Arme oben auf eine Kiste. »Kann sein. Er könnte wieder zum *Mal'akh* degradiert werden, was ganz eigene Probleme mit sich brächte. Es ist einfacher, sich an eine Verbesserung anzupassen, als den Erfolg zu kosten und ins Scheitern zurückzufallen.«

Mit aller Kraft drückte Eve das Stemmeisen nach unten und bog den Kistendeckel unter lauten Quietschen und Knarzen unzähliger Nägel auf. »Kannst du mit diesen Sachen herausbekommen, wer oder was die beiden Gezeichneten getötet hat?«

»Ich kann es auf jeden Fall probieren. Gehe ich recht in der Annahme, dass du nicht mehr über Cain reden möchtest?«

»Ich möchte *mit* ihm reden.« Sie rang sich ein mattes Lächeln ab, um jeder Kränkung Hanks vorzubeugen. »Aber ich bin dir sehr dankbar für das, was du mir erklärt hast.«

Sie wühlte in den Sägespänen, die halb aus der Kiste quollen, und ertastete ... einen Lampenschirm. Es war ein

Kinderlampenschirm mit einer Zeichentrickszene, die Mond und Sterne darstellte. Fragend blickte sie zu Hank.

Er wurde rot. »Die Stimmung ist so entscheidend für den Erfolg wie das Werkzeug.«

»Ja, keine Frage.« Was sie daran erinnerte, dass ihre Stimmung bereits den ganzen Tag vermurkst war. Sie musste es ruhiger angehen, sich Zeit für sich allein nehmen und alles, was sie über die Ereignisse wusste, mit der ganz großen Lupe ansehen.

Das Telefon in ihrer Tasche vibrierte. In der Hoffnung, dass es Alec war, zog sie es so schnell heraus, dass sie es fast fallen ließ. Aber auf dem Display leuchtete *Mom*. Eve überlegte kurz, das Gespräch auf die Mailbox weiterzuleiten, entschied sich jedoch dagegen. Derzeit konnte sie eine kräftige Dosis Realität vertragen. Von ihrer alten Realität, nicht der neuen.

»Ich muss da rangehen«, sagte sie zu Hank. »Tut mir leid.«

»Muss es nicht. Ich werde hinterher auch noch hier sein.«

»Hi, Mom«, meldete sich Eve, während sie in den Flur ging, um ungestört zu sein.

»Dein Dad hat mir eben erzählt, dass du gestern angerufen hast. Ist alles gut?«

Eve verzog das Gesicht. »So weit ja. Wir haben viel zu tun, aber das war zu erwarten.«

»Ist Alec bei dir?«

»Nein, er ist geschäftlich unterwegs.« Nicht zum ersten Mal wurde ihr bewusst, wie ein normales Leben mit Alec sein könnte. Und sie trauerte um dieses imaginäre Leben, wann immer sie sich erlaubte, darüber nachzudenken.

»Und Reed?«, fragte Miyoko. »Ist er da?«

»Ja.«

»Komisch. Irgendwas stimmt mit Alec nicht, dass er das hinnimmt.«

Eve strich sich die Stirn glatt. Ihre Haut fühlte sich klamm und heiß an, was ihr Sorgen machte. »Ich würde eher denken, dass mit einem Mann etwas nicht stimmt, der sich in den Job seiner Freundin einmischt.«

»Jobs sind nicht für immer«, sagte ihre Mutter. »Ehen schon.«

Da sie das Thema nicht mal mit der Kneifzange anfassen wollte, überlegte sie, wie sie ihre Mutter ablenken konnte. Dabei sah sie in das vordere Schlafzimmer, das vollständig leer geräumt war. »Gibt es bei dir aufregende Neuigkeiten?«

»Nein, außer dass ich wegen meiner Kinder graue Haare bekomme. Sophie hat wieder ein Tattoo. Sogar zwei!«

»Ehrlich?« Eves Schwester hatte Tattos gemocht, als sie noch Single war, sich jedoch seit ihrer Hochzeit keines mehr stechen lassen. »Was ist es?«

»Codys und Annettes Namen um ihren Knöchel.«

»Das ist doch süß, und die Kinder finden es wahrscheinlich richtig cool von ihrer Mom.« Sie ging ins nächste Zimmer. Dort waren nur noch ein paar Schlafsäcke und Reisetaschen, weil Ken und Edwards beim Beladen der Fahrzeuge unterbrochen worden waren. Richens' Laptoptasche lag auf seinem Gepäck, und ein Rasierbeutel, der wie eine Kameratasche aussah, stand obenauf.

Kamera!

»Tu nicht so, als würdest du das gut finden«, jammerte Miyoko. »Ich hoffe, du lässt dich nie tätowieren.«

Eve dachte an die Unterhaltung vor einigen Tagen, als sie glaubte, ihre Mutter hätte das Kainsmal auf ihrem Arm bemerkt. Stattdessen hatte Eve erfahren, dass das Mal für Sterbliche unsichtbar war. »Das habe ich nicht vor, aber man soll niemals nie sagen.«

»Evie!«, warnte ihre Mutter sie in ihrem strengsten Ton.

»Ich muss Schluss machen, Mom.«

»Warum hast du gestern Abend angerufen?«

»Ach, ich war nur einsam.« Eve drehte sich um und ging aus dem Zimmer. »Jetzt habe ich zu tun, deshalb muss ich auflegen.«

»Gut. Dann ruf mich später an.«

»Ich versuch's. Ich hab dich lieb.« Sie legte auf und sah die Zeit auf ihrem Handy-Display. Es war fast zwei Uhr, kaum noch genug Zeit für das, was sie vorhatte.

Sie lief den Flur hinunter, winkte Hank zu und rannte fast Ken um, der rückwärts die Stufen hinaufkam, das vordere Ende einer Kiste tragend, an deren hinterem Ende Montevista war. Eve sprang von der Veranda und lief um das Haus herum zur anderen Hälfte. Dort kamen Claire und Sydney gerade zurück zum Haus.

»Ich brauche deine Kamera«, sagte Eve zu der erschrockenen Französin.

Claire war zunächst verwirrt, dann begriff sie. »*Bien sûr* ... natürlich.«

Eve wartete draußen, während Claire die Kamera holte.

»Sie werden sich mit dem Fotografieren beeilen müssen«, sagte Sydney. »Cain besteht darauf, dass wir sofort verschwinden.«

»Hat er angerufen?« Eve sah zu dem Telefon in ihrer Hand. Keine verpassten Anrufe.

»Er ist in der Einfahrt und redet mit Abel.«

Eve sah hin, doch der Winkel war so unglücklich, dass sie nur die Fahrerseite des weißen Vans sehen konnte.

Claire kam mit ihrem Fotoapparat auf die Veranda. »Es ist noch reichlich Speicherplatz frei.«

»Prima, danke!«

Eve schnappte sich die Kamera und lief zur Einfahrt.

15

Als Eve um die Ecke des Doppelhauses gerast kam, überlegte Reed gerade, ob er seinen Bruder, den Erzengel, ebenso k.o. schlagen könnte wie den *Mal'akh*. Oder würde das andere Folgen haben? Seine Fäuste blieben geballt, doch seine Bizepse entspannten sich. Ihr Gesichtsausdruck reichte, um ihn zu beschwichtigen. Eve könnte Cain sowieso wirksamer fertig machen als er.

Hank war mit dem Rest des vom Pech verfolgten Kurses im Haus und ließ sie sein Equipment aufbauen, bevor sie zum Flughafen fuhren. Reed wünschte, der Okkultist wäre bei diesem Spontanbesuch Cains dabei; er könnte eher erkennen, ob sein neuer Bruder einzigartig war oder nicht. Montevista war der einzige anwesende Gezeichnete, außer Eve, und er sah schlicht erleichtert aus. Schließlich war er ein Gezeichneter, und die fanden alle, dass Cain das Beste sei seit der Erfindung des Schnittbrots. Die schwere Artillerie war hier, und alles würde gut.

»Alec!«

Sein Bruder drehte sich um und lächelte ob Eves enthusiastischer Begrüßung. »Hallo, Angel.«

Eve kam einige Schritte entfernt schlitternd zum Stehen, doch ein unsicheres Stirnrunzeln trübte ihr hübsches

Gesicht. Er begrüßte sie wie eine gute Bekannte, nicht wie die Geliebte, nach der er sich in den zehn Jahren ihrer Trennung verzehrt hatte.

»Wie geht es dir?«, fragte sie, als er besorgt auf sie zuschritt.

»Es wird mir besser gehen, wenn du in Sicherheit bist.«

Cain klang nicht wie er selbst, sondern tiefer, langsamer und ein wenig abgehackt. Außerdem sah er anders aus. Seine Augen waren goldgerahmt, und seine karamellfarbene Haut schimmerte. In seiner Jeans und dem Trägerhemd brachte Cain die Position des Erzengels auf ein neues Level. Und Reed wusste, dass es außerhalb von Eves Reichweite war.

»Bist du okay?«, fragte sie nach. »Wie fühlst du dich?«

»Mir geht es gut.« Als er ihr einige verirrte Haarsträhnen aus dem Gesicht strich, war Cains Lächeln freundlich. »Hast du gepackt?«

Reed lehnte sich vorn an den Suburban, verschränkte die Arme und beobachtete alles höchst interessiert. Früher waren die zwei auf einem Flecken wie Dynamit gewesen. Jetzt waren sie bestenfalls lauwarm.

»Ja, ich habe gepackt«, antwortete Eve, »aber ich kann noch nicht abreisen.«

»Wegen der Filmcrew gegenüber?«

Sie nickte.

»Ich habe alles arrangiert, dass sie über Nacht auf Alcatraz bleiben dürfen, und das Angebot gilt nur heute Nacht. Die letzte Fähre geht um zehn vor sieben, also müssen sie schnell los, wenn sie hinwollen.«

»Wunderbar«, antwortete sie wenig begeistert. Ihr Blick

war verwirrt und misstrauisch. Zudem ballte sie die Fäuste. »Wissen sie schon Bescheid?«

»Ich hatte gehofft, dass du das übernimmst.«

»Okay.« Sie wich zurück und blieb stehen. »Der Alpha…?«

»Noch nicht. Später.«

»Verschwinde bitte nicht, ehe ich zurück bin.«

Reed war klar, wie viel es sie kostete, das zu sagen. Eve war keine Frau, die sich an einen Mann klammerte; doch bei der Distanziertheit, die sein Bruder an den Tag legte, war ihre Sorge berechtigt.

Montevista stand bereit, ihr zu folgen. Cain bewegte sich als Erster und überwand den kleinen Abstand zwischen ihnen. Er packte ihre Oberarme und sah sie an.

»Die Konferenzschaltung ist in weniger als einer Stunde, und ich muss mich noch um Charles kümmern.«

»Was ist los?«, flüsterte sie. »Ich spüre dich nicht mehr.«

Er presste die Lippen auf ihre Stirn. »Die Dinge haben sich … *verändert*, Angel. Wenn alles geregelt ist, reden wir. Es gibt vieles, das ich nicht weiß oder nicht verstehe. Darauf muss ich erst selbst die Antworten finden. Kannst du mir ein bisschen Zeit geben?«

Eve nickte ruckartig.

Reed war sicher, dass sie soeben abserviert wurde. Und ihrem Gesichtsausdruck nach dachte sie dasselbe.

Doch sie stellte sich gerade hin und reckte das Kinn. »Sei vorsichtig.«

»Mach dir keine Sorgen um mich.« Cain ließ sie los und trat zurück. »Pass auf dich auf.«

Reed, der eine glänzende Chance auf Anhieb erkannte, stemmte sich von dem Wagen ab. »Ich gehe mit ihr.«

»Nein, ich«, bot Montevista an. »Sie werden hier gebraucht.«

»Ganz im Gegenteil«, erwiderte Reed lächelnd. »Der alleinige Grund, aus dem ich hier bin, ist Eve.«

»Hast du mir nicht etwas von deinem Ausflug nach Australien zu erzählen?«, fragte Cain. Einzig seine verengten Augen verrieten, dass ihn Eves Vorhaben und Reeds Angebot, sie zu begleiten, nicht gleichgültig ließen.

Reed sah zu Eve, die inzwischen auf der anderen Straßenseite war, und blickte sich um, ob sie niemand hörte. »Wir glauben, dass das Höllenwesen mit jedem Angriff wächst«, sagte er leise. »Das in Australien war erheblich größer als das, das Mariel gesehen hatte, und das Ding, das Raguel angegriffen hat, war noch größer.«

»Ihr glaubt demnach nicht, dass es mehrere gibt?«

»Könnte sein, aber Les, der australische Einsatzleiter, hat gesehen, wie es nach der Zerstörung seiner Gezeichneten wuchs.«

»Na gut. Danke.« Mit diesen Worten wandte sich Cain ab.

Ungefähr eine halbe Minute lang war Reed wie gelähmt vor Entsetzen. Beinahe hätte er Cain von der Vermutung erzählt, dass das Höllenwesen anscheinend im Stande war, die Bewusstseinsverbindung zwischen Gezeichnetem und Einsatzleiter anzuzapfen. Doch am Ende war sein Wunsch, bei Eve zu sein, größer als der, seinem Bruder einem Wissensvorsprung vor den anderen Erzengeln zu geben.

Er ging über die Straße und klopfte an die Tür des *Ghoul School*-Doppelhauses. Ein Hund bellte, und eine Minute später öffnete eine hübsche Rothaarige in einem rosa und lila gemusterten Sommerkleid.

»Hi.« Grinsend musterte sie ihn.

»Hi, ich bin auf der Suche nach Eve.«

»Er gehört zu mir!«, rief Eve.

Die Rothaarige reichte ihm die Hand. »Ich bin Michelle.«

»Michelle.« Reed hob ihre Hand an seine Lippen. »Reed Abel.«

Sie ging beiseite und winkte ihn herein. Reed betrat einen Raum, der stark an ein Studentenwohnheim erinnerte: ein aufblasbares Sofa, einige Campingstühle, viele Pappkartons und ein paar Luftmatratzen. Die Luft stand vor Insektenspray und Nacho-Tortilla-Aroma.

Reed machte eine Geste in die Runde, bestehend aus einer Brünetten mit Brille neben einem Typen mit Ziegenbärtchen in einer Cordhose auf der Couch sowie einem weiteren jungen Mann in Jeans und weißem T-Shirt, der in einem Behelfsbett schnarchte. Eine braune Dänische Dogge trabte durch das Zimmer, während Michelle einen Campingstuhl heranzog und ihn Reed anbot. Der lehnte mit einem höflichen Lächeln ab.

Eve machte sie bekannt und nahm das Gespräch wieder auf. »Also, das ist der Stand. Tut uns ehrlich leid, dass wir euch solche Umstände machen.«

»Hey«, sagte Roger grinsend, »wir regen uns ganz sicher nicht auf, weil wir nachts in Alcatraz drehen dürfen. Da versuchen wir schon seit zwei Jahren reinzukommen, bisher immer ohne Erfolg. Und selbst wenn wir mal ausgelost worden wären, hätte es keine Garantie gegeben, dass wir filmen dürfen.«

»Ich weiß nicht«, wandte Linda ein. »Wir wurden explizit hierher nach McCroskey gebeten, und den Kontakt würde ich mir ungern vermiesen.«

»Gewiss wird es eine neue Einladung geben«, versicherte Reed mit der geschmeidigen, himmlischen *Überzeugungskraft* des *Mal'akh*. »Gadara möchte euch für eure Unannehmlichkeiten entschädigen. Er hatte nicht damit gerechnet, dass wir den Bereich hier auch abends nutzen würden.«

»Das ist sehr nett von ihm«, sagte Michelle mit etwas glasigen Augen.

»Was könnt ihr dort überhaupt nachts anfangen?«, fragte Linda.

Reed zog die Brauen hoch. Bei der Brünetten schien seine Überzeugungskraft nicht zu wirken.

»Beleuchtung«, improvisierte Eve. »Innen und außen.«

»Linda mag keine Spontaneität«, erklärte Roger. »Aber ich bin begeistert. Alcatraz bei Nacht ist keine Unannehmlichkeit.«

Linda runzelte die Stirn. »Wir müssen das noch besprechen und sagen euch dann Bescheid.«

Reed sah zu Eve. *Zäher Brocken*, dachte er.

Sie schmunzelte. *Ich mag sie.* Laut sagte sie: »Ja, klar, lasst uns wissen, wie ihr euch entscheidet. Aber wartet nicht zu lange, denn es sind zwei Stunden Fahrt, und das ohne Berufsverkehr.«

»Ich hätte dich wirklich gern bei einer Untersuchung dabei.«

Reed überraschte die Inbrunst, mit der Linda es sagte. Er hatte angenommen, dass Eve sich diesen Leuten mehr oder minder aufgedrängt hatte, nicht dass sie vielmehr von den »Geisterjägern« vereinnahmt wurde.

»Das holen wir nach«, sagte Eve lächelnd. »Versprochen.«

Wenige Minuten später stand Reed neben Eve auf dem Gehweg, und beide sahen hinüber zu dem Doppelhaus der

Gezeichneten. Von draußen wirkte alles ruhig. Alle waren drinnen, sämtliche Fahrzeugtüren geschlossen, die gesamte Ausrüstung gepackt.

»Ich gehe nach Anytown«, sagte Eve. »Kommst du mit?«

Er sah zu ihr hinab, und sie blickte trotzig zu ihm auf. »Ich kann dich davon abhalten.«

Sie schürzte die Lippen. »Warum?«

»Um deiner Sicherheit willen?«

»Im Moment arbeiten drei von Gadaras Höllenwesen, zwei Wachen und zwei Ermittler in Anytown. Mit dir hätte ich auch noch einen Schutzengel dort. Eine richtige Armee.«

Reed ergriff die Gelegenheit. »Dafür schuldest du mir was.«

Eve verschränkte die Arme. »Was?«

Sein Blick fiel auf ihre schmalen Finger. Er war sicher, dass sie eine Kamera in der Hand gehabt hatte, als sie zum *Ghoul-School*-Haus gegangen war. »Wo ist deine Kamera?«

»Die habe ich drinnen gelassen.«

»Willst du sie nicht holen?«

»Willst du nicht beim Thema bleiben? Was werde ich dir schulden? Sex kann es nicht sein.«

»Wieso nicht? Vielleicht will ich genau den.« Er konnte ebenso gut gleich die Karten auf den Tisch legen. Immerhin sollte sie später nicht behaupten, sie hätte keine Ahnung gehabt, worauf sie sich einließ.

Sie schnaubte. »Den wolltest du vor Kurzem noch nicht.«

»Und du hast nicht gezögert, ihn dir am Telefon mit Cain zu besorgen«, konterte er. »Wir haben beide einen Ersatz für das gefunden, was wir eigentlich wollten.«

»Das kannst du nicht vergleichen. Es sind zwei völlig verschiedene Dinge. Mir bedeutet Alec etwas. Dir ...«

»Und das macht dich besser als mich?«, fiel er ihr ins Wort. »Ich bin ein Arsch, weil ich bei jemandem Dampf ablasse, dem völlig egal ist, was ich tue, aber du sitzt auf dem hohen Ross, weil du einen Typen benutzt, der dich mag?«

»Ich habe ihn nicht benutzt!«

»Blödsinn.« Reed rieb sich mit einer Hand übers Gesicht. »Das ist schwachsinnige Eifersucht.«

»Eifersucht?«, fauchte sie. »Du träumst wohl!«

Doch in ihrem Kopf erschienen Bilder von ihm mit Izzie – einige Erinnerungen, andere ihrer Fantasie entsprungen. Sie quälte sich selbst damit, sich Dinge vorzustellen, die er nicht getan hatte. Doch er durfte ihr nicht sagen, wie sehr es ihm gefiel, dass sie ihn für sich wollte, denn es machte sie rasend. Manche Frauen konnten damit leben, Männer mit anderen zu teilen; Eve nicht. In Reed regte sich zuerst Reue, dann Wut.

Sein Arm schnellte vor, legte sich in ihren Nacken und zog sie grob näher. Er berührte ihre Nasenspitze mit seiner und flüsterte: »Deine Eifersucht ist nichts gegen meine. Ich empfinde sie jedes Mal, wenn du kommst. *Jedes Mal!* Denk mal eine Minute darüber nach.«

Reed glitt mit der Zunge über ihre Lippen, bevor er sie wieder losließ. »Vielleicht wünsche ich mir, dass du in einem Bikini meinen Wagen wäschst«, raunte er, »oder mir Essen kochst. Vielleicht will ich, dass du eine Woche lang Telefondienst für mich machst oder ein bestimmtes Outfit trägst. Oder ich will dich doch besinnungslos vögeln. Das habe ich noch nicht entschieden. Aber was es auch sein mag, du musst es bereitwillig tun.«

»Du bist ein Schwein«, sagte sie trotzig.

Er grinste. »Das gefällt dir. Und Cain hat dich gerade abserviert, folglich bist du ihm gegenüber zu nichts verpflichtet.«

»Hat er nicht!«

»Okay, falls nicht, klammere ich alles Sexuelle aus. Falls doch, ist alles offen.« Sein Selbstbewusstsein brachte sie erst recht auf, wie er deutlich erkennen konnte. Aber er wusste nun einmal, wie ein Laufpass aussah, und hatte kein Problem, den zu nutzen, um ihr wieder an die Wäsche zu gehen.

»Du verlangst ganz schön viel für eine kurze Besichtigung einer verlassenen Stadt«, sagte sie verärgert.

Er machte einen Schritt auf die Straße, als wollte er sie überqueren. »Deine Entscheidung.«

»Und wenn ich ablehne und allein hingehe?«

»Das kannst du gern mal versuchen.«

Ihre braunen Augen blitzten. »Na gut, aber ich will mehr.«

»Babe, du konntest kaum bewältigen, was ich dir letztes Mal gegeben habe.«

»Ich will, dass du eine Gezeichnete für mich in Europa aufspürst.«

»Wen?«

»Spielt keine Rolle. Machst du es?«

Reed streckte ihr seine Hand hin. »Abgemacht.«

Eve schüttelte seine Hand und ging ohne ihn los. »Dann komm.«

Er holte sie ein. »Weißt du, wonach du suchst?«

»Nicht genau.« Sie sah ihn an. »Aber ich erkenne es, wenn ich es sehe.«

Reed ergriff ihre Hand und verwob seine Finger mit ihren. »Erzähl mir, was du von dem neuen Cain hältst.«

Sie drückte seine Hand. »Ich mochte den alten lieber.«

»Ist das alles?«

»Momentan beschäftigt mich Wichtigeres, Reed.«

Er schaute sich in ihren Gedanken um, ob es etwas gab, das sie ihm nicht erzählte. Da war nichts. Also hakte er in der Hoffnung nach, die Situation möglichst optimal auszunutzen. »Man kann nur eine Sache wahrhaft lieben, Eve. Cain ist jetzt so auf Jehova fixiert, dass für dich kein Raum mehr bleibt. Und sieh dir an, wie viel glücklicher er wirkt.«

Reed sagte ihr nicht, dass er sich noch viel dringender eine Beförderung gewünscht hatte, danach gegiert hatte wie ein Vampir nach Blut. Was für eine Erleichterung wäre es, nicht mehr so maßlos fasziniert von Eve zu sein! Reeds Leben wäre um ein Vielfaches einfacher, wenn er nicht die ganze verdammte Zeit an sie denken müsste. Aber er dachte an die Auswirkungen, was Cain betraf, nicht ihn selbst. Und sollte Eve in seinem Kopf sein, könnte sie es missverstehen.

»Das ist gelogen«, sagte sie und blickte stur nach vorn.

»Wie bitte?« *Sie konnte unmöglich so gut darin sein, seine Gedanken zu lesen.*

»Dass man nur eine Sache lieben kann. Und Alec wirkt nicht glücklich, sondern leblos wie nach einer Gehirnwäsche.«

Beinahe hätte Reed sie gefragt, ob sie jemals zwei Menschen gleichzeitig geliebt hatte, verkniff es sich aber. Er wäre bescheuert, sich Hoffnungen wegen etwas zu machen, das zwangsläufig nur vorübergehend blieb.

»Wie geht es dir körperlich?«, fragte er, denn ihm fiel

auf, dass sie immer noch ohne Jacke war. Für die Einheimischen war es fraglos ein lauer Tag, doch für jemanden aus Südkalifornien dürfte sich der frische, salzige Wind kühl anfühlen.

»Darüber versuche ich auch nicht nachzudenken.«

»Und wie klappt es?«

»Nicht so gut wie erhofft.« Nun sah sie mit einem reumütigen Lächeln zu ihm. »Was ist mit dir?«

Zwar wollte Reed eigentlich *ihre* Probleme besprechen, aber notfalls fing er eben an ... und zapfte vorerst ihren Verstand über das Band zwischen ihnen an. »Ich mache mir Sorgen um Raguel. Wir wollen gern glauben, dass er wusste, was er tat, als er auf das Höllenwesen los ist, aber das können wir letztlich nur vermuten. Falls er wirklich tot ist, stecken wir knietief in der Scheiße.«

»Du denkst also nicht, dass dein Bruder ein guter Firmenchef sein kann?«

»Das ... bezweifle ich. Er ist schon sehr lange Einzelgänger und hatte nie mit dem Gezeichnetensystem zu tun.«

»Du rechnest schon seit einer Weile mit der Schaffung eines neuen Erzengels«, bemerkte sie. In einem Moment der Schwäche sah sie in seinen Kopf. »Du wolltest den Job.«

»Nein«, log er und zügelte seine Gedanken, damit sie ihm folgten, als würde er die Wahrheit sagen. »Ich glaube nur, dass ein neuer Erzengel mit allen Aspekten des Systems vertraut sein sollte, so wie ich. Das hast du falsch gedeutet.«

»Hmm ... aber du glaubst schon, dass es mehr als sieben Erzengel geben sollte. Habe ich den Teil richtig verstanden?«

»Die Bevölkerung der Welt ist von zwei auf Milliarden angewachsen, dennoch ist die Zahl der Erzengel gleich geblieben.«

»Logisch. Also selbst wenn Raguel zurückkommt, könnte Alec so bleiben, wie er ist.«

»Ja.«

»Dann bräuchte ich einen neuen Mentor.«

»Stimmt. Du könntest auch einer anderen Firma zugeteilt werden.«

Hierzu sagte Eve nichts, und es war ohnehin unnötig. Er fühlte ihr Unglück, als wäre es sein eigenes, und drückte ihre Hand.

Sie erreichten Anytown. Reed schaute sich um, denn bei seiner Ankunft war er nicht hier vorbeigekommen. Die teils beschädigten und schaurig aufgemachten Schaufensterpuppen trugen besonders gut zu einer Atmosphäre bei, in der Neulinge auf Alarm schalteten.

»Einst eine behütete Gemeinde«, ahmte er die Stimme eines Reiseführers nach, »machte Anytown in den jüngsten Jahren einen steten Verfall durch und bedarf heute dringend einer Neubelebung.«

»Und ob.« Eve rümpfte die Nase. »Mir ist das hier extrem unheimlich.«

»Darum geht es ja. Jedes Mal, wenn ich herkomme, ist es weiter heruntergekommen, allerdings ist es schon eine Ruinenstadt, solange ich es kenne.«

Eve wurde langsamer und drehte sich zu ihm. »McCroskey gilt nicht als Touristenattraktion, oder?«

Reed lachte. »Nein. Im Gegensatz zu Alcatraz, wo fast täglich Führungen veranstaltet werden, gibt es in McCroskey nur eine pro Jahr.«

»Dann würde es dir seltsam vorkommen, wenn ein Ausländer McCroskey kennt?«

»Kommt drauf an, aber grundsätzlich ja. Auf jeden Fall fände ich es auffällig.«

Eve nickte und ging weiter, wenn auch langsamer und eindeutig nachdenklicher. »Edwards sagte, dass er schon mal hier war.«

»Und?«

»Eigentlich nichts, außer dass er sich an das viele Ungeziefer hier erinnert hat. Er nannte es ›eine Müllkippe‹, glaube ich, und meinte, alles wäre unkrautüberwuchert und wimmele vor Ungeziefer.«

Reed wunderte sich. »Das kann man von den öffentlichen Bereichen eher nicht behaupten.«

»Eben. Das hat mich auch erstaunt, als wir hier ankamen. Alles war sauber und gepflegt. Ich habe sogar zu Alec gesagt, dass den Soldaten dieser Stützpunkt sicher fehlt.« Sie sah Reed an. »Also woher soll ein Brite von dem Verfall hier wissen?«

»Wahrscheinlich hat er es von Google.«

»Was nicht erklärt, warum er schon vorher hier war.«

»Stimmt.«

Sie bogen um eine Ecke am Ende der Hauptstraße, und Reed sah den Diner weiter vorn.

»Izzie war auch schon früher in Kalifornien«, sagte Eve. »Und sie kam mit einer Waffe zum Training, entgegen Raguels Befehl.«

»Izzie?«

Sie starrte ihn an. Das Bild der blonden Frau, die ihm einen blies, tauchte in seinem Kopf auf.

»Oh ...« Er verzog das Gesicht. »Sah nicht hübsch aus.«

»Nein, tat es nicht.«

Rasch wechselte er das Thema. »Denkst du, Edwards könnte irgendwie in die Geschehnisse verwickelt sein?«

»Ehrlich gesagt kann ich mir nicht vorstellen, wie. Ich bin seit drei Wochen mit ihm in der Ausbildung; an ihm ist nichts auch bloß entfernt höllenartig.«

»Und die Tarnmaske nutzt sich ab. Irgendwann würde ein Höllenwesen in deinem Kurs stinken.«

»Izzie hingegen ... Irgendwas ist mit ihr, ich kann nur nicht sagen, was, außer dass sie mich quasi mit bösen Blicken bombardiert.«

Reed grinste. »Wahrscheinlich ist sie eifersüchtig. Du bist wahnsinnig heiß. Ich werde schon hart, wenn ich dich nur rieche.«

»Iiih!« Sie versetzte ihm einen Knuff. »Sei nicht so eklig.«

Sie blieben am Ende der Gasse stehen, wo Molenaar in dem kleinen Hinterhof ermordet worden war. Der Gezeichnete war längst fortgeschafft worden. Da er ausgeblutet worden war, bevor man ihn an die Wand nagelte, war kaum noch etwas übrig, das auf einen Soldaten Gottes hindeutete, der hier starb. Ein paar Löcher in der Mauer, sonst nichts. Zwei Männer und zwei Frauen drängten sich auf dem engen Raum. Die beiden in Schwarz waren Raguels Wachen, die beiden in marineblauen Overalls mit E.P.D. hinten aufgedruckt waren Ermittler vom Exceptional Projects Department, der Abteilung für außergewöhnliche Projekte.

Die weibliche Wache bemerkte Reed als Erste. »Abel!«

»Schon irgendwelche Erkenntnisse?«, fragte er, legte eine Hand an Eves Rücken und führte sie näher zu den anderen.

Einer der Ermittler blickte auf. Es war ein hagerer Mann mit grauem Haar und hellwachen grünen Augen. »Wir sammeln noch Beweise, aber die rissigen Wundränder legen nahe, dass der Kopf mit einer handgeschliffenen Klinge abgetrennt wurde.«

»Weil Magie einen glatten Schnitt hinterlassen hätte, wie bei einem Laser, nicht wahr?«, fragte Eve.

»Richtig. Außerdem fanden sich Prellungen an den Hand- und Fußgelenken. Unser Mörder ist sehr handgreiflich vorgegangen. Allerdings ergaben erste Tests keine Anzeichen von Höllenwesenblut. Bei Messerangriffen verletzen sich die Täter meistens selbst, weil der Knauf vom Blut glitschig wird und sie mit der Hand abrutschen.«

Reed lächelte, weil Eve schon dasselbe gesagt hatte.

»Wie testen Sie auf Höllenwesenblut?«, erkundigte sich Eve.

»Indem wir Weihwasser in dem Bereich versprühen. Schon die winzigste Spur zischt und dampft dann. Es hat zwar nicht den Wow-Effekt von Luminol, aber es funktioniert genauso.«

»Ich habe noch eine Frage«, sagte Eve. »Als wir die Tarnsubstanz fanden, erfuhren wir, dass Charles' Schwiegereltern – ein Magier und eine Hexe – mit einem Zauber bei der Entwicklung der Maske geholfen haben. Hank sagte, es wäre die Kombination von Magier und Hexe, männlich und weiblich, die möglich machte, dass die Tarnung bei allen Höllenwesen wirkt, unabhängig von Art oder Geschlecht.«

»Richtig.«

Sie zeigte auf Reed. »Er hat den Magier getötet, aber die Hexe haben wir bisher nicht gefunden. Könnte sie sich einen neuen Partner gesucht haben, der den Zauber so verändert hat, dass die Tarnung länger hält?«

Der Ermittler kratzte sich am Kopf. »Unwahrscheinlich. Ich denke eher, dass die intime Beziehung des ursprünglichen Paars den Zauber überhaupt erst so wirkungsvoll machen konnte. Sofern sie sich nicht unsterblich in einen anderen Magier oder Zauberer verliebt hat, würde es jeder neuen Kombination an der nötigen Wirkung fehlen.«

»*Dem stimme ich zu.*«

Die Stimme ertönte hinter Reed, sodass er sich umdrehen musste und sich auf Augenhöhe mit einer winzigen blonden Elfe in einem grünen Miniaturkleid wiederfand. Bernard in einem Tinker-Bell-Blendzauber.

Reed sah ihn finster an.

Eve beugte sich vor, um an Reed vorbeizusehen. »Hi, Bernard.«

»Hallo, Schätzchen. Was für ein Tag, was?«

»Ist es immer noch derselbe Tag?«, fragte sie hörbar erschöpft. »Mir kommt es wie eine Ewigkeit vor.«

»Sehen wir uns das mal näher an«, tat Reed das Höllenwesen ab.

Eve schüttelte den Kopf. »Nein danke, ich hatte vorhin schon genug gesehen. Ich bleibe ein bisschen hier bei Bernard.«

»Wolltest du nicht nach Anytown, um alles zu überprüfen?«

»Ich möchte die Zeit messen, die man von der Videothek – wo Claire Molenaar zuletzt gesehen hat – hierher braucht. Wenn du fertig bist, laufen wir die unterschiedlichen Routen ab und sehen, ob wir die Zeitabläufe rekonstruieren können.«

»Das wäre sehr hilfreich«, sagte der Ermittler. »Als wir hergerufen wurden, war von einem Tatort die Rede, nicht von zweien. Jetzt sind wir unterbesetzt.«

Reed sah Eve an. »Gib mir eine Sekunde, dann gehen wir.«

Sie zwinkerte ihm zu, und die Geste verblüffte ihn. Eve steckte ein, aber sie machte weiter. Für diesen Zug bewunderte er sie, und seine Bewunderung führte sie beide auf sehr dünnes Eis. Vor allem jetzt, da sich Cain anscheinend zurückgezogen hatte.

Er hatte den halben Weg zwischen Eve und dem Tatort zurückgelegt, als sein Handy vibrierte. Reed zog es aus der Tasche und blickte aufs Display.

Unbekannt.

Reed schaltete das Telefon aus und steckte es zurück in die Tasche.

Über längere Zeit völliger Dunkelheit ausgesetzt zu sein zerstört den Geist. Sträflinge, die in »das Loch« in Gefängnissen gesteckt wurden, kamen normalerweise desorientiert und wahnsinnig wieder heraus. Sogar *er, der Strafe bringt über die Welt und die Gestirne,* stellte erste Anzeichen von klaustrophobischer Demenz an sich fest, und er war höchstens seit einigen Stunden im Bauch des Ungeheuers. Andererseits würde er »das Loch« auch dem Schleim vorziehen, in dem er gerade köchelte.

Würde er jetzt gezwungen zu kämpfen, wäre Raguel zweifellos im Nachteil. Er war seit Stunden zusammengekrümmt, eingewickelt in seine Flügel, um seine Haut vor der Säure zu schützen, durstig und bis zur Hüfte in einem See aus Gezeichnetemblut. Die Bestie grunzte und tollte munter umher, flutete Raguel mit Lärm und schüttelte ihn durch, dass ihm übel wurde. Raguel war eindeutig nicht auf der Höhe, und je mehr Zeit verstrich, desto schlimmer würde es.

Aber Sammael wollte ihn natürlich so lange wie möglich leiden lassen, und das nicht bloß aus Rache, sondern weil seine Freiheit einen hohen Preis haben musste.

Bis das Gefäß, in dem er wartete, schließlich seinen Todesschmerz herausbrüllte und zusammenbrach, war Raguel mehr als bereit, sich seinen Weg nach draußen zu graben. Licht durchschnitt die schwarze Dunkelheit mit einer Schwertklinge. Es drang ein, während das Blut durch den Senkrechtschnitt in den Torso der Bestie hinausfloss.

Raguel wurde auf einem dunkelroten Schwall aus dem aufgeschlitzten Bauch des Ungeheuers in die Tiefen der Hölle gespült. Er schlitterte auf dem heißen Steinboden, bis die Blutpfütze zu seicht wurde, um ihn weiterzutragen.

»Bruder«, begrüßte Sammael ihn mit seiner tiefen, von Boshaftigkeit und Zorn reibenden Stimme. »Du schuldest mir einen Hund.«

Raguel rollte sich auf den Bauch und richtete sich auf Hände und Knien auf. Sein Bruder schoss in einem verschwommenen Strahl aus roten Flügeln und schwarzem Samt auf ihn zu, trat ihm in den Bauch und entlockte Raguel einen Schmerzensschrei. Keuchend landete Raguel wieder auf dem Rücken, doch als die nächste Attacke kam, war er bereit. Er warf sich zur Seite, als Sammaels Klauenfuß auf sein Gesicht zielte. Gleichzeitig breiteten sich Raguels Flügel aus, dass Blut in alle Richtungen sprühte, und beförderten ihn nach oben. Er erreichte nicht die nötige Höhe, um zu fliegen, aber er kam wieder auf die Beine.

Mit rot gesprenkelten Schwingen stand er seinem Bruder gegenüber und bemühte sich, nicht zu schwanken. Die Luft war kochend heiß, und der erstickende Gestank von verrottenden Seelen mischte sich mit dem Gezeichnetenblut aus dem frisch getöteten Höllenwesen.

Sie schienen allein in dem riesigen Empfangsraum zu sein, und die Gestaltung war unglaublich eindrucksvoll: das hohe Deckengewölbe mit einer Nachbildung von Michelangelos *Sündenfall*, der Mosaikboden, die weißen Marmorwände, korinthischen Säulen und der gewaltige Thron unter dem Kronleuchter, der sich mit Sammael bewegte. Statuen mehrerer historischer Figuren wie dem Marquis de Sade, Hitler und Stalin zierten die symmetrisch angelegten Wandnischen. Der Raum war so groß wie ein Football-Feld, dennoch wirkte der Höllenprinz darin nicht klein. Raguel hingegen kam sich klein und hilflos vor.

Er musterte Sammael aufmerksam und suchte nach irgendwelchen Überbleibseln von dem Bruder, den er einst gekannt hatte. Sammaels Schönheit war Ehrfurcht gebietend. Er hatte pechschwarzes Haar, goldene Haut, leuchtend grüne Augen und einen Mund, der dazu geschaffen war, die Gläubigen zur Sünde zu verführen. Der Todesengel. Einst war er der bevorzugte Engel gewesen, dem die Aufgabe zufiel, Strafen zu verhängen und zwei Millionen *Malakhim* zu beaufsichtigen. Raguel hatte ihn früher bewundert und beneidet. Wie bei Cain und Abel machte auch Sammael damals alles falsch, während Raguel alles richtig machte – und dennoch wurde Sammael auf eine Weise geliebt, die den anderen Erzengeln verwehrt blieb.

»Eine kluge Art, das zu bekommen, was du willst.«

Sammael schwenkte seine Hand elegant zu dem getöteten Höllenhund.

»Verzweifelt trifft es wohl eher.«

»Woher wusstest du, dass Havoc nur durch die Hand eines Höllenwesens sterben kann?«

»Das wusste ich nicht.«

Sammaels Lächeln war eiskalt. »Du hast es in der Hoffnung riskiert, dass ich dich lieber retten würde, statt dich sterben zu lassen und einen Krieg zu entfachen. Geduld zählt nicht zu meinen Tugenden. Vielleicht bin ich bereit für Armageddon.«

»Mir blieb keine Wahl. Deine Bestie wollte Hunderte von Sterblichen töten.« Raguel stellte die Beine leicht auseinander, um das Gleichgewicht zu halten, und schüttelte seine Flügel.

Sammael umkreiste ihn lächelnd. »Mit deinen blutgetränkten Flügeln ähnelst du mir, Bruder. Eventuell möchtest du bleiben. Ich hätte dich gern hier.«

Raguel lachte verbittert und trat einen Schritt zur Seite, um den Abstand zwischen ihnen zu wahren. Er behielt seinen Gegner im Auge, war sich zugleich aber stets seiner Umgebung bewusst. Dämonen spielten niemals fair, denn sie fanden es schlicht unsinnig. Ihnen ging es einzig ums Gewinnen, also war ein Hinterhalt nicht nur wahrscheinlich, sondern zu erwarten, sei es in Form einer plötzlichen Erscheinung oder einer Falltür. »Oder du kommst mit mir nach Hause.«

»Ausgeschlossen. Vater und ich haben zu konträre Ansichten.«

»Schöpfung kontra Zerstörung«, murmelte Raguel.

»Verhätschelung kontra Herausforderung.«

»Großzügigkeit kontra Egoismus.«

Sammael schnaubte. »Arroganz kontra Toleranz. Wir vervollständigen einander. Yin und Yang.«

»Auf und ab.«

»Nicht so übel, was?« Ein warmes, verführerisches Lachen stieg aus Sammaels Brust auf. »Du wirkst enttäuscht. Hast du gedacht, dass ich mich nach Seiner Gunst verzehre? Dachtest du, bei der kleinsten Chance zu betteln, zu Kreuze zu kriechen und jede Eigenständigkeit aufzugeben würde ich heulen vor Erleichterung?«

»Ich bin eigenständig.« Raguel hustete in der heißen Luft.

»Innerhalb der Grenzen eines Systems, das ich hier auf Erden schuf. Wo wärst du ohne mich?«

Sammaels Charisma und Überzeugungskraft bestätigten sich wieder einmal, denn Raguel glaubte beinahe, dass sein Bruder in diesem Sumpf glücklich war, den er sich selbst geschaffen hatte. Andererseits konnte Raguel die Erinnerungen an den Mann, der Sammael einst gewesen war, nicht abschütteln. Ein Mann wie Cain – zu dunklen Taten fähig, jedoch um der guten Sache willen. »Sicher habe ich die Höhepunkte deiner Gastfreundschaft noch gar nicht erlebt.«

»Das ist wahr, und wir können es ändern«, schnurrte sein Bruder. Seine Augen blitzten boshaft.

Vorsichtig fuhr Raguel die Krallen an seinen Fingerspitzen aus, wobei er die Hände hinter seinen Oberschenkeln verbarg. Er konnte seinen Bruder nicht töten, und zwar nicht, weil ihn sentimentale Gründe daran hinderten, sondern weil Sammael Kräfte besaß, die Raguel Angst machten. Trotzdem würde er nicht kampflos untergehen. »Warum hast du die Falle heute gestellt?«

Sammael schnalzte leise mit der Zunge, was umso entsetzlicher war, als seine Anziehungskraft ausreichte, die furchtsamsten Seelen anzulocken wie das Licht die Motten. Nicht mal ein qualvoller Tod schreckte sie ab. »Hältst du das für meinen Stil, Raguel? Erinnerst du dich so schlecht an mich?«

»Nichts bleibt gleich. Wandel ist unvermeidlich.«

»Nicht für Vater. Er lernt nie dazu, wird nie reifer.«

Sie umkreisten einander, jede Bewegung perfekt auf den anderen abgestimmt. Sammael konnte eine vollständig menschliche Gestalt annehmen, aber er trug bewusst Hufe, um des Effekts willen. Jeder klopfende Schritt war wie ein Gewehrknall in der Stille, und es bestand kein Zweifel, dass er das Raubtier und Raguel die Beute war.

»Warum?«, fragte Raguel wieder und wunderte sich, dass der Tod seines Haustiers den Bruder nicht zu kümmern schien. Tatsache war, dass es sich bei Havoc um einen großen Erfolg handelte, und falls die Bestie wirklich nur von einem Höllenwesen getötet werden konnte, musste ihr Verlust ihn treffen.

»Es war eine Übertretung, eine Frechheit von einem niederen Dämon, den seine ersten Erfolge übermütig gemacht haben.«

»Verlierst du die Kontrolle über dein Reich?«

»Niemals.« Er sagte es mit solcher Vehemenz, dass das Wort durch den Raum hallte.

Die Tür am anderen Ende des Saals ging auf, und Azazel kam herein. Der Erzdämon war schon ewig Sammaels Lieutenant. Er verneigte sich vor seinem Herrscher und wartete, bis er angesprochen wurde.

»Du wirst es selbst sehen«, sagte Sammael, dessen Aufmerksamkeit allein Raguel galt, »denn du verlässt uns nicht. Ich kann dich nicht töten ... *noch nicht*, mein Bruder, aber ich kann dich hierbehalten. Und das werde ich.«

»Mein Gebieter«, murmelte Azazel. »Verzeih die Störung, doch ich bringe wichtige Neuigkeiten.«

Sammael knurrte dröhnend, kehrte Raguel den Rücken zu und stürmte davon. Im Gehen änderte sich seine Gestalt in die eines Mannes aus der Tudorzeit, ohne Hufe, dafür mit der für jene Zeit typischen kurzen Pluderhose, Wams, Überrock und Umhang. Sein Haar war lang, reichte bis über seine Schulterblätter und bewegte sich wie ein eigenes Wesen. Es hob und senkte sich, als würde es von einer sanften Brise aufgeweht, dabei rührte sich in der schwefligen, stickigen Atmosphäre kein Lüftchen.

Der Höllenprinz setzte sich auf seinen Thron, die langen Beine ausgestreckt und die Arme auf den breiten, geschnitzten Armlehnen ruhend. Er war majestätisch und gleichermaßen elegant wie katzenartig. »Was gibt es?«

Azazel trat näher. Abgesehen von Größe und Statur, könnte er sich kaum mehr von Sammael unterscheiden. Sein Haar und seine Augen waren weiß, die Haut wie Elfenbein. In seiner Kniebundhose und dem silber-blauen Wams wirkte er kühl wie Schnee ... und das an einem Ort, der so heiß war wie die Hölle. »Cain wurde zum Erzengel befördert und mit der Leitung der nordamerikanischen Firma beauftragt.«

Raguel stolperte, denn auf einmal drehte sich alles um ihn. Er war erst seit Stunden fort ...

Sein Blick huschte wirr durch den Raum, während sich sein Verstand abmühte, die Folgen dieser Nachricht zu ermessen. Er sah die tote Bestie auf dem Boden; der massige

Leib lag auf der Seite, und aus dem aufgeschlitzten Bauch floss immer noch blutiger Schleim. Die Beine waren gespreizt, sodass die männlichen Genitalien deutlich zu sehen waren.

Er erstarrte.

Wozu brauchte das Ding Fortpflanzungsorgane? *Hatte es eine Partnerin?*

»Siehst du, wie leicht du ersetzt wirst?« Ein triumphierendes Lächeln erhellte Sammaels schönes dunkles Gesicht. »Abgetan und vergessen. Entbehrlich. Wo sind die Liebe und die Treue, die Vater dir dein Leben lang versprach?«

Raguel breitete die Flügel aus, um die Balance zu halten, denn wieder drehte sich der Raum um ihn. *Hatte niemand die Hinweise gefunden und erkannt, die er zurückließ? Dachten sie, er wäre tot, für immer verloren?*

Warum ausgerechnet Cain? Wieder einmal zog Jehova jemanden vor, der alles andere als vollkommen war. Raguel hätte ihn nicht als seinen Nachfolger ausgewählt.

»Wie lauten deine Befehle?«, fragte Azazel.

»Befehle?« Sammael winkte gleichgültig ab. »Ich habe keine.«

»Keine?«, fragte der Erzdämon und sah zu Raguel.

»Nein, die Anwesenheit meines Bruders hemmt meine Zunge nicht. Dies ist ein Grund zur Freude, nicht zur Besorgnis. Cain wird aus dem Außendienst genommen. Raguel weiß, wie wenig er im großen Plan der Dinge bedeutet.« Sammael strich sich nachdenklich übers Kinn. »Doch es nützt mir wenig, Raguel hier zu behalten, wenn man ihn für tot hält. Natürlich könnte man die Nachricht von seiner Gefangennahme verbreiten.«

»Und das schnell«, ergänzte Azazel.

»Ja, aber ich denke, es wäre wirkungsvoller, ihn in eine Welt zurückzuschicken, in der er an Bedeutung verloren hat. Ich muss noch ein wenig überlegen.« Sammaels bösartiges Lächeln war fesselnd. »Du kannst dich jederzeit freiwillig zum Bleiben entscheiden, Bruder. Ich nehme dich mit offenen Armen auf.«

»Niemals!«, erwiderte Raguel beißend.

Sammael schnippte mit den Fingern, und Raguel fand sich in einem Käfig über den Höllenfeuern baumelnd wieder. Rauch, Asche und Hitze waberten auf und hüllten ihn in einen Kokon aus Qualen. Aber das Schlimmste war die tote Leere in ihm, die ihm nicht bewusst gewesen war, solange er von Angst beherrscht wurde.

Sein Leben lang waren sein Geist und sein Herz vom steten Strom der Befehle der Seraphim, der Berichte der Einsatzleiter und Mentoren und den gelegentlichen Kommentaren von Jehova selbst ausgefüllt gewesen – neue Aufträge für seine Gezeichneten, Berichte und Meldungen, Anmerkungen und Ermutigungen. Es hatte wie das leise Surren Aberhunderter Fliegen geklungen, ein stetes Brummen, das den Rhythmus seiner Existenz vorgab. Der Takt, nach dem er marschierte, das Tempo seines Herzens, die Kadenz seines Lebens. Die entsetzliche plötzliche Stille in ihm war wie ein gähnendes schwarzes Loch.

Weggeworfen. Vergessen. Entbehrlich.

Raguel sank auf die Knie und weinte.

Azazel näherte sich dem Prinzen, seine Miene geübt neutral, um sein Erstaunen zu überspielen. Er hätte nicht erwartet, dass sich sein Herrscher dem Erzengel Raguel gegenüber derart dreist gebärdete. Terror und Versuchung wären zu erwarten gewesen, Folter und Gefangenschaft nicht.

Er blickte zu dem toten Höllenhund und schüttelte bedauernd den Kopf. »Der Junge ist eine tickende Zeitbombe. Er stellt eine Gefahr für uns alle dar.«

Sammael lächelte. »Er hält sich für unbesiegbar, und wer will ihm das verübeln? Er war am Ground Zero, als eine Explosion einen ganzen Straßenblock vernichtete, und trotzdem lebt er und sorgt für mehr Ärger.«

»Ich bitte um die Erlaubnis, ihn zu töten.«

»Ihn töten? Er bewegt sich als Gezeichneter unter Gezeichneten. Sein Blendzauber ist so perfekt, dass niemand ihn verdächtigt. Wenn er das durchzieht, haben wir den Beweis, dass wir zu vorsichtig sind.«

»Er ist widerwärtig«, sagte Azazel. »Und das würde ich feiern, wäre er überdies nicht ein Idiot.«

»Wenn seine Zeit gekommen ist, kannst du ihn haben.« Der Prinz stand auf. »Bis dahin dürfen wir viele Erfolge auskosten. Unsere Position war schon sehr lange nicht mehr so günstig.«

Azazel verlagerte unsicher das Gewicht von einem Bein aufs andere. »Dann willst du Raguel behalten?«

»Nein. Ich halte ihn nur lange genug fest, dass er verzweifelt und mit seinem Glauben hadert. Den Rest erledigt er selbst aus Eifersucht und Missgunst. So macht es mehr Spaß.«

»Cains Beförderung könnte ein ziemlicher Coup für dich sein«, pflichtete sein Lieutenant ihm bei. »Vielleicht möchtest du ihm die Wahrheit sagen.«

Sammael lachte. »Ich warte immer noch, dass seine Mutter es übernimmt.«

»Nach all den Jahrhunderten? Ich bezweifle, dass sie das vorhat.«

»Die Zeit wird kommen«, sagte Sammael, dessen Blick verträumt wurde, als er sich eine Zukunft ausmalte, die Azazel nicht sehen konnte. »Wenn sie da ist, wird die Hölle losbrechen. Was für ein Tag das wird, mein Freund. Was für ein Tag!«

16

Alec begab sich nicht direkt auf Grimshaws Anwesen. Stattdessen ging er zu dem Supermarkt gegenüber der Anlage und beobachtete den Haupteingang aus sicherer Entfernung. Er atmete ruhig und konzentrierte sich auf die Anpassung seines Körpers an die so lange unterdrückten *Mal'akh*-Kräfte, mit denen er sich von einem Ort zum anderen transportierte.

Von außen sah Charleston Estates wie jede andere bewachte Wohnanlage aus. In der Mitte der runden Zufahrt war ein Springbrunnen, und an der Einfahrt stand ein Wachhäuschen. Eine hohe Steinmauer umgab die gesamte Anlage, die den Bewohnern drinnen ihre Privatsphäre sicherte. Große Bäume säumten die gewundenen Straßen, spendeten Schatten und vermittelten nach außen ein Bild von Ruhe und Frieden. Die in der Broschüre aufgeführten Annehmlichkeiten – Tennisplätze, ein Helikopter-Landeplatz und ein Concierge-Haus – ließen durch nichts darauf schließen, dass es der Sitz des Rudels Black Diamond war. Jeder Bewohner dort war ein Wolf unter Charles' Kommando.

Eigentlich war es genial, denn diese Unterbringung erlaubte, dass Charles stets auf dem Laufenden blieb, was seine Untergebenen betraf, und zugleich Geheimnisse auch geheim blieben.

Wie das Lebensborn-2-Programm.

Dank Giselle hatte Cain eine ziemlich genaue Karte der Anlage im Kopf. Den weiblichen Mahr hatte Cains Wandlung zum Erzengel gewaltig eingeschüchtert; zudem graute Giselle vor dem, was geschehen könnte, wenn sie mit dem Hotelschlüssel erwischt wurde. Es käme nicht gut an, sollte Charles herausfinden, dass sie im Gewahrsam von Cain dem Erzengel war. Und das Risiko wollte sie nicht eingehen, daher zeichnete sie die Karte für Cain so korrekt wie möglich.

Nun war die Frage, ob er zuerst zum Zwinger ging und die Höllenhund-Welpen tötete oder lieber zuerst Charles erledigte, bevor er sich um den Mist des Alphas kümmerte. Er sah auf seine Uhr. Viertel nach zwei. Noch eine Dreiviertelstunde bis zur Konferenzschaltung. Vielleicht musste er es bei einer Erkundung belassen, sich alles ansehen, verschwinden und später wiederkommen.

Allerdings zog er es vor, tagsüber zuzuschlagen, wenn die Wölfe es am wenigsten erwarteten und schlapp und verletzlich waren. Eventuell sollte er lieber die Telefonkonferenz abblasen. Die anderen Erzengel rechneten sowieso nicht mit ihm, und es könnte vorteilhaft sein, ihnen etwas Zeit zu geben, damit sie sich mit dem Gedanken anfreundeten.

Je eher er seine Arbeit erledigte, desto schneller könnte er zu Eve zurück. Das hatte er immer noch vor, auch wenn es eher eine bewusste Entscheidung war, kein emotionaler Drang.

Er fühlte sie, greifbar, als stünde sie neben ihm und

hätte ihre Hand in seiner. In Wahrheit jedoch war es nicht seine Hand, die sie hielt. Es war Abels. Cain spürte keine persönliche Reaktion, und das gab ihm das Gefühl, in seiner eigenen Haut fremd zu sein. Schlimmer noch: Anstelle seiner eigenen empfand er Abels Gefühle, nämlich ein brutales, lüsternes, allumfassendes Begehren nach Eve, das sich aus Alecs Verbindung zu Hunderten von Höllenwesen unter Raguels Kommando speiste. Das Band zu den Dämonen war faserig, aber was Cain absorbierte, fühlte sich kalt, dunkel und sehr verführerisch an.

Daraus konnte Alec nur Folgendes schließen: Gerade in der Phase, in der das Novium einen Schleichweg um den Mangel an physischer Reaktion herum gefunden hatte, suchte sich sein Verstand einen um seine emotionale Distanz herum. Es musste doch einiges heißen, dass Abels Gefühle für Eve *seine* waren, nicht die seines Bruders.

Kurz gesagt: Er war im Eimer.

Statt der friedvollen Distanziertheit der Erzengel empfand er eine Frustration und Lust, die eigentlich Abels waren. Vermengt mit der Verwirrung und dem Schmerz, die Eve durchlebte, ergab es eine Megadosis dessen, was Sterbliche während der Pubertät an hormonellen Gewitterschüben erlitten.

So sollte es nicht sein. Erzengel waren erhaben, basta. Aber Eves Novium machte ihm einen Strich durch die Rechnung, und das im Verbund mit dem Bruderband zwischen ihm und Abel, ihrer Zuneigung zu beiden, ihr beider Verlangen nach Eve und dem Dreigespann von Mentor, Gezeichneter und Einsatzleiter. Dieser Wirrwarr war wahrlich einzigartig und schuf einen anomalen Zustand, der schnellstens bereinigt werden müsste. Nur hatte Alec angesichts all der Informationen, die von den Seraphim und Raguels Höllenwesen auf ihn einströmten, keine Kraft mehr übrig, sich auch noch damit zu befassen. Ungefähr so wie er jetzt mussten sich Leute fühlen, bei denen der Verdacht auf Schizophrenie bestand, weil ihnen Hunderte Stimmen sagten, was sie wann tun sollten, während sein Verstand ihn beschwor, dass Eve ihm immer noch wichtig war, egal, wie er sich fühlte. Oder sich nicht fühlte.

Erzengel sollten keine romantische Liebe erleben. Sie waren hinreichend anderweitig beschäftigt, und ihnen fehlte schlicht das Rüstzeug für solche Beziehungen. Gottes Hand hielt sie auf Distanz, weshalb ihnen auch nahegelegt war, ihre Kräfte nicht zu nutzen. Dies galt vor allem dem Zweck, dass sie Mitgefühl mit den Sterblichen und den Gezeichneten aufbrachten, das sie andernfalls nie empfinden könnten. Nur hatten sie einen Vorteil, der Cain versagt war. Sie wussten nicht, was ihnen entging. Es war nicht weiter schwierig, auf etwas zu verzichten, das man nie gekannt hatte. Weit schwieriger gestaltete sich, etwas aufzugeben, das man geradezu süchtig genoss. Auch wenn er den Drang nach dem High nicht mehr verspürte, erinnerte er sich noch, wie es sich angefühlt hatte, und die Empfindungen, die er von Abel und Eve transportiert bekam, hielten die Erinnerungen lebendig.

»Eve.«

Er wollte nach ihr greifen, traute sich aber nicht. Die Verbindung zu den Höllenwesen hatte … etwas wachgerufen. Wie eine verborgene, aufgerollte Schlange, die das Haupt aus ihrem Versteck reckte. Alec war gezwungen, Eves Verwirrung zu fühlen, ohne sie trösten oder ihr alles erklären zu können.

Bis er hier fertig war.

Vermutlich könnte er einem Gezeichneten auftragen, Charles zu töten, da er nun selbst kein Gezeichneter mehr war, aber das tat er nicht. Charles hatte seinetwegen Eve getötet, und er würde sie rächen.

Er beschloss, mit dem Zwinger anzufangen. Den Tod der Welpen könnte er zur psychologischen Kriegsführung nutzen, denn Charles' Angst vor Sammaels Vergeltungsschlag würde den Alpha aus dem Konzept bringen und Alec einen Vorteil verschaffen. Mit ein bisschen Glück würde Charles' letzter Tag auf Erden noch ein wenig mehr Unruhe bringen und ihm damit zusätzliche Qualen eintragen, wenn er in die Hölle zurückkehrte.

Alec transportierte sich zum hinteren Ende des Gebäudes, das an das Gemeinschaftszentrum mit dem roten Schindeldach angebaut war, direkt im Zentrum der Anlage. Kinder spielten im nahe gelegenen Schwimmbecken, das Olympia-Maße hatte. Erwachsene sonnten sich auf weißen Liegen. Es war ein Dämonenparadies, und dessen bloße Existenz war einer der Gründe, weshalb Charles' Wölfe ihm so ergeben waren. Und es war eine Warnung an Alec: Jedes Lebewesen im Umkreis von zwei Meilen wollte unbedingt seinen Tod.

An den hinteren Doppeltüren versuchte Alec, sich mit seiner besonderen Kraft durch das Glas und Stahl zu bewegen, was nicht gelang. Ein Zauber hielt ihn davon ab, also müsste er auf die altmodische Weise hineingehen.

Er drückte die Klinke und stellte fest, dass die Türen nicht verriegelt waren. Was ihn ein wenig überraschte, auch wenn es für jeden sonst schwierig sein dürfte, überhaupt bis hierher zu gelangen. Auf den Eingang war eine

Kamera gerichtet, die Alec indes nicht erfassen würde. Säkulare Technik war gut, jedoch nicht gut genug, um Wesen zu erfassen, die sich auf einer anderen Ebene bewegten. Und zu denen zählten Erzengel, die über ihre vollen Kräfte verfügten. Was bedeutete, dass diese Kamera Gezeichnete und Sterbliche aufzeichnen sollte, und Alec fragte sich, ob sie die beim Reingehen oder Rauslaufen einfangen sollte?

Eine ungute Vorahnung regte sich in ihm. Er drückte die Klinke mit dem Daumen, und das Schloss gab lautlos nach. Zunächst schob er die Tür nur einen Spalt auf, um hineinzulinsen, und sofort schlug ihm der süßliche Geruch von Gezeichnetemblut entgegen: eine chaotische Mischung von zahlreichen Kreaturen, die sich gegen ihre Gefangenschaft aufbäumten.

Das Gebäude war schallisoliert.

Alec spähte durch den schmalen Schlitz zwischen den beiden Türen und sah einen langen Korridor, der sich bis auf die andere Gebäudeseite erstreckte. Ein kräftiger Wolf in Menschengestalt stand eine Armlänge entfernt von Alec mit dem Rücken zu ihm. Alec wartete, bis er ihn gewittert hatte. Als der Wolf sich umdrehte und ihn in seiner Halbform mit ausgefahrenen Krallen und Reißzähnen angreifen wollte, riss Alec die Tür ganz auf und stürzte sich auf die Kehle des Wächters. Seine Finger gruben sich tief in die Haut, durchschnitten das Gewebe. Alec riss ihm kurzerhand die Kehle heraus. Der Wolf ging zu Boden, unfähig, einen Laut von sich zu geben, und gelähmt. Aus seiner Halsschlagader pulsierte das Blut auf den Boden.

In voller Wolfsform wäre er sofort zu Asche zerfallen.

Denn Staub bist du, zum Staub musst du zurück. In seiner Halbform dauerte der Prozess länger und wurde manchmal nicht richtig abgeschlossen, was die halb verbrannten Körper zurückließ, die Sterbliche auf die spontane Selbstentzündung zurückführten.

Alec wartete auf die willkommene und vertraute Mordlust, damit sie sein Blut erhitzte und seine Muskeln anspannte. Sie blieb aus. Und dass sie nicht einsetzte, war in etwa so toll, als hätte er sich um Sinn und Verstand gevögelt, ohne zum Orgasmus zu kommen. Eve zu lieben und Höllenwesen zu töten waren die einzigen Dinge in seiner Existenz, die ihm Freude machten, und beide waren ihm genommen worden. Jetzt verstand er, warum die Erzengel so ehrgeizig waren. Was hatten sie sonst, für das es sich zu leben lohnte?

Er ließ die Reste der Kehle auf die Brust des Mannes fallen, stieg über ihn hinweg und empfand einen Anflug von Erleichterung, indem er seine Enttäuschung an die Höllenwesen kanalisierte, mit denen er verbunden war.

Zu beiden Seiten des Korridors waren Käfige. Die Wände waren fensterlos und von Kratzspuren übersät. Kleine Gräben an den Außenseiten und im Boden wurden stetig mit Wasser gespült.

Völlig irre von dem Blutgeruch, knurrten die Bestien drinnen und warfen sich gegen die Gitter, ohne um ihre eigene Sicherheit besorgt zu sein. Eine flüchtige Zählung brachte Alec auf ein Dutzend Kreaturen, jede von ihnen mindestens einen Meter fünfzig groß. Sie waren massig, ohne Fell, mit sehr muskulösen Schultern und Oberschenkeln und sehr schmalen Taillen. Sie alle hechelten wie Hunde, liefen aber wie Affen mit den Fäusten auf dem

Betonboden. Je aufgeregter sie wurden, desto stärker rochen sie: wie Gezeichnete.

Alec riss eine Glastür auf, hinter der sich eine Waffensammlung befand. Er wollte lieber nicht seine neu gewonnenen Erzengelfähigkeiten nutzen, wenn es sich irgendwie vermeiden ließ. Die Kraft, die er aufwenden müsste, um ein Höllenwesen zu töten, würde eine Erschütterungswelle verursachen, die leicht von den erwachsenen Wölfen draußen in der Sonne bemerkt werden könnte.

Aufgeschreckt von der Unruhe kam noch ein Wolf, diesmal ein weiblicher, in Menschengestalt aus einem Raum am Ende der Halle. Knurrend vor Zorn stürmte sie auf Alec los, was die Bestien in den Käfigen erst recht in Aufruhr versetzte. Die Wölfin nahm im Lauf ihre Hundeform an. Alec versetzte sich hinter sie und feuerte eine Kugel in ihre Halswirbelsäule. Die Wölfin explodierte zu einer Aschenwolke, welche die Kreaturen in den Zwingern um sie herum einstaubte. In ihrer zunehmenden Hysterie wurden sie beinahe tollwütig und warfen sich mit solcher Wucht gegen die Gitter, dass sie in den Verankerungen ratterten und Wolken von Putz aufstoben.

Alec lud nach und suchte die Räume im Gebäude nach weiteren Bedrohungen ab. Am Ende fand er niemanden, was ihn nicht überraschte. Giselle hatte gesagt, dass es Jahrzehnte dauerte, bis die Welpen ausgewachsen waren, und über solch einen Zeitraum wurden die Sicherheitsmaßnahmen automatisch laxer. Da die Höllenwesen bisher nicht ertappt wurden, hatten sie keinen Grund anzunehmen, sie würden es jetzt.

Interessant war ein metallener Rollwagen, der halb aus der Tür ragte, aus der die Wölfin gekommen war. Auf den

Platten des Wagens standen 4-Liter-Schalen mit einem faulig stinkenden Brei. Giselle hatte gesagt, dass sie zehn Prozent ihrer Mahlzeiten behalten durften; der Rest ging an die Welpen. Was bedeutete, dass der Inhalt dieser Schalen – und der Welpenmägen – eine Mischung aus dem Bösen von verschiedenen Höllenwesen war.

Alec sah wieder zu den Bestien, die einen Krach veranstalteten, der Sterblichen das Trommelfell zerrissen hätte. Diejenigen, die nahe genug an dem toten Wolf waren, streckten ihre Zungen heraus, um an der sich ausbreitenden Blutlache zu schlecken. Die anderen warfen sich weiter gegen ihre Gitter.

Alec hob das Gewehr an, schob den Lauf zwischen die Stäbe des nächsten Käfigs und drückte ab. Er traf die Schläfe, doch die Kugel ging glatt durch und grub sich in die Wand auf der anderen Seite. Die Bestie setzte sich knurrend hin: der Inbegriff forcierten Gehorsams. Sie betrachtete Alec boshaft, wies allerdings keinerlei sichtbare Wunden auf.

»Ach du Scheiße.« Alec sprach ein Gebet, während er abermals feuerte, nun genau zwischen die Augen. Die Bestie wurde noch braver und legte sich auf den Bauch. Das Ergebnis jedoch war dasselbe – keine Wunde und eine Kugel in der Wand.

Die Gewehre waren Erziehungsgerät.

»Wie zur Hölle töte ich euch, wenn ich euch nicht mal verletzen kann?«

Einer der anderen Höllenhunde lag auf dem Bauch und schlürfte an dem Wolfsblut, das unter den Gitterstäben hindurchfloss. Sein Schwanz ragte aus dem Käfig auf den Gang. Alec nutzte einen Trick, den Eve ihm beigebracht hatte, ging in die Hocke und beschwor sich einen Flammendolch herbei. Den presste er auf den Schwanz, und es war, als würde er gegen harten Fels drücken. Weder drang die Klinge ein, noch versengte sie das Tier. Die Kreatur knurrte und sah ihn wütend an, war aber ansonsten unbeeindruckt.

»Wie beschissen genial«, murmelte Alec und schickte die Klinge mit einem Fingerschnippen zurück. Es war Jahrhunderte her, seit er auf ein Höllenwesen getroffen war, von dem er nicht wusste, wie er es auslöschen konnte.

Er wollte schon den Zwinger verlassen und Charles dazu bringen, ihm zu verraten, wie man die verfluchten Dinger tötete, als ihm auffiel, dass der Schwanz durchaus beschädigt war. Er musste mal angefressen worden sein und danach uneben verheilt. Alec drehte sich um und betrachtete die anderen Höllenhunde genauer. Einige hatten eingerissene Ohren, andere Narben an ihren Gliedmaßen.

Also waren sie doch nicht unverwundbar.

Sie waren in getrennten Käfigen untergebracht, wurden getrennt gefüttert, doch das war gewiss nicht immer so gewesen. Konnten sie sich gegenseitig etwas tun? Oder wurden sie lediglich vor Gezeichneten geschützt?

Alec ging zu dem toten Wolf, dessen Leiche zu rauchen begann. Ein Arm war fast abgetrennt, und um den Ellbogen herum zerschmolz alles zu einer schleimigen Pfütze. Alec packte das Handgelenk, nahm den Unterarm auf und trug ihn zurück zu dem abgelenkten Höllenhund. Dann ging er halb in die Hocke und schlug die abgetrennte Hand mit den Krallen voran nach unten. Sie sank tief in den Schwanz, sodass die Bestie mit einem wütenden Gebell wegsprang.

»Hab dich!« Alec grinste. Unmöglich konnte er ein Dutzend von den Dingern mit einer Krallenhand töten, aber er hatte sowieso eine bessere Idee.

Er kehrte in das Büro zurück, das er vorher durchsucht hatte. Über den Computer machte er sich schnell mit der Zwingeranlage vertraut. Die Käfigböden waren hydraulisch und konnten nach unten gesenkt werden zu einem Hundefreilauf, der wie ein Labyrinth angelegt war, wo die Hunde durch klug platzierte Wände von ihren Geschwistern getrennt waren. Eine Schemazeichnung an einer Pinnwand über dem Schreibtisch zeigte, dass gelegentlich lebende Köder zum Jagen und Trainieren in dem Irrgarten ausgesetzt wurden. Die Zwingertüren konnten über eine Fernbedienung geöffnet werden, um die Käfige zu reinigen, solange die Welpen unten waren.

Alec lächelte. »Ich liebe es, wenn sich ein Plan von selbst zusammenfügt.«

Er verließ das Büro, ging zu dem Futterwagen, zog ihn vollständig aus der Tür und schob ihn in den Gang. Die Bestien drehten durch. Alec blieb vor dem ersten Zwinger stehen und hob eine Schüssel hoch.

»*Requietum!*«, befahl er mit dröhnender Stimme.

Alle Höllenwesen waren sofort still und hockten sich hin. In dem Büro hatte er noch mehr Kommandos gesehen, aber die waren nur praktisch, wenn man etwas gejagt haben wollte. Die Welpen beäugten ihn unverhohlen bösartig und gehorchten ihm nur, weil sie instinktgesteuert waren und unbedingt fressen wollten.

Mit Lichtgeschwindigkeit versetzte sich Alec in den ersten Käfig. Dort schüttete er dem Höllenwesen den Schaleninhalt über den Kopf und verschwand wieder nach draußen.

So hielt er es bei der gesamten Reihe, wobei es in den letzten beiden Käfigen am heikelsten wurde, denn die ersten Bestien schrien bereits aufgebracht, bis er am Ende ankam.

Bespritzt von dem ekligen Mahl, transportierte sich Alec zurück ins Büro und schloss die Tür von innen ab. Dann entfernte er mit einem Handschwenk alle Welpenfutterreste von seiner Kleidung und drückte den Schalter, der sämtliche Zwingergitter öffnete. Die nun folgende Kollision kräftiger Körper war, als würde man einem Frontalzusammenstoß von Sattelschleppern bei Höchstgeschwindigkeit auf dem Highway lauschen. Grinsend schickte Alec eine SMS an Abel: *Schaffe es nicht zur Konferenz*. Eine Kopie schickte er an Raguels Handy, da er sich bei Abel nicht darauf verlassen konnte, dass er sein Telefon eingeschaltet hatte.

Das Kreischen und Heulen vor der Bürotür war ohrenbetäubend.

»Zehn Minuten.« Eve sah Reed an, der sich den Nacken rieb. »*Falls* – und das ist ein ganz großes ›Falls‹ – Molenaar im Schneckentempo geschlichen ist und Claire sich nicht irrt, was ihre Sichtung um halb neun betrifft.«

Sie standen vor der Videothek, wo Claire zuletzt Molenaar lebend gesehen hatte. In der letzten Dreiviertelstunde waren sie ein halbes Dutzend Mal an dieser Stelle gewesen und die Strecke abgelaufen. Die Schlussfolgerung war nicht von der Hand zu weisen.

»Es ist zu wenig Zeit«, sagte Reed, »die Entfernung von der Videothek zum Hinterhof zu schaffen, ihn an die Wand zu nageln, dann die Leiche zu verstümmeln ... Nicht mit bloßen Händen. Mit Magie ... könnte sein.«

»Wie konnte der Mörder Zeit gewinnen?«

Er warf ihr einen nachdenklichen Blick zu. »Gute Frage. Claire hatte gesagt, dass es eher gegen acht war.«

Eve schüttelte den Kopf. »Kann nicht sein, denn wir waren erst um acht in Anytown.«

Da sie über Zeiten sprachen, sah Eve auf ihre Uhr. »Wir müssen zurück. Es ist fünf vor drei.«

»Hast du alles, was du hier sehen wolltest?«, fragte er und umfing ihr Handgelenk.

»Ja, ich bin so weit.« Sie fragte sich, ob er merkte, wie oft er sie berührte, geistig wie körperlich. Zum Glück schien ihre physische Verbindung einen Kurzschluss in der mentalen zu verursachen, womit ihr ein wenig Privatsphäre gegönnt war. Andererseits hätte sie sich auch ohne diesen Nebeneffekt nicht gesträubt, denn im Moment wollte sie unbedingt berührt werden.

Würde sie behaupten, dass Alecs Persönlichkeitsveränderung sie kränkte, wäre das die Untertreibung schlechthin. In Eves Leben gab es wenig, auf das sie sich verlassen konnte – ihre Eltern würden immer verheiratet bleiben, ihre Schwester würde immer wild sein, Janice würde immer ihre beste Freundin sein … und Alec würde immer wahnsinnig scharf auf sie sein. Wenn eines nicht mehr galt, zog sie unwillkürlich alles andere in Zweifel, was sie wiederum zu der Frage führte, ob es überhaupt irgendwas gab, auf das sie zählen konnte. Es war blöd, so viel auf die Zuneigung eines Mannes zu setzen, aber sie tat es nun mal.

»Bist du sicher?«, hakte Reed nach. »Keine Rückkehr bei Nacht?«

»Ich bin sicher.« Sie hatten nicht jeden Winkel und jede Ecke in Anytown abgesucht, aber das war auch nicht nötig, denn Eve hatte nicht dieselbe Ahnung von Gefahr, die sie zu Beginn der Übung gehabt hatte. Da war nichts von jener Wolke dunkler Vorahnungen, die seit dem Beginn des Trainings über ihr gehangen hatte. Die ganze Zeit hatte sie geglaubt, das Gefühl, nicht gemocht zu werden und ausgeschlossen zu sein, wäre von außen gekommen. Nun begriff sie, dass das Unbehagen in ihr selbst wurzelte.

»Es sei denn, das *Ghoul School*-Team beschließt doch zu bleiben«, sagte sie. »In dem Fall müssen wir wiederkommen.«

Anscheinend gab sich Reed damit zufrieden. »Dann werden sie feststellen, dass hier alles so hell erleuchtet ist wie der Times Square. Ich bezweifle, dass ihnen das für den Dreh gefällt.«

»Ich weiß nicht. Linda macht das nicht zum Spaß.« Sie erzählte ihm, was die junge Frau ihr gesagt hatte.

»Diese Tiffany«, begann Reed, als sie fertig war. »Ist sie die europäische Gezeichnete, nach der ich mich erkundigen soll?«

»Ja.« Sie sah zu ihm auf, und ihr Bauch zog sich zusammen. Wenn er lächelte, war er auf eine jungenhafte Weise hübsch, aber wenn er ernst war, raubte er ihr den Atem.

»Warum? Sie können nicht wieder zusammenkommen, Babe. Jedenfalls nicht, ohne dass Linda gezeichnet wird.«

»Sag das bloß nicht! Ich gehe nicht davon aus, dass Linda jemals erfährt, was mit ihrer Freundin passiert ist, aber sie kommt schon klar. Sie hat Roger, der ihr Halt gibt, und einen Job, in dem sie Sinn findet. Meine Sorge gilt eher Tiffany. Ich denke, wenn sie von Lindas Blog und der Serie wüsste, könnte es ein Trost für sie sein. Dann würde sie sehen, wie sehr ihre Freundin sie nach wie vor liebt.«

»Gezeichnete werden nicht grundlos von ihrem alten Leben isoliert.«

»Du hast es versprochen!«

Reed schüttelte den Kopf. »Das war, bevor ich wusste, wofür du die Informationen willst. Regeln sind Regeln.«

»Hey, was willst du eigentlich von mir? Es ist eine ziemliche Spanne zwischen wildem Sex und einer Autowäsche.«

Bei seinem trägen Lächeln krümmten sich ihre Zehen, was sich in den Kampfstiefeln nicht gut anfühlte. »Stimmt.«

Sie glaubte nicht, dass er ernsthaft Sex fordern würde, sonst hätte sie niemals zugestimmt. Reed wollte, dass sie von sich aus zu ihm kam. Wenn er sie schon während des Noviums nicht wollte, würde er es sicher nicht als Preis für eine Wette.

»Es ist ja nicht so, dass Lindas Aktivitäten geheim sind«, wandte sie ein. »Ihr Weblog, die Serie, die Websites von der Serie und dem Netzwerk ... die sind alle öffentlich.«

»Dann soll die Gezeichnete sie selbst entdecken – oder auch nicht. Wenn die Quellen, wie du behauptest, gar nicht zu übersehen sind, lass sie die doch allein finden.«

»Willst du die Abmachung rückgängig machen? Falls ja, darf ich es auch.«

Er sah so beleidigt aus, dass Eve trotz ihrer Sorge um Alec grinsen musste.

»Hey.« Sie stieß ihn mit der Schulter an. »Sag's einfach, wenn der Deal geplatzt ist, und du bist frei.«

»Damit du eine andere arme Seele in deine Schwierigkeiten mit reinziehst?«

»Willst du mir weismachen, deine Motive wären selbstlos?« Sie lachte. »Das wäre glaubwürdig, würdest du mich nicht erpressen.«

»Du hast angefangen, indem du mich hergeschleppt hast.«

»Du wärst sowieso wiedergekommen«, konterte sie. »Ich habe mich lediglich eingeladen.«

Sie war ziemlich sicher, dass sie notfalls Montevista herumbekommen hätte. Und wenn das nicht geklappt hätte, wäre sie ohne ihn gegangen, sodass er aus Sicherheitsgründen genötigt gewesen wäre, ihr zu folgen. Aber natürlich war sie weit froher, Reed bei sich zu haben. Er mochte seine Ecken und Kanten haben, doch sie genoss seine Gesellschaft. Zwar stellte er in vielerlei Hinsicht eine Gefahr für sie dar, aber er beschützte sie auch. Manchmal.

Sie passierten die Grenze von Anytown und gelangten zur Straße. Dort bogen sie nach links in Richtung des Doppelhauses.

»Du stürmst immer gleich los«, grummelte er, »und pfeifst auf die Regeln.«

»Brich ruhig die Abmachung«, forderte sie ihn heraus. »Ich wette, das wagst du nicht.«

Reed sah sie misstrauisch an. »Kommt nicht infrage.«

Sein Blick versprach ihr eine Vielzahl von Folgen, bei denen sie ein Kribbeln durchfuhr.

Aber natürlich schüttelte sie es ab. »Ich verstehe nicht, worüber dein Bruder und du streitet.« Oder warum sie bei der Fehde mittendrin steckte.

»Was hat Cain damit zu tun?«, fragte er schroff.

Sofort wurde Eve vorsichtiger. »Sag du es mir.«

Er stellte sich ihr in den Weg und sah sie an. »Erklär du mir deine verschwurbelten Gedankengänge.«

»Kannst du die nicht lesen?«

»Nicht ohne meinen Verstand zu überfordern.«

»Wenn ich schon das Seil bei eurem Tauziehen spielen soll, darf ich doch wenigstens erfahren, worum es geht, oder nicht?«

Er war offensichtlich verwirrt. »Was hat Cain mit dieser Tiffany zu tun?«

»Offensichtlich willst du sie nicht für mich suchen«, erklärte sie, »aber du willst trotzdem bei unserer Abmachung bleiben. Da muss ich zwangsläufig folgern, dass es um Cain geht, denn du scheinst mir nicht der Typ zu sein, der willkürlich Regeln bricht.«

Und eine Wette mit ihr war ohne Zweifel ein Regelverstoß.

Reed kniff die Lippen zusammen, und eine Vision von ihr, wie sie über sein Knie gebeugt war, tauchte in ihrem Kopf auf. »Wenn ich wegen Cain etwas mit dir tun will, lasse ich es dich wissen.«

»Mir den Hintern versohlen ist nicht mein Ding, Neandertaler.« Sie verschränkte die Arme. »Und ich spreche nicht von dir und mir. Ich spreche von dir und Cain.«

»Du kannst nicht beurteilen, ob es nicht dein Ding ist, solange du nicht richtig versohlt wurdest.« Er fing ihren Ellbogen ein und zog sie zum Haus.

»Hey, wir hatten gerade eine Diskussion!«, beschwerte sie sich.

»Nein, du warst nur neugierig.«

»Alec hat mal gesagt, dass es mit einer Frau zu tun hat.«

Reed starrte stur geradeaus. »Am Rande.«

»Und die Tatsache, dass ihr beide euch für dieselbe Frau interessiert, spielt keine Rolle?«

»Nicht mehr. Jetzt ist nur noch einer von uns interessiert.« Er warf ihr einen Seitenblick zu. »Und vergiss nicht, dass mich Cains Wegfall in keiner Weise beeinflusst. Was sagt dir das?«

»Dass du nicht glaubst, dass er so schnell über mich hinweg ist.«

»Er ist ein Erzengel, Babe. Erzengel empfinden keine Liebe, wie du sie kennst.«

»Leben sie enthaltsam?«

Er lachte. »Ganz und gar nicht. Sie können sogar Zuneigung empfinden, wie Leute sie für ihr Haustier hegen. Aber ihre Liebe ist einzig Gott vorbehalten.«

Eve seufzte. Ehe sie nicht unter vier Augen mit Alec gesprochen hatte, wollte sie keine Schlüsse ziehen. »Kommen wir noch mal zum Ursprung deines Zwists mit deinem Bruder zurück.«

»Lass es gut sein, Eve.«

»Wart ihr euch jemals nahe?«

Achselzuckend antwortete er: »Meine Mutter sagt, früher mal, aber daran erinnere ich mich nicht.«

»Deine Mutter *sagt*?« Keine Vergangenheitsform.

Bei seinem matten Lächeln bekam Eve weiche Knie. »Das wird sie dir alles erzählen, wenn du sie kennenlernst. Wie die meisten Moms liebt sie es, peinliche Kindheitsgeschichten auszukramen.«

Eve war sprachlos. Alec und Reed … mit ihrer Mutter. Die Einzigartigkeit, der Ursünderin zu begegnen, war nichts im Vergleich zu der Vorstellung, die beiden stärksten, maskulinsten Männer, die sie kannte, mit ihrer Mutter zu sehen.

Als sie sich dem Haus näherte, bemerkte sie Linda und

Roger, die mit Freddy draußen waren. Linda winkte ihr zu und kam über die Straße.

»Hey«, sagte sie lächelnd. »Wir haben es noch mal alle zusammen besprochen und entschieden, dass wir heute Nacht hierbleiben. Wir haben auch versucht, die Kommandantin zu erreichen, aber sie war den ganzen Tag weg. Hätten wir ihre Zusage, dass wir wiederkommen dürfen, wären wir nach Alcatraz gefahren. Aber so halten wir es für das Beste hierzubleiben. Wir haben ja nur unseren Ruf, und den müssen wir schützen.«

Reed legte seine Hand unten auf Eves Rücken und schickte ihr seine Gedanken in einem Schwall in den Kopf. Diese Entwicklung gefiel ihm kein bisschen.

»Sehr verständlich«, sagte er. »Und bewundernswert. Aber Eve ist abgerufen worden und kann heute Nacht nicht mit euch gehen.«

Sie verlagerte ihr Gewicht von einem Bein aufs andere und stampfte ihm dabei mit der Stiefelferse auf die Zehen. *Du bist ein Arsch! Das hättest du wenigstens vorher mit mir besprechen können.*

Hatten wir schon, erwiderte er und schob sie von seinem Fuß. *Es reicht.*

Warum? Wenn es für sie sicher genug ist, ist es das doch auch für mich.

Nicht so sicher wie Gadara Tower.

Das bestreite ich ja nicht, aber ich kann für mich selbst sprechen.

»Ich habe noch nicht entschieden, ob ich abreise oder nicht«, sagte sie lächelnd zu Linda.

Reeds Fingerspitzen kitzelten ihr Rückgrat. »Sie wird in Anaheim gebraucht.«

»Heute Nacht?«, fragte Linda verwundert.

»Nein«, sagte Eve.

»Doch«, widersprach Reed.

Eve warf ihm einen warnenden Blick zu. »Darüber reden wir noch.«

»Okay.« Linda blickte nachdenklich von einem zum anderen. »Sag mir einfach Bescheid. Wir gehen gegen Mitternacht rüber. Bis dahin müsstet ihr mit allem durch sein, oder?«

»Klar«, sagte Eve.

»Unwahrscheinlich«, korrigierte Reed.

Linda kehrte zu Roger und Freddy zurück, die in der leeren Einfahrt tobten. Vor allem Freddy war ungewöhnlich ausgelassen, was überhaupt nicht zu seinem bisherigen Verhalten passte. Eve sah ihn genauer an, und sobald er ihren Blick einfing, wurde er ruhiger.

Reed führte Eve zum Haus zurück, wo sie in die Männerhälfte gingen, in der Hank sein Labor eingerichtet hatte. Der Okkultist saß an einem klappbaren Kartentisch, der ihm als Ersatzschreibtisch diente. In Männergestalt blickte er zu Eve.

»Deine Freunde von gegenüber haben ...«

»Etwas für mich abgegeben?«, vervollständigte sie den Satz für ihn.

Er sah sie einen Moment an, dann nickte er. »Ja.«

Sie nahm die CD, die er ihr hinhielt. Dabei berührten sich ihre Finger, und er las mehr von ihren Gedanken, als Eve lieb war. Allerdings sah er auch, was er unbedingt sehen musste.

»Interessant«, murmelte er. »Lass mich wissen, was du herausfindest.«

Sie blickte auf sein rotes Haar und dachte an den letzten Rotschopf, mit dem sie gesprochen hatte. Als Hank seine Hand zurückziehen wollte, hielt Eve sein Handgelenk fest.

Er zog die Brauen hoch. »Kluges Kind.«

»Machst du es?«

Hank lächelte. »Ja.«

Reed ging in die Küche, wo Montevista ein Satelliten-Videotelefon aufgebaut hatte. Eve fragte sich, warum sie nicht einfach eine Webcam benutzten, aber danach könnte sie sich später noch erkundigen.

Zunächst ging sie in das Zimmer, in dem sie vorhin Richens' Laptop gesehen hatte. Er war noch da, genauso wie das andere Gepäck der Männer. Eve schloss die Tür und hockte sich im Schneidersitz auf den Fußboden. Es dauerte nicht lange, den Computer hochzufahren, dann schob sie die CD hinein und wartete, dass die Fotos geladen wurden.

Ihre Schwester hatte ihr einmal erzählt, dass sie eine digitale Wegwerfkamera gehackt und sie im Urlaub mehrfach benutzt hatte. Eve hatte Sophia nicht gefragt, wie das ging, aber sie hatte die *Ghoul-School*-Leute darauf angesprochen, und Michelle wusste, wie es funktionierte, deshalb hatte Eve Claires Kamera bei ihnen gelassen.

Die Fotos erschienen auf dem Bildschirm, die irgendeine Software direkt in Vorschauformat verkleinerte. Eve übersprang zwei Bilder vom Gadara Tower sowie eines von der Monterey Bay und dem Schild an der Einfahrt von McCroskey. Dann klickte sie direkt das letzte bekannte Foto von Molenaar und Richens an, das am Morgen vor ihrer Exkursion nach Anytown aufgenommen wurde. Mit strahlenden Augen und breitem Lächeln war die Gruppe wie zu einem Klassenfoto in zwei Reihen aufgestellt, die Männer vorn kniend, die Frauen hinter ihnen stehend. Raguel stand majestätisch an der Seite; seine Eleganz wurde durch den grauen Trainingsanzug um nichts gemindert. Die Schüler hatten alle ihre Ärmel nach oben geschoben, um ihre Armbänder für die Nachwelt festzuhalten.

Eve vergrößerte das Bild und betrachtete jeden einzeln.

»Bingo«, flüsterte sie.

Ihre Mutter hatte das Kainsmal an ihrem Arm nicht gesehen, weil es für Normalsterbliche unsichtbar war. Als Eve nun die Ränder eines Mals unter der Silberplatte eines Schülers hervorlugen sah, wusste sie folglich, dass sie gefunden hatte, worauf sie insgeheim hoffte – ein falscher Gezeichneter mitten unter ihnen. Nur war es nicht die Person, die sie erwartet hatte, und das machte die Sache weit schlimmer.

Alle Einzelteile fügten sich zusammen.

»Gerissen. Aber ich hab dich.«

Sie hörte Schritte auf dem Dielenboden im Flur, daher drückte sie die Taste zum CD-Auswurf und schloss das Fenster für die Foto-Software, bevor sie den Laptop zuklappte. Als sie gerade wieder aufstand, ging die Tür auf, und er kam herein.

»Hollis. Was machst du hier?«

Eve bemühte sich, gelassen zu wirken. »Ich habe nur meine E-Mails gecheckt.« Doch vor ihrem geistigen Auge blitzten unablässig Bilder von Molenaars und Richens' Leichen auf, und etwas davon musste ihr anzusehen sein.

Seine freundliche Miene veränderte sich. Er kräuselte

die Lippen und knurrte wie ein Wolf. Hinter ihm erschien noch ein Gezeichneter.

Eve täuschte nach rechts, rannte nach links und schrie um Hilfe. Mit einem Satz hatte er sie zu Boden geworfen.

Sie schlug hart mit dem Hinterkopf auf, und alles wurde schwarz.

Reed starrte die SMS auf Raguels Smartphone an, und sein Magen verkrampfte sich.

KIEL, SARA – 13:08 – 1K

Unterwegs. Komme morgen früh in LAX an.
Sag Abel, er soll sein Telefon einschalten.

Er stöhnte verärgert. Im Moment hatte er schon so viel Mist am Hals, dass er kaum noch Luft bekam. Cain lief in seinen Gedanken am Rande mit und nutzte Reeds Erfahrung, um mit dem Informationsfluss fertigzuwerden, den ihm die Seraphim und Einsatzleiter schickten. Das allein machte Reed angespannt und wütend. Warum hatte man nicht ihn für die Beförderung ausgewählt, wo Cain offensichtlich nicht ohne seine Hilfe klarkam? »Montevista, ich denke ...«

Ein Schrei von Eve aus dem hinteren Teil des Hauses ließ seinen Rücken so starr werden, dass es beinahe wehtat. Während er sich umdrehte, rauschte ein Schwall Informationen auf ihn ein, der so verwirrend war, dass Reed stolperte.

Er bewegte sich schon, bevor sein Verstand richtig erfasst hatte, warum, umrundete den Behelfstisch und stürmte in den Flur. Mit der Schulter stieß er gegen Hank, der gleichfalls reagierte, und Montevista war ihm dicht auf den Fersen. Sie drängelten sich an einer engen Stelle, als

Eve aus einem der Zimmer trat. Beim Anblick der drei zuckte sie zusammen und sah sie verlegen an.

»Alles in Ordnung?«, rief Reed, dem nicht behagte, welche Angst er bekommen hatte.

»Mir geht es gut.«

»Und warum hast du geschrien?«

»Äh ...« Sie trat unsicher von einem Fuß auf den anderen. »Eine große Spinne. Eine riesige.«

Montevista atmete auf und lehnte sich an die Wand. »Sie haben mir eine wahnsinnige Angst eingejagt, Hollis.«

Hanks Stimme klang tief und ernst. »Etwas, das ich wissen sollte?«

Für einen kurzen Moment sah sie ihn stirnrunzelnd an, dann hellten sich ihre Züge wieder auf, und sie lächelte. »Nein, nichts.«

Er nickte und ging weg.

»Du hast einen Drachen getötet«, sagte Reed, der neugierig ihre Gedanken prüfte, sie jedoch so ruhig vorfand, als würde sie schlafen, »aber bei einer Spinne flippst du aus?«

»Ich habe doch gesagt, dass die groß war«, verteidigte sie sich.

Er atmete langsam aus und legte eine Hand an ihren Arm. »Dann komm mit. Zeig sie mir, und ich bringe sie nach draußen.«

Als er nach der Türklinke griff, packte sie sein Handgelenk mit eisernem Griff. »Nein! Ist schon gut, vergiss es. Ehrlich.«

Reed sah sie prüfend an. »Bist du sicher?«

Sie nickte. »Ja, bin ich.«

Es sollte ihm recht sein. Er hatte schon genug, um das

er sich sorgen musste, ohne Spinnen – ob groß oder klein – zu seiner Liste zu addieren. Zum Beispiel sich und Eve auf Sara vorbereiten ... Sofern es möglich war, sich für dieses Zusammentreffen zu wappnen. »Die Konferenzschaltung ist gleich. Kommst du mit?«

»Das will ich auf keinen Fall verpassen«, antwortete sie lächelnd.

Sie gingen zurück ins Esszimmer.

17

Es schien Stunden zu dauern, bis es im Zwinger endlich still wurde. Alec stand von dem schwarzen Lederbürostuhl auf und wechselte in den Gang. Die Zerstörung im zentralen Bereich war verheerend. Sämtliche Oberflächen waren von Blut und Gewebe bedeckt. Nur sehr wenige Welpen waren noch als solche zu erkennen; die meisten waren in Stücke gerissen. Einzig zwei konnten sich noch rühren – ein schwaches Schwanz- oder Ohrzucken. In den nächsten Minuten würden sie ihrem großen Blutverlust erliegen.

Alec wollte sich in das unterirdische Freigehege versetzen, doch daran hinderten ihn weitere Schutzvorrichtungen. Wenn er erst drinnen war, könnte er sich frei hin und her bewegen, genau wie in dem Zwinger. Das Hereinkommen war der Haken.

Er kehrte ins Büro zurück, aktivierte die hydraulischen Lifts in den Käfigen und versetzte sich in den nächstgelegenen. Während er ins Labyrinth hinabgelassen wurde, blähten sich seine Nasenflügel unter dem Gestank von Tod und Verwesung, der den gesamten Raum beherrschte. Vorsichtig bewegte sich Alec durch den gesamten unterirdischen Komplex, der nur dämmrig beleuchtet und kühler war als der Zwinger oben. Hier waren die Wände aus Metall, Rohre verliefen an der Decke, und der Boden war aus glatterem Beton. Alec fluchte, als er einen Tank mit Flüssigstickstoff fand, in dem Embryonen gelagert wurden.

»Woher hat Charles das Zeug, um die zu machen?«, murmelte er vor sich hin.

Er suchte den laborähnlichen Raum ab und fand ein Heizelement. Fünf Minuten später köchelten mehrere Dosen mit Embryonen in einer tiefen Metallschale auf einer Heizplatte. Alec wollte verhindern, dass sie gerettet würden. Das Letzte, was die Welt brauchte, war ein Heer von freilaufenden, gefräßigen Höllenhunden, gegen die Gezeichnete nichts ausrichten konnten. Lieber hätte er die ganze Anlage niedergebrannt, doch solange er Charles nicht getötet hatte, wollte er keine Rauchzeichen riskieren, die ihn verrieten.

Nachdem er die Brutvorrichtungen zerstört hatte, ging Alec durch einen Tunnel, der in die Garage von Charles' Haus führte. Es ähnelte einer Burg und stand leicht erhaben in der Mitte der Wohnanlage, sodass der Alpha vor Feinden geschützt war und gleichzeitig sein Reich überblicken konnte.

Von außen war das Haus eindrucksvoll und schön. Die graue Backsteinfassade wurde von zwei Treppentürmen an den Seiten eingerahmt, über die die drei Stockwerke verbunden waren. Ein weich abfallender Rasen vor dem Haus und Gaslampen-Imitate sorgten für ein Bilderbuchidyll, und ein Wappen mit einem schwarzen Diamanten zierte den Platz über der doppelten Eingangstür. Nichts verriet Sterblichen, dass von hier aus ein Dämon regierte, der nur darauf wartete, die Welt zu zerstören.

Alec blieb einen Moment stehen und blickte sich um. Zwar hielten sich reichlich Sterbliche in der Anlage auf – Postboten, Gärtner, Poolreiniger, Babysitter und gelegentlich ein Streifenwagen –, doch als Gezeichneter wäre es nicht leicht gewesen, so weit zu kommen. Und zu den Welpen vorzudringen wäre unmöglich gewesen. Trotzdem hatte Jehova ihm diese Aufgabe gegeben – für die Erzengelgaben nötig waren.

Die Wege des Herrn waren unergründlich …

Alec wechselte in ein Gästebad im Erdgeschoss. Im Haus war der Gestank verrottender Seelen überwältigend, wie nicht anders zu erwarten. Jedes Rudelmitglied bewegte sich regelmäßig in dem Haus, und Charles, der keine feste Partnerin hatte, war für seinen unersättlichen Paarungstrieb bekannt, weshalb hier viele Frauen ein und aus gingen.

Deshalb fing Alec mit dem Hauptschlafzimmer an.

Das private Reich des Alphas vom Black-Diamond-Rudel passte zu einem Wolf: holzvertäfelte Wände, brauner Teppich und dunkelgrüne Vorhänge vermittelten den Eindruck von einem Wald. Wie Alec schon geahnt hatte, lagen dort zwei Frauen auf dem Bett, nackt und mit Kennzeichen bedeckt, die eine von ihnen als Hexe und die andere als Wölfin auswiesen. Am Fußende war ein Fernseher aus einer Konsole hochgefahren, und die beiden Frauen waren so damit beschäftigt, über eine Talkshow zu kichern, dass sie Alec im Schatten des unbeleuchteten Zimmers nicht bemerkten. Charles war nicht da.

Alec ging weiter von Zimmer zu Zimmer, wobei sein Unbehagen zunahm. Abgesehen von den Angestellten schien das Haus leer zu sein. Wo zur Hölle waren alle?

Wenn ein Alpha zu Hause war, wimmelte es in seinem Heim gewöhnlich von Leuten.

Im Arbeitszimmer legte Alec eine kurze Pause ein und durchsuchte den Schreibtisch, in dem sich jedoch nichts Bemerkenswertes fand. Da waren nur Dienstpläne, Abgabentabellen, Paarungs- und Geburtsverzeichnisse – das Übliche bei einem gesunden Rudel. Also kehrte Alec ins Schlafzimmer zurück und versetzte sich oben auf den Fernseher, sodass seine Beine vor dem Bild baumelten. Er breitete seine schwarzen Flügel mit den goldenen Spitzen aus und schwenkte sie.

Die nackten Frauen schrien.

Die Frau mit der blonden Igelfrisur schaltete er mittels eines einzelnen Blitzstrahls in die Brust aus. Dann sprang er auf die Brünette und hielt ihr mit einer Hand den Mund zu. Sie starrte ihn mit großen, angsterfüllten Augen an. Jedes Höllenwesen mit einem Minimum an Ausbildung erkannte ihn auf Anhieb.

»Heule«, warnte er sie leise, »und ich ramm dir ein silbernes Flammenschwert ins Herz. Nick, wenn du mich verstanden hast.«

Sie bejahte stumm, wirre Locken fielen ihr in die Stirn.

»Wo ist Charles?« Er nahm seine Hand weg.

»Er ist gegangen.«

»Du solltest versuchen, mir etwas Brauchbares zu erzählen«, murmelte Alec. »Zum Beispiel, wohin er wollte.«

»Weiß ich nicht, Cain, ehrlich. Er ist ganz schnell weg.«

»Warum?«

»Keine Ahnung, aber es muss wichtig gewesen sein. Wenn er in Fahrt ist, kann ihn sonst nichts wegzerren.«

»Und was konnte es doch?«

»Devon, unser Beta, hatte einen wichtigen Anruf für ihn. Irgendwas wegen Timothy.«

»Wer ist Timothy?«

»Sein Sohn.« Sie schluckte. »Der, der getötet wurde.«

Alec merkte auf. »Hast du das Gespräch mitgehört?«

Sie zeigte zum Wohnzimmer nebenan. »Er hat da drinnen geredet, und ich konnte nichts hören, aber er hat etwas aufgeschrieben. Danach hat er sich angezogen und sich Wechselsachen eingepackt. Mehr weiß ich nicht, das schwöre ich.«

Der Schwur eines Höllenwesens war ungefähr so viel wert wie benutztes Klopapier, aber der Geruch von Wolfsangst war nicht zu verkennen. Wenn man sich bei diesen Wesen auf eines verlassen konnte, dann darauf, dass sie alles taten, um ihren Hals zu retten.

»Wann war das?«

»Vor zwanzig Minuten, glaube ich.«

Er berührte ihren Hals und jagte einen Kraftschwall durch ihren Körper, der sie bewusstlos machte. Dann sprang er vom Bett und ging nach nebenan. Dort war ein kleiner Schreibtisch mit einem altmodischen Schnurtelefon. Neben dem Apparat lagen ein unbeschriebener Block und ein Stift für Notizen bereit. Die ausgeschaltete Tischleuchte stand in einer merkwürdigen Position auf dem Tisch, als hätte jemand sie übereilt beiseitegeschoben.

Alec nahm Block und Stift und rieb sanft über das oberste Blatt, sodass der Abdruck des zuvor Geschriebenen sichtbar wurde.

Am Supermarkt rechts
rechts in Pvt. Mitchell
links in Garrison Way

weißer Van, schwarzer Suburban

Eine Wegbeschreibung zu dem Doppelhaus, in dem Eve war. Warum? Es hieß doch, dass Charles hinter den Anschlägen auf Raguels Kurs steckte – aber wenn das stimmte, wozu musste er sich dann den Weg notieren, als wüsste er nicht, wo Eve und die anderen waren? Und weshalb sollte ihn diese Information von zwei willigen Frauen in seinem Bett weglocken?

Alec versetzte sich zurück ins Motel und befreite Giselle, die er wieder ans Waschbecken gekettet hatte. »Komm mit.«

Sie rappelte sich auf und riss den Knebel aus ihrem Mund. »Ist er tot?«

»Er noch nicht, aber die Welpen.«

»Alle?« Sie klang genauso ehrfürchtig wie entsetzt.

»Ja.«

»O Mann ...«

Eine Angstwelle überrollte ihn, ein Schwall von Gefühlen, die Eve ihm schickte und die ihn erstarren ließen. Er versuchte, ihren Geist zu kontaktieren, nur war die Verbindung gleich wieder fort, und zurück blieb friedliche Stille.

»Beeil dich«, befahl er, denn nun hatte er es erst recht eilig.

»Wo wollen wir hin?«

»Nach Monterey.« Er ging ins Schlafzimmer.

»Jippie!« Sie klatschte in die Hände. »Das ist Süden. Endlich kommen wir weiter!«

»Freu dich nicht zu früh.« Er berührte sie und versuchte, sich ins andere Zimmer zu versetzen, um auszuprobieren, ob er sie beide teleportieren konnte. Er kam im anderen Zimmer an, sie nicht. Fluchend kehrte er zurück.

Giselles Augen blitzten unverhohlen amüsiert. »Das

funktioniert bei Höllenwesen nicht. Ungeziefer reist nicht so toll mit Engeln.«

»Dann muss ich dich hierlassen.« Er sah zur Uhr. Kurz nach vier. »Wie es aussieht, könnten wir bald alle tot sein, also solltest du vielleicht losziehen und tun, was du immer schon machen wolltest, bevor du abkratzt.«

»Pah! Erzengel können nicht sterben. Und du wirst mich nicht los. Der berüchtigte Cain ist zum Erzengel Cain geworden, und ich musste direkt dabei sein. Ich bin sowieso schon halb tot. Und bei dir habe ich zumindest eine Chance, die andere Hälfte zu retten.«

Alec holte die Autoschlüssel aus seiner Tasche und legte sie auf die Kommode. »Erzengel sind nicht unbesiegbar.«

»Sieht aber ganz so aus«, höhnte sie. Dann stockte Giselle. »Warte mal... Einem von denen ist was passiert, oder? Welchem?«

»Du kannst nach Anaheim fahren. Ich sage Bescheid, dass du kommst.«

»Deshalb bist du jetzt ein Erzengel, stimmt's?«

Er nahm etwas Bargeld und legte es neben die Schlüssel. »Pack alle Sachen hier ein, und nimm sie mit. Ich will möglichst nicht noch mal herkommen müssen.«

»Cain, verdammt, rede mit mir!«

Er ging ins Nebenzimmer, blickte sich noch mal um und betete, dass er nichts vergessen hatte. Mit der ungeheuren Fülle an Informationen, die auf ihn einströmte – von den Einsatzleitern unter ihm und den Seraphim über ihm –, konnte er kaum noch klar denken.

»Bist du eine *Maschine*?«, rief Giselle. »Ist dir völlig egal, was das heißt? Ich bin noch nicht bereit für den Weltuntergang!«

»Kann irgendwer jemals dafür bereit sein?«, konterte er genervt.

Giselle kam um ihn herum und baute sich vor ihm auf. Die Hände in die Hüften gestemmt, fragte sie erbost: »Was ist mit der Frau, mit der du gestern Abend telefoniert hast? Ich habe doch deinen Ton gehört, und sie ist dir wichtig. Interessiert dich eigentlich, was der Weltuntergang für *sie* heißt?«

Alec atmete langsam aus. Seine Gefühle für Eve deuten zu wollen war, als würde er versuchen, durch eine Milchglasscheibe zu sehen. Er wusste, dass sie dort waren, konnte die Schatten und Schemen sehen, aber keine Einzelheiten erkennen. Als würde ihm sein Lieblingsdessert vorgesetzt, und er stellte fest, dass er den Appetit verloren hatte.

»Doch«, sagte er ehrlich. »Mich interessiert, was mit ihr wird.« Seine Gefühle für Eve waren mehr als Sex und Zuneigung; zu ihnen gehörten auch Respekt und Bewunderung, Liebe und Nostalgie. Mit Eve hatte er die besten Tage seines Lebens verbracht. Und ein Erzengel zu sein änderte nicht alles.

Sie nickte. »Na gut. Erzähl mir, was los ist, damit ich helfen kann.«

Er teilte ihr nur das Minimum mit, das sie wissen musste, während er weiter versuchte, Eves Geist zu erreichen. Sie schien zu ... schlafen? Augenblicklich war sie ein leeres Blatt, schwebend zwischen Bewusstsein und REM-Schlaf. Stirnrunzelnd fragte sich Alec, ob die Panik eben Teil eines Traums gewesen sein könnte. Da er noch nie zuvor eine solche Verbindung zu jemandem gehabt hatte, war er nicht sicher, wie sie funktionierte. Er streckte seine Fühler nach seinem Bruder aus und stellte fest, dass er sich keine außergewöhnlichen Sorgen um Eve machte.

Abel warf ihn energisch aus seinem Kopf. *Hau ab, Cain, ehe ich dich finde und umbringe!*

Alec zeigte ihm das mentale Äquivalent zum Stinkefinger.

»Wow.« Giselle sank aufs Bett. »Ich garantiere zwar nicht, dass ich euch helfen kann, aber ich werde es auf jeden Fall versuchen.«

Er staunte. »Was ist aus dem Mahr geworden, der glaubte, dass wir auf einer Kamikaze-Mission sind?«

»Der hat sich mit einem Erzengel eingelassen, das verändert die Vorzeichen, alles klar?«

»Pack deinen Kram. Wir verschwinden in fünf Minuten.«

Die Telefonkonferenz war ein Reinfall. Natürlich war Raguel nicht dabei, und sein Ersatz glänzte durch Abwesenheit. Saras Verbindung war grottenschlecht, und so wurde beschlossen, das Gespräch zu vertagen, bis alle sieben Firmen dabei sein konnten.

Reed verließ das überfüllte Doppelhaus und ging hinaus in die Einfahrt. Er überlegte, wie er Eve aus Anytown fernhalten konnte, ohne sie irgendwo festzuketten, als ihn eine tiefe Frauenstimme ablenkte.

»Hey.«

Er drehte sich um und sah die Blonde – Izzie, das Goth-Girl – auf sich zukommen. Sie hatte die Finger in den winzigen Taschen ihres schwarzen Rocks vergraben und die Lider halb gesenkt.

»Selber hey«, antwortete Reed.

»Wie ich höre, war Cain vorhin hier.«

»Da hast du nichts verpasst.«

Sie zuckte mit den Schultern. »Ich habe ihn schon mal gesehen.«

»Mein Beileid.«

Die Andeutung eines Lächelns huschte über ihren hübschen Mund. Reeds Blick verharrte dort, und er dachte an das, was dieser Mund mit ihm getan hatte. Die Erinnerung hatte denselben Effekt wie ein Haarschnitt – angenehm und nett für die Eitelkeit, aber mehr auch nicht. Er wünschte, dasselbe könnte er über Eve sagen.

»So schlimm war es nicht«, sagte sie und blickte ihm in die Augen. »Eigentlich war es sogar sehr schön.«

Reed erstarrte. Bei ihrer Anspielung war ihm nicht wohl, und ihm fiel wieder ihr deutscher Akzent auf. »Bist du aus ...?«

»Deutschland.«

»Sarakiel«, raunte er.

»Ja, ich wurde von einem aus ihrem Team gezeichnet.«

»Wann?«

»Vor einigen Wochen. Am Tag, als der Kurs anfing, kam ich nach Kalifornien.«

»Und zu welcher Firma gehst du hinterher?«

Ihr Lächeln wurde strahlender. »Dieser.«

Er rieb sich den Nacken. Normalerweise hätte Izzie ein bis sieben Wochen, um sich in ihrem neuen Land und der neuen Firma einzugewöhnen. Sie bekäme eine Wohnung, ein Auto und ein Konto, würde durch die Stadt und durch den Gadara Tower geführt, *bevor* sie mit dem Training anfing. In manchen Fällen wurden Gezeichnete in ihre neuen Firmen versetzt und fanden sich dann zum Training wieder in ihrem Heimatland, je nach Rotation. Aber nach diesem Protokoll hätte Izzie nicht im selben Kurs wie Eve landen dürfen.

Nichts geschah zufällig. Sara hatte um Izzies Vergangenheit gewusst und sie gegen Eve ins Spiel gebracht. Izzies Auswahl hatte Gott getroffen, doch sie als Störenfried zu nutzen … das war einzig Saras Einfall gewesen.

»Du bist nicht froh darüber«, murmelte Izzie.

»Warum sollte es mich interessieren?«

»Sara dachte, du würdest dich freuen. Andererseits denke ich nicht, dass sie weiß, wie du für die Freundin deines Bruders empfindest.«

Er ließ sich nichts anmerken.

»Du hast Eves Namen gerufen«, fuhr sie fort, »als du gekommen bist.«

Zum Teufel mit diplomatischen Umschreibungen; für die fehlte ihm die Zeit. »Was willst du?«

»Dasselbe wie du. Cain von Hollis wegbringen.«

Er lachte. »Hat dir noch keiner gesagt, dass Cain zum Erzengel befördert wurde? Er ist unfähig, einen feuchten Dreck auf eine von euch zu geben.«

»Meinetwegen muss er das auch nicht. Ich will nur einen Orgasmus von ihm.« Sie klimperte mit den Wimpern. »Und wir beide können uns gegenseitig helfen.«

Reed erkannte die Ähnlichkeiten zwischen Izzie und Sara und wurde wütend. Er breitete die Flügel weit aus, überwand die Distanz zwischen ihnen mit einem Sprung und packte Izzie am Hals. Sein Gesicht war verzerrt von der Wut, wie nur Engel sie zeigen konnten, als er sie ein Stück anhob. Izzies Augen wurden tellergroß, und ihre geschminkten Lippen öffneten sich nach Luft ringend.

Mit einer fürchterlichen Stimme warnte er sie: »Du vergisst, wer du bist. Wir sind nicht gleichgestellt.«

»I-ich h-hab nicht g-gemeint ...«

»Halt dich von Eve fern. Du tust ihr nichts. *Nichts!*« Mit der freien Hand bog er ihr Gesicht nach oben und verrieb mit dem Daumen ihren dicken Lippenstift, den er über ihre Wangen verteilte. »Oder du bekommst es mit mir zu tun.«

Sie schlang die Hände um seine Unterarme. »V-vielleicht kriegst du es m-mit Sara zu tun ...«

Er drückte ihre Kehle noch fester zu.

»Abel!«, rief Montevista streng. »Was machen Sie da?«

Reed warf Izzie ins Gras neben der Einfahrt. Sie sackte in sich zusammen, doch ihm war klar, dass sie nicht lange so unterwürfig bliebe. Er sah zu der Wache und setzte eine weniger beängstigende Miene auf. »Anscheinend hat Miss ...?«

»Seiler«, ergänzte Montevista grimmig.

»Anscheinend hat Miss Seiler zu viel Zeit. Könnten Sie ihr eventuell eine Beschäftigung suchen?«

Montevista nickte. »Kommen Sie mit mir, Seiler.«

Izzie stand auf und richtete ihren Rock. Ihr träges Lächeln mit dem verschmierten Lippenstift wirkte makaber und sollte Reed eine Warnung sein. Wie Sara hielt auch sie das Leben für ein Spiel, in dem es ums Planen, Taktieren und Gewinnen ging. Cain war der Pokal, und Reed hatte ihr direkt in die Hände gespielt, indem er sich gleichfalls zu ihrer Trophäe machte.

Er zog seine Flügel wieder ein und wandte sich ab. Mist! Sara würde die Situation noch zusätzlich verschärfen. Cain fiel aus, hingegen waren die Hindernisse für Reed nicht weniger geworden; sie hatten sich lediglich verändert. Und Frauen waren weit hinterhältiger als Männer.

Er blickte zum Haus gegenüber und konzentrierte sich wieder auf die drängenderen Probleme. Die Rothaarige, Michelle, war mit einem Camcorder aus dem Haus gekommen. Die Dänische Dogge und der schottische Gezeichnete, Callaghan, der Ken, standen in der Nähe. Wie es aussah, filmte Michelle die Umgebung, ob für die Serie oder zum Spaß wusste Reed nicht. Ihn störte allerdings Callaghans Anwesenheit. Der Kurs sollte im Haus sein und Hank bei der Untersuchung der Beweismittel helfen. Die vielen Aufgaben des Exceptional Projects Departments kennenzulernen gehörte zur Ausbildung. Warum machte Callaghan nicht mit?

Reed verdrängte den Gedanken. Eves Paranoia machte ihn auch schon ganz misstrauisch. Tatsache war schlicht, dass Callaghan ein Mann und Michelle eine hübsche Frau und vielleicht zu haben war. Anstelle des Gezeichneten würde Reed wohl auch finden, dass mit einer scharfen Rothaarigen herumzumachen spaßiger war, als bei Hank und seinen Zaubertinkturen abzuhängen.

Callaghan spürte Reeds Blick, denn er sah zu ihm und winkte. Dann sagte er etwas zu Michelle und kam herüber.

»Montevista hat mich gebeten, die im Auge zu behalten«, erklärte Callaghan. »Damit sie nicht abhauen.«

»Sie ist niedlich.«

Callaghan grinste. »Jo, ist sie. Sie wollte gerade nach Anytown, um ein paar Aufnahme bei Tageslicht zu machen, aber ich glaube, das konnte ich ihr ausreden.«

»Wo sind die anderen?«

»Im Haus.«

Reed stieß einen frustrierten Laut aus. »Diese ganze Geschichte ist ein einziger Schlamassel. Wir haben weder die Zeit noch die Leute, um die Babysitter für die Filmfritzen zu mimen.«

Das unmissverständliche Würgegeräusch eilte dem plötzlichen Auftauchen der französischen Gezeichneten – Claire, der Modepuppe – voraus, die um die Ecke kam.

Als sie die beiden sah, blieb sie stehen und schluckte. »Ich hätte nie gedacht, dass ich mir mal wünschen würde, kotzen zu können«, sagte sie.

»Was ist los?« Reed sah zu der Hausseite, von der sie gekommen war.

»Die E.P.D.-Ermittler untersuchen R-Richens' Leiche.« Sie beugte sich vor, stützte die Hände auf die Knie und atmete vorsichtig ein und aus.

Das Bedürfnis, sich zu übergeben, war natürlich nur in ihrem Kopf, doch wie beim Novium machte dieses Wissen das Phantomgefühl nicht weniger real. Reed hatte Mitleid mit ihr, denn auch er war nicht besonders scharf auf Kadaver, vor allem keine schaurigen.

»Ich muss hier weg«, sagte sie. »Ich hasse dieses Fort.«

»Wir bemühen uns«, murmelte er und bedauerte auch den Einsatzleiter, dem sie am Ende zugeteilt wurde. Claire bräuchte eine Menge Hilfe, um sich an das Kainsmal zu gewöhnen.

»Ihn konnte ich auch nicht ausstehen.«

»Wen?«

»Richens. Er war ein Arsch.«

»Stimmt«, pflichtete Callaghan ihr bei.

»Und jetzt fühle ich mich furchtbar, weil ich so über ihn gedacht habe«, seufzte sie.

Reed lächelte.

»Wie lange müssen wir noch bleiben?«, fragte sie.

»Sobald die weg sind«, er wies zur anderen Straßenseite, »können wir verschwinden.«

»Was wollen die denn hier?«

»Beweisen oder widerlegen, dass es Paranormales in Anytown gibt.«

»Wo ist ein Tengu, wenn man einen braucht?«, jammerte Claire.

Reed stutzte, denn er hatte ein Déjà-vu, als hätte er schon die ganze Zeit auf den Gedanken kommen wollen, der jetzt in seinem Kopf aufblitzte. »Gute Idee.«

»Wie bitte?«

»Warum sollen wir warten, bis sie von allein draufkommen?« Er sah Callaghan an. »Gehen wir jetzt mit ihnen hin. Wir inszenieren ihnen den Beweis, den sie wollen, dann haben sie keinen Grund mehr zu bleiben.«

»Die wollen nix beweisen«, sagte Callaghan. »Die wollen das widerlegen.«

»Ich habe das Video gesehen, das sie Hollis gegeben hatten«, sagte Claire. »Die erste halbe Stunde oder so war da nichts. Dann waren sie bei der Videothek, und da war so ein Schatten wie ein DVD-Player, der in der Luft schwebte.«

»Prima. Also geben wir ihnen eine glaubwürdige Erklärung für das, was die andere Crew gesehen hat, und sie sind hier fertig.«

»Darf ich mitkommen?«, fragte Claire. »Ich kann nicht zurück ins Haus. Nicht jetzt.«

»Wo ist Hollis?«

»Sie hilft Edwards. Dem geht es noch schlechter als mir. Er mochte Richens.«

»Und Hogan und Garza?«

»Hogan macht das mit der Leiche nichts aus. Viel weniger als uns anderen. Garza ist mit Hank zurück nach Anytown. Er sollte mithelfen, die Ausrüstung zu tragen.«

»Halten wir Hollis da raus.« Eve war sicherer bei ihrem Kurs, den Wachen und den E.P.D.-Ermittlern.

»Callaghan«, wandte sich Reed an den Schotten. »Bieten Sie den Geisterjägern an, sie nach Anytown zu begleiten, und bringen Sie sie zur Videothek. Claire und ich gehen vor und richten ein bisschen was her.«

»Mach ich.« Callaghan ging wieder über die Straße.

Reed drehte sich zu Claire. »Sind Sie bereit?«

Sie nickte. »Bin ich.«

»Gut. Bringen wir ...«

Ein Wolf heulte mit einem gedehnten Schrei, dem mehrere kurze folgten.

Das Rattern von Rotorblättern sollte Reed eigentlich nicht stören, denn immerhin gab es einige Militäreinrichtungen in der Gegend. Aber der Wolf – der hier ganz und gar nicht heimisch war – klang richtig *erfreut* über den Lärm. Als würde er den Hubschrauber begrüßen, und das ließ Reeds Alarmglocken schrillen.

»Callaghan.«

Der Gezeichnete blickte sich um. »Jo?«

»Bringen Sie die Rothaarige nach drinnen, und sorgen Sie dafür, dass alle im Haus bleiben.«

Bei seinem Tonfall leuchteten Callaghans Augen auf. Der Gezeichnete nickte und ging schneller weiter.

»Ich gehe mit ihm«, bot Claire an. »Wenigstens haben die keine Leichen im Haus.«

»Ja, gehen Sie. Keiner kommt oder geht, bis ich Entwarnung gebe.«

Claire trat einen Schritt vor und sah ihn mit ihren großen blauen Augen hinter der modischen schwarzen Brille an. »Ich habe Angst«, flüsterte sie.

Reed streckte eine Hand aus und legte sie auf ihre Schulter. »Sie können alles tun, was nötig ist. Sonst hätte Gott Sie nicht ausgewählt.«

Sie schien ein wenig beruhigt und lief hinter Callaghan her.

Reed machte auf dem Absatz kehrt und ging zum Haus.

18

Eve kam mit einem dumpfen Pochen in ihrem Hinterkopf und einem Phantomerschaudern zu sich. Das Heulen eines Wolfs hatte sie geweckt. War das ein Traum gewesen oder echt?

Sie versuchte, eine bequemere Lage zu finden, musste jedoch feststellen, dass sie an einen wackligen Metallstuhl gefesselt war, die Hände auf den Rücken gebunden. Und sie hatte einen Knebel im Mund, dessen Knoten an ihrem Hinterkopf auf eine empfindliche Beule drückte. Bei der Attacke musste sie ziemlich was abbekommen haben, denn sonst hätte das Mal sie inzwischen geheilt.

Stöhnend versuchte sie, den Nebel aus ihrem Kopf zu vertreiben und sich zu orientieren. Um sie herum war es fast vollständig dunkel, einzig durch zwei dünne vertikale Schlitze zu beiden Seiten von ihr drang ein wenig Licht. Sie streckte ein Bein aus, um den Raum um sich herum einzuschätzen. Ihr Fuß stieß gegen hohles Holz, das nach außen schwang und für einen Moment mehr Licht hereinließ. Als sie sich nach hinten wiegte, stieß sie gegen eine Wand.

Sie war in einem Wandschrank mit hängenden Schiebetüren, wie sie in den McCroskey-Doppelhäusern gewesen waren.

War sie noch in dem Haus, in dem Raguel sie einquartiert hatte? Oder hatte man sie in ein leer stehendes gebracht? Wo waren die anderen?

Eve konzentrierte sich auf ihr Supergehör, konnte aber nichts außer ihrem eigenen Atem ausmachen. Dann war es wieder zu hören, unverkennbar und unheimlich: ein Wolfsgeheul, das triumphierend klang.

Ein Surren an den Rändern ihres Bewusstseins nahm an Stärke zu, und Eve erkannte, dass es sich um einen nahenden Hubschrauber handelte. Es gab keinen Grund, die beiden miteinander in Verbindung zu bringen, außer dass sie instinktiv glaubte, sie hingen zusammen.

Folge deinem Gefühl, hatte Alec gesagt.

Mit den Füßen bewegte Eve die Schranktür in kleinen, regelmäßigen Intervallen zur Seite. Gleichzeitig versuchte sie, ihre Gedanken zu Reed und Alec zu schicken, zog sich aber wieder zurück, als ein stechender Schmerz durch ihren Schädel schoss. Sie stöhnte gegen den Knebel und wünschte, ihre Hände wären frei, sodass sie nach dem Pflock greifen könnte, den man ihr offensichtlich in den Kopf getrieben hatte.

Wie zur Hölle sollte sie hier rauskommen? Sie versuchte wieder, die beiden Brüder zu erreichen. Das Resultat war dasselbe, der Schmerz von einer Intensität, dass Eve fürchtete, wieder das Bewusstsein zu verlieren.

Sie brauchte ein Messer. Und ein neues Gehirn, denn das derzeitige brachte sie um.

Eve kam sich wie eine Heuchlerin vor, als sie die Augen schloss und so höflich wie möglich um ein Schwert bat. Wenn sie ehrlich sein sollte, wäre ihr lieber, diese Dinge würden ihr ohne vorheriges Betteln angeboten, oder sie könnte stattdessen eine Waffe haben. Doch inzwischen kannte sie das Spiel ja. Der Allmächtige zog das biblische Flammenschwert vor, weil er einen Hang zum Drama hatte. Effektvolle Einschüchterung war eine seiner Stärken.

Reed hatte sie es nicht gesagt, als er gefragt hatte, aber sie war ehrlich jedes Mal wieder erstaunt, wenn ihrer Bitte um eine Waffe entsprochen wurde. Allerdings war sie auch mehr oder minder überzeugt, dass sich der Allmächtige eines Tages von ihr abwenden und sagen würde, ihr mangelnder Glaube hätte seine Geduld lange genug strapaziert. Und diese Möglichkeit flößte nicht unbedingt Vertrauen ein.

Zum Glück war dies *nicht* der Moment, in dem Gott sie den Wölfen überließ. Das Schwert erschien in ihrer Hand. Genau genommen war es eher ein Brieföffner. Sie hätte ihn um ein Haar fallen gelassen, konnte ihn aber noch greifen und stieß einen erstickten Schrei aus. Als sie sich durch das Seil an ihren Handgelenken brannte, versengte die Klinge ihr gleich die Haut mit. Der Geruch erinnerte sie daran, wie sie in der Herrentoilette des Qualcomm-Stadions gestorben war, und das machte Eve umso entschlossener.

Sie würde einen Teufel tun, sich schon wieder umbringen zu lassen!

Das Seil gab nach, und Eve ließ das Messer fallen. Sie nahm ihre angesengten Hände in den Schoß und fühlte, wie das Blut kribbelnd zurück in ihre Extremitäten strömte. Die Wunden heilten vor ihren Augen, und das verbrannte Fleisch fiel ab wie ein alter Handschuh und hinterließ nichts als makellose Haut. Der Schmerz schwand ungleich langsamer, doch Eve achtete nicht darauf. Sie hatte keine Zeit, an sich selbst zu denken. Wichtiger war, wo sich der Rest des Kurses aufhielt. Und dann musste sie noch ein paar Höllenwesen ausschalten.

Sie zurrte den Knebel von ihrem Mund und atmete tief ein. Als sie aufstand, knallte sie mit dem Kopf gegen die Unterseite eines Regalbretts. Fluchend erstarrte sie und horchte, ob jemand sie gehört hatte. Aber spielte das überhaupt eine Rolle?

Auf dem Boden brannte noch der Dolch vor sich hin. Sie könnte die Waffe wieder fortschicken, tat es aber nicht. Es gab mehr als eine Art, um Hilfe zu rufen, und das althergebrachte Rauchzeichen tat es notfalls auch. Während der Lack vom Boden wegschmolz und das empfindliche Holz darunter freilegte, begann Rauch aufzuwabern. Eve schob die Türen zur Seite, lief nach draußen und fand sich in dem Zimmer wieder, in dem sie niedergeschlagen worden war. Und hier lag auch der geknebelte, leblose Leib eines anderen Mitschülers.

Ein Schrei steckte in Eves enger Kehle fest.

Hinter ihr fing die Gipskartonwand Feuer und ging in Flammen auf.

Ätherische Projektionen waren nie einfach. Die Konzentration, die erforderlich war, um an zwei Orten gleichzeitig zu sein, kostete enorme Kraft. Zum Glück setzten die Jagd und das anschließende Töten neue Energien frei. Ohne die könnte man diese Duplizität niemals so lange aufrechterhalten.

In nicht mal einer Stunde sind sie alle tot.

Was für ein Coup! Vor Wochen noch schien alles verloren. Nein, falsch, alles war verloren *gewesen* – getötet, vernichtet, ruiniert. Und dann stiegen die Hoffnungen und Träume sämtlicher Höllenwesen aus den Überresten des Upland-Steinmetzbetriebs gleich dem Phönix aus der Asche wieder auf.

Seit jener Nacht hatten sie mehr erreicht, als sich jemals ein Dämon zu erträumen wagte. Sie hatten mit einem Erzengel gelebt, von Angesicht zu Angesicht mit Cain und Abel gesprochen, sich unter die Verräterischsten ihrer Art gemischt und waren bei alldem unentdeckt geblieben.

Das gesamte Machtgefüge hatte sich verschoben. Sie könnten alles tun, überall hingehen. Bald wäre Abel in der Hölle. Er hatte Malachai bei dem Steinmetz ermordet, ergo verdiente er die ewigen Qualen der Verdammten. Er verdiente es, Evangeline Hollis sterben zu sehen, um zu erfahren, wie sich der Verlust eines geliebten Menschen anfühlte.

Aber so weit war es noch nicht. Sammael wollte die Frau noch benutzen. Eines Tages jedoch wäre sie entbehrlich. Und das nächste Mal, wenn sie starb, würden sie dafür sorgen, dass es unumkehrbar war. Sie würden ihr den hübschen Kopf abschneiden und ihn an die Pforten von Sammaels Palast hängen, damit jeder ihn sehen konnte. Sie wären Helden, verehrt und gefürchtet bis in den hintersten Winkel der Hölle.

In nicht mal einer Stunde hätten sie alles.

Von oberhalb der Geisterjägergruppe war leicht zu erkennen, dass Callaghan zu Großem bestimmt war. Er musterte das beinahe leere Wohnzimmer, und seine geschärften Sinne bemerkten einen anomalen ätherischen Körper, der über ihm und den anderen schwebte. Natürlich bemerkte nur Callaghan ihn; selbst dem wilden Hund entging, dass das Böse auf seine Gelegenheit wartete zuzuschlagen.

Die Rothaarige in dem rosa-lila Kleid sah sich Fotos von Anytown an. »Diese Puppen sind gruselig.«

»Psychologische Kriegsführung«, sagte die Brünette, die auf einer Kühlbox saß. »Sie könnten die kaputten Schaufensterpuppen jederzeit ersetzen, wenn sie wollten. Aber dann wäre ja der Horroreffekt weg, deshalb lassen sie die lieber verfallen und es von Ungeziefer wimmeln.«

»Ich liebe es, wenn du so versaut redest«, schwärmte der Ziegenbärtige zu ihren Füßen. »Das macht mich ganz scharf.«

»Roger!« Die Brünette trat ihn spielerisch mit dem Fuß gegen den Oberschenkel. »Ich kann mir in etwa vorstellen, wie viel fieser das nachts aussieht, wenn auch noch komische Schatten dazukommen. Mir leuchtet ein, wieso die von *Paranormal Territory* dachten, dass da wirklich was war. Aber dann habe ich mal gründlich recherchiert und gesehen, dass Anytown seit Jahren als Übungsgelände vom Militär und der örtlichen Polizei genutzt wird, und es hat noch nie Tote oder seltsame Unfälle gegeben.«

»Wir hätten doch nach Alcatraz fahren sollen«, murmelte Roger.

»Wir wurden gebeten, hierherzukommen«, sagte die Brünette mit einem leichten Stöhnen. »Es hätte bescheuert ausgesehen, wären wir unverrichteter Dinge weggefahren, weil wir ein besseres Angebot haben.«

Das Helikopterschlagen wurde ungewöhnlich laut und lenkte alle im Zimmer ab. Vor allem Callaghan stellte die Beine leicht auseinander, als machte er sich zum Kampf bereit.

»Warum klingt das, als würde der Hubschrauber direkt über uns fliegen?«, hauchte die Rothaarige und schlang die Arme um ihren Oberkörper.

»Sicher ist das bei einem Militärstützpunkt normal«, sagte Claire, auch wenn ihre zittrige Stimme die Worte alles andere als beruhigend klingen ließ.

Sie hatten keinen Schimmer. War das ein Spaß!

Die Brünette stand auf und trat an das Panoramafenster. »Er hört sich schrecklich nahe an. Fast, als wollte er hier landen.«

Sie waren zu abgelenkt, um mitzubekommen, dass die Türen und Fenster mit Schließ- und Wachzaubern versiegelt wurden. Keiner konnte herein, keiner hinaus. Es gab kein Entrinnen mehr.

Innerhalb einer Stunde wären sie alle tot…

In der Männerhälfte des Doppelhauses herrschte reger Betrieb.

Richens' fahle Leiche lag auf einer Klapptrage, und zwei E.P.D.-Ermittler waren über die sterblichen Überreste gebeugt. Sie nahmen Proben von möglichen Beweismitteln aus den klaffenden Wunden, in der Hoffnung, mit ihnen zu brauchbaren Schlussfolgerungen zu gelangen.

Richens hatte eine Menge liebenswerte Züge besessen: Egoismus, Arroganz, keinerlei Reuegefühl und nicht zuletzt die Art, wie seine Eingeweide fetten, glitschigen Würsten gleich aus seinem Leib gequollen waren. Ein Jammer, dass er gezeichnet gewesen war, denn mit seiner Vorliebe für Halbwahrheiten und Manipulation hätte er einen amüsanten Hofnarren abgegeben.

»Hey!« Eine Ermittlerin blickte lächelnd auf, allerdings

schwand ihr Lächeln, sobald sie seine blutbefleckte Kleidung sah. »Was ist mit Ihnen passiert?«

Laurel drehte sich zu ihm um, und ihr hübsches, strahlendes Gesicht wechselte von Freude zu Besorgnis. »O nein! Bist du verletzt?«

Da Havoc wieder bei Sammael war, brauchten sie das Gezeichnetenblut nicht mehr aufzufangen, um den Höllenhund zu füttern. Und wenn die Gezeichneten sowieso so gut wie tot waren, musste er sich auch nicht mehr verstecken. Er würde den Alpha mit seiner Kriegsbemalung begrüßen – die Beweise für seine Tötungen von Maul und Klauen tropfend.

Er blickte sich kurz im Zimmer um; zwei Ermittler, zwei weibliche Gezeichneten-Auszubildende, Seiler und Hogan; drei Wachen und Montevista waren ausgesperrt; Callaghan und Dubois waren gegenüber. Und Hank, das einzige mögliche Haar in der Suppe, war mit zwei weiteren Wachen in Anytown beschäftigt. Sie alle erwarteten eine Bedrohung von außen, nicht von innen.

Er torkelte übertrieben schwächlich auf Laurel zu, die ihn in ihren weichen, blassen Armen auffing. Sie war sexy, leicht zu manipulieren und mit einer unersättlichen, saftigen Möse gesegnet.

So mochte er Frauen am liebsten. Ein Fingerschnippen von ihm genügte, damit sie die Beine spreizte, und auf die Weise hatte er ihren Gezeichnetengeruch überall an sich.

»Lass sie los, Garza!«

Hollis' Stimme erschreckte ihn für einen Moment, dann musste er grinsen. Die wenigen Waffen, die sie mitgebracht hatten, waren alle im Suburban verstaut, und Hollis' Fähigkeiten mit einem Schwert waren bestenfalls mittelmäßig. Mit ihr wurde er leicht fertig.

Er hielt ihr bewusst den Rücken zugekehrt, weil Gelassenheit die Gezeichneten-Novizen verunsicherte, und antwortete: »Was sonst, *Bella*?«

»Verzieh dich!«, fuhr Laurel sie an. »Such dir selbst einen Kerl.«

»Du kannst nicht alle für dich haben, Hollis«, schaltete sich Seiler ein.

Frauen! Sie waren selbst ihre schlimmsten Feinde.

»Er ist kein Mann«, konterte Hollis.

Laurel warf sich das Haar über die Schulter. »Äh, ich denke, das würde ich wissen, wenn nicht.«

»Sitz das lieber aus, Evangeline«, sagte er und sah sich zu ihr um. »Der Alpha ist jetzt hier. In wenigen Minuten ist das alles hier vorbei.«

»Für dich vorbei«, korrigierte sie.

Sie stand am Flureingang, die dunklen Augen hart und zornig, die Fäuste geballt. Aber ihr Stirnrunzeln verriet sie. Sie wusste, dass er kein Gezeichneter war, aber noch nicht, wer er war oder welche gemeinsame Geschichte sie hatten. Weil sie seinen Blendzauber nicht durchschaute.

»Was zum Geier redet ihr denn?«, fragte Laurel. »Wieso bist du voller Blut, Antonio? Und warum drückst du mich so fest? Ich kriege ja kaum noch Luft.«

Sein Lächeln wich einem breiten Grinsen. »Damit ich dich besser töten kann, meine Liebe«, flüsterte er ihr zu.

Er drückte Laurel noch fester an sich, legte seine Hände zu beiden Seiten ihrer Wirbelsäule und fuhr die Krallen aus, sodass sie sich tief in ihre Leber und ihre Nieren bohrten. Sie hätte schreien können, wäre ihre Brust von seinem

Klammergriff nicht zu eingeengt. Voller Entsetzen sah sie ihn an, und ihre weit aufgerissenen blauen Augen sowie die leicht geöffneten Lippen sahen reizend aus, als sie ihren letzten Atemzug tat. Genüsslich inhalierte er ihren letzten Lebenshauch.

Seine animalischen Sinne fingen das Pfeifen einer Klinge ein, und er zuckte zur Seite, um dem Flammendolch knapp zu entkommen, der auf seinen Kopf zielte. »Du nervst«, forderte er Hollis heraus.

Ein Klingenhagel prasselte auf ihn zu, und er ließ Laurels Leiche fallen, um sich zu ducken.

Mit einem Schwall deutscher Flüche warf Seiler Hollis zu Boden.

Als er wieder auf den Beinen war, nahm er seine Wolfsgestalt an und stürzte sich auf den nächsten Ermittler. Seine Zähne perforierten die Halsschlagader, noch ehe er mit der Frau auf dem Dielenboden aufschlug. Süßes, sirupartiges Blut rauschte in seine Kehle, und er stieß ein triumphierendes Knurren aus.

Von draußen wurde an die Tür gehämmert, und die Wachen brüllten, dass sie ihnen öffnen sollten. Der Lärm verquickte sich zu einem ganz einzigartigen und fesselnden Requiem, bei dem er vor Freude heulen wollte. Also tat er es.

Seiler und Hollis kämpften immer noch wie fauchende Katzen. Die zweite Ermittlerin zog eine Pistole unter ihrem Laborkittel hervor und feuerte. Die Kugeln schlugen schmerzhaft durch Fell und Haut, doch die Maske milderte die Silberwirkung, die ihn andernfalls verlangsamt hätte. Schließlich klickte die Waffe nur noch, weil das Magazin leer war, und die Ermittlerin schrie.

Er machte einen Satz nach vorn und warf sie nieder, um sie zu töten.

Im Geisterjägerhaus rief das panische Geschrei alle ans Fenster. Dort standen sie Schulter an Schulter, sodass sie ihre Rücken darboten, während sie beobachteten, wie die Wachen ameisengleich über die Straße huschten.

»Wieso können die nicht rein?«, fragte die Brünette. »Guckt sie euch an! Die hämmern gegen die Türen und Fenster!«

»Ich sollte dort sein«, sagte Callaghan, dessen kräftige Statur sich anspannte.

»Geh schon!«, sagte die Rothaarige. »Die brauchen dich.«

Er schüttelte den Kopf. »Ich habe versprochen, hier zu bleiben.«

»Uns geht es gut«, sagte die Brünette. »Wir werden eben ... Wow!«

»Was ist das denn?« Roger klang richtig ehrfürchtig. »Das sind ja mindestens ein halbes Dutzend von denen!«

Wölfe, richtig große, kamen aus Richtung Anytown im Rudel angelaufen. Ein besonders großer mit einer diamantförmigen Blesse auf der Stirn führte die Gruppe an.

Der Alpha war hier. Nach drei Wochen war die Zeit endlich reif. Sie hatte ihn einst gehasst, weil er ihren Enkel als Wolf aufzog, nicht als der Magier, der er eigentlich war. Ihr einziges Kind war gestorben, als sie seinen Sohn gebar, und Charles hatte es ihr vergolten, indem er Timothys Geburtsrecht ignorierte. Sie hatte alles in ihrer Macht Stehende getan, um Timothy gegen seinen Vater aufzubringen, aber jetzt hoffte sie, dass Charles für sie Rache übte.

»Bereit zu sterben?«, fragte sie süßlich.

Alle sahen sie an. Callaghan runzelte die Stirn. »Was?«

Sie lächelte und tötete den Hund als Erstes, indem sie der blöden Kreatur einen Ball zuwarf, der nur aus dem eisigen Bösen bestand. Natürlich jagte der Hund ihn und biss hinein. Er schrie auf, rollte sich auf den Rücken, die Beine starr nach oben gestreckt, und zuckte dramatisch.

»Mein Gott, Claire!«, schrie die Brünette. »Warum zur Hölle hast du das geworfen?«

Kenise warf den Blendzauber der Französin ab und enthüllte ihre wahre Gestalt, bevor sie auf Callaghan losging.

Sie traf mit solcher Wucht auf ihn, dass er abhob und mit ausgebreiteten Armen in die nächste Wand krachte, wo er im Gipskarton stecken blieb und dort hing wie ein Seestern. Sein schwarzer Rollkragenpulli schwelte zwischen seinen Brustmuskeln. Ein Volltreffer!

Womit ihr nur noch die Sterblichen blieben, die starr vor Schreck waren. Lächelnd rieb sie sich die Hände.

Als Nächsten nahm sie sich Robert vor, weil sie die Leute je nach Gefährlichkeit auslöschen wollte. Zuerst die Männer, dann die Frauen. Aber als sie zu der Brünetten kam, stürzte sich die Rothaarige auf sie und warf sie zu Boden.

Vor lauter Schreck ob des unerwarteten Angriffs fing Kenise an zu lachen. Eine Sterbliche, die eine Hexe angriff? Das war lachhaft. Dann richtete sich die Rothaarige mit einem Grinsen auf, bei dem Kenise verstummte.

Das rosa-lila Kleid veränderte sich und wurde schwarz, als würde sich dunkle Tinte darauf ausbreiten. Und auch ihre Beine und Arme verfärbten sich; das Kleid schien sich auf lange Ärmel und einen bodenlangen Rock auszudehnen. Die rotblonden Haare wurden ebenfalls länger und dunkler. Gleichzeitig wurden die hübschen Züge zuerst jünger, dann umwerfend schön.

»Evangeline hatte recht«, murmelte das Wesen mit einer tiefen Männerstimme, die so gar nicht mit seiner sehr femininen Erscheinung harmonierte. »Sie hat geschworen, dass der Verräter es auf die College-Studenten abgesehen haben würde, wenn sich die Gelegenheit ergibt.«

Kenise hielt den Atem an, denn ihr Verstand wurde mitten im Denken von blanker Überraschung gebremst.

Das schnelle Klackern von Hundekrallen schreckte sie auf, und sie drehte sich um. Beim Anblick der Dänischen Dogge, die mitten im Gehen ihre Gestalt änderte, riss sie die Augen weit auf. Der Hund wurde laufend größer und wuchs zu einem Drachen heran. »Cains Frau ist ein kluges Köpfchen«, dröhnte er.

Roger rappelte sich vom Boden auf, klopfte sich den Staub ab und seufzte, als er das klaffende Loch in seiner Brust sah, das glatt durch ihn hindurchging. Dann verwandelte er sich in eine Feengestalt von solch blendender Schönheit, dass sich Kenise sofort in ihn verliebte. Er war auf einmal ein großer Prinz mit hellblondem Haar, spitzen Ohren, blauen Augen und einem Lächeln, das ihn zu der schönsten Kreatur machte, die Kenise je gesehen hatte. »Ich war sicher, dass uns die leere Einfahrt und das Haus verraten«, sagte er. »Aber du bist dümmer, als du aussiehst.«

Der Ernst ihrer Lage wurde ihr allmählich klar, und ein Entsetzen überkam sie, das ihr bis in die Knochen fuhr. Drei Höllenwesen. Unmöglich konnte sie alle abwehren.

Sie müsste schon deren dunkle Seite ansprechen und zu Sammael beten, dass sie nach Hause gelockt wurden.

Ein Stöhnen kam von der Wand, und Callaghan richtete sich auf. »Dat ging mi verdorich up'n Doetz!«

»Wie …?«, hauchte Kenise und spürte, wie ihre Hoffnung schwand. Sie hätte vielleicht noch eine Chance gehabt, wären nur Höllenwesen da, aber mit noch einem Gezeichneten dabei standen die Aussichten denkbar schlecht, sie zur Heimkehr zu bewegen.

»Wir haben ihn mit einem Zauber geschützt. Es wäre ja nicht nett gewesen, ihn ins offene Messer laufen zu lassen«, erklärte der Drache in seinem kehligen Tonfall. »Wir mögen ihn.«

»Was machen wir hiermit, Aeronwen?«, fragte die Rothaarige, wobei sie die Brünette ansah und auf Kenise zeigte.

»Bringen wir dem Gezeichneten bei, wie man Hexen erledigt.« Der Blendzauber der Brünetten fiel von ihr ab wie ein Umhang und enthüllte eine grauhaarige Frau in einem grauen Kostüm. Ein Gwyllion. Da sie unfähig war, ihren eigenen Blendzauber zu schaffen, musste einer der anderen ihren neben seinem eigenen gewirkt haben.

Vier mächtige Höllenwesen und ein Gezeichneter. Kenise hatte keine Chance. Gar keine.

Die Fee nahm die Gestalt von Pinocchios Blauer Fee an. »Einverstanden. Sie soll ja nicht verkommen.«

»Ich rieche euch nicht«, brachte Kenise mühsam heraus. Ihre Lippen waren ausgetrocknet. »Keinen von euch.«

Das Lächeln der Rothaarigen barg keinen Anflug von Humor. »Hast du gedacht, ihr seid die Einzigen, die eine Tarnmaske schaffen können? Nachdem ich die Materialien hatte, war der Rest ein Kinderspiel. Natürlich bewundere ich euren Erfindergeist. Die Maskierung war wirklich raffiniert.«

»Du bist eine Verräterin deiner eigenen Art!«

»Meiner Art?« Der Gwyllion trat einen Schritt vor. »Meine Art ist die, die mich am Leben lassen will.«

»Sammael würde dich zurücknehmen«, sagte Kenise hastig. »Du hast das Insiderwissen, das er will.«

»Maßt du dir an, für Sammael zu sprechen?«, fragte die Fee ruhig. »Du bist wirklich dumm.«

Die Rothaarige nahm ihr nicht unbeachtliches Gewicht von Kenise, doch als sie aufstehen wollte, stellte sie fest, dass sie nicht konnte. Ein Fingerschnippen der Fee, und Kenises Arme waren seitlich ausgestreckt und die Handflächen wie bei einer Kreuzigung auf den Dielenboden genagelt. Schreiend wehrte sie die Magie ab und befreite sich, um direkt wieder fixiert zu werden. Kenise kämpfte, bis ihre Erschöpfung einsetzte.

Sie musste systematisch vorgehen. Es waren zu viele von ihnen. Höllenwesen, die Kenises eigene Kreation gegen sie nutzten. Dabei war der Plan perfekt, nein, brillant gewesen. Und sie wären damit durchgekommen, wäre da nicht diese neunmalkluge Evangeline.

»Wir können das den ganzen Tag machen«, raunte die Fee. »Oder wir kommen endlich zum Ende, und du kannst dich zu deinem geliebten Malachai in der Hölle gesellen.«

Malachai. Ihr Gemahl, ihr Geliebter und ihr Komplize. Sein Beitrag zu ihrem Zauber hatte die Tarnung möglich gemacht ... und es hatte ihn sein Leben gekostet, ausgelöscht durch den rachsüchtigen Abel.

»Geh den anderen helfen«, sagte die Rothaarige zu dem

Drachen. Ihr Blick wanderte zum Gwyllion. »Bernard und ich fangen mit dem Training an.«

Callaghan kam vor und schüttelte sich Putzkrümel von den Sachen. »Ich werde später nach Erklärungen fragen. Jetzt will ich einfach nur wissen, wie man diese Bajin killt.«

Kenise schloss die Augen und dachte an Malachai.

19

»Was ist denn verdammt noch mal mit dir los?«, schrie Eve und riss an Izzies Haar. Rauch quoll durch den Flur, wirbelnd wie eine Flutwelle. Er verstopfte Eve die Kehle und brannte in ihrer Lunge. Irgendwo im Haus zerbarst eine Fensterscheibe.

»Was ist …« Izzie rang nach Luft, »mit *dir* los? Du attackierst auf einmal Garza …«

Eve schaffte es, sich auf die Knie aufzurichten, riss Izzie an den Haaren nach oben und zeigte zu dem Wolf, der an der Gurgel der Ermittlerin hing und sie gierig verschlang. »Sieht das für dich nach Garza aus?«

Izzie erstarrte, und Eve nutzte den Moment, um sie mit einem Kinnhaken k.o. zu schlagen. Dann ließ sie die blonde Frau auf den Boden fallen, richtete sich auf und kreischte, als sie rücklings gegen einen harten Körper gezerrt wurde.

»Musstest du sie schlagen?«, fragte Reed, dessen Lippen an Eves Ohr waren. Er war sengend heiß, als würde er Unmengen Energie ausstrahlen.

»Ja, musste ich tatsächlich.«

Er packte zwischen ihre Brüste und riss etwas von ihrem Hals. Sofort stürzten Gefühle auf sie ein – seine und Alecs. Kaum war ihre Verbindung wiederhergestellt, kappte Alec sie schnell, doch Reeds Geist klammerte sich geradezu verzweifelt an sie.

Sie blickte seine Hand an und sah das Amulett mit dem Siegel des Baphomet, das offizielle Zeichen der Church of Satan. Sammael selbst hatte das Symbol ausgewählt, weil er dessen Design pfiffig fand. Reed ließ das Amulett fallen, und zurück blieb eine qualmende Brandwunde in seiner Handfläche.

Eve sah wieder zu dem Wolf, der den Kopf hob und sie gierig ansah, das blutige Maul weit aufgerissen. Das Hämmern an der Tür hörte auf. Kurz danach waren Kampfgeräusche von draußen zu hören: Knurren und Bellen, Rufe und Fluchen. Schreie.

»Bring Izzie hier raus«, sagte Eve, die sich für ihren eigenen Kampf bereit machte.

»Ich lasse dich nicht mit ihm hier drinnen.«

»Und ich lasse Izzie nicht bei dem Wolf, auch wenn sie mir furchtbar auf den Keks geht.«

»Mist.« Reed ließ sie los. »Zwei Sekunden.«

Sie spürte, wie er Izzie hinter ihr hochhob. Ein leichter Luftzug sagte ihr, dass er mit der jungen Frau verschwunden war.

»Schaffst du mich auch in sterblicher Form?«, provozierte sie den Wolf. »Oder brauchst du deine animalische Gestalt, um zu gewinnen?«

Der Wolf verwandelte sich vor ihr und nahm die Form eines Geists an, den sie erkannte. Zumindest sollte er ein Geist sein, denn sie hatte ihn ja schon einmal getötet. Es traf sie wie ein Schlag, gefolgt von einem kalten Schauer, der ihr über den Rücken lief.

»Du«, sagte sie.

»Ich.« Er lächelte.

Eve sackte das Herz in die Hose. Wie sollte sie etwas töten, das nicht tot bleiben wollte?

»Du brichst noch das Lenkrad durch, wenn du nicht ein bisschen lockerer wirst«, rief Giselle über das Röhren des Mustang-Motors und das Verkehrsrauschen auf dem Freeway hinweg.

Alec sah auf seine weißen Fingerknöchel und erschrak, denn er hatte nicht gemerkt, wie angespannt er war. Er zwang sich, die Hände etwas zu lockern. Sie rasten an Gilroy vorbei und schlängelten sich zwischen den anderen Wagen hindurch.

Noch eine Dreiviertelstunde bis Monterey. Andererseits wären es auch anderthalb Stunden bis Gilroy gewesen, und Alec hatte die Strecke in gut der Hälfte der Zeit zurückgelegt.

Er wechselte die Spur zwischen zwei Wagen, als Eve plötzlich in seine Gedanken preschte, sodass ihm schwarz vor Augen wurde und sein Kopf nach hinten an die Stütze knallte. Dabei verlor er die Kontrolle über den Wagen, und der Mustang geriet ins Schleudern.

Giselle kreischte, Reifen quietschten, und es wurde wild gehupt.

Alec riss das Lenkrad herum und bemühte sich, den Sportwagen auf der Straße zu halten. Andere Fahrzeuge flogen an ihm vorbei, und einzig Gottes Gnade war zu verdanken, dass sie es ohne einen Zusammenstoß bis zum Randstreifen schafften. Dort zog Alec die Handbremse an, worauf der Mustang mit einem gewaltigen Ruck nur Zentimeter vor der Leitplanke zum Stehen kam.

»Jesses Maria, verflucht!«, keuchte Giselle. »Was sollte das denn?«

Er löste seinen Gurt. »Ich muss weg.«

»*Was?*« Sie packte sein Handgelenk. »Wohin weg?«

»Nach McCroskey.« Er sah sie an. »Er ist schon da. Offensichtlich ist er geflogen.«

Sie erstarrte. »Ach du Scheiße.«

Alec öffnete die Tür und stieg aus. »Fahr weiter nach Süden, und folge den Wegweisern.«

»Wohin?«

»Egal. Nach Anaheim, Mexiko, in die Hölle. Da könntest du sowieso in ein oder zwei Stunden landen.«

Sie biss die Zähne zusammen und kletterte auf den Fahrersitz. »Wir sehen uns dort. Lass dich nicht umbringen.«

Doch er war bereits fort.

Eve blickte den Teenagersohn des Alphas an und fragte sich, wie er noch genauso und zugleich anders aussehen konnte. Sie würde ihn auf sechzehn, höchstens siebzehn schätzen. Sein Haar war immer noch ein dunkler Lockenschopf, der ihm bis zu den Schultern fiel, sein Kinn noch klein und der dauerbeleidigte Mund derselbe. Seine hellbraunen Augen hingegen wirkten kälter und toter als zuvor – seelenlos, jedoch voller Bösartigkeit und Mordgier.

Außerdem war er splitternackt, womit Eve gar nicht wohl war. Pubertierende Jungen waren noch nie ihr Ding gewesen. Sie hatte sich ihre Jungfräulichkeit bewahrt, bis sie fast achtzehn war, und sie dann an Alec verloren, einen maskulinen, reifen *Mann* ... der mehrere Jahrhunderte älter war als sie.

Das Hämmern an der Tür setzte wieder ein, und Reed

rief Worte, die Eve nicht verstand. Seine Beinahe-Panik hingegen war greifbar und spornte Eves Trotz an. Der Wolf nutzte seine Magie, um Reed auszusperren.

Ich komme, dachte Reed grimmig. *Sieh zu, dass du bis dahin überlebst.*

Keine Sorge, antwortete sie betont tapfer. In Wahrheit hatte sie eine entsetzliche Angst. Ein Wolf mit Magie, hatte sie sich das nicht schon immer gewünscht?

Reed bestärkte sie, so gut er konnte. Das Mal an Eves Arm begann zu kribbeln und zu brennen, während es himmlisch angereichertes Adrenalin in ihren Kreislauf schickte. Eves Sinne schärften sich, und ihre Muskeln wurden kräftiger. Mit anderen Worten: Sie hatte von höchster Stelle die Erlaubnis, ein paar Dämonen zu vertrimmen.

»Er kann übrigens nicht zu dir zurück«, murmelte der Wolf und ging um Richens' Leiche herum. »Ich habe uns mit einem Schutz- und Haltezauber belegt.«

»Prima, dann stört uns keiner, während ich dich töte.«

»Jahrelang konnte ich weder meinen Wolf noch meine Magie kontrollieren. Jetzt, nachdem ich in Knochen- und Blutmehl von Gezeichneten gekocht wurde, habe ich beides im Griff.«

Schlagartig begriff Eve. Er war in der Steinmetzerei in Upland eingesperrt gewesen, als der Brennofen explodierte – ein Brennofen vollgestopft mit allen Zutaten für die Höllenwesentarnung, einschließlich Blut- und Knochenmehl von Gezeichneten, dessen Heileigenschaften berühmt waren.

So haben sie die Höllenhunde gemacht, sagte Alec.
Höllenhunde?
Das erkläre ich dir, sobald ich reingekommen bin.

Alec war draußen bei Reed! Ihre Helden. Leider sah es aus, als müsste sie sich trotzdem selbst retten. Vor einem Wolf mit Magie und ohne eine Waffe, mit der sie sich auskannte.

Sie trat zur Seite, damit er ihr genau gegenüber war. Zumindest verbarg die Rolltrage seine untere Hälfte, auch wenn dadurch die verstümmelte Leiche ein bisschen zu nahe war. Eve versuchte, nicht hinzusehen. »Mich interessieren deine Existenzängste und deine beschissene Kindheit nicht die Bohne«, erwiderte sie. »Ich will nur wissen, wie ich dich so umbringe, dass du tot bleibst.«

Schwarzer und grauer Rauch braute sich einem Geisterpublikum gleich an der Decke zusammen. Hinten im Haus fraß sich das Feuer schadenfroh knackend und knisternd durch Holz und Trockengips. Und um es noch schlimmer zu machen, musste Eve es mit einem Hybriden aufnehmen, der trotz seiner jungen Jahre viel mehr Erfahrung vorweisen konnte als sie.

»Ach, lass es gut sein«, sagte er in einem Ton, als wären sie Freunde oder würden sich mögen. »Ich will dich gar nicht umbringen. Vielmehr hatte ich dich als Geschenk gedacht. Du glaubst doch eh nicht, was macht es da schon, auf welcher Seite du stehst?«

Eve hustete in dem Qualm. »Das ist ein Scherz, oder?«

»Nein, hierfür schenkt mir mein Dad ein Auto.« Seine toten Augen leuchteten ein wenig. »Einen Porsche wie den in der Einfahrt. Da werden die Schnecken voll drauf abfahren.«

Eve würde den kleinen Mistkerl gern damit *über*fahren. Spaßeshalber schleuderte sie einen Flammendolch nach seiner rechten Seite und gleich noch einen nach der linken. Als er dem ersten auswich, streifte der zweite seine Schulter. Dann flog er in ein Glas mit irgendwas auf einer Kiste hinter dem Wolf, das in Flammen aufging. Die brennende Flüssigkeit spritzte auf ihn, und fluchend klopfte er das Feuer mit den Händen aus.

Eve reckte triumphierend die Arme. Sie genoss die wilde, aggressive Energie, mit der sie das Kainsmal versorgte. »Ja!«

»Dämliche Schlampe.« Er fletschte die Zähne.

»Arschloch«, konterte sie.

Er täuschte nach links, dann nach rechts, um sie zu verunsichern, doch Eve lachte nur. Es klang zwar zittrig und wenig überzeugend, dennoch war es ein erschreckender Laut, und darum ging es. Manchmal blieb einer Gezeichneten nur das Überraschungsmoment, um die Spannung auszugleichen.

Der Wolf stieß ihr knurrend den Rolltisch entgegen, sodass Eve einen Satz zurückmachen musste. Richens' Leiche purzelte ihr zu Füßen.

Und dann fiel ihr ein, dass sie doch eine Waffe hatte, nämlich seine Reizbarkeit. Die hatte sie schon bei ihrer letzten Begegnung gesehen. Als sie ihn provoziert hatte, war er unvorsichtig und gewalttätig geworden. Er war direkt in ihren Roundhouse-Kick hineingelaufen.

Das Haus brennt, sagte Alec.

Echt jetzt? Ich dachte, hier grillt einer.

Du wirst gegrillt werden, sagte Reed streng, *wenn du nicht schnellstens da rauskommst.*

Dem Lärm draußen nach zu urteilen kämpften die beiden – hoffentlich gegen Höllenwesen und nicht gegeneinander.

Schade, dachte sie, *ich hatte gehofft, noch ein bisschen hierzubleiben. Es ist gerade so nett und ...*

Eve!, schrien die beiden im Chor.

»Du hättest den Blendzauber ablegen sollen, bevor du Laurel getötet hast«, sagte sie zu dem Wolf. »Dann hätte sie gesehen, was sie die letzten drei Wochen gevögelt hat. Oder hattest du Angst davor?«

»Ich habe vor nichts Angst! Ich habe getan, was kein anderes Höllenwesen je geschafft hat.«

Der Rauch verdichtete sich und sank tiefer, sodass er um ihre Köpfe waberte und ihnen die Atemwege versengte.

»Sie hat erzählt, dass du eine Null im Bett warst«, fuhr sie fort. »Total ungeschickt. Aber der Antonio-Blendzauber war scharf genug, um es erträglich zu machen. Ich frage mich, was sie gedacht hätte, hätte sie gesehen, dass du noch ein Kind bist.«

»Ich bin kein Kind!«

Eve wollte weiterreden, aber er schleuderte ihr einen bläulich glühenden Ball direkt gegen das Zwerchfell. Die Wucht katapultierte Eve rückwärts gegen eine Kiste von der Größe eines Kühlschranks. Sie krachte durch das Sperrholz und in die Sägespäne. Um sie herum drehte sich alles.

»Ist das alles, was du draufhast?«, japste sie. »Kein Wunder, dass sich Laurel gelangweilt hat.«

Er sprang über die umgekippte Rolltrage und landete in der Hocke. »Du hättest hören sollen, wie sie darum gebettelt hat«, fauchte er. »Sie konnte gar nicht genug bekommen.«

Eve befreite sich aus der Kiste und fiel auf die Knie, wo sie heiße Aschenluft inhalierte. Das Mal half ihr, schnell zu heilen, aber es machte sie nicht unbesiegbar.

»Das sagst du ... aber sie hat mir etwas anderes erzählt.«

Seine Finger und Zehen verlängerten sich zu Krallen, und auf seinem Rücken spross Fell, das gleich wieder verschwand. »Ich werde es dir zeigen«, knurrte er und schlich vorwärts. »Ich ficke dich, bis du schreist.«

Der Boden schwand unter ihr, und Eve schwebte einen Fuß hoch über den Dielen, bevor sie rücklings ausgestreckt nach unten knallte. Magie fesselte sie, sodass sie außer dem Kopf, den Fingern und den Zehen nichts bewegen konnte. Zwar rauschte weiter Adrenalin durch ihren Körper und machte sie kampflustig, doch gleichzeitig bildete sich ein Angstknoten in ihrem Bauch.

Der Wolf kam näher, halb Junge, halb Bestie, mit einem fiesen Grinsen und einem harten Schwanz.

Eve lachte matt. Ihr war klar, dass sie entweder glorreich siegen oder elendig scheitern würde. »Nur zu«, höhnte sie. »Bei dem kleinen Ding werde ich gar nichts merken.«

Er sprang los und nahm im Flug seine Wolfsgestalt an.

Eve wartete bis zum allerletzten Moment, zitternd wie verrückt und sehr froh, dass sie nicht kotzen konnte.

Wie in Zeitlupe kam er auf sie zu, hing mit weit aufgerissenem Maul über ihr.

»Jetzt«, flüsterte sie und drückte die Daumen, dass ihr Wunsch nicht verweigert würde. Ein silbernes Flammenschwert erschien in ihrer Hand, die Spitze nach oben gerichtet und bereit.

Er spießte sich sauber auf. Wie ein heißes Messer durch Butter glitt die Klinge geradewegs durch Fell, Haut und Gewebe. Sein abscheuliches Heulen ging in ein ekliges Gurgeln über. Als die magische Fessel nachgab, rollte sich

Eve herum und auf den Wolf. Sie sprang auf, riss die Klinge heraus und rammte sie mit aller Kraft nach unten. In dem Moment, in dem die Spitze den Dielenboden berührte, lösten sich der abgetrennte Kopf und der Körper in Asche auf.

»Eve!«

»Angel.«

Sie drehte sich zu den beiden Männern um, die ins Haus gestürmt kamen. Da sie jetzt nicht mehr auf den Wolf achten musste, nahm sie erstmals den Zustand des Hauses wahr. Feuer züngelte vom Flur aus die Wände entlang und auf die frische Luft zu, die durch die offene Haustür hereindrang. Der Brand, der im Wohnzimmer ausgebrochen war, hatte inzwischen auf die Küche übergegriffen. Das gesamte Haus ächzte und erbebte unter dem drohenden Einsturz.

Alec war als Erster bei ihr, hob sie hoch und warf sie sich über die Schulter. Das Schwert fiel klappernd zu Boden.

»Zeit zu gehen«, murmelte er.

Im nächsten Moment fand sie sich desorientiert und kaum noch atmend neben dem Porsche wieder. Um sie herum herrschte Chaos. Zwei Aschehaufen zierten den Rasen, unweit von ihnen lagen die Leichen zweier Wachen. Zwei Wölfe kämpften mit denen, die noch aufrecht standen. Der Drache gab den Gezeichneten Deckung und spie sein Feuer in die Richtungen, die der Gwyllion ihm vom Dach des Vans aus zurief.

»Ist er t-tot?«, keuchte Eve und klammerte sich an Alec, weil sich der Himmel über ihr wie verrückt drehte. »Ist der Wolf diesmal wirklich tot?«

Reeds Stimme klang schroff und wütend. »Würde ich sagen.«

»Bist du sicher?«, hakte sie nach. »Wir hatten ihn schon mal verbrannt, und der Mistkerl ist zurückgekommen.«

Alec presste die Lippen auf ihre Stirn, bevor er sie losließ. »Asche ist Asche, aus der kehrt nichts zurück. Kannst du Montevista hier wegbringen?«

Eve blinzelte. »Was?«

Er zeigte zum Beifahrersitz, wo der Gezeichnete zusammengesunken saß, das schwarze Hemd feucht glänzend und seine Kehle aufgerissen und blutig. Als Sterblicher wäre er bereits tot, und als Gezeichneter war er verflucht nahe dran, schutzlos und verwundbar.

Reed drückte ihr die Schlüssel in die Hand. »Fahr.«

Ein schneidendes Heulen zerriss die Luft. Sie blickten sich um und sahen einen massigen Wolf auf den Eingangsstufen. Er starrte sie mit gebleckten Zähnen und glühend roten Augen an. Der weiße Diamant auf seiner Stirn verriet, wer er war, doch Eve fragte trotzdem: »Ist das Daddy?«

»Verschwinde endlich von hier!«, brüllte Alec, dessen Flügel sich mit solcher Wucht ausbreiteten, dass Eve auf der Motorhaube klebte.

Reed stürzte sich ins Getümmel, und beide Brüder stürmten vorwärts, um den Wolf abzufangen, der mit jeweils zwei Wölfen an seinen Seiten auf Eve zugeprescht kam.

Schwarze und weiße Flügel, mächtige, maskuline Körper, wilde, zornige Bestien ... Eve war wie gebannt von dem Anblick. Der ewige Widerstreit zwischen Engel und Dämon, die Schlachtrufe und Schmerzensheuler, der Geruch von Feuer und Asche, Blut und Urin.

»Hollis ...«

Montevistas matte Stimme holte sie jäh in die Realität

zurück. Eve rutschte von der Haube, hechtete hinüber zur Fahrerseite des offenen Cabrios und sprang auf den Sitz. Sie drehte den Zündschlüssel, und die kraftvolle Maschine röhrte los wie ein Traum. Mit quietschenden Reifen schoss Eve rückwärts aus der Einfahrt und überfuhr dabei einen angreifenden Wolf.

Sie packte den Schalthebel, rammte den ersten Gang ein und drückte das Pedal durch. Im Rückspiegel versuchte sie zu sehen, was hinter ihr los war, und verstellte ihn. Montevista brüllte vor Angst. Eve sah nach vorn und schrie ebenfalls. Sie stand auf der Bremse. Das Hinterteil des Porsches schlingerte beängstigend, als der Wagen mit der Beifahrerseite voran die Straße hinunterschlitterte ...

... direkt auf die fleischfarbene Bestie zu, die groß wie ein Haus in ihre Richtung gedonnert kam.

Der Wagen bremste ruckelnd.

»Ach du Schande«, hauchte Eve und hustete, als ihre Lunge brannte. War das der Höllenhund?

Dreh um, und weg hier, befahl Alec. *Den können nur Höllenwesen töten.*

War das nicht verflucht praktisch?

Sie blickte sich zu dem lichterloh brennenden Haus und den beiden geflügelten Männern um, die tief über ihm kreisten und die Wölfe abwehrten, die aus einem sich weitenden Spalt im Boden kamen. Satan schickte Verstärkung. Und sie konnten unmöglich auch noch zusätzlich mit dieser Ausgeburt der Hölle kämpfen. Ausgeschlossen.

Ein Wolf befreite sich aus dem Getümmel und raste in Eves Richtung. Er hatte Schaum am Maul und seiner Gurgel. Der Alpha.

Eve startete den Wagen neu, wendete und brauste mit

derselben Entschlossenheit auf ihn zu. Wäre dies hier ein Kräftemessen zwischen Hund und Wagen, wüsste sie, wer gewann. Aber gegen einen Werwolf... Sie packte das Lenkrad fester und schaltete schnell durch die Gänge.

Unmittelbar vor dem Zusammenprall sprang der Wolf auf die Motorhaube, wo sich seine massigen Krallen in das Metall bohrten. Er brüllte Eve durch die Windschutzscheibe hindurch an, die roten Augen wild und durch und durch böse. Mit dem Kopf voran knallte er durch das Sicherheitsglas.

Mist, verdammter!

Eve schaltete runter, riss das Lenkrad scharf nach links und drehte den Wagen wieder um, sodass er über die leere Straße und gegen den Kantstein schlitterte. Der Stoß brachte den Wolf ins Rutschen, und er fiel beinahe hinunter, bevor er sich ganz vorn abfing.

Wieder beschleunigte Eve und hielt auf das nahende Mega-Höllenwesen zu. Von null auf sechzig in unter vier Sekunden.

»Das könnte funktionieren«, rief sie Montevista zu.

»Wenn schon untergehen, dann mit Pauken und Trompeten«, erwiderte er.

»Geben Sie mir Ihre Waffe.«

Montevista zog die Waffe aus dem Halfter an seinem Oberschenkel und entsicherte sie, ehe er sie Eve reichte. Sie zielte und feuerte auf den Wolf. Die Glock lud automatisch nach, und Eve drückte immer wieder ab. Die sechste Kugel weitete das Loch an der Schulter des Alphas und trat auf der anderen Seite wieder aus, sodass sie den Höllenhund hinter ihm traf. Benetzt mit Werwolfsblut, durchschlug sie die Haut der Bestie. Eve schoss weiter, und mit so gut wie jedem Schuss konnte sie durch den Wolf hindurch den Höllenhund verletzen.

Die Bestie schrie vor Wut und sprang. Eve drückte aufs Gas. Mit dem Alpha als Kühlerfigur raste sie frontal in den Höllenhund hinein. Der Wolfskopf sank mit dem Maul voran in den Bauch des Höllenhunds, bevor er sich in Asche auflöste. Das Höllenwesen bellte, explodierte und besprühte Eve und Montevista mit einem schleimigen Blutregen.

Da sie nichts sehen konnte, fuhr Eve den Porsche über einen Kantstein und krachte in eine Eiche. Die Airbags schnellten heraus, und Eves Kopf flog zuerst gegen das weiße Kissen, dann zurück an die Kopfstütze.

Die Welt kam abrupt zum Stillstand.

Eve stöhnte und sah zu Montevista. Er lehnte auf dem Airbag, die Augen offen und starr. Weinend versuchte sie, ihre Tür zu öffnen, was ihr jedoch nicht gelingen wollte.

Starke Arme hoben sie aus dem Wagen, und sie sank schluchzend gegen Reed. »Er ist tot! Montevista ist tot!«

Reeds Arme zitterten. »Du bist völlig wahnsinnig, weißt du das? Total irre. Was zur Hölle hast du dir dabei gedacht?«

Gedacht? Ihr Verstand hatte seinen Dienst quittiert, als Alec sie aus dem Haus beamte. »Ich ...«

Eine massive Explosion brachte die Erde unter ihnen zum Beben. Sie sah über Reeds Schulter zu dem Doppelhaus, aus dem die Flammen gen Himmel schossen. Als es noch einmal ohrenbetäubend knallte, duckte sich Eve an Reeds Brust.

Dann verließen ihre Füße den Boden, und sie bewegten sich.

»Was …?«

»Benzin«, sagte er, während er sie genauso über seine Schulter warf wie vorhin Alec.

Jetzt roch Eve es. Sie hob den Kopf und stellte fest, dass Alec ihnen folgte. Sie waren kaum auf der anderen Straßenseite, als der Porsche in einem Flammeninferno aufging.

Reed stellte sie ab und betrachtete die Verwüstung, wobei er einen Arm um ihre Schultern gelegt hatte. Alec kam zu ihnen und stellte sich auf die andere Seite neben Eve. Der Feuerschein strahlte hell auf sie und ließ Alec so grell leuchten, dass Eve ihn doppelt sah.

»Alles okay?«, fragte er.

Sie klopfte sich auf der Suche nach Wunden oder grotesk vorstehenden Knochen ab. »Ich glaube, ja.«

Eine blonde Frau in Shorts und Trägertop kam zu ihnen gelaufen. »Echt unglaublich!«, rief sie.

»Kennen wir die?«, fragte Reed.

»Jetzt schon«, antwortete Alec hörbar resigniert. »Darf ich vorstellen? Giselle, der Mahr.«

»Sie hat eben Sammaels Hund überfahren!«, schrie Giselle und fasste sich an den Kopf.

Eine brennende Chromradkappe kullerte in ihre Richtung und kippte am Rinnstein scheppernd um.

»Und wieder einen teuren Wagen geschrottet«, sagte Alec.

»Und wieder ein Gebäude in die Luft gejagt«, ergänzte Reed.

»Was spielt das in so einem Moment für eine Rolle?«, fragte Eve verärgert. Sie hatte Mühe, sich aufrecht zu halten. Alles um sie herum drehte sich wie ein Kreisel, und

Blut und Gewebe tropften ihr aus dem Haar und von den Sachen.

»Wenn ich darüber nachdenke, wie es hierzu gekommen ist«, murmelte Reed, »könnte ich glatt durchdrehen.«

Der Porsche sank mit einem lauten Ächzen zu Boden. Die Beifahrertür sprang auf, und Montevistas verkohlter Körper purzelte nach draußen.

Eve dachte, sie würde ohnmächtig. Dann stand die Leiche auf und kam auf sie zu, und Eve wurde wirklich ohnmächtig.

20

»Eine beeindruckende Vorstellung, Evangeline.«

Eve starrte die umwerfend schöne blonde Frau am Ende des Konferenztischs an und wurde nervös. Wie Sarakiel ihren Namen sagte ... Das war unheimlich, genau wie die Intensität, mit der der Erzengel sie beobachtete.

Sie saßen in einem der Konferenzräume des Gadara Tower. Außer ihr und Sara waren noch Reed, Alec, Montevista und Hank anwesend. Auf den Videomonitoren an der einen Wand sahen sie die Büros der anderen Erzengel. Fünf unsagbar schöne Gesichter blickten Eve mit derselben Intensität an wie Sara, weshalb sie alles aufbieten musste, was sie an Selbstbeherrschung besaß, um nicht nervös auf ihrem Stuhl zu zappeln.

Vor zwei Tagen noch hatte es ausgesehen, als wäre Armageddon gekommen. Heute tranken sie Tee aus einem Service im viktorianischen Stil und rekapitulierten die Geschehnisse, die zum schlimmsten Ausbildungsdesaster in der Geschichte der Gezeichneten geführt hatten.

»Wie kamen Sie auf die Fotos?«, fragte Sara.

»Ich brauchte einen Beweis«, erklärte sie. »Ich vermutete, dass es einen Verräter in der Gruppe gab, nachdem Reed und ich eine Zeitachse zum Mord an Molenaar erstellt hatten. Da Claire uns den Bezugspunkt gab und sie kein Alibi hatte, dachte ich zunächst an sie. Erst als ich das Foto sah und erkannte, dass Rome... *Garza* auch ein sichtbares Mal hatte, ging es mir auf. Er hatte sich freiwillig gemeldet, allen die Armbänder anzulegen, wohl weil er nicht riskieren wollte, dass seine Großmutter oder er auffliegen.«

»Hast du das nicht gesehen, als du sie gelesen hast, Hank?«, fragte Michael, dessen Stimme so raumfüllend war wie Harfenklang.

Eve hielt die Augen gesenkt, weil sie ihn unmöglich ansehen konnte, ohne zu zittern. So fantastisch er mit seinem dunklen Haar und den strahlend blauen Augen auch aussah, hatte er etwas Furchteinflößendes. Da war etwas... Tödliches an ihm, eine Dunkelheit in seinen Augen, die unstete, beängstigende Tiefen andeutete. Hätte ihr jemand gesagt, er sei Satan, sie hätte es geglaubt. So respekteinflößend Raguel und Sara auch sein mochten, nahmen sie sich im Vergleich zu Michael beinahe freundlich aus.

»Das letzte Mal, dass ich sie las, war, bevor sie die Fotos gesehen hatte«, sagte Hank. Gegenwärtig war er in Männergestalt und lehnte betont lässig in seinem Stuhl. Hin und wieder warf er Eve ein aufmunterndes Lächeln zu. »Ich wusste, dass sie jemanden in Verdacht hatte, und ich folgte ihrem Plan, die Verkleidung der Geisterjäger zu übernehmen, aber was die Identität der Höllenwesen anging, hatte ich keine Ahnung, bis sie angegriffen haben.«

Eve wartete, dass jemand fragte, warum Alec und Reed nichts wussten, wo sie doch direkten Einblick in ihre Gedanken hatten, aber das tat niemand.

Sie wissen nicht, dass wir verbunden sind, sagte Alec.

Sie sah zu ihm. Er saß am anderen Tischende, Sara

gegenüber. Während Sara in ihrem blutroten Hosenanzug perfekt gestylt war, trug Alec seinen üblichen Look aus abgewetzter Jeans und engem T-Shirt. Sein Haar könnte einen Schnitt vertragen, und tiefe Furchen umrahmten seinen Mund, doch nichts davon beeinträchtigte seine Erscheinung. Er war immer noch höllisch heiß.

Seine dunklen Augen verengten sich kaum merklich. *Wir behalten es für uns – vorerst –, aber wir müssen herausfinden, wie du diese Information vor uns verbergen konntest.*

Sie hatte ihre Gedanken absichtlich verborgen. Die beiden waren so fest überzeugt gewesen, dass das Gezeichneten-System nicht von Höllenwesen infiltriert werden konnte, dass sie sich weigerten, ihr zuzuhören. Aber ... vielleicht sollte sie es gar nicht können.

»Es war Hanks Faible für rotes Haar bei all seinen Verkleidungen, das mich auf die Idee brachte«, sagte Eve, was ihr ein Zwinkern von Hank eintrug.

»Wie sind die Höllenwesen überhaupt in den Kurs gekommen?«, fragte Uriel. Er schien der Zugänglichste von den Erzengeln, was ihn jedoch nicht minder furchteinflößend machte.

»Soweit wir es sagen können«, antwortete Alec, »hatten sie Saras Firma beobachtet. Als die echten Antonio Garza und Claire Dubois gezeichnet wurden, übernahmen Timothy und Kenise deren Identitäten. Sobald sie in der Ausbildung waren, sorgten Timothys sexuelle Aktivitäten mit Hogan dafür, dass er weiterhin nach Gezeichnetem roch. Kenise trug eine Brille mit porösen Bügeln, die mit einem Konzentrat von Gezeichneten-Blutproteinen getränkt waren. Ihre Kosmetika waren ebenfalls damit versetzt. Das Tarnmittel wurde ihnen außerdem laufend über ihre Armbanduhren verabreicht, die ein Depot auf der Unterseite hatten.«

»Zur Identität gehört noch mehr als Erscheinung und Geruch«, sagte Sara verschnupft.

»Wenn wir annehmen, dass Les Goodmans Theorie stimmt, haben sie wahrscheinlich die Höllenhunde benutzt. Die Hunde absorbierten Garzas und Dubois' Erinnerungen, die sie an Timothy und Kenise weitergaben. Weil die beiden Gezeichneten noch einem Einsatzleiter zugeteilt werden mussten, konnten sie keinen Herold aussenden. Daher konnte keiner wissen, dass sie tot waren.«

»Frischt mal mein Gedächtnis auf«, sagte Raphael. »Warum warten wir bis nach dem Training, ehe wir sie Einsatzleitern zuteilen?«

»Weil es sonst tierisch nervt«, sagte Reed. In seinem dreiteiligen Versace-Anzug stellte er alle anderen im Raum in den Schatten – ausgenommen Sara, die ihn unverhohlen lüstern beäugte. Eve versuchte, nicht daran zu denken, wie sehr es sie störte. »Die Auszubildenden hatten während der Übungen Herolde ausgesandt und die Einsatzleiter unnötig abgelenkt, was wiederum andere Gezeichnete gefährdete.«

»Es könnte noch mehr Eindringlinge geben«, überlegte Eve laut.

Alle sahen sie an.

Sara schüttelte den Kopf. »Sobald sie ihren Abschluss machen und eine Verbindung zu ihrem Einsatzleiter bekommen, fliegen sie auf.«

»Aber wie viel Schaden können sie bis dahin anrichten?«, wandte Gabriel ein.

Seine unerschütterliche Haltung erinnerte Eve an

Raguel. Beide Erzengel machten den Eindruck, einen solch starken Kern zu besitzen, dass sie rein gar nichts aus dem Konzept brachte. Die anderen wirkten dagegen deutlich launenhafter. »Wir sollten jeden untrainierten Gezeichneten überprüfen, um sicherzugehen.«

»Montevista«, hallte Remiels Stimme durch den Raum. »Wie fühlst du dich?«

Der Sicherheitsmann setzte sich gerade hin. »Besser denn je, um ehrlich zu sein.«

Der Erzengel sah Hank an. »Kannst du erklären, was passiert ist? Warum ist Montevista heute bei uns?«

»Dasselbe ist mit Grimshaws Sohn geschehen«, antwortete Hank. »Um es kurz zu fassen: große Hitze in Kombination mit einer Tarnsubstanz. Es kamen noch andere Faktoren hinzu – tierische DNS, ein oder zwei Zauber –, aber letztlich ist das der Trick. Die Höllenhunde wurden lebensfähig gemacht, indem man ihnen eine ähnliche Mischung aus Blut und Knochen von Gezeichneten gab, die man auch als Tarnung für Höllenwesen verwandte. Als also das Hundeblut auf Montevista spritzte und der Wagen explodierte, war der Effekt ähnlich wie bei dem Vorfall mit dem Brennofen.«

»Nur Jehova sollte die Macht haben, Leben zu erhalten«, sagte Michael in einem Ton, bei dem sich Eve unter dem Tisch verkriechen wollte.

»Wissen wir schon, wie viele Höllenhunde es gibt?«, fragte Sara.

»Einen. Ein Männchen. Eve hat das Weibchen umgebracht, und ich habe mich um die Welpen gekümmert. Womit nur noch das Zuchttier bleibt.«

»Haben wir etwas von Raguel gehört?«, fragte Uriel.

»Nein«, antwortete Reed. »Nichts.«

»Vielleicht ist er tot.«

»Wenn dem so wäre, hätte Jehova es uns gesagt«, entgegnete Alec.

Offen gesagt fand Eve es ziemlich daneben, dass Gott ihnen nicht verriet, wie sie Raguel aus seiner gegenwärtigen Lage befreien konnten, aber diese Diskussion zettelte sie ganz sicher nicht in der gegenwärtigen Runde an.

»Ich weiß was.« Eve griff nach dem Handy, das Montevista netterweise in ihre Richtung schob. Sie ging das Menü durch, bis sie bei den Klingeltönen war, und spielte den voreingestellten Ton ab. Als er endete, sagte sie: »Als ich den Klingelton zum ersten Mal gehört habe, erkannte ich, dass es ein Song von Paul Simon war – meine Mom ist ein Fan von ihm –, aber ich kam nicht auf den Titel. Jetzt ist es mir wieder eingefallen. ›Jonah‹.«

Alle starrten sie verständnislos an.

»›*They say Jonah was swallowed by a whale*‹«, sang sie leise, »›*but I say there's no truth to that tale ...*‹«

Schweigen.

»Hat Jonas nicht in dem Bauch des Wals überlebt und ist unversehrt wieder herausgekommen?«, half sie ihnen auf die Sprünge. »Das kann kein Zufall sein, oder? Mir wird dauernd erzählt, dass es keine Zufälle gibt.«

Montevista nickte. »Ich bin baff!«

»Danke, Miss Hollis«, sagte Gabriel. »Ab hier übernehmen wir.«

Wie wollten sie übernehmen? Würden sie bis in die Hölle gehen?

Raphael wechselte das Thema. »Wie viele von Raguels Auszubildenden sind noch übrig?«

»Drei.« Alec trommelte mit den Fingern auf der Tischplatte. »Hollis, Callaghan und Seiler.«

»Sie werden in den nächsten Kurs gehen müssen.« Raphael beugte sein dunkles Haupt – einzig Sara und Uriel waren blond –, um etwas auf seinem Schreibtisch zu lesen. »Das wäre Michaels.«

Eve schluckte.

»Ich kann übernehmen, wo Raguel aufgehört hat«, bot Sara an. »Immerhin bin ich schon hier.«

Mist!

Der Fluch kam von Reed und Alec gleichzeitig, was Eve erschreckte. Die anderen Erzengel hingegen stimmten sofort zu.

»Danke für Ihre Hilfe«, sagte Sara und sah sowohl Eve als auch Montevista an. »Sie können jetzt gehen.«

Die beiden standen auf und verließen den Raum. Eve drehte sich nicht um, denn das musste sie nicht. Falls Reed oder Alec etwas zu sagen hatten, würden sie es in ihrem Kopf tun, nicht mit ihren Mienen.

»Wir sind am Leben, um den nächsten Kampf aufzunehmen«, sagte Montevista und zwinkerte ihr zu.

Eve nahm seine Hand. »Das freut mich.«

Komischerweise tat es das wirklich.

Graduiertenhut und Umhang. Eve hätte nie gedacht, dass sie die noch einmal tragen würde, doch hier war sie, ging mit einem Diplom in der Hand über die Bühne, während eine Schar von Gezeichneten wie verrückt applaudierte. Es war ein vollkommener Tag in Südkalifornien, warm und klar. Die Strahlen der untergehenden Sonne fielen wie eine Segnung durch das Oberlicht des Gadara Tower auf das

Publikum im Atrium unten. Es war Sonntagnachmittag, und alle Büros waren für die Öffentlichkeit geschlossen.

Eve ging von der Bühne, und eine große, dunkelhaarige Gestalt stellte sich ihr in den Weg.

»Glückwunsch«, sagte Reed in einem sehr verführerischen Ton. Er war immer edel gekleidet, heute jedoch ganz besonders. Zum anthrazitgrauen Anzug trug er ein blendend weißes Hemd und eine helltürkise Krawatte. Sein Haar hatte die perfekte Länge und war perfekt gestylt. Sein Duft war subtil, aber süchtig machend, sodass sich jede Frau näher zu ihm lehnen und ihn tiefer einatmen wollte. Die zivilisierten Äußerlichkeiten waren so trügerisch, lauerte unter ihnen doch ein primitiver Mann mit sehr groben Ecken und Kanten. Aber Eve mochte ihn so recht gern.

Sie nahm die Kappe ab. »Danke.«

»Schon Pläne für heute Abend?«

Insgeheim hatte sie gehofft, dass Alec sie an diesem Tag aller Tage kontaktieren würde. Aber sie hatte nichts mehr von ihm gehört oder gesehen, seit sie sich vor über einem Monat bei der Konferenz der Erzengel unterhalten hatten. Bedachte man, dass sie Tür an Tür wohnten und sogar eine Wand teilten, konnte sie nur zu dem Schluss kommen, dass er sie mied. Ihre Eltern nahmen an, dass sie sich getrennt hatten, und Eve fand, dass sein Ausbleiben bei ihrer Abschlussfeier genau das bestätigte. »Nein, keine Pläne.«

»Möchtest du essen gehen?«

»Sehr gern.«

Reed war ihr ebenfalls ferngeblieben, allerdings geistig immer für sie da gewesen. Es ging das Gerücht, dass seine Vorgeschichte mit Sara ihn auf Abstand hielt. Dieselben

Gerüchte hatten Eve veranlasst, sich die letzten vier Wochen im Kurs möglichst unauffällig zu verhalten. Das war nicht weiter schwierig gewesen, war das Training doch ausgesprochen hart. Auch wenn es nicht explizit gesagt wurde, herrschte der Eindruck vor, dass sie nicht für den üblichen Kampf gegen Höllenwesen trainiert wurden. Eve hoffte, dass sie sich bereitmachten, Gadara zu suchen, denn sie glaubte nach wie vor, dass er irgendwo am Leben war und wartete, dass sie kamen und ihn befreiten.

»Gib mir eine Minute, diesen Umhang loszuwerden«, sagte sie.

Eigentlich hatte sie mit einer doppeldeutigen Andeutung gerechnet, ihr zu helfen, aber Reed nickte nur. »Mein Wagen steht vorn. Treffen wir uns draußen?«

»Okay.« Sie spürte, dass etwas an ihm anders war. Vielleicht lag es daran, dass er ihr ernster vorkam.

Eve legte hastig ihre Kappe und den Umhang im Vorraum ab. Dann erneuerte sie ihren Lipgloss und richtete die Träger ihres schwarzen Seidenkleids. Vor dem Spiegel blieb sie stehen. So hohe Absätze hatte sie schon lange nicht mehr getragen, weshalb ihr die Füße wehtaten, und das Kleid war eine Nummer zu groß, weil sie jetzt so viel trainierte. Außerdem wären die silbernen Ohrringe in einem Kampf gefährlich. Aber heute hatte sie sich die freie Wahl gegönnt, denn sie fand, dass sie es verdiente, sich aufzubrezeln und normal zu sein. Vor allem in der Sicherheit des Gadara Tower. Nun war sie froh, dass sie zum Anbeißen aussah (auch wenn sie es selbst sagte), denn ausnahmsweise passte sie zu Reed, statt neben ihm wie ein Fall für die Fürsorge zu wirken.

Er stand draußen in der Einfahrt, wo er ohne Jackett an

der Beifahrertür eines silbernen Lamborghini Gallardo Spyder lehnte. Das Verdeck war heruntergeklappt, und Reed trug eine Sonnenbrille. Zusammen ergaben der *Mal'akh* und der Wagen eine tödliche Mischung. Bei dem Anblick stockte Eve der Atem.

Er sah sie eine sehr lange Weile stumm an, und sie hatte das Gefühl, dass er sie im Geiste entkleidete. Fast konnte sie es über ihre mentale Verbindung fühlen – das zarte Streichen seiner Fingerspitzen auf ihrer Haut, als er die Träger beiseiteschob, seine Lippen an ihrem Hals, das tiefe Stöhnen vor Verlangen.

Aber so wäre es nicht. Das war Alecs Stil. Reed war grob und überfallartig.

»Ein Mann kann sich ändern«, murmelte er und öffnete ihr die Tür.

Eve stieg lächelnd ein. »Wer sagt, dass ich es will?«

Er fuhr sie zum »Savannah at the Beach« nahe dem Pacific Coast Highway und unweit von ihrer Wohnung. Sie saßen am Fenster, doch Eve genoss den Ausblick aufs Wasser nicht. Sie war viel zu sehr damit beschäftigt, Reed zu beobachten und herauszufinden, was er dachte. Er wirkte gedankenversunken, was nicht so recht mit einem Festessen harmonierte.

»Also«, brach sie das Schweigen, »bist du immer so, wenn du deine frischgebackenen Gezeichneten zum Essen ausführst?«

Reed schürzte die Lippen und schüttelte den Kopf. »Die werden erst in einer Woche oder so ihren Einsatzleitern zugeteilt.«

»Und wie komme ich dann zu dieser Ehre?«

Es trat eine längere Pause ein, bevor er sagte: »Heute war

der Tag, an dem du endgültig eingesehen hast, dass du Single bist.«

Wow. Okay. »Ist das hier ein Date?«

»Ja … Stelle ich es falsch an?«

Sie brauchte einen Moment, bis sie begriff, dass er es ernst meinte, und ein Schauer durchfuhr sie. Eigentlich hätte sie sich denken müssen, dass richtige Dates nicht zu seinem Repertoire gehörten. Er war der Typ Mann, der eine Frau nur mit »dem Blick« herumbekam. Verdammt, so hatte er *sie* herumbekommen! Ehe sie sich's versah, war sie im Treppenhaus des Gadara Tower gewesen und hatte die Nummer ihres Lebens gehabt.

Sie lehnte sich auf ihrem Stuhl zurück. »Du wirkst ein bisschen angespannt.« Sie würde ihm ja raten, etwas zu trinken, nur hatten bewusstseinsverändernde Substanzen keinen Effekt auf himmlisch verstärkte Wesen. Der Körper ist ein Tempel und so.

»Dann mach mich lockerer.«

Da war er wieder, Reeds innerer Neandertaler. »Soll ich singen und tanzen?«

»Ich habe dich singen gehört, also nein, danke. Aber tanzen? Kommt drauf an. Wäre das exotisch?«

»Ferkel.«

Er ergriff ihre Hand über den Tisch hinweg. »Zeig mir, wie ich keines bin. Ich bin gewillt zu lernen.«

»Wo soll das hinführen?«

»In die Nervenheilanstalt, wenn du weiterhin versuchst, dich in die Luft zu jagen. Ansonsten …« Er zuckte mit den Schultern. »Ich habe keinen Schimmer.«

»Ich bin noch nicht bereit«, sagte sie ehrlich.

Ein amüsiertes Blitzen erschien in seinen dunklen

Augen. »Ich auch nicht. Aber ich werde dich weiter ausführen, du wirst dich weiter so anziehen, und wir genießen es einfach. Wohin auch immer es führt.«

Eve holte tief Luft und wagte den Sprung ins Ungewisse. »Okay, abgemacht.«

Erleichtert streifte Eve ihre Schuhe im Fahrstuhl ab. Das Bild von Reed, der neben seinem Wagen in der Tiefgarage ihres Hauses stand, hatte sich unauslöschlich in ihr Gedächtnis eingebrannt. Wahrscheinlich würde es sie bis in ihre Träume verfolgen. Alec hatte sie früher mit derselben Gier angesehen, und es war schwer, darüber hinwegzukommen, so begehrt worden zu sein.

Der Lift erreichte den oberen Stock, und die Türen glitten mit einem leisen *Ping* auf. Eve tapste in den Flur und blieb abrupt stehen. Auf dem Boden hockte Alec in einer schwarzen Jeans und einer Motorradjacke. Er hatte den Rücken an die Wand zwischen ihren beiden Wohnungen gelehnt und die langen Beine vor sich ausgestreckt.

Als er sie sah, stand er auf. »Hi.«

Sie starrte ihn sprachlos an.

»Du siehst ... fantastisch aus«, murmelte er.

»Und du anders.« Dunkler, sehniger. Sein Haar war eine üppige schwarze Seidenmähne, die ihm um die breiten Schultern fiel, und er hatte nach wie vor den goldenen Schimmer des Erzengels. Vor allem war die Distanz zwischen ihnen größer denn je.

Er nickte und wartete.

»Warum bist du hier draußen?«, fragte sie und wies den Flur hinunter.

»Ich warte auf dich.«

»Das hättest du in deiner Wohnung tun können.«

»Ich wollte mich nicht von meinen Gedanken an dich ablenken lassen.«

Eine wirre Begründung. Andererseits ... wann hatte sie ihn je wirklich verstanden? Der Mann war ein wandelndes Rätsel.

Eve wollte nicht beleidigt klingen, als sie sagte: »Ich habe heute meinen Abschluss gemacht.«

»Ja, ich war dort. Gratuliere. Ich bin stolz auf dich.«

»Ich habe dich nicht gesehen.«

»Aber ich dich, wie du mit Abel weggefahren bist.«

»Ich habe seit einem Monat nichts von dir gehört.«

Alec kam näher. »Ich war unterwegs und habe recherchiert, was mit uns passiert ist.«

»Du hättest anrufen können, eine E-Mail schicken, eine Postkarte schreiben.«

»Stimmt.« Er streckte eine Hand aus, um ihr das Haar hinters Ohr zu streichen. »Zuerst hielt ich es für das Beste, dir fernzubleiben.«

»Bist du nicht mehr mein Mentor?«

»Nicht, solange du im Training warst.«

»Und jetzt?«

Er atmete angestrengt aus. »Da ist etwas ... in mir, Angel. Ich wusste nicht, dass es existierte, bis ich zum Erzengel wurde.«

Sie runzelte die Stirn. Etwas *in* dir?«

»Ich kann es nicht erklären, außer dass ich es von dir fernhalten will.«

Eve seufzte. »Was soll ich deiner Meinung nach dazu sagen, Alec?«

»Ich möchte, dass du mir sagst, du lässt mich versuchen, das wieder hinzubekommen.«

»Was hinbekommen?«

»Dich und mich.«

Sie ging an ihm vorbei zu ihrer Tür.

»Eve?« Er folgte ihr.

Die vielen Schlösser, die sie entriegelte, hatten ihr früher mal ein Gefühl von Sicherheit vermittelt. Drinnen stellte sie ihre Schuhe unter den Wandtisch und ihre Tasche oben auf den Tisch, bevor sie sich zu Alec umdrehte, der in der Tür stand. »Was empfindest du für mich?«

Er begriff, was gemeint war. »Verwirrung. Distanz.«

»Liebst du mich nicht mehr?«

»Ich *möchte* dich lieben«, antwortete er mit tiefer, eindringlicher Stimme. »Ich erinnere mich, wie es sich angefühlt hat, dich zu lieben.«

Ihr tat der Kopf weh. »Ich glaube, du solltest erst mal herausfinden, was du mit deinem Leben anfängst, bevor du versuchst, etwas mit mir anzufangen.«

Alec trat beiseite und schloss die Tür. »Was bedeutet dir mehr? Wenn jemand dich will, weil er nicht anders kann? Wegen seiner Hormone oder chemischer Reaktionen in seinem Gehirn? Oder wenn er dich will, weil er dich wollen möchte? Weil er sich bewusst entscheidet, dich zu wollen?«

Sie stöhnte. »Du bist mir zu kompliziert.«

»Wir gehen es langsam an«, schlug er vor und kam noch näher.

»Wie?«, fragte sie misstrauisch.

Bei seinem Lächeln rollten sich ihre Zehen zusammen. »Mit einer Fahrt auf meinem Bike die Küste entlang. Ist das langsam genug für dich?«

Eve überlegte. Bei einer Fahrt auf seiner Harley wären ihre Arme um ihn gelegt und er zwischen ihren Beinen, was die Sache alles andere als harmlos machte. Und seinem Blick nach dachte er dasselbe.

»Nur wenn ich fahre«, sagte sie.

Er zögerte, denn ihm war klar, dass sie nicht nur von dem Bike sprach.

»Sonst nicht«, ergänzte sie.

»Gut. Abgemacht.«

Ein Flattern ging durch ihren Bauch. Wo hatte sie das schon mal gehört?

Für einen Moment fragte sie sich, wie dies hier gehen sollte. Sie fühlte bereits, wie die beiden Männer in ihrem Kopf vor Wut schnaubten. Dann tat sie es mit einem mentalen Achselzucken ab. Sie alle wussten, was los war, und sie waren erwachsen. Größtenteils zumindest. Außerdem hielt Eve nichts von zweigleisigen Geschichten. Daher würde sie beide noch eine Weile auf einer Armlänge Abstand halten.

Sowie sie es dachte, merkte sie, wie prima *das* ankam.

Lächelnd ging sie den Flur hinunter, um sich umzuziehen.

Lesen Sie weiter in:

Sylvia Day
TEUFLISCHES BEGEHREN

Anhang

Die sieben Erzengel

Dies sind die Namen der wachenden Engel.

1. Uriel, einer der heiligen Engel, der über Zank und Terror wacht.
2. Raphael, einer der heiligen Engel, der über den Geist der Menschen wacht.
3. Raguel, einer der heiligen Engel, der Strafe über die Welt und die Gestirne bringt.
4. Michael, einer der heiligen Engel, der über den besten Teil der Menschheit und über das Chaos wacht.
5. Sarakiel, einer der heiligen Engel, der über die Geister wacht, welche im Geiste sündigen.
6. Gabriel, einer der heiligen Engel, der über dem Paradies, den Schlangen und den Cherubim steht.
7. Remiel, einer der heiligen Engel, den Gott über jene stellte, die auferstehen.

Buch Henoch, 20; 1–8

Die christliche Engelshierarchie

Erste Sphäre: Engel, die als Wächter von Gottes Thron dienen

- Seraphim
- Cherubim
- Ophanim, auch »Throne« oder »Räder« *(Erelim)*

Zweite Sphäre: Engel, die als Statthalter fungieren

- Herrscher/Anführer *(Hashmallim)*
- Tugenden
- Mächte/Autoritäten

Dritte Sphäre: Engel, die als Boten und Soldaten dienen

- Fürsten/Herrschende
- Erzengel
- Engel *(Malakhim)*

Gekürzte Playlist

- Metallica, »Blitzkrieg«
- Megadeth, »Symphony of Destruction«
- Hans Zimmer und James Newton Howard, »Like a Dog Chasing Cars«
- Godsmack, »Voodoo«
- Spiderbait, »Ghost Riders in the Sky«

Anmerkung der Autorin

Manche werden erkannt haben, dass Fort McCroskey auf dem früheren Fort Ord basiert, einem Army-Stützpunkt an der Monterey Bay in Kalifornien. Ich habe ihn fiktionalisiert, um mir mehr kreative Freiheit zu lassen. Die Defense Language Institute and Naval Postgraduate School ist allerdings sehr real. Die DLI bildet nicht bloß die besten und klügsten Militärs der Welt aus, sondern ist auch mit einigen der klarsten Erinnerungen meines Lebens verknüpft. Mein Schwiegervater war dort, um für die Marines Vietnamesisch zu lernen. Jahre später habe ich dort für die Army Russisch gelernt. Und weitere Jahre danach lernte meine Schwester dort Arabisch für die Air Force. Wie sich die Zeiten ändern!

Am DLI werden viele Sprachen gelehrt, immer mit dem Anspruch, das US-Militär zu dem besten weltweit zu machen.

Gott schütze unsere Soldaten.

Danksagung

Mein aufrichtiger Dank geht an meine Lektorin, Heather Osborn, für die Zeit, die sie mir gab, und all ihre Aufmunterung im Hintergrund dieser Serie.

Danken möchte ich auch:

Nikki Duncan (www.nikkiduncan.com) für den Namen McCroskey und ihre Begeisterung für den ersten Band.

Jordan Summers, Karin Tabke, Sasha White und Shayla Black, die immer für mich da sind. *Ihr seid spitze, Mädels!*

Melissa Frain von Tor, die das erste Buch hinreichend mochte, um lauthals nach der Fortsetzung zu schreien.

Seth Lerner, weil er eine seiner goldenen Regeln brach. Ich fühle mich geehrt.

Denise McClain und Carol Culver für ihre Hilfe bei den französischen Dialogen.

Giselle Hirtenfeld/Goldfeder, deren Vornamen ich in diesem Buch einem Nachtmahr gab. Dabei ist es ein Traum, mit der echten Giselle zusammenzuarbeiten.

Susan Grimshaw von Borders Group, Inc., deren Familiennamen ich für einen Alpha-Werwolf übernahm. Sie ist weit davon entfernt, bösartig zu sein (wie es mein Alpha nach dem Verlust seines Kinds wird), sondern eine meiner Heldinnen. *Danke, Susan, für all die Unterstützung, die du mir und meinen Büchern im Laufe der Jahre zukommen ließest.*

Meinem Vater, Daniel Day, für seine Hilfe bei den italienischen Dialogen. *Danke, Dad!*

Werkverzeichnis der im Heyne Verlag erschienenen Titel von Sylvia Day

Die Autorin

Die Nummer-1-Bestsellerautorin Sylvia Day stand mit ihrem Werk an der Spitze der New-York-Times-Bestsellerliste sowie 23 internationaler Listen. Sie hat über 20 preisgekrönte Romane geschrieben, die in mehr als 40 Sprachen übersetzt wurden. Weltweit werden ihre Romane millionenfach verkauft, die Serie *Crossfire* ist derzeit als TV-Verfilmung in Planung. Sylvia Day wurde nominiert für den *Goodreads Choice Award* in der Kategorie BESTER AUTOR.

»Die unangefochtene Königin des erotischen Liebesromans«
Teresa Medeiros

»Wenn Sie noch nie ein Buch von Sylvia Day in Händen hatten, haben Sie was verpasst.« *Romance Junkies*

»Wenn es darum geht, prickelnde Sinnlichkeit zu erzeugen, können nur wenige Autoren Sylvia Day das Wasser reichen. *Stolz und Verlangen* ist die perfekte Melange aus betörenden Figuren, einer cleveren Geschichte und prickelnder Sinnlichkeit.« *Booklist*

»Eine wundervolle Geschichte. Dieser Roman wird Sie zum Lachen wie zum Weinen bringen.«
Love Romances über ›Eine Frage des Verlangens‹

»Diese brillante Kombination aus heißer Leidenschaft, Spannung und Intrigenspiel ergibt eine unglaublich ergreifende Geschichte.« *Romance Divas über ›Spiel der Leidenschaft‹*

Crossfire

Pressestimmen zu Crossfire

»Der Sex-Roman des Jahres.« *Cosmopolitan*

»Sexuelle Spannung, heiße Liebesszenen und eine äußerst tiefgründige Liebesgeschichte sorgen für begeisterte Leser-Reaktionen.« *bild.de*

»Noch saftiger und mit besser gezeichneten Helden als *Shades of Grey*!« *Joy*

»Ich liebe ihren Stil, die sexuelle Spannung, die heißen Liebesszenen und die spannende Story.« *Carly Phillips*

»Unser absoluter Redaktionsliebling!« *Petra*

»Ein Stoff voll Schmerz, Hoffnung und Gefühlen.«
Abendzeitung

Crossfire – Versuchung

Die Uniabsolventin Eva Tramell tritt ihren ersten Job in einer New Yorker Werbeagentur an. In der Lobby des imposanten Crossfire-Buildings stößt sie mit Gideon Cross zusammen – dem Inhaber. Er ist mächtig, attraktiv und sehr dominant. Eva fühlt sich wie magisch von ihm angezogen, spürt aber instinktiv, dass sie von Gideon besser die Finger lassen sollte. Aber er will sie – ganz und gar und zu seinen Bedingungen. Eva kann nicht anders, als ihrem Verlangen nachzugeben. Sie lässt sich auf eine Liebe ein, die immer ernster wird, und entdeckt ihre dunkelsten Sehnsüchte und geheimsten Fantasien.

Crossfire – Offenbarung

Seit ein paar Wochen sind die junge attraktive Eva Tramell und der erfolgreiche Geschäftsmann Gideon Cross ein Paar. Eva liebt seine dominante Art. Noch nie konnte sie einem Mann so vertrauen. Doch dann verändert Gideon sich, er will sie immer stärker kontrollieren, und auch die Dämonen aus seiner Vergangenheit belasten sie. Eva weiß: Ihre Beziehung hat nur eine Zukunft, wenn es keine Geheimnisse und keine Tabus zwischen ihnen gibt ...

Crossfire – Erfüllung

Seit ihrer ersten Begegnung sind Eva Tramell und der faszinierende Geschäftsmann Gideon Cross einander verfallen. Nur Eva weiß, was Gideon für sie aufs Spiel gesetzt hat. Doch dieses Wissen wird immer mehr zur Bedrohung und ängstigt Eva, die sich nichts sehnlicher wünscht als eine vertrauensvolle Beziehung und eine dauerhafte Bindung. Zudem wird ihre Liebe immer wieder auf harte Proben gestellt, denn Neid und Missgunst machen ihnen das Leben schwer, und die Schatten der Vergangenheit lasten auf ihnen. Doch das Wissen um die Geheimnisse des anderen verbindet Eva und Gideon unlösbar miteinander. Gemeinsam wollen sie sich ihren Dämonen stellen und ihre leidenschaftliche Liebe retten.

Crossfire – Hingabe

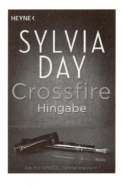

Eva und Gideon haben sich das Ja-Wort gegeben. Sie waren überzeugt, dass nichts sie mehr trennen kann. Doch seit der Hochzeit sind ihre Unsicherheiten und Ängste größer denn je. Eva spürt, dass Gideon ihr entgleitet und dass ihre Liebe in einer Weise auf die Probe gestellt wird, wie sie es niemals für möglich gehalten hätte. Plötzlich stehen die Liebenden vor ihrer schwersten Entscheidung: Wollen sie die Sicherheit ihres früheren Lebens wirklich gegen eine Zukunft eintauschen, die ihnen immer mehr wie ein ferner Traum erscheint?

Einzeltitel

Geliebter Fremder

Als Gerald Faulkner Isabel vor vier Jahren um ihre Hand bat, war er ein schöner und lebenslustiger Mann. Dann verschwand er spurlos. Nun, da er wieder auftaucht, ist er nicht mehr jung und sorglos, sondern eine gequälte Seele mit dunklen Geheimnissen. Er spricht nicht darüber, was in der Zwischenzeit geschehen ist, und verhält sich wild und hemmungslos. Allerdings ist da nun auch eine neue, glühende Leidenschaft zwischen ihnen. Hat Isabel genug Vertrauen, um sich diesem Fremden auszuliefern?

Sieben Jahre Sehnsucht

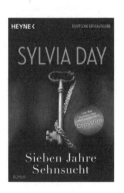

Lady Jessica Sheffield erwischt den attraktiven Alistair Caulfield dabei, wie er im Wald eine verheiratete Gräfin befriedigt. Seitdem herrscht eine verstörende Spannung zwischen ihnen, und sie vermeidet jede weitere Begegnung. Sieben Jahre später treffen die beiden wieder aufeinander und kommen sich näher. Das anfängliche Knistern lässt bald wilde Funken der Leidenschaft sprühen, und die beiden ergeben sich ihrem starken Verlangen …

Stolz und Verlangen

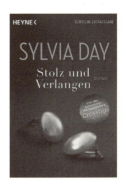

Eliza Martin ist eine reiche Erbin. Das hat nicht nur Vorteile. Heiratsschwindler und Kuppler belagern sie, und in letzter Zeit fühlt sie sich beobachtet. Aber Eliza lässt sich nicht einschüchtern und beschließt, jemanden zu engagieren, der sich unter ihr Gefolge mischt und den Schuldigen findet. Jemand, der nicht auffällt. Jasper Bond ist zu groß, zu gutaussehend, zu gefährlich. Doch Eliza reizt ihn. Und so ist es ihm ein Vergnügen ihr zu beweisen, dass er genau der richtige Mann für diese Aufgabe ist ...

Spiel der Leidenschaft

Lady Maria Winter ist jung, reich und schön. Trotzdem wird sie die »eiskalte Witwe« genannt, denn ihre beiden Ehemänner starben einst unter mysteriösen Umständen. Es hält sich das hartnäckige Gerücht, dass Lady Winter an ihrem Tod nicht ganz unschuldig ist. Tatsächlich treibt aber ihr Stiefvater Lord Welton ein perfides Spiel mit ihr. Als er Lady Winter auf den Piraten Christopher St. John ansetzt, der die Todesfälle undercover aufklären soll, stimmt sie widerwillig ein. Doch schon bei ihrer ersten Begegnung spürt sie ein nie gekanntes Verlangen ...

Eine Frage des Verlangens

Lady Elizabeth Hawthorne und Marcus Ashford, Earl of Westfield, verbindet eine leidenschaftliche, aber auch leidvolle Vergangenheit. Sie waren einst verlobt, bis Elizabeth Marcus der Untreue verdächtigte und ihn verließ. Nun, vier Jahre später, kreuzen sich die Wege der beiden erneut. Marcus, der Agent im Dienste der Krone ist, soll Lady Elizabeth beschützen, da ein Unbekannter sie bedroht. Beide fühlen sich erneut magisch voneinander angezogen. Aber können sie die alten Verletzungen vergessen?

Ihm ergeben

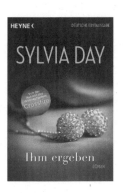

London, 1780. Die junge und schöne Amelia Benbridge ist verlobt mit Lord Ware. Auf einem festlichen Ball sieht sie einen Mann mit weißer Maske, der sie fasziniert, und wider besseren Wissens folgt sie ihm in den dunklen Park des Anwesens. Er stellt sich als Graf Montoya vor, und die Anziehung zwischen den beiden ist unmittelbar und überwältigend. Doch er scheint ein dunkles Geheimnis vor ihr zu verbergen. Und Amelia ist vergeben ...

Die Dream-Guardians-Serie

Verlangen

Aidan ist ein Dream Guardian: Er verhindert, dass das Tor zwischen der Traumwelt und der Realität geöffnet wird. Er bewahrt seine Schützlinge vor Albträumen, indem er sie in ihrem Schlaf als Liebhaber besucht. Bei der schönen Lyssa erlebt er eine sexuelle Leidenschaft wie nie zuvor, und er verliebt sich zum ersten Mal in seinem Leben. Muss er fürchten, dass Lyssa das Tor zwischen den Welten öffnet?

Begehren

Als Stacey Daniels dem attraktiven Bad Boy Connor begegnet, kann sie es kaum glauben: Noch nie hat sie einen so schönen Mann gesehen! Sie ahnt nicht, dass Connor ein Dream Guardian ist, der Frauen in ihren Träumen beglückt. Schnell findet Stacey heraus, dass Connor auch im wahren Leben ein Meister der sündigen Sinnesfreuden ist, und sie erlebt die aufregendste Zeit ihres Lebens. Doch Connor kommt aus einer gefährlichen Traumwelt, mit der nun auch Stacey in Berührung kommt ...

Paranormal Romance Einzeltitel

Im Bann der Liebe

Atemberaubend schön und in den raffiniertesten Liebeskünsten bewandert, ist Sapphire bereits seit Jahren die Lieblingsmätresse des Königs von Sari. Jeder Wunsch wird ihr von den Augen abgelesen, doch eigentlich will sie nur endlich selbst über ihr Leben bestimmen. Als der geheimnisvolle Kriegerprinz Wulfric als Gefangener an den Hof kommt, ist Sapphire sofort fasziniert und stürzt sich in eine leidenschaftliche Affäre mit ihm. Zum ersten Mal in ihrem Leben kann sie sich völlig frei dem Rausch ihrer Gefühle hingeben. Dass ihre Liebe zu Wulfric verboten ist, macht die Sache nur noch heißer ...

Die Marked-Serie

Verbotene Frucht

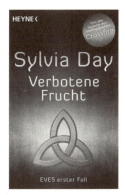

Evangeline Hollis, genannt Eve, ist eine ganz normale junge Frau – bis ihr eines Tages ein heißer One-Night-Stand mit einem attraktiven Fremden zum Verhängnis wird: Eve wird mit dem Kainsmal gezeichnet und muss künftig auf Dämonenjagd gehen. Ihr neuer Boss, Reed Abel, ist unglaublich penibel und verboten sexy. Als wäre es noch nicht genug, dass Eve sich nun tagtäglich mit ihrem lästigen Chef und mordlustigen Dämonen herumschlagen muss, taucht auch der geheimnisvolle Alec Cain auf – Abels Bruder und der Mann, der einst Eves Herz gestohlen hat...

Geliebte Sünde

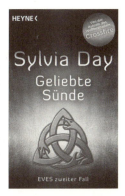

Nachdem Eve ihren ersten Einsatz als Dämonenjägerin überstanden hat, wird sie von ihren Vorgesetzten in eine Art Trainingscamp für Gezeichnete gesteckt. Hier soll sie lernen, mit ihren neuen Superkräften richtig umzugehen, damit sie ein vollwertiges Mitglied im Kampf gegen das Böse sein kann. Doch dann geraten Eve und die anderen Gezeichneten in Schwierigkeiten. Und es scheint, als könnte Eve diesmal nicht mit der Hilfe von Cain und Abel rechnen...

Teuflisches Begehren

In Eves Privatleben geht es drunter und drüber: Abel ist verliebt in sie, doch ihr Herz gehört Cain, der - seit er zum Erzengel befördert wurde - für niemanden mehr Liebe empfinden kann außer für Gott. Zwar kann auch er der verführerischen Eve nicht widerstehen, doch sie will mehr als nur körperliche Leidenschaft. Als ob das noch nicht genug wäre, gerät Eve auch auf der Dämonenjagd in Turbulenzen ...
ET: Oktober 2015